KB060060

솔라

SOLAR
by Ian McEwan

이 도서의 국립중앙도서관 출판예정도서목록(CIP)은
서지정보유통지원시스템 홈페이지(http://seoji.nl.go.kr)와
국가자료공동목록시스템(http://www.nl.go.kr/kolisnet)에서 이용하실 수 있습니다.
(CIP제어번호: CIP2018020152)

솔라

이언 매큐언
장편소설

민승남 옮김

문학동네

폴리 바이드에게

1949~2003

"래빗은 세상의 황폐화에 대해 생각하고
지구 역시 유한한 존재임을 깨달으며
커다란 기쁨과 함께 자신이 부자임을 느낀다."

—존 업다이크, 『토끼는 부자다』

차례

1부

2000

그는 특정 미인들에게 불가해한 매력을 발하는 부류의 남자—
막연히 비호감이고, 대개 대머리에 키가 작고, 뚱뚱하고, 머리가
좋은—였다. 아니면 스스로 그렇다고 믿어서 그렇게 되는 것 같
기도 했다. 그리고 일부 여자들이 그를 구제가 필요한 천재라고
믿는 것도 도움이 됐다. 하지만 이 시기의 마이클 비어드는 정
신이 편협했고, 한 가지 문제에만 매달렸으며, 불감증과 고통에
시달리고 있었다. 다섯번째 결혼이 무너져가는 지금 그는 어떻
게 처신하고, 어떤 장기적 전망을 갖고, 어떤 식으로 잘못을 책
임져야 하는지 알고 있어야 마땅했다. 결혼은, 그의 결혼은 밀물
과 썰물처럼 하나가 빠져나가면 바로 다른 하나가 들어오지 않
았던가? 하지만 이번엔 달랐다. 어떻게 처신할지도 모르겠고, 장

기적인 전망은 고통스럽기만 하고, 스스로 생각하기에 이번만은 잘못이 없었다. 바람을 피우고 있는 건 아내였다. 그녀는 그에게 벌을 주듯 노골적으로, 아무 가책 없이 바람을 피우고 있었다. 그는 여러 감정 중에서도 특히 수치심과 갈망이 불끈불끈 솟는 걸 느끼곤 했다. 퍼트리스는 건축업자를 만나고 있었다. 그들의 집 벽돌 줄눈을 다시 칠하고, 부엌을 단장하고, 욕실 타일을 새로 깐 건축업자. 언젠가 차를 마시며 쉬다가 마이클에게 튜더 양식을 흉내낸 자기집 사진을 보여준 바로 그 건장한 남자. 직접 튜더식으로 개조했다는 그 집에는 콘크리트 진입로의 빅토리아풍 가로등 아래 보트 트레일러가 있고 사용이 중지된 빨간색 공중전화부스를 세울 공간도 마련되어 있었다. 비어드는 바람난 아내를 둔 남편의 입장이 얼마나 복잡한지 깨닫고 놀라지 않을 수 없었다. 불행은 그리 단순한 게 아니었다. 나이를 먹을 만큼 먹었으니 새로운 경험에 면역이 되어 있을 거란 말은 하지 말기 바란다.

그가 자초한 일이었다. 아직도 그의 삶에 냉랭한 관심을 갖고 있는 네 명의 전처 메이지, 루스, 엘리너, 캐런이 알면 기뻐 날뛸 터라 이 일이 그들 귀에 들어가지 않았으면 했다. 그의 결혼생활은 육 년을 넘긴 적이 없었고 자식이 없는 것이 성과라면 성과였다. 아내들은 그가 얼마나 끔찍한 아버지가 될지 일찌감치 간파

하고 스스로를 보호하다가 탈출했다. 그는 자신이 그들을 불행하게 만들었을지언정 오래는 아니었고 아직도 모든 전처와 말은 섞는 사이라는 게 의미가 있다고 생각했다.

하지만 지금의 아내와는 그렇지 못했다. 그는 예전 같았으면 남자에게 관대한 이중잣대를 들이대고 위험한 분노를 한바탕 터뜨렸을 터였다. 밤늦게 술에 취해 뒷마당에서 고래고래 소리지르거나, 아내의 차를 빼앗거나, 일부러 더 젊은 여자를 만나 삼손처럼 결혼의 신전을 무너뜨리는 사건을 하나쯤 만들었을 터였다. 그런데 지금 그는 수치심에, 지독한 굴욕감에 마비되어 있었다. 게다가 아내를 향한 불편한 갈망에 스스로도 놀라는 중이었다. 요사이 퍼트리스에 대한 욕정이 발작적인 위경련처럼 느닷없이 찾아오곤 했다. 그런 때면 어딘가에 홀로 앉아 욕정이 지나가길 기다려야 했다. 물론, 아내가 다른 남자와 놀아나고 있다는 사실에 흥분을 느끼는 남편도 존재한다. 그런 남자들은 침실 옷장에 손발이 묶이고 입에 재갈이 물린 채 갇혀 3미터쯤 떨어진 곳에서 아내가 그 짓을 하는 광경을 지켜보는 상황을 연출할지도 모른다. 비어드도 마침내 자기 안에서 마조히즘 성향을 발견하기라도 한 걸까? 지금 그에게는 갑자기 가질 수 없게 된 아내만큼 매력적인 여자가 없었다. 보란듯이 옛친구를 만나러 리스본에 가서도 재미없는 사흘 밤을 보내고 돌아왔다. 아내를 되찾아야만 했기에 고함이나 협박, 찬란한 광기의 순간들로 정떨어지게 할 수는 없었다. 그렇다고 매달리는 성격도 아니었다. 그는 꼼짝할 수 없는 처지였고, 비참했고, 다른 생각은 할 수조차 없었다. 아내가 맨 처음 쪽지를 남겼을 때—오늘 R 집에서 자요. P—그는 놈의 골통을 그놈 자신의 멍키렌치로 박살내기 위해 콘크리트 진입로에 덮개를 씌운 모터보트가 있고 좁은 뒷마당에 욕조가 설치된, 임대주택을 가짜 튜더 양식으로 개조한 세미*로 찾아갔던가? 아니, 코트를 입은 채 다섯 시간 동안 텔레비전을 봤다. 와인을 두 병이나 비우며 아무 생각도 하지 않으려고 애썼지만, 결국 실패했다.

하지만 그가 할 수 있는 건 생각뿐이었다. 전처들은 그의 외도 사실을 알았을 때 냉랭하게든 눈물을 보이면서든 분노하며 새벽까지 그를 붙들고 부부간의 신뢰가 깨진 것에 대한 입장을 밝혔고, 그러다 결국 별거와 그에 따르는 모든 것을 요구했다. 하지만 퍼트리스는 베를린 훔볼트대학 수학자 주차네 로이벤의 이메일들을 발견하고는 이상하게 신바람을 냈다. 바로 그날 오후 손님방으로 자기 옷가지를 옮겼다. 옷장 문을 열고 그걸 확인한 그는 충격에 빠졌다. 옷장에 줄줄이 걸려 있던 실크와 면 원피스가 하

---

* 건물 한 면이 이웃과 연결된 주택 형태.

나의 호사요 위안이었음을, 그에게 기쁨을 주기 위해 도열한 그녀의 여러 모습이었음을 그제야 깨달은 것이다. 하지만 이제 그 옷들은 없었다. 옷걸이까지 모두 사라지고 말았다. 그날 그녀는 저녁 먹는 동안 미소를 잃지 않은 채로 자기도 '자유'를 즐길 작정이며 바로 그 주에 다른 남자를 만나기 시작했다고 말했다. 그럴 때 남자가 취할 행동은? 그는 아침 식탁에서 그녀에게 사과했다. 잠시 한눈판 것뿐이라고 설명하며 진심에서 우러난 거창한 약속들을 했다. 그렇게 애원에 가까운 행동을 보이긴 처음이었다. 퍼트리스는 그가 무슨 짓을 하든 신경쓰지 않는다고 말했다. 그녀는 그러고 있었고―그때 새 애인이 누군지 밝혔다. 로드니 타핀이라는 사악한 이름의 건축업자. 남편보다 키가 18센티미터나 더 큰데다 나이는 스무 살이나 어리고, 비어드 부부를 위해 균열 보수 작업을 하고 배관 파이프를 손질하며 독서는 타블로이드 신문의 스포츠면이 다라고 자랑스레 떠들던 남자.

비어드의 고통의 초기 증상은 신체변형장애*였다. 아니, 어쩌면 갑자기 그 장애가 사라진 것일 수도 있었다. 마침내 그는 자신의 실체를 깨닫게 되었다. 샤워를 마치고 나오다가 김이 뿌옇게 서린 전신거울에 원뿔형의 핑크색 덩어리가 얼핏 비치자, 그

---

*거울에 비친 자기 모습을 왜곡해서 받아들이는 장애.

는 거울을 닦고 정면으로 서서 믿을 수 없는 광경과 마주했다. 도대체 무슨 자기설득력으로 그 오랜 세월 이런 몸뚱어리를 매력적이라고 여기며 살아왔던 걸까? 훌렁 벗어진 정수리를 받치고 귓불까지 내려오는 덥수룩한 머리칼, 겨드랑이 아래로 장식용 커튼처럼 늘어진 살, 순진하고도 아둔하게 튀어나온 뱃살과 엉덩이. 전에는 어깨를 뒤로 젖히고 등을 꼿꼿이 세우고 배에 힘을 주면 거울에 비친 모습이 좀 나아 보였다. 하지만 이제 과도한 지방이 그런 노력을 무색하게 했다. 지금까지 어떻게 그런 젊고 아름다운 여자를 곁에 둘 수 있었던 걸까? 사회적 지위면 된다고, 자신의 노벨상이 그녀를 묶어둘 수 있다고 진심으로 생각했던 걸까? 알몸의 그는 치욕스러운 존재, 멍청이, 약골이었다. 이제 팔굽혀펴기는 연속으로 여덟 번도 벅찼다. 그에 반해 타린은 한쪽 옆구리에 50킬로짜리 시멘트 포대를 끼고 계단을 뛰어올라 비어드 부부의 침실까지 갈 수 있었다. 50킬로? 퍼트리스의 몸무게가 대충 그 정도였다.

퍼트리스는 치명적인 쾌활함을 보이며 그와 거리를 두었다. 단조로운 목소리로 인사를 건네는 것도, 아침이면 집안일이나 자신의 저녁 스케줄에 대해 늘어놓는 것도 그에겐 모욕이었다. 조금이라도 그녀를 경멸할 수 있다면, 그녀와 헤어질 계획이라면 아무렇지도 않았을 것이다. 그럼 아이 없는 결혼생활 오 년에 종지부를 찍는 간단하고도 불쾌한 작업에 착수할 수 있었을 것이다. 물론 그녀는 그에게 벌을 주고 있는 것이었다. 하지만 그가 그런 뜻을 내비치자 그녀는 어깨를 으쓱하며 자기도 그에 대해 그런 식으로 쉽게 말할 수 있었다고 대꾸했다. 그럼 이 기회를 기다렸던 거냐는 추궁에는 웃음을 터뜨리며 그 점은 고맙게 생각한다고 말했다.

망상에 빠진 그는 아내를 잃을 위기에 처해서야 그녀가 완벽한 아내임을 깨달았다고 확신했다. 2000년의 그 여름 그녀는 예전과 다른 차림, 다른 모습으로 집안을 돌아다녔다—물 빠진 타이트한 청바지에 티셔츠, 해진 핑크색 카디건을 입고 플립플롭을 신었고, 짧게 자른 금발에 연한 눈동자는 달뜬 푸른빛이 한층 짙어졌다. 원래 가냘픈 몸은 이제 십대처럼 보였다. 밧줄 손잡이가 달린 반들거리는 빈 쇼핑백들과 박엽지를 떠니 부엌 식탁에 던져놓은 것을 보면 타핀이 벗길 새 속옷을 사들이고 있다는 걸 짐작할 수 있었다. 그녀는 서른네 살이었지만 아직도 크림을 얹은 딸기 같은 이십대 때 모습이 있었다. 하다못해 일말의 의사소통이 될 조롱도, 비웃음도, 추파도 없이 그녀는 그를 싹 지워버릴 작정인 듯 쾌활한 무관심으로 일관했다.

그녀에 대한 갈망을 거둬들여야 했지만 갈망은 그런 것이 아니었다. 그는 그녀를 원하기를 원했다. 어느 찌는 듯 무더운 밤 그는 아무것도 덮지 않고 침대에 누워 자유를 향한 자위를 시도했다. 베개 두 개로 머리를 받치지 않으면 성기가 보이지 않아 불편했고 타핀이 자꾸만 성적 환상을 방해했다. 타핀은 한창 연극이 상연중인데도 사다리와 양동이를 들고 자꾸만 무대에 나타나는 무식한 무대담당 같았다. 지금 이 순간 겨우 10미터 떨어져 있는 아내를 떠올리며 자위를 시도하는 남자가 지구상에 비어드 말고 또 있을까? 그런 의문이 일자 목표가 사라졌다. 게다가 너무 더웠다.

친구들은 그에게 퍼트리스가 메릴린 먼로를 닮았다고, 적어도 특정한 조명 아래서 특정한 각도로 보면 그렇다고 말하곤 했었다. 그는 그런 칭찬 섞인 비교를 기분좋게 받아들이긴 했지만 정말로 그렇게 보이진 않았다. 그런데 이제 그렇게 보였다. 그녀가 달라진 것이다. 아랫입술이 도톰해졌고, 시선을 내리깔 때면 고뇌를 예감할 수 있었으며, 한때 유행했던 목덜미에서 물결치는 짧은 머리가 눈길을 사로잡았다. 주말이면 금빛과 핑크, 연푸른색의 흐릿한 덩어리로 집안과 정원을 돌아다니는 그녀는 실로 먼로보다 더 아름다웠다. 그 나이 남자가 그런 사춘기적 색채 배합에 홀딱 빠지다니.

그는 그해 7월 쉰세 살이 되었다. 아내는 당연히 그의 생일을 그냥 지나쳤다가 사흘이 지나서야 최근 보여주고 있는 쾌활한 태도로 뒤늦게 생각난 척했다. 그녀는 형광 민트그린색 키퍼 타이*를 선물하며 그 스타일이 다시 '유행하고' 있다고 말했다. 그래, 주말이 최악이었다. 그녀는 그가 있는 방으로 들어오곤 했는데 대화할 생각이 있어서라기보다 그에게 자기 모습을 보이고 싶어서인 듯했고, 그때마다 약간 놀란 눈으로 주위를 둘러보다 나갔다. 그녀는 남편뿐만 아니라 모든 것을 새로 평가하고 있었다. 그는 아내가 정원의 마로니에 그늘에 신문을 들고 누워서 저녁이 되기를 기다리는 모습을 보곤 했다. 때가 되면 그녀는 손님방으로 들어가 샤워를 하고, 옷을 입고, 화장을 하고, 향수를 뿌렸다. 그의 생각을 읽고 있기라도 하듯 빨간색 립스틱을 진하게 발랐다. 어쩌면 로드니 타핀도 그녀가 먼로를 닮았다는 생각을—이제 비어드도 인정할 수밖에 없는 그 진부한 관념을 조장하고 있는지도 몰랐다.

그는 아내가 외출하는 시각에 집에 있을 때면(밤에는 바쁘게 움직이려고 무척 애쓰긴 했지만) 2층 창가에 서서 그녀를 지켜보는 것으로 갈망과 고통을 달랬다. 아내는 벨사이즈 파크의 저녁 공기 속으로 나가서 정원 오솔길을 지나—기름칠을 하지 않은 정원 문이 언제나처럼 삐걱거리면 어찌나 배신감이 들던지—

---

* 색상이 화려하고 폭이 넓은 넥타이.

자기 차에, 방탕하게 속도를 내는 작고 경박한 검은색 푸조에 올랐다. 그녀는 빨리 가고 싶어 안달난 것처럼 거칠게 시동을 걸어 차를 뺐고, 자신이 지켜보고 있다는 걸 그녀가 안다는 걸 알았기에 그의 고통은 배가되었다. 그다음엔 아내의 부재가 여름 황혼 속에 정원의 모닥불 연기처럼 감돌았다. 눈에 보이지 않는 미립자의 에로틱한 여운이 그를 기나긴 시간 동안 무의미하게 그 자리에 붙잡아두었다. 그는 자신이 진짜 미친 건 아니라고 스스로에게 되뇌었지만 쓴맛을 보고 있다고는 생각했다.

오로지 그 생각에만 골몰할 수 있는 그의 능력은 놀라울 정도였다. 책을 읽거나 강의할 때도 그녀를, 그녀와 타핀을 생각했다. 아내가 타핀을 만나러 나갔을 때 집에 남아 있는 건 좋은 생각이 못 됐지만 리스본 여행 이후로 옛 여자친구들을 찾아가고 싶은 마음은 싹 가셨다. 그래서 왕립 지리학회에서 양자장론에 관한 저녁 강의를 시작하고, 라디오와 텔레비전 토론에 참석하고, 가끔 아픈 동료의 자리를 메워주기도 했다. 과학철학자들은 반대로 착각하고 있지만, 물리학은 인간의 영향에서 자유롭다. 남자와 여자, 그들의 모든 슬픔이 존재하지 않는다고 해도 존재할 세계에 대한 학문이니까. 그 점에 관한 한 그는 앨버트 아인슈타인과 생각이 통했다.

하지만 친구들과 늦게까지 식사를 하고 돌아와도 대개 아내보다 귀가가 빨랐고 원하건 원하지 않건 그녀를 기다리는 수밖에 없었다. 그래봐야 무슨 일이 생기는 것도 아니었지만. 아내는 집에 돌아오면 곧장 자기 방으로 가버렸고, 그는 섹스 후 노곤한 상태인 그녀와 계단에서 마주치기 싫어 방에 틀어박혀 있었다. 그녀가 타인의 집에서 자고 오는 게 차라리 나을지도 몰랐다. 그럼 밤새 잠을 이룰 수 없겠지만.

7월 하순의 어느 날 새벽 두시 그는 잠옷 위에 가운을 걸치고 침대에 앉아 라디오를 듣다가 아내가 들어오는 기척이 나자 즉흥적으로 그녀의 마음을 흔들어 돌아오게 할 질투작전에 돌입했다. 마침 BBC 월드서비스에서 한 여자가 터키 쿠르드족의 전통적인 관습이 가정생활에 미치는 영향에 대해, 그 잔혹성과 부당함, 부조리함에 대해 조용하고 단조로운 목소리로 이야기하고 있었다. 비어드는 라디오 볼륨을 낮추고 다이얼을 잡은 채 큰 소리로 자장가 한 토막을 불렀다. 아내의 방에서는 자신의 목소리가 들려도 무슨 말을 하는지는 알 수 없다는 확신이 있었다. 자장가가 끝나자 라디오 볼륨을 높여 몇 초 동안 여자 목소리를 내보내고 다시 볼륨을 낮춘 다음 그날 저녁 강의 내용을 한 줄 말하고 여자가 더 장황하게 대꾸하게 했다. 그렇게 오 분 동안 자신과 여자의 목소리를 번갈아 내보내고 가끔 두 목소리를 교묘하게 겹쳐놓기도 했다. 집안은 조용했다. 물론 아내는 듣고 있을 것이다. 그는 욕실로 들어가 물을 틀고 변기 물을 내린 다음 큰소리로 웃었다. 퍼트리스에게 자기 애인이 재치 있는 여자임을 알리기 위해서였다. 억누른 환호성도 냈다. 자신이 즐거운 시간을 보내고 있음을 알리기 위해서였다.

그날 밤 그는 잠을 이루지 못했다. 조용한 애정행위를 암시하는 긴 정적 후 네시가 되자 웅얼거리는 소리를 내며 침실 문을 열고 나간 그는 뒤돌아 앞으로 몸을 숙인 채 손으로 계단을 때리며 아래층으로 내려가면서 애인과 엇박으로 발소리를 내며 함께 내려가는 듯한 효과음을 냈다. 미치지 않고서야 그걸 그럴듯한 작전이라고 여길 사람은 없었다. 그는 애인을 현관까지 배웅하고 작별의 말과 조용한 키스를 번갈아 연출한 다음 현관문을 굳게 닫아 그 소리가 집안 전체에 울려퍼지도록 했다. 그리고 2층으로 올라가 '결과로 판단해'라고 거듭 자신을 타이르다가 여섯시가 넘어서야 잠들었다. 그러고는 한 시간 뒤에 일어났다. 퍼트리스가 출근하기 전 마주쳐서 갑자기 쾌활해진 자신의 모습을 똑똑히 보여주기 위해서였다.

그녀는 현관에서 멈췄다. 손에 자동차 열쇠를 들었고, 책을 잔뜩 쑤셔넣은 가방 끈이 꽃무늬 블라우스 어깨에 깊이 박혀 있었다. 누가 봐도 완전히 지쳐 진이 빠져 있었지만 목소리는 변함없이 밝았다. 그녀는 오늘밤 로드니를 저녁식사에 초대할 거라며 아마 자고 갈 것 같으니 당신은 부엌에 나타나지 말아주면 고맙겠다고 말했다.

마침 레딩에 있는 센터에 가는 날이었다. 그는 기차에 앉아 피곤해서 머리가 어질어질한 채로 얼룩진 차창 밖 무질서와 단조로움이 기적적인 조화를 이룬 런던 근교 풍경을 바라보며 자신의 어리석음을 저주했다. 이제 내가 벽 너머로 목소리를 들어야 할 차례인가? 말도 안 된다. 다른 데 가서 자야지. 내 집에서 아내의 남자한테 쫓겨난다? 말도 안 된다. 집에서 놈과 맞서야지. 타인과 싸운다? 말도 안 된다. 복도 마룻바닥에 메다꽂힐 테니까. 확실히 그는 결정을 내리거나 계획을 짤 수 있는 상태가 아니었고, 이제부터는 자신의 불안정한 정신상태를 고려해서 보수적으로, 수동적으로, 정직하게 처신하며 규칙을 깨는 일도 극단적인 행동도 삼가야 했다.

몇 달 후 모조리 어기게 될 그 결심은 어쨌거나 그날이 가기 전 머릿속에서 지워졌다. 퍼트리스가 장을 보지 않고(냉장고가 텅텅 비었는데도) 그냥 퇴근했고, 건축업자가 저녁을 먹으러 오지 않은 것이다. 그는 그날 밤 아내를 딱 한 번 봤는데 머그잔을 손에 들고 복도를 지나가는 모습이 축 처져서 우울해 보였다. 영화계의 우상보다는 과로에 지치고 사생활에도 문제가 생긴 초등교사에 더 가까웠다. 그렇다면 기차에서 그렇게 자책할 필요가 없었던 걸까? 그 작전이 진짜 먹혀서 슬픔에 잠긴 그녀가 약속을 취소할 수밖에 없었던 걸까?

그는 지난밤 일을 떠올리며 평생 바람둥이로 살아온 자신이 상상 속 여자와의 밤을 현실처럼 흥미진진하게 여기다니 별일이라고 생각했다. 그리고 몇 주 만에 처음으로 기분이 약간 좋아져서 전자레인지에 저녁거리를 데우며 휘파람으로 뮤지컬 노래까지 불었고, 1층 욕실 금박거울에 비친 자기 얼굴이 살이 좀 빠지고 광대뼈 그림자가 져서 단호한 인상을 풍긴다고 생각했다. 30와트 알전구 조명을 받은 얼굴은 얼마쯤 고귀해 보이기까지 했다. 콜레스테롤을 낮춰주는 달콤한 요구르트 음료를 아침마다 억지로 마신 덕분인 것 같았다. 그는 라디오를 끄고 조명을 약하게 해놓고 잠자리에 누워서 잘못을 뉘우친 아내가 조용히 문을 두드리기를 기다렸다.

끝내 노크 소리는 들리지 않았지만 실망하지 않았다. 밤을 하얗게 지새우며 자기 삶에 대해, 무엇이 중요한지에 대해 잘 생각해보라지. 투박한 손과 덮개 씌운 보트를 가진 타핀, 세계적인 명성을 지닌 정신적 인물 비어드, 그 둘을 인간의 가치라는 저울에 올려놓고 재보라지. 그다음 오 일 동안, 그가 아는 한, 그녀는 밤외출을 하지 않았다. 그사이 그는 강의도 하고 모임에도 나갔다가 저녁을 먹고 대개 자정이 지나서 돌아왔고, 그때마다 컴컴

한 집안에 있는 아내에게 자신의 확신에 찬 발소리가 밀회를 즐기고 돌아오는 남자의 발소리처럼 들리기를 바랐다.

육 일째 되는 날 그는 저녁 약속이 없어 집에 있었고, 그녀는 평소보다 오래 샤워하고 헤어드라이어를 쓴 다음 외출했다. 그는 2층 층계참의 깊은 벽감에 난 작은 창 앞에 서서 그녀가 정원 오솔길을 걸어가다 마치 나가기를 주저하듯 키 큰 주홍 접시꽃 무리 앞에 멈춰 서더니 손을 뻗어 한 송이를 만지는 걸 지켜보았다. 그녀는 꽃을 따서 새로 매니큐어를 칠한 엄지와 검지로 꼭 쥐고 생각에 잠겨 있다가 발치에 떨어뜨렸다. 등허리에 주름 하나를 잡아놓은 베이지색 실크 민소매 원피스는 새것이었고 그 사실을 어떤 신호로 해석해야 할지 그는 알 수 없었다. 다시 대문을 향하는 그녀는 걸음걸음이 무거워 보였고, 그게 아니라 해도 평소의 열성적인 모습은 아니었다. 그녀는 푸조에 올라타 정상에 가까운 속도로 차를 빼고 출발했다.

하지만 그날 밤 아내가 돌아오길 기다릴 때 그의 행복감은 약해져 있었다. 다시 자신의 판단력이 의심스러워졌고 라디오 작전 때문에 망했다는 생각이 들기 시작했다. 그는 머릿속을 정리하려고 스카치 한 잔을 따르고 풋볼 중계를 보았다. 저녁식사 대신 1리터들이 딸기 아이스크림을 먹고 피스타치오를 반 킬로는 까먹었다. 대상이 불확실한 성욕에 시달리며 불안해하다가 아무래도 진짜 바람을 피우는 편이 낫겠다는 결론에 이르렀다. 그래서 주소록을 한참 뒤지다가 한동안 전화기를 노려봤지만 결국 수화기는 들지 않았다.

그는 스카치를 반병이나 마시고 열한시도 되기 전에 옷을 다 입은 채로 머리맡 전등까지 켜놓고 침대에 쓰러져 잠들었다. 몇 시간 후 1층에서 들리는 목소리에 잠이 깼을 때 몇 초 동안 자신이 어디 있는지 알지 못했다. 침대 옆 탁상시계는 두시 반을 가리키고 있었다. 퍼트리스가 타핀에게 이야기하고 있었고, 아직 술기운이 남은 비어드는 가서 한마디하고 싶었다. 그는 침실 한가운데 서서 비틀거리며 셔츠 자락을 바지 속에 넣었다. 그리고 조용히 문을 열었다. 마침 집안의 불이란 불은 다 켜져 있어서 다행이었다. 결과는 생각지도 않고 무작정 계단을 내려갔다. 아직 퍼트리스가 얘기중이었고, 문이 열린 거실을 향해 복도를 지나는데 그녀의 웃음소리인지 노랫소리인지가 들리는 것 같아 자신이 두 사람의 조촐한 축하파티를 망치겠구나 싶었다.

하지만 그녀는 혼자였고 소파에 웅크리고 앉아 울고 있었다. 신발은 유리로 된 길쭉한 커피테이블에 쓰러져 나뒹굴고 있었다. 술에 취해 비통한 울음소리가 그에게는 생소하기만 했다. 그녀가 그를 위해서도 그렇게 운 적이 있다면 그가 없을 때였을 것이다. 문간에 멈춰 선 그를 그녀는 처음엔 보지 못했다. 그녀는

딱한 모습이었다. 손수건인지 화장지인지를 손에 말아쥐고 가녀
린 어깨를 웅크린 채 떨고 있었다. 비어드의 가슴에 연민이 밀려
들었다. 그는 화해가 눈앞에 있음을 직감했다. 아무것도 묻지 않
고 다정히 어루만져주며 따뜻한 말을 건네면 아내는 그에게 안
길 테고, 그러면 그녀를 2층으로 데려가면 될 터였다. 그런 생각
에 가슴이 화끈 달아올랐지만 자기가 두 팔을 다 써도 아내를 안
아들고는 계단을 오를 수 없다는 걸 알았다.

그가 아내를 향해 걸음을 내딛자 마룻바닥이 삐걱거렸고 아
내가 고개를 들었다. 둘의 시선이 마주쳤지만 순간이었다. 아내
가 얼른 두 손으로 얼굴을 가리고 고개를 돌려버린 것이다. 그가
이름을 부르자 아내는 고개를 저었다. 그리고 부자연스럽게 등
을 돌린 채 소파에서 일어나 옆으로 걷다가, 반들거리는 마룻바
닥에 깔아놔서 툭하면 미끄러지는 북극곰 가죽 위에서 비틀거렸
다. 그도 발목이 부러질 뻔한 적이 있어서 그 깔개를 싫어했다.
음흉한 웃음을 짓는 듯한 북극곰의 쩍 벌어진 입과 조명을 받아
노래 보이는 이빨도 싫었다. 그 깔개를 마룻바닥에 안전하게 고
정하려는 노력은 해본 적이 없었고 퍼트리스 아버지의 결혼선물
이라 내다버릴 수도 없었다. 그녀는 균형을 잡더니 한 손에 신발
을 챙겨들고 남은 손으로는 눈을 가리고서 황급히 그를 지나쳤
다. 그가 팔을 잡으려고 손을 뻗자 움찔하며 다시 울음을 터뜨리

더니 이번엔 목놓아 울며불며 계단을 달려올라갔다.

그는 거실 불을 끄고 소파에 앉았다. 그녀가 원하지 않는데 따라가봐야 부질없는 짓이었다. 게다가 그럴 필요도 없었다. 이미 봤으니까. 그녀가 손으로 가리기 전에 오른눈 밑의 멍을 봤으니까. 검은 멍이 뺨 윗부분까지 퍼져 가장자리는 새빨갰고, 눈시울 밑이 부어올라 눈이 감겨 있었다. 그는 체념의 한숨을 내쉬었다. 이제부터 해야 할 일은 분명했다. 당장 차를 몰고 크리클우드로 달려가 초인종을 눌러대서 타핀을 침대에서 불러낸 다음 가로등 아래로 끌고 가 놀라운 스피드와 결의로 그 가증스러운 적에게 한 방 날리는 것이다. 그는 눈을 가늘게 뜨고 그 생각을 다시 되새기며 자신의 오른 주먹이 타핀의 코뼈를 부러뜨리는 장면을 오래 음미했다. 눈을 감고 소소한 수정을 가하면서 다시 검토했다. 그대로 아침까지 꼼짝 않고 앉아 있다가 아내가 현관문을 닫고 출근하는 소리에 잠이 깼다.

그는 제네바의 한 대학에서 명예직을 맡고 있었지만 수업은 하지 않았다. 노벨상 수상자 비어드 교수라는 타이틀을 이런저런 레터헤드와 기관에서 쓸 수 있도록 빌려주고 국제적인 '계획'에 서명을 올릴 수 있게 해줬다. 왕립 과학기금 위원회 위원직을 맡고, 라디오에 출연해서 아인슈타인, 광자, 양자역학에 대해 대중이 알아듣기 쉽게 설명하고, 보조금 신청을 도와주고, 세 군데 학술지의 편집고문 노릇을 하고, 피어 리뷰와 추천서를 썼다. 그러면서 한편으론 가십, 과학의 정치학, 자리다툼, 아전인수격 주장, 끔찍한 민족주의, 입자가속기 하나를 더 구입하거나 새 인공위성의 장비 설치 공간을 임대하기 위해 무지한 장관과 관료로부터 거액을 뜯어내는 일에도 관심을 가졌다. 또한 미국에서 열리는 초대형 대회—만천 명이나 되는 물리학자가 한자리에 모이는!—에도 참석하고, 포스닥들의 연구 보고를 들어주고, 그에게 상을 안긴 비어드-아인슈타인 융합을 입증하는 수식에 관한 강의를 최소한의 변화만 가미해 반복하고, 직접 상과 메달도 수여하고, 명예학위도 받고, 식후 연설도 하고, 은퇴하거나 세상을 떠나 화장을 앞둔 동료들을 위해 고별사도 했다. 전문적인 세계에서 그는 스톡홀름 덕에 유명인사로서 매년 유유자적한 삶을 누리고 있었고 다른 대안이 없는 스스로에게 살짝 권태로울 정도였다. 모든 흥분과 예측 불가능함은 사생활에 있었다. 어쩌면 그것으로 충분했을 것이다. 어쩌면 그가 인생에서 성취할 수 있는 건 젊은 시절 찬란했던 어느 여름에 다 이루어졌는지도 몰랐다. 분명한 한 가지는 그가 연필과 수첩을 들고 몇 시간씩 홀로 앉아 생각이란 걸 해본 지, 독창적인 가설을 세워 이리저리 궁리하고 거기 매달려본 지 이십 년이 지났다는 사실이었다. 그동안 기회가 없었다. 아니—그건 나약한 변명이었다. 그에겐 의지가, 소재가 없었고 의욕이 없었다. 새 아이디어도 없었다.

하지만 레딩 외곽에 새 정부 연구소가 생겼다. 동쪽 방향 고속도로의 소음과 맥주공장에서 불어오는 바람에 대항해 고투하는 시설이었다. 미국 콜로라도 덴버 근처 골든에 있는 국립 재생 에너지 연구소를 본뜬 센터로 설립 취지는 같았지만 부지 면적이나 자금 규모는 차이가 났다. 마이클 비어드가 새로운 그 센터의 첫 책임자였고, 실무는 작 브레이비라는 고위공무원이 도맡아 처리했다. 일부 칸막이벽에 석면이 함유된 사무동들은 새로 지은 건물이 아니었고 연구동들도 마찬가지로, 건축업계에서 유해물질 실험에 쓰던 곳이었다. 새것이라곤 비어드나 브레이비의 허락도 없이 3미터 높이 콘크리트 기둥에 철조망을 두르고 일정한 간격으로 접근금지 표지판을 붙여 급조한 담장뿐이었다. 그들은 그 담장에 센터 첫해 예산의 17퍼센트가 투입되었음을 곧바로 알게 되었다. 지역 농부에게서 사들인 물이 흥건한 그 80헥타르짜리 들판은 아직 배수공사가 계획단계였다.

비어드는 기후변화에 대해 완전히 회의적이진 않았다. 인류에게 닥쳐올 불행 중 하나로서 뉴스거리가 될 만한 문제였고, 관련 기사를 읽을 때면 막연히 개탄하며 정부가 나서서 행동을 취해주기를 기대했다. 이산화탄소 분자가 적외선 범위 내의 에너지를 흡수한다는 것, 바로 그런 분자를 인류가 대기에 너무 많이 배출한다는 것도 물론 알고 있었다. 하지만 그에게는 그것 말고도 생각할 문제들이 있었다. 세상이 '위기'에 처해 인류가 재앙을 향해 가고 있고, 연안도시가 바다에 잠기고 흉작이 들면 수억 명의 이재민이 가뭄, 홍수, 기아, 폭풍우, 고갈 자원의 쟁탈을 둘러싼 끊임없는 전쟁을 피해 나라에서 나라로, 대륙에서 대륙으로 몰려갈 거라는 무모한 억측에 마음이 흔들리지도 않았다. 구약성서의 악성종기나 개구리 재앙을 연상시키는 경고는 수세기 동안 인류의 마음 깊은 곳에서 전해내려온, 자신이 종말의 시대를 살고 있다고 믿으려는 성향에서 비롯된다. 세상의 종말과 긴밀한 관계가 있다면 자신의 죽음도 납득할 만한 것, 최소한 조금이라도 의미 있는 것으로 여겨질 테니까. 하지만 세상의 종말은 결코 실현되는 일 없이 환상의 베일을 쓴 채 늘 임박해 있으며, 막상 때가 되면 종말은 닥치지 않고 곧바로 새 문제, 새 날짜가 등장한다. 세상은 선동적 폭력으로 정화되고 구원받지 못한 자들의 피로 깨끗이 씻긴다. 기독교 천년왕국파에게 그것은 믿지 않는 자들의 죽음이었다! 소비에트 공산주의자에게는 쿨라크*의 죽음, 나치와 천 년 동안 이어져온 그들의 망상에 의하면 유대인

---

* 제정러시아의 부농.

의 죽음이었다! 그리고 진실로 민주적인 현대인들에게 그 재앙은 전면적인 핵전쟁에 의한 인류 전체의 죽음이었다! 하지만 재앙은 일어나지 않았고 소비에트 제국도 내부 모순으로 붕괴되면서 개선의 여지가 보이지 않는 지긋지긋한 세계적 빈곤 이상의 압도적인 걱정거리가 없는 가운데, 인류의 종말론적 성향이 또 다른 괴물을 불러낸 것이다.

하지만 비어드는 늘 돈을 벌 수 있는 공직을 찾고 있었다. 오랫동안 지키고 있던 한직 두어 개의 임기가 최근 끝났고 대학에서 받는 봉급과 강의료, 방송 출연료만으론 수입이 충분치 않았다. 다행히 세기말 블레어 정부가 진심인지 전시 행정인지 기후변화 문제에 대해 단순히 구호만 외칠 게 아니라 적극적으로 관여하겠다며 많은 사업계획을 발표했고 그중 하나가 레딩에 있는 센터였다. 스톡홀름의 마법 가루가 뿌려진 인물을 책임자 자리에 앉혀야 하는 기초연구시설. 정부 차원에서는 장관이 새로 임명되었는데, 포퓰리즘 성향의 맨체스터 출신 야심가로 맨체스터의 산업적인 과거에 자부심이 있는 그는 기자회견장에서 전 국민을 대상으로 청정에너지 아이디어와 설계를 공모해 "천재들을 뽑겠다"고 공언했다. 모든 응모자에게 답변을 해주겠다고도 카메라 앞에서 약속했다. 브레이비의 팀—진흙의 바다 위 임시 오두막 네 채에 자리잡은 박봉의 포스닥 여섯 명—은 육 주도 되지 않아 수백 건의 응모안을 접수했다. 대부분은 정원 창고에서 개인이 혼자 연구한 결과물이었고, 일부는 신생기업에서 보낸 것으로 유쾌한 로고와 '특허 출원중' 마크가 찍혀 있었다.

1999년 겨울, 비어드는 매주 센터에 들를 때마다 임시 테이블에 분류되어 쌓여 있는 응모안을 훑어보곤 했다. 이 무수한 꿈에는 특정 주제가 있었다. 일부는 물을 자동차 연료로 사용하고 그 배기가스—수증기—를 다시 엔진에 넣어 재활용하는 것이었고, 일부는 아웃풋이 인풋을 초과하는 전동기나 발전기의 변형으로 진공에너지—빈 공간에서 발견된다고 추정되는 에너지—나 비어드 판단에는 렌츠의 법칙에 위배되는 힘에 의해 작동되었다. 모두 영구운동기관의 변종이었다. 이 독학 발명가들은 자기 아이디어의 역사가 이미 길다는 사실도, 만일 그 아이디어가 성공한다면 현대물리학의 토대 자체가 무너져버린다는 사실도 모르는 듯했다. 그들은 열역학의 첫번째와 두번째 법칙이라는 굳건한 장벽에 봉착해 있었다. 연구원 하나는 응모안이 어느 법칙에 위배되느냐에 따라 제1법칙, 제2법칙, 둘 다로 나누어 분류하자고 제안했다.

흔한 주제가 또하나 있었다. 설계도 없이 편지만 덜렁 봉투에 넣어 보낸 부류로, 편지는 반 페이지밖에 안 되는 경우도, 열 페이지나 되는 경우도 있었다. 편지에는 유감스럽게도 그가—하나같이 남자였다—자세한 설계도를 동봉할 수 없는 이유가 밝혀져 있었는데, 정부기관이 자신의 기계에서 나올 공짜 에너지 때문에 중요한 세원이 사라질 것을 두려워한다는 건 잘 알려진 사실이라거나, 군에서 아이디어를 가로채 일급기밀로 선포하고 자기들 목적에 맞게 개발할 수도 있다거나, 기존의 에너지 공급업자들이 사업상의 우위를 지키려고 폭력배를 보내 새 에너지 발명가에게 테러를 가할 수도 있다거나, 개인이 아이디어를 훔쳐 거금을 벌 수도 있다는 내용이었다. 그 모든 경우의 악명 높은 사례를 얼마든지 들 수 있다는 말을 덧붙이기도 했다. 따라서 설계도는 중재자 개입하에 특정 주소에서만 공개할 수 있고 이때 센터에서는 담당자 혼자 와야 한다는 것이었다.

'오두막 2'에 있는, 널빤지 다섯 장을 가대에 얹어 만든 테이블에 날짜별로 분류된 천육백 장의 우편물과 이메일 출력본이 쌓여 있었다. 장관의 체면을 세워주려면 모든 응모자에게 답장을 보내야 했다. 자세가 구부정하고 턱이 큰 브레이비는 그런 시간 낭비에 분개했다. 분개하면서도 순종했다. 비어드는 런던의 장관 사무실에 그 일을 맡기고 답장 견본이나 몇 개 제공하자는 입장이었다. 하지만 브레이비는 자신이 기사 작위를 받을 가능성이 큰데다 아내 역시 간절히 원하는데 다우닝가 10번지*와 가까운 것으로 알려진 장관의 눈 밖에 났다간 기회가 날아갈 수도 있다고 생각했다. 그래서 연구원들은 작업에 착수했고 센터의 첫 프로젝트—도시의 건물 지붕에 설치할 풍력발전기 연구—는 몇 달 뒤로 미뤄졌다.

정적이 감도는 다섯번째 결혼의 종반전에서 아직 빠져나오지 못한 비어드는 그 덕에 연구원들이 '천재'라고 이름 붙인 응모자들에 대해 연구할 시간이 더 많아졌다. 그는 응모안 무더기에서 올라오는 강박증, 편집증, 불면증, 그리고 무엇보다도 파토스의 냄새에 이끌렸다. 그는 그 편지들 속에서 또다른 자신, 그러니까 술이나 섹스, 마약, 혹은 단순한 불운 때문에 물리학과 수학을 정식으로 배울 기회를 놓친 마이클 비어드를 보고 있는 건 아닐까 생각했다. 교육의 기회는 놓쳤지만 생각하고 무언가 만지작거리고 기여하고자 하는 열망에 불타는 마이클 비어드. 이중 몇몇은 진짜로 똑똑했지만 과도한 야심 탓에 바퀴를 재발명하고, 니콜라 테슬라**보다 백이십 년 늦게 유도전동기를 내놓고, 전문지식 없이 희망에만 차서 양자장론에 대해 읽다가 코앞에서, 연구실로 쓰는 창고나 남는 방의 허공에서, 선택된 소수만이 알 수 있는 연료를—바로 영점에너지를 발견했다.

---

* 영국 수상 관저가 있는 곳으로, 수상을 의미한다.
** 미국의 전기공학자.

양자역학. 인간 열망의 보고이자 쓰레기장. 수학적 엄밀성이 상식을 물리치고 이성과 환상이 불합리하게 뒤섞이는 경계지대. 이곳에서 신비주의자는 자신이 필요한 무엇이든 발견하고 과학을 증거로 내놓는다. 이 천재적인 사람들에게 여가시간에 만나는 양자역학은 얼마나 영적이고 아름다운 음악이겠는가. 스펙트럼 비대칭, 공명, 얽힘, 양자 조화 진동자―신묘한 매력이 깃든 고풍스러운 아리아, 천체의 하모니. 그들에게 양자역학은 납으로 된 벽을 금으로 바꾸고, 사실상 무無인 가상입자에 의해 움직이는 엔진을 탄생시켜 유해물질을 배출하지 않고도 인류의 사업을 구할 뿐 아니라 그 동력까지 제공하는 것이다. 이 고독한 남자들의 열망에 비어드는 가슴이 뭉클했다. 왜 그들이 고독하다고 생각했을까? 겸손 때문은 아니었고, 설령 그 때문이라고 하더라도 그것만이 이유는 아니었다. 그들은 과학자로 성공하기엔 지식이 부족했지만 대화상대를 갖기엔 너무 유식했다. 술집이나 재향군인회에서 기다리는 그 어느 친구가, 직장일과 육아와 가사에 지친 그 어느 아내가 그들을 따라 4차원 공간의 뒤틀린 깔때기 속으로, 웜홀로, 세계적인 에너지 문제의 유일하고도 최종적인 해답에 이르는 지름길로 들어가려고 하겠는가?

비어드는 미국 특허청에서 영감을 얻어 천재들에게 영구운동 기관과 '아웃풋이 인풋을 초과하는' 기계 설계안에는 반드시 실용 모형을 함께 보내라는 규정을 만들었다. 그러나 그 규정을 지키는 사람은 아무도 없었다. 출세욕이 있는 브레이비는 응모안을 검토하는 연구원들을 세심하게 감독했다. 모든 응모안에 일일이 진지하고 정중한 답변을 보내야 했다. 하지만 테이블에 쌓인 응모안 중에는 새로운 게, 아니 새로우면서도 쓸 만한 게 없었다. 혁신적인 고독한 발명가는 대중의—그리고 장관의 환상에 불과했다.

한편 센터는 지루하리만큼 느린 속도로 형태를 갖춰갔다. 진흙탕에 대대적으로 건널판을 깐 다음—엄청난 진전이었다—땅을 고르고 씨앗을 뿌렸다. 여름이 되자 잔디밭이 생기고 그 위를 가로질러 오솔길도 났으며 이내 그곳은 세상의 모든 따분한 연구소와 비슷한 모습이 되었다. 연구실이 새로 단장되고 마침내 임시 오두막은 철거되었다. 주변 지대의 배수공사가 진행되고 터파기에 이어 건물이 올라가기 시작했다. 직원도 늘었다. 수위, 청소부, 행정직원, 정비사, 심지어 과학자까지 더 들어왔고 직원을 뽑을 인사팀도 생겼다. 임계치에 이르자 구내식당이 문을 열었다. 정문의 붉은색과 흰색 줄무늬 차단기 옆 멋진 벽돌건물에는 진청색 제복 차림의 경비원 열두 명이 있었는데, 자기들끼리는 화기애애했지만 다른 거의 모든 사람에게 엄격했다. 연구소가 자기들 소유고 나머지는 침입자라고 믿기라도 하는 듯했다.

그동안 여섯 명의 포스닥 중 보수가 더 나은 칼텍이나 MIT로 옮긴 사람은 한 명도 없었다. 온갖 영재가 득실거리는 분야에서 그들의 이력은 특별했다. 사람, 특히 남자 얼굴을 잘 기억 못하는 비어드는 오랫동안 그들을 분간하지 못했는데 아예 노력을 안 한 것일 수도 있었다. 연구원들은 나이가 스물여섯 살부터 스물여덟 살까지였고 키는 모두 180센티미터가 넘었다. 둘은 말총머리에 넷은 똑같은 무테안경을 꼈고, 둘은 이름이 마이크고, 둘은 스코틀랜드 사투리를 썼다. 셋은 알록달록한 끈팔찌를 하고 다녔고, 하나같이 운동복 상의와 물 빠진 청바지와 운동화 차림이었다. 그래서 다 똑같이, 약간의 거리를 두고, 마치 그들 모두가 한 사람인 양 대하는 게 상책이었다. 한 마이크와 하던 대화를 다른 마이크와 이어서 하려다가 상대에게 모욕감을 주는 일, 말총머리에 안경을 끼고 스코틀랜드 억양이 있고 끈팔찌를 하지 않은 연구원이 하나뿐이거나 마이크가 아니라고 생각하는 일은 피하는 게 최선이었다. 작 브레이비조차 여섯 연구원을 싸잡아 '말총머리들'이라고 칭했다.

이 젊은이들은 노벨상 수상자 마이클 비어드에게 그 자신이 기대하는 것만큼의 경외감을 품지 않는 듯했다. 분명 그의 업적을 알면서도 회의 때 그냥 지나가는 말로, 하나의 삽입구로, 무시하는 듯한 웅얼거림으로 언급했다. 오래전 폐기된 이론이라도 되는 것처럼. 사실 그 반대로 '비어드-아인슈타인 융합'은 모든 교과서에 실리고, 반론의 여지가 없으며, 실험에 왕성히 이용되고 있는데도 말이다. 말총머리들은 학부 때 분명 비어드가 이룬 업적의 위상을 나타내는 '파인먼 격자무늬' 증명을 보았을 터였다. 하지만 구내식당에서 비공식 회의를 할 때면 이 거구의 애송이들은 이론물리학의 개척자가 되어 비어드의 융합 이론을 험프리 데이비 경*의 먼지가 뽀얗게 앉은 구닥다리 공식 취급했고, 같은 주제의 연장인 듯한 분위기로 BLG에 대해, M이론이나 난부리 3대수의 너무도 정교하고 치밀한 불가사의에 대해 생략적으로 언급했다. 문제는 비어드가 그들의 이야기를 알아듣지 못할 때가 많다는 것이었다. 말총머리들은 말이 빠르고 계속 따져 묻는 투로 목소리가 높아져서 이야기를 듣고 있자면 목구멍 안쪽에 숨어 있는 근육이 뻣뻣해질 지경이었다. 그들의 말은 분명하지 못하고 생각에 머무는 수준일 뿐이고 누가 "맞아!" 하고 웅얼거려주자마자 다음 말로—도저히 문장이라고 할 수 없는 말로 넘어갔다.

하지만 더 심각한 문제는 그들이 당연시하는 내용 중 그에게는 생소한 것들이 있다는 사실이었다. 집에 가서 찾아볼 때면 길

---

* 19세기 초 활동한 영국 화학자.

고 복잡한 계산에 짜증이 치밀었다. 그는 노련한 학자인 자신이 끈이론과 그 주요 변형 이론들을 훤히 안다고 생각하고 싶었다. 하지만 요즘은 부가와 수정이 너무 많았다. 비어드가 열두 살 학생이었을 때 수학 선생님이 반 전체 아이들에게 해준 말이 있었다. 수학 문제를 풀 때 답이 19분의 11이나 27분의 13으로 나오면 오답인 줄 알라는 것이었다. 너무 복잡한 건 정답이 될 수 없으니까. 비어드는 두 시간 내내, 그 바람에 다음날 아침까지 분홍색 주름이 남을 정도로 이마를 찡그린 채 최신 이론에 대해, 배거, 램버트, 구스타브손—그렇지! BLG는 샌드위치 이름이 아니었다—에 대해, 인접한 M2 막의 라그랑지언 기술에 대해 읽었다. 신이 주사위를 던졌는지 던지지 않았는지는 몰라도* 이렇게까지 영리하거나 과시적이지는 않았을 것이다. 물질의 세계는 이렇게 복잡할 수 없다.

하지만 가정의 세계는 그럴 수 있었다. 비어드의 파탄난 결혼들 중 다섯번째이자 마지막인 이번만큼 멍청하게 질질 끌었던—그것도 비어드 본인이—경우는, 그를 무너뜨리고 우스꽝

---

* 아인슈타인은 "신은 주사위를 던지지 않는다"라는 말로 양자역학의 확률론적 해석에 반대했다.

스러운 공상과 체중 증가와 남에게 들키지 않았다 뿐 바보짓을
야기한 사례는 없었다. 기나긴 몇 개월 동안 그는 온전한 자신으
로 돌아간 적이 없었을뿐더러 금세 본래의 자신을 잊고 생각보
다 길어진 가벼운 정신병 상태에 안주했다. 결국 환청이 들리고
헛것—이를테면 난데없이 퍼트리스에게 아름다운 후광이 비치
는 광경—이 보였고, 나중에야 착각이었음을 깨달았다. 신체증
상은 교과서적이었다. 일련의 작은 질환이 몸을 보호하는 면역
체계를 비웃었다. 병원균떼가 그를 지켜주는 해자를 헤엄쳐 건
너 입술 헤르페스, 구강염, 피로, 관절통, 설사, 코 여드름, 안검
염으로 무장하고 성벽을 기어올라왔다—난생처음 눈꺼풀에 난
흉한 염증은 만년설이 쌓인 후지산 같은 다래끼들로 발전해서
눈알을 압박하고 시야를 흐릿하게 만들었다. 불면증과 편집증
또한 시력을 왜곡했고, 밤새 뒤척이다 마침내 잠의 문턱을 넘으
려는 찰나 그의 비참한 상태를 일깨우는 뉴스 진행자의 목소리
가 들렸지만 제대로 들을 수 있는 말의 형태는 아니었다. 게다가
바람난 아내를 둔 남편이 마땅히 겪을 법한 좌절까지 맛보아야
했다. 그녀는 멍이 희미해져가는 눈을 하고 여전히 짐짓 쾌활한
태도로 의기양양하게 집안을 돌아다니면서 그가 진지한 대화를
시도할라치면 일부러 피해버렸다. 입은 뇌에서 지나치게 부각되
기로 유명한 신체부위라, 아랫입술 중앙의 갈라진 부분이 은근

히 따끔거리는 것도 끔찍한 상흔처럼, 운명의 표시처럼 느껴졌다. 어떻게 그녀와 다시 키스할 수 있겠는가? 그녀는 그에게 관심도, 도전도, 비난도, 그리고 사랑도 받지 않을 것이다.

그래, 그렇다, 그는 거짓말쟁이 바람둥이였고, 이건 그가 자초한 일이었다. 하지만 이렇게 된 이상, 벌받는 것 말고 뭘 할 수 있겠는가? 어느 신에게 용서를 빌겠는가? 이 정도면 할 만큼 했다. 침울한 기분으로 어리석은 희망에 매달려 지내던 그는 자신을 벨사이즈 파크에서 멀리 떠나게 해줄, 지금의 비참한 상태와는 별개의 삶을 가져다줄 초청장을 찾기 위해 우편물과 이메일을 확인하기 시작했다. 그해 내내 일주일에 대여섯 건의 초청이 오긴 했지만 북이탈리아에 있는 어느 부호의 호숫가나 따분한 독일의 성에서 강연하는 건 구미가 당기지 않았고, 동료들이 득실거리는 뉴델리나 로스앤젤레스의 학회에서 융합 이론에 대해 토론하기엔 심신이 너무 약하고 예민했다. 그는 자신이 뭘 원하는지는 몰라도 그걸 직접 대면하면 알아볼 수 있을 것 같았다.

그사이 일주일에 한 번씩 지저분한 아침 기차를 타고 패딩턴에서 레딩까지 가서 뭉툭한 고층빌딩 사이에 옹색하게 낀 빅토리아식 역에서 누가 누군지 분간이 안 되는 말총머리 중 하나를 만나 시제품 프리우스를 타고 몇 킬로미터를 달려 센터까지 가는 일이 대개의 경우 마음에 위안을 주었다. 집을 나설 때 비어드는 팽팽한 상태로 진동하며 하나의 음을 내는 현이었고, 그 떨림은 집에서 멀어질수록, 센터의 비싼 울타리에 가까워질수록 잦아들었다. 그리고 검지를 들어 경비원들의 다정한 인사에 답하고—그들이 최고의 인물을 얼마나 좋아하는지!—위로 올라간 붉은색과 흰색 줄무늬 차단기 밑을 지날 때면 완전히 멈췄다. 대개는 브레이비가 마중나와서 관료적인 비꼬는 태도가 거의 없이 차문까지 열어주었다. 그가 맞이하는 사람은 바람난 아내를 둔 남자가 아니라 언론과의 인터뷰에서 센터를 강력히 옹호하고, 센터에 대한 에너지산업체의 관심을 독려하고, 허세 부리기 좋아하는 장관에게서 추가로 25만 파운드를 뜯어내는 역할을 하는 귀빈, 센터의 대장이니까.

두 사람은 함께 커피를 마시며 일과를 시작했다. 진척상황과 지연중인 일들이 정리되어 있었고 비어드는 자신에게 요구되는 일이 무엇인지 전부 파악한 다음 연구소를 한 바퀴 돌았다. 처음 센터 일을 맡으면서 그는 납세자와 언론이 납득할 수 있고 단번에 눈길을 끄는 프로젝트가 하나 있으면 더 많은 기금을 확보하는 데 도움이 될 거라고 즉흥적으로 제안했다. 그래서 주택 지붕에 설치해 전기세를 대폭 줄일 만큼 전력을 생산할 도시 가정용 풍력 터빈, 즉 WUDU 개발에 착수하게 되었다. 도시 주택의 지붕에서는 탁 트인 지대의 높은 탑과 달리 바람이 한 방향으로 순조롭게 불지 않으므로 물리학자와 엔지니어는 난기류에 적합한 최적의 터빈 날을 개발해야 했다. 비어드가 판버러의 왕립 항공 연구소에 있는 옛친구에게 압력을 넣어 풍동*은 한 대 확보할 수 있었지만 우선 복잡한 계산과 그가 못 견뎌하는 카오스이론에서 갈라져나온 공기역학 연구가 필요했다. 그는 기상학에도 별 관심이 없었지만 테크놀로지에는 더 무관심했다. 처음에는 설계를 위한 수학 계산을 좀 하고 모형 서너 개를 만들어 풍동에 넣어 시험만 하면 될 거라고 생각했다. 그런데 진동, 소음, 비용, 높이, 윈드 시어, 자이로 세차운동, 반복응력, 지붕의 강도, 재질, 전동 장치, 효율, 배전망과의 일치, 건축 허가 같은 문제가 슬금슬금 등장하면서 더 많은 인력을 고용해야 했다. 단순한 묘안처럼 보였던 것이 반쯤 지어진 센터의 모든 관심과 자원을 집어삼키는 괴물이 된 것이다. 그리고 되돌리기에는 너무 늦었다.

비어드는 자신이 무심코 한 제안의 결과들을 죄책감을 안고 둘러볼 때면 혼자가 편했다. 2000년 초여름쯤에는 모든 연구원이 작은 방을 하나씩 차지하게 되었다. 여섯 연구원을 따로 떨어뜨려놓고 문에 명패까지 붙여놔서 그들을 분간하는 데 도움이 됐지만 비어드는 거의 자신의 분별력 덕분이라 믿었고 칠팔 개

---

* 빠르고 센 기류를 일으키는 장치.

월이 지나다보니 어느새 모든 연구원이 파악되어가고 있었다. 레딩역에서 프리우스를 타고 센터까지 가기를 겨우 대여섯 번 했을 때 그는 그날 밤 옥스퍼드에서 할 강연 원고를 보다가 문득 고개를 들고 늘 같은 연구원이 자신을 태우러 온다는 사실을 깨달았다. 그 연구원은 진짜 말총머리를 한 두 사람 중 하나였는 데, 키가 크고 얼굴이 홀쭉하고 커다란 치아가 빼곡히 들어찬 입으로 멍청한 미소를 지었다. 비어드는 처음으로 대화다운 대화를 나누며 그가 노퍽 스와팸 변두리 출신으로 임피리얼대학과 케임브리지대학에 다녔고 미국 패서디나의 칼텍에도 이 년간 있었다는 사실을 알게 되었다. 그런 전설적인 대학들에 몸담았지만 산울타리와 건초 더미를 연상시키는 시골 말씨의 순수한 억양, 그 단순한 방향전환과 급강하와 고집스러운 상승은 그대로였다. 그의 이름은 톰 올더스였다. 센터장과의 첫 대화에서 그는 센터에 지원한 동기를 설명했다. 지구가 위험에 처해 있고 소립자물리학 분야의 자기 경험이 위기 해결에 얼마간 도움이 될 수 있을 거라고 믿던 차에 이 센터에서 '비어드-아인슈타인 융합'의 그 비어드가 직접 팀을 이끈다는 걸 알고 잔뜩 흥분해서는 센터의 주력분야가 태양에너지, 특히 인공광합성과 나노태양에너지가 될 텐데 후자는 분명……

"태양에너지?" 비어드가 온화하게 물었다. 물론 그게 무슨 의

미인지는 완벽하게 알았지만, 그 용어는 하짓날 황혼녘 로브를 뒤집어쓰고 스톤헨지 주변에서 춤추는 뉴에이지 드루이드를 연상시키는 수상쩍은 후광에 싸여 있었다. 또한 그는 기계적으로 '지구'를 들먹이며 자기가 큰 뜻을 품고 있다는 걸 과시하려는 사람들을 신뢰하지 않았다.

"예!" 올더스는 룸미러를 통해 빼곡한 치아를 드러내며 미소를 보냈다. 센터의 대장이 그 분야 전문가가 아니라는 생각은 못하는 모양이었다. "우리가 이용법을 알아내기만 기다리고 있는, 지천으로 널린 에너지요. 그 이용법을 알아낸다면 석탄이나 석유 같은 걸 땔 생각을 했던 게 놀라울 겁니다."

비어드는 '검다'라는 말투에 호기심이 동했다. 마치 그가 말하려는 걸 조롱하는 듯한 투였다. 그들은 4차선 순환도로를 달리고 있었고 중앙분리대의 산사나무 꽃이 지나가는 자동차들에게 부질없이 향기를 보내고 있었다. 아내가 집에 돌아오지 않았던 지난밤 그는 잠이 올 것 같지 않아서 가운 차림으로 침대에 누워 글을 읽었다. 과학적 재능은 뛰어났지만 한담을 비롯한 인간적 기술은 없었던 폴 디랙이 여러 동료에게 보낸 미출간 편지들이었다. 여섯시 사십오분 비어드는 그 타이프 원고를 내려놓고 면도를 하러 화장실로 갔다. 벌써 햇살이 앞마당 자작나무 가지 사이로 비스듬히 들어와 그의 발아래 대리석 바닥에 무늬를 그리고 있었다. 이렇게 이른 시각에 해가 중천에 뜬다니 얼마나 큰 낭비고 관리의 실패란 말인가. 그는 젊어 보이려고 두 눈썹 사이 새로 돋아난 털에 면도기를 갖다대며 지금까지 자신이 놓친 여름의 환한 시간은 차마 헤아릴 수도 없을 거라 생각했다. 하지만 뭘 할 수 있었겠는가? 어느 젊은이라도, 또 어느 계절이라도 아침 일곱시에 잠을 자거나 출근하는 것 말고 뭘 하겠는가? 이제 그의 수면부족은 몇 주째 이어지고 있었다.

"우리가 버틸 수 있을 거라고 생각하나?" 그는 하품을 참으며 말했다. "석탄, 석유, 가스 없이도 말이야."

올더스가 모는 프리우스는 자동차 경주장처럼 크고 혼잡한 대형 로터리를 단숨에 돈 후 원심력에 의해 내리막 진입로로 던져져 고속도로로 들어갔다. 그곳에선 질주하는 차들의 소음이 배가되었다. 테라스하우스 다섯 채만한 트럭이 줄지어 브리스틀을 향해 시속 136킬로미터로 내달렸고 그 옆을 다른 차들이 총알처럼 지나갔다. 이렇게 얼마나 더 버틸 수 있을까? 잠을 못 자서 쇠약하고 예민해진 비어드는 위축되는 느낌이었다. M4 고속도로는 그가 더는 감당할 수 없는 삶에 대한 열정을 나타냈다. 그는 이제 지방도로, 마찻길, 오솔길이 좋았다. 해리스 트위드 재킷 속에서 잔뜩 움츠린 비어드는 톰 올더스가 선생님이 원하는 답을 안다고 생각하며 대답하는 우등생처럼 쾌활하고 자신만만하게 늘어놓는 이야기를 들었다.

"석탄이, 그다음엔 석유가 우리를 만들었죠. 하지만 이제 우리는 압니다. 그런 걸 때는 게 우리를 파괴하는 짓이라는 걸요. 다른 연료가 필요하고 그걸 찾지 못하면 무너져요. 이건 또하나의 산업혁명이죠. 달리 방법이 없어요. 미래는 전기와 수소에 달려 있습니다. 우리가 아는 에너지 운반체 중 공해를 발생하지 않는 건 그 두 가지뿐이니까요."

"그래서 원자력이 더 필요하지."

청년은 도로에서 눈을 떼고 비어드와 시선을 맞추려고 룸미러를 보았다. 그 시간이 너무 길었고 뒷좌석에서 잔뜩 긴장해 있던 늙은 남자는 운전자가 혼잡한 도로에 주의를 집중하도록 먼저 시선을 돌렸다.

"더럽고, 위험하고, 비쌉니다. 하지만 아시다시피 이미 지구 밖 1억 5천만 킬로미터라는 탁월한 거리에서 아무 비용 없이 수소를 헬륨으로 바꿔 청정에너지를 만들어내는 안전한 원자력발전소가 있죠. 비어드 교수님, 제가 늘 생각하는 게 뭔지 아세요? 외계인이 지구에 와서 이 넘치는 태양광을 보고 우리가 에너지 문제로 고민한다는 사실을 알면 깜짝 놀랄 겁니다. 광전효과! 그것에 관한 아인슈타인의 연구를 읽어봤습니다. 교수님 연구도요. 융합 이론은 정말 멋져요! 신이 우리에게 준 가장 큰 선물은 바로 이것. 광자가 반도체를 때려 전자를 방출하는 것임이 분명합니다. 물리학 법칙은 너무도 친절하고 관대하죠. 이 얘기 한번 들어보세요. 비 내리는 숲에 갈증으로 죽어가는 사람이 있습니다. 그는 수액이라도 마시려고 가지고 있는 도끼로 나무를 베기 시작합니다. 나무 한 그루당 수액은 한 모금씩 나오죠. 주위는 온통 불모지에 야생동물이라곤 찾아볼 수 없고, 그는 자기 때문에 숲이 빠르게 사라져가고 있다는 걸 알아요. 그런데 왜 하늘을 향해 입을 벌리고 빗물을 받아 마시지 않는 걸까요? 나무 베는 솜씨가 뛰어나고, 늘 이런 식으로 살아왔고, 빗물 마시는 걸 장려하는 사람은 죄다 괴짜로 보이기 때문이죠. 비어드 교수님, 그 비가 바로 우리의 태양광입니다. 태양광은 우리 지구에 흠뻑 내리쬐어 우리의 기후와 삶을 만들죠. 달콤한 광자의 비를 우리는 그냥 컵을 내밀어 받기만 하면 됩니다! 어디서 읽었는데, 한 시간이 채 못 되는 동안 지구에 비치는 태양광만으로도 일 년간 전 세계 에너지의 수요를 맞출 수 있답니다."

비어드가 무덤덤하게 물었다. "일사량은 어떻게 잡아서?"

"태양상수 4분의 1로요."

"지나치게 낙관적이군. 그걸 다시 반으로 나눠야 할걸."

"비어드 교수님, 그래도 제 의견은 유효합니다. 전 세계 사막의 극히 일부분에 설치한 태양전지판만으로도 우리에게 필요한 모든 동력을 얻을 수 있을 겁니다."

말의 내용과 전혀 어울리지 않는 촌스러운 노퍽 사투리가 비어드의 예민한 신경을 건드리기 시작했다. 그는 퉁명스레 말했다. "그걸 보급할 수만 있다면."

"예. 새 DC선이 필요하죠! 그건 돈과 노력만 있으면 되고요. 그 정도는 지구를 위해 투자할 가치가 있죠! 우리의 미래를 위해서요, 비어드 교수님!"

비어드는 강연 원고를 요란하게 넘겨 대화가 끝났음을 알렸다. 하지만 괴짜의 특징은, 첫째, 세상의 모든 문제를 하나로 정리해 해결할 수 있다고 믿는 것이고, 둘째, 그걸 계속 물고 늘어지는 것이다.

톰 올더스는 아직 이야기가 끝난 게 아니었다. 차가 센터에 도착하고 정문 차단기가 올라갔을 때 그는 대화가 중단된 적이 없었던 것처럼 불쑥 말했다. "바로 그래서, 무례하게 들릴지도 모르지만, 바로 그래서 저는 지금 우리 센터에서 진행하는 초소형 풍력발전기 개발이 시간 낭비라고 생각합니다. 기술은 이미 충분히 좋아요. 정부가 국민의 호응만 불러일으키면 됩니다—서류에 서명만 하면 나머지는 시장에서 알아서 굴러갈 거예요. 어마어마한 돈을 벌 수 있는 사업이니까요. 하지만 태양광, 최첨단 인공광합성을 위해서는 나노 테크놀로지에 대한 방대한 기초연구가 필요하죠. 교수님, 그걸 우리가 할 수 있다는 겁니다!"

올더스가 문을 열어주었고 비어드는 지친 몸을 이끌고 차에서 내렸다. "자네 생각은 잘 들었어. 그런데 운전할 땐 전방을 주시하는 습관을 들여야겠어." 비어드는 그렇게 말하고 돌아서서 브레이비와 악수를 나눴다.

비어드는 오늘도 연구소를 돌면서 올더스와 단둘이 마주치는 일이 없기를 바랐다. 그 청년은 비어드만 보면 광전효과, 혹은 광전효과에 대한 자신의 양자적 설명을 납득시키거나 친절과 열성으로 압박을 가하려 했고 자기가 WUDU 프로젝트를 중단해야 한다는 말을 꺼낼 때마다 비어드가 퉁명스러워지는 걸 눈치채지 못하는 것 같았기 때문이다. 물론 그 프로젝트는 중단되어야 마땅했다. 센터 예산을 거의 다 까먹으면서도 흥미는 떨어지고 갈수록 복잡해지고만 있으니까. 하지만 그건 애초에 비어드의 아이디어였고 그걸 뒤집는 건 그에게는 재앙이었다. 그래서 비어드는 이 청년을 싫어하게 되었다. 골격 큰 멍청한 얼굴, 벌렁거리는 콧구멍, 말총머리, 빨간 끈과 초록 끈을 꼬아 만든 지저분한 팔찌, 구내식당에서 고결한 척 샐러드와 요구르트만 먹는 것, 부탁하지도 않았는데 비어드의 식판을 날라주고 가급적 옆에 붙어 앉으려고 하는 것이 다 마음에 안 들었고 그가 노픽 대표로 권투경기에 나가고, 케임브리지대학에서는 조정선수로 활약했고, 샌프란시스코 마라톤에서 7등을 했다는 사실까지 알고 나니 더 우울해졌다. 올더스는 비어드에게 소설들을—소설이라니!—권하고, 교수님도 꼭 알고 계셔야 한다며 현대음악의 새로운 경향에 대해 이야기하고, 자기는 최소한 두 번씩은 봤지만 교수님과 함께라면 기꺼이 다시 보고 싶은 기후변화 관련 다큐멘터리영화들을 소개했다. 올더스는 작심하고서 지칠 줄 모르고 권유와 추천을 하고, 변화를 촉구하고, 여행이나 휴가, 책, 비타민에 대한 열정을 권고의 형태로 표현했다. 노픽 사투리로. 스와트 계곡*에서 한 달 정도 휴가를 꼭 보내봐야 한다는 소리를 다시 듣는 것만큼 비어드의 선의를 갉아먹는 건 없었다.

비어드는 한때 아무런 소득 없이 벽돌가루와 유리섬유 절연체 실험을 했던 건물의 실험실들을 돌아다니며 엔지니어와 설계자, 그리고 에너지 컨설턴트라는 수수께끼의 직명으로 불리는 사람들에게서 경과를 보고받았다. 에너지 컨설턴트들이 쓴 〈초소형 풍력발전기 4.2 발견〉이라는 긴 문서는 첫 단락조차 읽고 싶은 마음이 들지 않았다. 여름 동안 인사팀에서 사람을 너무 많이 뽑았고 채용은 전적으로 인사팀 재량이어서 비어드는 매주 대여섯 명의 낯선 사람에게 자신이 누군지 설명해야 했다. WUDU로 바

---

* 파키스탄 북부의 불교 유적이 많은 계곡.

쓰지 않은 사람은 거의 없었고 비어드는 센터를 돌면서 점점 더 낙담할 수밖에 없었다. 온갖 수고에도 불구하고 판버러에 보내 실험할 결과물은 아직 나오지 않았고, 아무도 난기류 문제나 바람이 불지 않으면 어떻게 될지에 대해 깊이 생각하지 않았다. 애초에 싸고 효율적으로 에너지를 저장하는 아이디어를 가진 사람이 없었으니까. 강력한 가정용 새 전지를 고안하는 게 근본적인 프로젝트가 될 수 있겠지만 이제 와서 제안하기에는 너무 늦어버렸다. 모두 WUDU에 매달려 있는데다 전지 연구는 톰 올더스가 계속 제안해오고 있는 일이니까. 사실 쓸 만한 기류를 일으킬 만큼 바람이 강하게 불지도 않는 곳에 무가치한 장치를 설치해서 그 전단剪斷과 진동, 후진력, 비틀림, 회전력으로 수백만 개의 지붕을 망가뜨리는 것보다 도싯 쥐라기 해안에 값비싼 원자로를 세우는 편이 훨씬 나았다.

비어드는 한 사무실에서 나와 침울하게 다음 사무실로 향하며 약간의 자기연민에 젖어 생각했다. 자신이 무심코 뱉은 말이 어쩌다 센터의 모든 사람을 이 무의미한 목표에 매달리도록 한 걸까? 답은 간단했다. 그의 제안에 응해 문건과 197페이지나 되는 상세 제안서, 예산 초안과 스프레드시트가 올라왔고 그는 각각의 내용을 읽어보지도 않고 결재를 해줬다. 왜 그랬느냐고? 퍼트리스가 타핀을 만나기 시작한 바람에 다른 생각은 할 수 없었다.

비어드는 다시 복도로 나와 자재 전문가를 만나러 가는 길에 브레이비의 방을 지나치게 됐는데 브레이비가 한껏 들뜬 모습으로 문간에서 기다리다가 손을 흔들었다. 그의 뒤에서는 두 말총머리 중 하나인 마이크가 화이트보드에 설계도를 붙이고 있었다.

"뭔가 나온 것 같습니다." 안으로 들어선 비어드에게 브레이비가 문을 닫으며 말했다. "방금 마이크가 이걸 가져왔어요."

"오해하시면 안 돼요, 비어드 교수님." 마이크가 말했다. "제가 그린 건 아닙니다. 발견한 거죠."

브레이비가 비어드의 소매를 잡고 화이트보드 쪽으로 끌고 갔다.

"한번 보세요. 교수님 의견이 필요합니다."

커다란 종이에 정식 설계도가 여섯 점의 스케치에 둘러싸여 있었다―레오나르도 다빈치의 노트에서 볼 수 있는 빽빽하면서도 너울거리는 느낌의 낙서들. 비어드는 두 사람의 강렬한 시선을 받으며 중심에 있는 굵은 기둥 모양 설계도를 자세히 들여다봤다. 수많은 선과 단면이 전체적으로는 한 바퀴를 도는 4중나선을 이루었고 맨 아래에는 상자 모양의 발전기가 디테일을 생략한 채 그려져 있었다. 낙서 하나는 텔레비전 안테나와 함께 그 나선 구조물이 있는 짧은 수직막대가 지붕 굴뚝에 묶인 모습을 그린 것이었는데, 설치가 적절해 보이지는 않았다. 비어드는 이

분 동안 말없이 설계도만 보고 있었다.

"어떠세요?" 브레이비가 물었다.

"흐음." 비어드는 웅얼거렸다. "대단하군."

브레이비가 웃으며 말했다. "저도 그렇게 생각했습니다. 어떻게 작동하는지는 몰라도 대단하다는 건 알 수 있었죠."

"옛날식 달걀거품기와 유사한 다리우스 풍차의 변형이에요." 비어드는 오래전 행복한, 지금보다 덜 강박적인 결혼생활을 누리던 시절 어느 오후 풍력 터빈의 역사에 대해 읽었다. 그때만 해도 물리학이 상대적으로 단순하다고 생각했다. "하지만 다른 점은 이 모형에서는 날이 60도 각도로 휘어 나선형을 이룬다는 거죠. 4중 구조라 회전력을 분산시키고 자가 시동에도 도움이 되겠고요. 상향 기류에서 효과를 볼 겁니다. 아마 지붕 위에서 잘 돌아갈 거예요. 그래, 누구 작품이에요?"

하지만 비어드는 이미 그 대답을 알고 있었고 지친 마음이 배가되었다. 오늘은 스와팸의 백조 톰 올더스가 풍력 터빈의 새 시대가 도래했음을 찬양하는 소리를 들어줄 기분이 아니었다. 그건 다음주로 미루고 지금은 어디 조용한 데 앉아서 퍼트리스를 생각하며 헛되이 흥분에 젖고 싶었다. 그 정도로 상태가 나빴다.

마이크가 말총머리 밑동을 긁적거리자 감치기를 한 담요 가장자리처럼 반항적인 잿빛 머리가 드러났다. "톰의 책상에 있었습니다. 우리 보라고 일부러 거기 놔둔 줄 알았죠. 보고 나니 흥분 됐는데 어디서도 톰을 찾을 수 없었어요. 복사해서 엔지니어들 에게 줬더니 보자마자 좋아하더라고요."

흥분한 작 브레이비는 휙 돌아 자기 책상으로 가서 의자 등받 이에 걸려 있는 재킷을 집었다. 스노비즘이 발동한 비어드는 그 공무원을 한옆으로 불러 블레츨리* 시대 이후로, 최소한 자신의 학부 시절 이후로 재킷 가슴 주머니에 볼펜을 나란히 꽂고 다니 는 사람은 없다고 말해주고 싶었다. 하지만 그는 늘 충고를 생각 만 할 뿐, 실행에 옮기진 않았다.

브레이비는 흥분을 억누르며 근엄하게 위에서 동료들을 내려 다보듯 차분하고 허스키한 목소리로 말문을 열었다. 방금 왕실 방석에 무릎을 꿇고 검으로 기사 작위를 받기라도 한 것 같았다. "올더스와 얘기해보고 나서 설계부로 데려가겠습니다. 제대로 된 설계도가 필요하니까요. 그쪽에서 올더스와 함께 작업에 착 수하고, 마이크, 그동안 자네와 다른 친구들은 수학을 맡으면 되 겠군. 브레히트의 법칙 같은 것."

"베츠의 법칙입니다."

"아, 그렇지." 브레이비는 그렇게 대꾸하고 나갔다.

---

* 2차세계대전 당시 영국의 암호해독 기지가 있던 곳.

비어드는 센터 순회를 마치고 구내식당 뒤쪽 한산한 휴게실에서 초콜릿 비스킷 몇 개를 접시에 담고 주전자에서 너무 진한 커피를 한 잔 따라 앞에 놓고 앉았다. 오래도록 거기가 센터 내에서 유일하게 편안한 장소였다. 그는 팔다리에 쾌감에 가까운 무지근함을 느끼면서 자신의 집착의 대상으로 주의를 돌려 최근 등한시했던 세부에 집중했다. 하지만 먼저 의자에서 몸을 일으켜 늘 뉴스 채널에 고정된 채 웅얼거리는 휴게실 저편의 텔레비전을 꺼야 했다. 부시와 고어의 대결은 선거권이 없는 전 세계 대다수 인구의 귀중한 관심까지 흡수하고 있었다. 그는 다시 앉아서 비스킷 접시를 잡았다.

퍼트리스는 지금까지 그의 아내였던 여자들 중 단연코 제일 아름다웠다. 아니, 마르고 금발인 그녀는 지금 그가 보기에 자신의 아내였던 여자들 중 유일한 미인이었다. 네 명의 전처는 아주 약간씩 아쉬운 구석이 있었고—코가 너무 가늘거나, 입이 너무 크거나, 턱이나 이마에 미세한 결함이 있었다—미모가 살짝 떨어지는 이들은 특별한 관점, 혹은 의지나 상상력, 자기기만적 욕망의 힘을 빌려야만 매력적으로 보였다. 비어드는 퍼트리스의 매력에 대해 자세히 생각해보았다. 먼저 엉덩이가 작은 것. 큰 손바닥 하나로 다 덮을 수 있을 정도였다. 그리고 툭 튀어나온 양쪽 골반뼈 사이의 팽팽하고 크림 같은 살결. 고운 담황색 음모의 놀라운 다형성. 그 보물 중 하나라도 다시 볼 수 있을까? 관능적인 요소는 아니지만 그녀의 멍든 눈도 생각하지 않을 수 없었다. 퍼트리스는 그 멍에 대해 말해주지 않을 테고 그는 영영 진실을 알아내지 못할 수도 있었다. 그저 가능성만 따져볼 수 있을 뿐이었다. 그의 작전이 먹혀서, 그러니까 침실에 여자를 불러들인 것처럼 꾸미고 손바닥으로 계단을 때려 발소리처럼 들리게 한 것이 퍼트리스의 화를 돋우는 대신 애정과 결속감을 불러일으켰고, 그녀가 스스로 잃게 될 것에 대해 조바심을 느낀 나머지 타핀에게 그만 만나자고, 남편에게 돌아가겠다고 말했을 수도 있다—그래서 놈이 격분했을 수도 있었다. 그렇다면 시커먼 멍은 그녀가 다시 그, 비어드의 여자가 된 거나 마찬가지임을 의미했다. 하지만 그 가능성은 소망 충족적 요소가 너무 강했다. 그렇다면 뭐지?

비어드는 기계적으로 접시의 비스킷을 입으로 가져갔다. 어쩌면 상황이 엉뚱한 방향으로 흐를 수도 있었다. 세상일이 대개 그런 식이니까. 남자에게 폭행당해 멍이 들고 뼈가 부러져도 떠나지 못하는 여자들이 있다. 여성 쉼터 관계자들은 인간의 이런 괴상한 성향에 대해 한탄하곤 한다. 그런 운명에 중독된 여자라면 계속 맞고 살 수밖에 없다. 그의 아름다운 퍼트리스는? 견딜 수 없을 것이다. 상상도 못 할 일이다. 그렇다면? 그녀는 로드니 타핀의 폭력만큼이나 마이클 비어드의 동정에도 진절머리 나서 둘 다에게서 벗어나고 싶을 수도 있다. 아니면, 어느 날 밤 침실에 들어가보니 퍼트리스가 예전처럼 알몸으로 침대에 누워 다리를 벌린 채 기다리고 있고 그는 그녀의 이름을 웅얼거리며 자기도 알몸이 되어 다가갈 수도 있었다. 모든 게 순조로울 테고 그녀 옆에서 손을 뻗어 왼쪽…… 그런데 이제 그는 혼자가 아니었다. 휴게실 문간에 있는 게 누군지 굳이 고개를 들어 확인할 필요도 없었다.

올더스는 커피도 따르지 않고—그는 흥분제는 입에 대지 않았고 비어드도 그래야 한다고 생각했다—대장 옆에 앉아 서론은 건너뛰고 말했다. "교수님, 다음주 『네이처』에서 박막 태양전지에 대한 글 꼭 읽어보세요."

뇌로 공급되었어야 할 피의 일부가 아직 페니스에 남아 있어서, 물론 빠른 속도로 빠져나가고 있었지만, 비어드는 올더스에게 꺼져버리라고 말할 경황이 없었다.

대신 이렇게 말했다. "브레이비가 자네를 찾고 있어."

"들었습니다. 모두 제 풍력 터빈 설계도를 봤다고요."

"아마 지금은 자기 방에 있을 거야."

올더스는 직무로 인한 탈진의 표시로 보란듯이 야구모자를 벗고 뒤로 기대앉아 눈을 감았다. "없앴어야 했는데."

"가능성이 있어 뵈던데." 비어드가 마지못해 말했다. 그는 야구장 밖에서 야구모자를 쓴 사람은 어떤 식으로 썼든 무조건 불신했다.

"바로 그게 문제입니다. 사실 혁신적인 설계죠. 부드러운 회전력이라니! 어느 방향의 기류에도 대응하는 이상적인 받음각. 그걸로 난기류 문제는 해결된 거죠! 오해는 마세요, 비어드 교수님, 설계는 훌륭합니다. 전 다만, 센터에서 그걸 맡으면 삼 년이라는 개발기간이 낭비될 걸 우려하는 겁니다. 영리 목적의 기업에서도 돈을 벌기 위해 할 수 있는 일을요. 교수님, 그건 중요한일이 아닙니다. 초소형 풍력 터빈은 문제를 해결 못하니까요. 바람이 충분히 강한 도시도 거의 없고요. 우리는 문명 전체를 위한새로운 에너지원이 필요합니다. 정말로 시간이 많지 않아요. 태양광 기초연구에 매달려야 합니다. 독일과 일본이 먼저 치고 나가기 전에, 미국이 깨어나기 전에요. 제게 아이디어가 좀 있습니다. 우리의 고약한 기후에도 적외선은 있습니다. 그런데 제가 왜다른 사람은 다 제쳐두고 교수님께 이런 말씀을 드리는지 아십니까? 우린 광합성을 다시 살펴보고 거기서 배울 게 없는지 찾아봐야 합니다. 전 그것에 대해서도 멋진 아이디어들이 있습니다. 교수님께 보여드리려고 보고서를 만드는 중이죠. 그런데 방금브레이비 씨가 빌어먹을 제 설계도를 들고 설계팀으로 가는 걸

본 겁니다. 맙소사!"

올더스는 다시 한번 보란듯이 눈을 감고 한 손을 올려놓았다—이번에는 부당한 고통을 의연히 견디고 있다는 표시였다.

"비어드 교수님, 전 단순한 사람입니다. 지구를 위해 옳은 일을 하고 싶을 뿐이에요."

"알겠어." 비어드는 손에 들린 마지막 비스킷을 마주할 수 없었다. 비스킷을 접시에 내려놓고 힘들게 의자에서 몸을 일으켰다. "난 이제 가봐야겠군. 자네가 기차역까지 태워다줘야겠어."

"소용없습니다." 올더스는 그렇게 말하고 일어나서 세 걸음에 텔레비전 앞까지 가서 채널을 돌리더니 뉴스 하나가 끝나고 다음 뉴스가 나올 때까지 기다렸다가 볼륨을 높였다. 마치 그가 자신의 목적을 위해 마술을 부려 만들어낸 듯한 소식이었다. 그가 한 노부부를 빈곤과 절망으로 내몰아 두 사람이 나란히 손잡고 런던발 옥스퍼드행 기차에 몸을 던지도록 설득한 것만 같았다. 지역뉴스에서는 끔찍한 장면은 빼고 레딩역에서 별수없이 그냥 돌아가거나 끝내 나타나지 않은 특별열차를 기다리는 승객들의 모습만 보여주었다.

올더스는 비어드를 목욕이 필요한 정신병 환자처럼 문으로 이끌었다. "제가 벨사이즈 파크에서 멀지 않은 곳에 사는데 지금 집에 가는 길입니다. 프리우스는 아니지만 댁까지 모셔다드리죠."

비어드는 올더스가 자신이 사는 곳을 어떻게 아는지 궁금했지만 물어볼 가치도 없는 일이었다. 그리고 이제 집으로, 불행의 본부로 돌아갈 참이라 올더스를 작 브레이비에게 보내는 일은 안중에 없었다.

그로부터 몇 분 후, 대장은 녹슨 포드 에스코트 앞좌석에 앉아 젊은 연구원이 내년 기후변화국제위원단IPCC 보고서에서 어떤 내용을 발견하게 될지 내부자의 관점으로 떠드는 얘기를 듣는 척하고 있었다. 운전자의 시선이 비어드를 향하느라 도로에서 90도나 벗어난 상태가 이따금 몇 초씩 이어졌고, 비어드의 계산으로는 그 몇 초 동안 수백 미터씩 달리고 있었다. 꼭 날 보면서 얘기할 필요는 없어, 비어드는 그렇게 말하고 싶은 한편, 자신이 운전대를 잡아야 하는 순간에 대비해 전방을 주시했다. 하지만 아무리 비어드라도 자신을 집까지 태워다주는 사람에게 잔소리를 하기는 어려웠다. 무례를 범하느니 차라리 죽거나 사지 마비 환자의 침울한 삶을 사는 게 나았다.

올더스는 내년 제3차 IPCC 보고서에 실릴 내용을 간추려 설명한 후, 20세기의 마지막 십 년은 역사상 가장 따뜻한 십 년(구 년인가?)이었다고 말했다. 지난 십이 개월 동안 비어드에게 그런 말을 한 오십번째 사람이었다. 올더스는 생각에 잠긴 목소리로 기후 민감도에 대해, 대기 중 이산화탄소 농도가 산업화 이전

수치의 곱절이 되면서 발생한 기온 상승에 대해 이야기했다. 런던에 들어서자 화제는 복사 강제력으로 바뀌었고 빙하와 사막과 산호초의 감소, 해류 교란, 해수면 상승, 이것과 저것의 멸종에 대한 익숙한 장광설이 이어졌다. 비어드는 멍한 우울에 빠져들었는데, 지구—또 그 멍청한 단어를 쓰다니—가 위기에 처해서가 아니라 누군가 그 이야기에 열을 올리고 있어서였다. 비어드는 그래서 정치적인 사람들이 싫었다—불의와 재앙은 그들에게 생기를 불어넣었고, 그들의 젖이요 생명선이었고, 그들에게 기쁨을 주었다.

기후변화가 톰 올더스를 온통 사로잡고 있었다. 그럼 그에게 다른 화젯거리는 없었나? 있었다. 그는 배기가스가 신경쓰여 대거넘에 있는 한 엔지니어에게 자기 차를 전기차로 개조해달라고 부탁했다고 했다. 동력전달장치는 괜찮은데 배터리가 문제라 48킬로미터마다 충전이 필요했다. 시속 30킬로미터 이하로 달리면 얼추 문제가 없을 터였다. 마침내 비어드는 그를 인간의 영역으로 끌어오려고 어디 사는지 물었다. 그는 햄프스테드에 있는 삼촌 집 정원 아래 원룸에서 산다고 했다. 주말마다 차를 몰고 스와팸으로 가서 폐질환을 앓고 있는 아버지를 만나고, 어머니는 오래전에 돌아가셨다.

어머니 이야기가 시작되려고 할 때 차가 집 앞에 도착했다. 비

어드는 어서 헤어지고 싶은 마음에 말을 자른 후 고맙다고 인사
했지만 올더스가 얼른 내려 조수석 쪽으로 황급히 빙 돌아오더
니 문을 열고 그를 도와주려고 했다.

"혼자 할 수 있어. 혼자 할 수 있어." 비어드는 짜증스레 말했
지만 최근 체중이 불어서 혼자 내리는 게 거의 불가능했다. 빌어
먹을 차체가 너무 낮았다. 올더스는 또다시 정신병동 간호사처
럼 비어드를 부축했고, 현관문 앞에 이르러 비어드가 열쇠를 꺼
낼 때 화장실 좀 쓸 수 있느냐고 물었다. 어떻게 안 된다고 하겠
는가? 비어드는 집안으로 들어서면서 오늘은 퍼트리스가 오후에
쉬는 날이란 걸 깨달았다. 집에 있던 그녀는 멋진 푸른색 안대와
타이트한 청바지, 연초록색 캐시미어 스웨터, 터키풍 슬리퍼 차
림으로 즐거운 미소를 지으며 계단에서 내려와 두 사람을 맞이
했고 비어드가 올더스를 소개하자 커피를 권했다.

함께 식탁에 앉아 있는 이십 분 동안 퍼트리스는 친절했다. 다
정하게 고개를 살짝 옆으로 기울인 채 톰 올더스의 어머니 이야
기를 듣고는 동정 어린 질문들을 하고 역시 젊어서 세상을 떠난
자기 어머니 이야기도 했다. 대화 분위기가 가벼워지자 웃을 때
마다 비어드와 눈을 맞추고, 그를 이야기에 끼워주고, 그가 말
할 때면 엷은 미소를 머금고 들었으며, 그의 농담을 재미있어하
는 것 같았다. 한번은 그의 말을 끊으려고 가볍게 손을 만지기까

지 했다. 톰 올더스는 갑자기 표현력과 유머 감각이 넘쳐서, 원래 무서운 역사 선생님이었던 아버지가 이제 성미 고약한 병자가 되어 병원에서 나온 점심을 걸신들린 붉은 솔개에게 먹인 이야기로 그들을 웃겼다. 올더스는 자꾸만 고개를 돌리며 싱글거렸고 두 사람의 시선을 의식하는 듯 말총머리에 손이 올라갔다. 위기에 처한 지구 같은 건 까맣게 잊은 모양이었다.

그렇게 부부는 쾌활한 청년을 사이좋게 접대했고 올더스가 가려고 일어섰을 때쯤 비어드는 경이로운 일이 일어났음을 확신했다. 남편을 대하는 퍼트리스의 태도에 근본적인 변화가 있었던 것이다. 올더스를 차까지 배웅한 비어드는 손바닥으로 계단을 때려 여자 발소리를 낸 자기 작전이 정말 먹혔다고는 덥석 믿어버릴 수가 없어서 더 알아내려고 서둘러 집으로 돌아왔다. 하지만 부엌은 썰렁했고 커피 찌꺼기가 남은 잔들이 식탁에 그대로 있었다. 집안에 다시 정적이 감돌았다. 퍼트리스는 자기 방으로 돌아갔고 그가 문을 두드리자 가버리라고 분명히 말했다. 그녀는 예전의 삶을 잠깐 보여주는 것으로 그를 고문할 작정이었다. 자신의 부재를 맛보게 하고 싶었던 것이다.

비어드는 다음날 저녁에야 낯선 향기를 남기고 외출하는 그녀를 볼 수 있었다.

몇 주가 흘렀지만 변한 것은 거의 없었다. 퍼트리스의 초등학교에선 가을학기가 시작되었다. 초저녁이면 그녀는 답안지 채점과 수업 준비를 했고 일주일에 서너 번 일곱시나 여덟시쯤 타핀의 집으로 갔다. 서머타임이 해제된 10월 하순 그녀가 어둠 속에서 정원 오솔길을 걸어가면 그 부재는 더욱 완벽해졌다. 애인을 집으로 불러 저녁을 먹이는 일은 없었다. 적어도 비어드가 집에 있을 때는 그러지 않았다. 그가 이따금 회의 참석차 런던을 떠나 밤을 보내고 왔을 때도 타핀이 다녀간 흔적은 보이지 않았다. 오크 식탁의 광택이 더 짙어졌다거나 평소와 달리 주전자와 냄비를 싹 치워서 주방이 더 깔끔해졌다거나 하는 걸 제외하면.

그러다 11월 초 비어드는 전구를 찾으러 뒷문 근처 식료품 저장실에 들어가게 되었다. 춥고 창문이 없는 그곳에는 벽돌과 다른 돌로 만든 선반이 설치되어 있고 식료품 대신 잡다한 가정용 철물과 쓰레기, 쓸모없는 선물이 처박혀 있었다. 안쪽 벽에 하나 있는 환기구로 가느다란 빛줄기가 들어왔고 그 바로 아래 바닥에 지저분한 캔버스백이 놓여 있었다. 비어드는 그 앞에 서서 끓어오르는 분노를 느끼며 덮개가 열려 있는 걸 보고 발로 입구를 벌렸다. 연장—다양한 크기의 망치, 끌, 튼튼한 드라이버—이 들어 있었고 그 위에 초콜릿바 껍질, 갈변한 사과심, 빗, 그리고 역겹게도 쓰고 구겨서 버린 휴지가 있었다. 타핀이 욕실 공사를 할 때 두고 간 것일 리는 없었다. 그건 벌써 여러 달 전이고 그동안 비어드의 눈에 띄지 않을 수 없었을 테니까. 뻔했다. 그가 파리나 에든버러에 있을 때 그 건축업자가 일을 마치자마자 퍼트리스를 만나러 왔다가 다음날 아침 깜빡했거나 필요 없어서 두고 간 걸 퍼트리스가 치워둔 것이다. 비어드는 당장 내다버리고 싶었지만 손잡이에 시커먼 기름때가 묻어 있었고 타인의 물건이라면 손도 대기 싫었다. 그는 전구를 찾은 다음 부엌으로 가서 스카치를 한 잔 따랐다. 오후 세시였다.

쌀쌀한 일요일인 이튿날 일찍, 그는 청구서에서 로드니 타핀의 주소를 찾아낸 다음 일부러 면도를 하지 않고 진한 커피 석 잔을 마신 뒤 키가 2.5센티미터는 커지는 낡은 가죽부츠를 꺼내 신고 팔뚝이 근육질로 보이는 두툼한 모직 셔츠를 입고 크리클우드로 차를 몰았다. 라디오에서는 미국의 소식만 집중적으로 나오고 있었다. 해설자들은 아직 지난달 알카에다라는 조직이 미 해군 구축함 콜에 폭탄 테러를 가한 사건을 분석하고 있었지만, 주요 뉴스는 늘 똑같았다. 여름과 가을 내내 방송에서 같은 이야기만 듣다보니 인내심이 바닥나는 기분이었다. 부시 대 고어. 비어드는 미국 시민도 아니고 미국 대통령 선거 투표권도 없었지만 수신료를 내고 방송을 청취하는 이상 이 선거전의 지루한 전개 양상을 일일이 들어야만 했다. 그는 적극적으로 비정치적이었다─그가 좋아하는 표현대로라면 철저히. 그는 과열된 비非논쟁을, 상대를 오해하고 왜곡하려는 노력을, '이슈'가 불거질 때마다 딸려나오는 기억상실증을 혐오했다. 비어드에게 미국은 전 세계 과학 4분의 3을 점하는 매혹적인 실체였다. 나머지는 거품에 불과했고, 이 선거전은 엘리트 내부의─특권을 가진 전직 대통령의 아들과 명문가 상원의원의 아들이 싸우는─대결이었다. 개표가 진작 마감된 상황에 고어가 부시에게 전화를 걸어 자신의 패배 인정을 철회하며 플로리다의 표 차이가 너무 적으니 자동 재검표를 진행해야 한다고 주장한 모양이었다─"처음 전화했을 때와는 상황이 달라졌습니다." 앨 고어가 사용한 절제된 표현이었다.

대통령이 되면 부시나 고어나 같은 제약에 얽매일 터였다. 같은 사실, 같은 대학에서 고만고만한 정통 이론을 배운 고문단의 속박을 받을 터였다─비어드는 세세한 것까지는 관심이 없었다. 그는 차를 몰고 스위스 코티지를 지나며 부시나 고어나 어차피 똑같은 마당에 누가 21세기의 첫 사 년 혹은 팔 년간 미국 대통령이 되든 세계적으로 크게 달라질 건 없다고 결론지었다.

전날 오후와 저녁에 마신 스카치가 무적의 존재가 된 듯한 쾌감뿐만 아니라 무모한 명료함까지 남겼다. 이제 그는 자신이 문제를 너무 심각하게 받아들였다고 생각했다. 바람난 마누라? 그럼 새 마누라를 얻어야지! 행인이 거의 없는 크리클우드는 전날의 술이 깨지 않은 차분한 인상이었고 일요일 아침의 정적은 그의 목적이 단지 호기심을 만족시키기 위함임을 상기시켰다. 그는 퍼트리스가 어디서 일주일의 반을 보내고 자신의 적이 어떻게 사는지 알 권리가 있었다. 우회전, 좌회전을 하면서 1.6킬로미터를 더 달리자 타핀의 집이 있는 길이 나왔다. 그곳은 두 간선도로를 연결하는 1.6킬로미터의 4차선 도시고속도로 주위에 어쩌다 임시로 생겨난 동네로, 2차세계대전 이전의 세미 주택들이 수세에 몰린 채 풍파에 시달린 모습으로 서 있었다. 그는 진입로 옆 정차구역에 차를 세우고 사진에서 본 집을 바라보았다. 검게 얼룩진 소나무 판자를 붙여 16세기풍 분위기를 낸 정면, 트레일러에 불편하게 웅크린 모터보트(바람에 갈가리 찢긴 비닐덮개 아래 숨어 있는 그것은 노 젓는 배일 수도 있었다), 현관문 옆 검은 기둥 위의 조지 왕조풍 마차등, 그리고 깔끔한 잔디밭에 둘러싸인 콘크리트 바닥에 누워 있는, 과감히 추가한 현대적인 빨간색 공중전화부스. 검은색에 가까운 목재 장식 사이로 보이는 집은 눈부신 흰색으로 칠했고, 납유리창 뒤로 단정하게 주름을 잡아 묶어놓은 꽃무늬 커튼이 눈에 들어왔다.

비어드는 실내외 디자인에 대해 이렇다 할 고집이 없었고 정원의 마차등 같은 것에 편견도 없었으며, 1930년대 교외주택에 엘리자베스양식 분위기를 가미하려는 시도도 순수하고 애국적으로 느껴졌다. 만일 로드니 타핀을 증오하지 않았다면 품위와 고된 노동, 단순한 낙관주의가 느껴지는 집이라고 생각했을 터였다. 전에 타핀과 대화를 나누며 비어드는 그의 아내가 작년에 세 아이를 데리고 집을 나가 웨일스 출신 견적사와 스페인 코스타 브라바에서 산다는 이야기를 들었고, 그래서인지 타핀의 집 단장에는 약간의 비애도 배어 있었다. 하지만 이곳은 퍼트리스가 규칙적으로 섹스를 하러 오는 장소였고 모든 것이, 심지어 동전을 던져 소원을 비는 작은 우물과 그 손잡이 옆 난쟁이 무리까지도 적대적인 인상을 풍겼다. 비어드도 그것들이 싫었다. 타핀은 퍼트리스를 위해 공중전화부스를 세우려고 한 걸까? 퍼트리스가 마음에 들어하는 척하는 소리가 귓가에 선했다. 자기, 정말 독창적이에요. 너무 창의적이고…… 그만! 비어드는 차에서 내렸다.

아내가 무수히 밟았던 길이고 그 자신은 타핀에게 일을 준 적이 있었기 때문에 비어드는 당당하고 편안하게 진입로를 올라갈 수 있었다. 광택 페인트로 검게 칠한 수직홈통 하나에서 물 떨어지는 소리가 쨍쨍 들렸고 그 아래 배수구에서 김이 올라와 11월의 대기 속으로 퍼졌다. 집주인이 목욕재계를 하며 몸에서 비어드 부인의 DNA를 씻어내고 있었다. 팔라디오풍 주랑현관은 사용하지 않는 것 같아서 집과 목제 울타리 사이 좁은 콘크리트길을 따라가니 쪽문이 나왔고, 길은 출입구가 열린 뒤쪽 정원까지 이어져 있었다. 비어드는 타핀이 자랑하던 야외 온수 욕조가 떠올라 한번 보고 싶었다. 퍼트리스가 사용했을 수도 아닐 수도 있지만 그는 철저해지고 싶었다. 모든 걸 알아야 직성이 풀릴 것 같았다.

나무도 없고 손질도 되지 않은 작은 잔디밭은 삼면이 철책으로 둘러싸여 있고 그 너머 이웃집과의 사이에 있는 어수선한 땅에 철탑이 하나 버티고 서 있었다. 송전선에서 마음을 편안하게 해주는 지지직 소리가 들렸다―전자들이었다―지극히 오래도록 변치 않고, 지극히 근본적인 것. 비어드는 청춘의 많은 부분을 전자에 대해 생각하며 보냈다. 스물한 살 때는 1928년 전자의 회전을 예측한 완벽한 형태의 디랙방정식을 읽고 경이감에 빠졌다. 순수한 아름다움을 지닌 그 방정식은 역사상 가장 위대한 지적 위업 중 하나로, 반입자의 존재를 주장하고 청년 비어드 앞에 '디랙의 바다'라는 드넓은 지평을 열어주었다. 하지만 그건 비어드가 과학자였을 때 이야기고, 관료가 된 지금 전자 생각은 하지도 않았다. 1990년대 중반 디랙의 절묘하고 간결한 공식―$i\gamma \cdot \delta \psi = m\psi$―이 새겨진 웨스트민스터 대성당 기념비 앞에서 스티븐 호킹이 연설할 때 비어드는 작은 청중 무리에 섞여 옛 흥분이 되살아나는 걸 마지막으로 느꼈었다. 이제 다 옛날 일이다.

집 더 가까이에 주차장처럼 바닥이 포장된 네모진 공간이 있고 녹슬어가는 옷걸이가 서 있었다. 냉장고의 잔해와 흰 플라스틱 정원 가구가 쌓여 있고, 바로 그 옆으로 가로세로 2.5미터가량의 거대한 나무상자가 있었는데 자물쇠 달린 덮개 위에 둘둘 말린 검은 호스가 놓여 있었다. 비어드는 그 욕조가 자신이 무의식적으로 떠올렸던 캘리포니안 드림이 아니라는 데 안도했다—세쿼이아나무도, 매미도, 시에라네바다도 없었다. 하지만 다시 쪽문으로 돌아가며 그는 불행한 기분을 떨칠 수 없었다. 한 가지 사실이 확실해졌으니까—퍼트리스가 이곳을 찾는 이유는 오직 섹스 때문이었다. 그게 아니라면 왜 이런 우중충한 곳에 오겠는가? 하지만 내가 지금 찾고 있는 건 불행 아닌가?

그런 생각을 하고 있는데 위에서 소리가 들려 고개를 드니 2층에서 김이 뽀얗게 서린 쇠틀 창문이 드르륵 열리고 로드니 타핀의 젖은 분홍빛 얼굴이 나타났다.

"어이!"

타핀의 얼굴이 갑자기 사라지더니 열린 창문에서 하얀 김이 쏟아져나왔고, 안에서 맨발로 카펫 깔린 계단을 쿵쾅거리며 급히 내려오는 소리가 들렸다. 비어드는 팔짱을 끼고 쪽문에서 기다렸지만 아무런 계획도 없었고 자기가 무슨 말을 하고 싶은지도 몰랐다. 생각을 곱씹고 기다리는 시간이 너무 길어지다보니 일단 무슨 일이든 벌어지길 원하는 마음뿐이었다. 그게 뭐든 상관없을 정도였다.

빗장 두 개를 벗기고 알루미늄 손잡이를 돌리는 소리와 함께 문이 안쪽으로 열리고 문간에 선 아내의 애인이 보였다.

비어드는 발언권 선점이 중요하다고 생각했다. "타핀 씨. 안녕하신가."

"당신, 원하는 게 뭡니까?" 타핀이 '당신'을 강조해서 물었다. 그는 굵은 허리에 그리 크지 않은 빨간색 수건을 두르고 있었다. 머리에서 어깨로 똑똑 떨어진 물방울들이 핀볼처럼 지그재그를 그리며 가슴털 사이로 흘렀다.

"한번 둘러보러 왔지."

"아 그러셔? 그래서 허락도 없이 들어왔단 말이지."

"내 아내도 그렇게 하니까."

그 직접적인 말에 타핀은 화가 난 눈치로, 부당하거나 좀 지나치다고 여기는 모양이었다. 아직도 희미하게 김이 피어오르는 몸으로 밖에 나온 그는 추위도 잊은 듯했다―자동차의 디지털 온도계가 2도를 가리키고 있었는데 말이다. 비어드는 2미터쯤 떨어진 곳에서 팔짱을 낀 채 부츠 굽까지 합쳐 167센티미터의 키로 서 있었고 타핀이 코앞에 와서 서도 뒤로 물러나지 않았다. 타핀은 맨발인데도 키가 컸고 허리 위로는 탄탄하지만 그 아래는 빈약했고—건축업자 체형이었다—가슴살은 축 늘어지고 최근 붙은 군살이 근육을 덮고 있었으며 맥주와 정크푸드로 생긴 뱃살이 비어드보다 더 푹 퍼져 있었다. 허리에 두른 수건이 위태로워 보일 지경이었다. 남편의 완벽하고 이상적인 외관을 추구하는 게 아니라면 퍼트리스는 왜 이런 남자를 만나는 걸까? 타핀의 얼굴은 한마디로 신기했다. 쥐상이었고 매력이 아주 없진 않지만 머리통에 비해 너무 작았다. 남자의 호기심에 찬 작은 이목구비가 구레나룻이 자란 너무 넓은 공간에 쑥 들어가거나 튀어나와 있었다. 타핀은 특대형 차도르라도 쓴 것처럼 자신의 두개골 안에서 밖을 내다보았다. 비어드가 마지막으로 보았을 때는 분명 있었던 위쪽 앞니 하나가 빠지고 없었다. 뱀이나 오토바이, 어머니를 찬양하는 문구 문신은 보이지 않아 실망스러웠다. 그러다 물리학자 비어드는 문득 자신이 고정관념에 사로잡힌 채 나이들어가는 부르주아임을 인식했다. 타핀은 몸에 피어싱을 하기엔 나이가 너무 많았지만 어깨 위에 인간의 귀 미니어처나 선원의 아주 작은 앵무새 같은 뒤틀린 혹이 흡사 꼬리표처럼 족히 1.5센티미터는 돋아 있었다. 치실 같은 걸로 꽁꽁 묶어놓으면 일주일 만에 떨어지겠지만 여자들은 그런 결점에, 종업원을 셋이나 거느리고 자기 사업을 하는 거구의 남자의 그런 약점에 마음이 움직일 수도 있었다. 분명 퍼트리스의 혀가 그 미세하게 주름진 혹을 핥았을 터였다.

타핀이 말했다. "내가 당신 아내랑 뭘 하든 그건 내 문제고." 그는 자신의 농담에 웃음을 터뜨리며 말을 이었다. "당신은 여기서 꺼지는 게 좋을걸."

비어드는 잠시 옴짝 못했다. 나쁘지 않은 대사였다. 그 정지상태에서 자신이 원하는 건, 아니 하려는 건 타핀의 맨다리를 아주 세게, 뼈가 부러질 정도로 세게 걷어차는 것임을 문득 깨달았다. 그 생각에 기분이 짜릿해지고 심장이 빠르게 뛰었다. 앞코에 쇠를 댄 게 이 부츠인지 아니면 오래전 버린 건지 기억이 나지 않았다. 하지만 상관없었다. 한때 드릴 소리와 음정이 엉터리인 휘파람 소리, 끝없는 먼지, 오후 내 유치한 방송을 내보내는 깡통라디오로 집안의 평화를 깨뜨린다며 비이성적으로 반쯤 경멸했던 불청객이, 그가 돈을 주고 부린 일꾼이 이제 자신과 동등한 입장에서 전투를 벌이는 적이라니 얼마나 이상한 일인가. 하지만 동등한 입장이라고 생각하는 건 비어드뿐일 것이다. 이미 오래전부터 동료들은 비어드가 누군가와 대립할 때—물론 이론물리학이 상당 부분을 차지했다—무모함이라는 재능, 어쩌면 저주받은 그 재능이 발휘된다는 걸 알고 가끔 절망했다.

"당신이 내 아내를 때렸어." 비어드는 말했다. 맥박이 고동쳐서 목소리가 제대로 나오지 않았다.

그는 이미 타핀의 각진 정강이를 흘끗 봐두었는데 흰 살에 검은 털이 듬성듬성 나 있는 게 털을 잘못 뽑은 칠면조 같았다. 키는 작아도 한창때 스포츠맨이었던 비어드는 왼발에 체중을 실었다. 균형을 위해 팔을 벌려야 한다는 걸 기억해냈을 테고, 시간이 충분했다면 반쯤 돌아서 발꿈치로 타핀의 발가락을 으깨놓았을 터였다.

타핀을 공격하려는 자기 의도가 뻔히 보인다는 건 깨닫지 못했다. 그는 둥근 가슴을 노골적으로 들썩이며 가느다란 양팔을 힘주어 올렸고, 얼굴은 신나는 계획에 유아론*적으로 몰입해 잔뜩 긴장되어 있었다. 타핀은 성인이 되고 나서 싸움을 많이 해본 것 같았다. 그는 비어드가 몸을 숙이기도 전에 팔을 뒤로 뺐다가 손바닥으로 오른쪽 뺨과 귀를 갈겼다. 순간 비어드는 의식이 몽롱해지면서 몇 초 동안 세상이 하얗게 보이고 웅웅 소리가 들렸다. 의식을 되찾았을 때 타핀은 방금 전 동작으로 매듭이 헐거워진 수건을 움켜쥐고 그 자리에 서 있었다.

"다음 건 아파." 타핀이 말했다.

옛날 영화 주인공이 사랑하는 여자를 진정시킬 때 쓰는 방식

---

* 실재하는 것은 오직 자아뿐이고 타인이나 모든 사물은 오직 의식 속에 존재한다는 인식론.

이었다. 건축업자는 비어드를 제대로 한 방 날릴 가치조차 없는 상대로 여기고 있었다. 하지만 더 때릴 건 분명했다. 다행히 때마침 옆집에서 정원 길을 올라가던 아이들이 반벌거숭이로 서 있는 살찐 이웃 아저씨를 보고 속닥거리고 킥킥거리는 소리가 들려왔다. 담장 너머에서 높이가 다른 수줍은 얼굴 셋과 휘둥그레진 갈색 눈 세 쌍이 슬그머니 나타났다. 타핀은 황급히 안으로 들어갔다. 더 큰 수건이나 코트를 가지러 갔을 그때가 비어드에게는 자리를 뜰 절호의 기회였다. 하지만 자존심이 있어서 허둥지둥하는 모습은 보이지 않으려고 조심했다. 요람 위 보트와 누워 있는 공중전화부스를 지나 진입로를 내려가는 동안 차가운 공기 속에서 얼굴이 얼얼하고 화끈거렸고—그 따귀는 진짜 아팠다—귀에서는 전자음 같은 소리가 끊이지 않아 차에 도착했을 즈음엔 어질어질하고 귀가 반은 먹은 듯했다. 시동을 걸며 집 쪽을 살펴보니 타핀이 운동복 차림으로 풀린 운동화끈을 휘날리며 당당히 걸어오고 있었다. 더는 크리클우드에서 얼쩡거릴 이유가 없었다.

그해의 남은 삼 주 동안 모든 것이 변하기 시작했다. 북극에서 초대장이 왔다. 비어드는 자신과 주위 사람들에게 북극이라고 말했지만 사실 정확한 위치는 위도 80도에 한참 못 미치는 곳이고, 팸플릿에 따르면 '술 장식이 달린 벽등과 고급 카펫, 오크 판자로 꾸며진 복도를 자랑하는 훈훈하고 시설 좋은 선박'에서 묵을 예정이었고, 그 배는 스피츠베르겐섬의 롱예르뷔엔 북쪽에서 스노모빌로 한참 가야 나오는 반쯤 오지의 피오르에 얼어붙은 듯 정박해 있을 예정이었다. 세 가지 고충은 작은 선실, 이메일 사용의 제한, 와인은 북아프리카산 뱅 드 페이*밖에 마실 수 없다는 것이었다. 파견단은 기후변화에 관심 있는 예술가와 과학자 스무 명으로 구성되었고, 마침 배에서 16킬로미터 거리의 빙하 하나가 극적으로 녹아내리는 중이라 그 시퍼런 절벽들이 주기적으로 집채만한 얼음덩어리로 쪼개져 피오르해안에 흘러들었다. '국제적으로 저명한' 이탈리아 요리사가 식사를 준비하고 필요한 경우 가이드가 대구경 소총으로 그곳의 포식자 북극곰을 쏠 수도 있었다. 강의는 할 필요 없고—비어드는 존재 자체로 충분했다—비용은 모두 재단에서 부담할 것이며, 스무 명의 왕복 비행과 스노모빌 이용, 하루 60인분의 따뜻한 식사 준비로 인한 이산화탄소 배출에 대한 보상은 베네수엘라에 적당한 장소가 정해지고 그 지역 관료를 매수하는 즉시 나무 삼천 그루를 심는 형태로 이루어질 것이었다.

---

* 프랑스에서 정한 등급 중 세번째 등급의 와인.

곧 센터에 비어드가 '지구온난화를 몸소 확인하러' 북극에 간다는 소문이 돌았고, 그가 개썰매를 탈 거라느니 손수 썰매를 끌게 될 거라느니 하는 말도 나왔다. 당황한 비어드는 극지까지 갈 '가능성은 낮고' 대부분의 시간을 '캠프에서' 보낼 거라고 설명했다. 작 브레이비는 비어드가 기후변화 문제에 헌신하는 걸 놀라워하며 휴게실에서 송별회를 열 준비를 했다.

북극 초대장을 받은 바로 그 주에 비어드는 기차에서 마주쳐 데이트 신청을 했던 그리 젊지 않은 회계원과 사귀기 시작했다. 기분좋게 둔한 여자였고 비료회사에서 일한다고 했다. 그녀와의 관계는 삼 주 만에 완전히 끝났다. 하지만 결정적으로 아내에 대한 강박이 무뎌졌다―미미한 정도인데다 항상 그런 것도 아니었지만 그는 자신이 경계를 넘었음을 알았다. 곧 아내를 전혀 갈망하지 않게 될 거라는 자명한 사실이 떠올라 슬퍼졌다. 이미 다 끝났고 안락한 집과 소유물을 나눠야 하고 한두 해가 지나면 다시는 그녀를 보지 못할 테니까. 타핀을 찾아간 것도 냉정을 찾는데 도움이 되었다. 그런 남자를 좋아하는 여자를 어떻게 계속 사랑할 수 있겠는가? 남편에게 모욕을 주자고 그토록 철저히 자신을 벌한 이유는 뭘까?

그가 아내에 대해 몰랐던 건 또 무엇이었을까? 비어드는 크리스마스 직전 아내와 오랫동안 미뤄온 대화를 하면서 그걸 알게 되었고, 대화는 냉정한 종언을 고하는 절제된 언쟁으로 발전했다. 퍼트리스는 이미 반년 전부터 훔볼트대학 수학자 주차네로이벤은 빙산의 일각임을 알고 있었다고 했다. 그녀는 거실을 서성거리며 하이힐로 마룻바닥에 상처를 내면서 자신이 아는 나머지 진실을 밝혔고, 여자들의 이름과 장소, 대략적인 날짜까지 야무지게 외워 열거하는 품이 비어드 못지않게 강박적이었던 게 분명했다. 집에서 쾌활함을 보였던 것은 비참한 기분을 숨기기 위해서였고, 타인과 관계를 맺은 것도 굴욕감에서 벗어나기 위해서였다. 그녀는 비어드에게 오 년간 열한 번이나 바람피운 걸 어떻게 설명하겠느냐고 따졌다. 비어드가 자기보다 더 심한 전적을 남긴 어머니 얘기를 꺼내려는데 퍼트리스는 그냥 나가버렸다. 그녀는 듣기 위해서가 아니라 말하기 위해 들어온 것이었다. 지난 몇 개월 동안 비어드가 원했던 정면 대결이 드디어 이루어진 셈이었다. 왜 그걸 원했는지 지금은 생각나지 않았다. 그는 소파에 늘어져 유리로 된 커피테이블에 다리를 올리고 눈을 감은 채 처음으로 나무 없는 극지방의 차갑고 순수한 공기를 갈망했다.

2월 말 비어드는 센터에서 곧장 히스로공항으로 떠나도록 일정을 잡았고, 그래서 휴게실에서 송별회가 열리는 동안 밖에서 택시가 기다렸고 문간에는 낡은 스키복을 넣어 빵빵해진 가방이 놓여 있었다. 이제 예순한 명인 센터의 정식 직원 중 대부분이 휴게실로 모여들어 작 브레이비의 연설을 들었다. 그 자리는 송별회일 뿐 아니라 휴게실 중앙의 상자 두 개 위에 놓인 반짝이는 강철장치를 축하하는 자리이기도 했던 것이다. 그 장치는 판버러의 풍동에 넣어 실험할 수 있도록 기록적인 시간 내에 설계와 제작을 마친 톰 올더스의 4중나선 풍력 터빈 모형이었다. 많은 사람이 그 장치가 염기쌍이 없고 더 복잡하다는 것만 빼면 크릭-왓슨 모델*을 닮았다는 점에 주목했고, 일부는 로절린드 프랭클린**의 유명한 말 '진실이 아니기엔 너무도 아름답다'를 상기했다. 이 경우에는 '작동하지 않기엔'으로 바꿔야겠지만. 브레이비는 연설에서 아직 축하하기는 이르다, 앞으로 해야 할 일이 훨씬 더 많다, 하지만 이 프로젝트가 얼마나 진척되었고 얼마나 혁신적일지 모두에게 보여주고 싶었다고 말했다. 그리고 이례적으로 서정적인 표현을 동원해 근처 언덕에서 내려다본 도시의 풍경을 묘사하며 오천 개의 지붕 위에서 석양빛에 반짝이며 회전하는 은빛 풍력 터빈의 모습은 1950년대 도시 외관을 바꿔놓은 텔레비전 안테나보다 훨씬 아름다울 거라고 말했다.

----

* 2중나선 구조의 DNA 분자구조 모델.
** 영국의 생물물리학자이자 엑스선결정학자로, 크릭과 왓슨의 노벨상 수상에 결정적으로 기여했다.

그동안 톰 올더스는 뒷자리를 지키며 비어드를 피하는 듯했다. 그들은 그 프로젝트가 실패할 걸 알았고 모두 기뻐하고 있는데 둘만 그 사실을 알고 숨기는 건 야비한 짓이니 다행이었다. 브레이비는 이제 비어드를 향해 돌아서서 위험과 고난이 기다리고 있을 팔 주간의 여행을 무사히 마치고 돌아오기를 기원해주었다. 그리고 센터 직원들에게는 기후 모델에 따르면 지구온난화의 신호는 극지방에서 가장 먼저 가장 극단적인 형태로 관측될 텐데, 우리 센터 대장님이—이 말에 여기저기서 애정 어린 킥킥거림이 들려왔다—몸소 그 신호를 확인하기 위해 혹독한 환경 속으로 용감히 뛰어들어 무척 자랑스럽다고 말했다.

그다음엔 비어드가 앞으로 나서서 몇 마디 했다. 브레이비가 어쩌다 자신이 팔 주 동안 여행한다고 생각하게 됐는지 알 수 없었다. 사실은 육박 일정이었지만 남들 앞에서 동료의 말에 반박하는 건 예의가 아니었다. 훈훈한 선박과 술 장식이 달린 벽등에 대해서도 언급하지 않고 대신 '위대한 일들'—보다 구체적으로 말할 용기는 나지 않았다—을 앞둔 연구소의 일원인 것이 자랑스럽고 흥분된다고, 언젠가는 우리 센터가 미국 콜로라도 골든에 있는 라이벌을 앞지를 거라고 말했다. 건배와 박수갈채, 짧은 악수와 토닥임이 이어진 뒤 비어드는 택시로 향했고 작 브레이비가 손수 여행가방을 들어주었다. 차를 뺄 때 말총머리들이 함성을 지르며 차 지붕을 두드렸지만 올더스는 거기 없었다.

여행을 떠날 때마다 비어드는 처음부터 끝까지 적응을 못했다. 혼란이나 공포에 빠져서가 아니라 긴 여행을 하다보면 일종의 정신적 결핍, 공허랄까 불안한 권태에 직면해서였다. 그는 좌석 안전띠를 매며 그런 감정이야말로 평소 일상생활과 수면에 가려졌던 자신의 진짜 상태의 표현이리라 여겼다. 비행기에서는 독서에 몰입할 수 없었다. 사실 지상에서도 긴 책을 처음부터 끝까지 읽어본 적이 없었다. 그는 풍경이 어떻든 창밖을 내다보거나 앞자리를 바라보거나 기내 잡지를 획획 넘기는 여행자 중 하나였다. 기껏해야 물리학 전반에 관한 최신 정보를 얻기 위해 지금 읽는 『사이언티픽 아메리칸』처럼 비전문 용어로 쉽게 쓴 대중 과학잡지를 읽는 정도였다. 하지만 그런 때조차 온전히 집중하기가 힘들었다. 자기 이름을 찾아보는 평생의 성가신 습관 때문이었다. 그에겐 자신의 이름이 볼드체로 보였다. 작은 글자로 된 읽지 않은 장에서 튀어나올 수도 있었는데, 가끔은 페이지를 넘기기도 전에 감이 왔다. 몰입을 방해하는 또하나의 요소는 음료 카트가 통로 어디 있는지, 어디서 소리 죽여 덜컥이며 점근적 접근을 하고 있는지 정확한 위치를 파악하는 과도하게 발달한 인지력이었다. 그리고 술을 마시든 아니든, 높은 곳에 오르면 성적 환상이나 기억에, 혹은 그 둘 다에 빠지기 쉬운 상태가 되었다.

그러나 지금 비어드는 북쪽을 향해 날아가는 비행기 안에서 동료들의 환호가 아직 귓가에 선한 가운데 잡지에 집중하기 위해 최선을 다하고 있었다. 그는 요란한 삽화를 곁들인 광자와 반물질 관련 기사를 읽고 있었고, 아니나 다를까 오 분 안에 괄호 속에 든 온전한 신호—비어드-아인슈타인 융합—를 발견하고 심장이 쿵쾅대는 근사한 감각을 느꼈다. '보스-아인슈타인 응축'도, '아인슈타인-포돌스키-로젠 패러독스'도, 그냥 '아인슈타인'도 아닌 '비어드-아인슈타인 융합'이었다. 그는 단순한 기쁨 속에서 아직 2.5미터쯤 떨어져 있는 음료 카트를 더 강하게 갈망했다. 비어드는 말하자면 아동용 세발자전거처럼 작은 자신의 재능이 세계 역사에 길이 남을 천재의 대형트럭에 편승하게 된 것이 얼마나 대단한 일인지 잘 알았다. 아인슈타인은 빛, 중력, 공간, 시간, 물질, 에너지에 대한 기존의 이해를 뒤집고, 현대 우주론의 토대를 마련하고, 민주주의와 신 혹은 신의 부재에 대한 입장을 밝히고, 핵폭탄을 옹호했다가 반대하고, 바이올린을 연주하고, 보트를 타고, 자식들을 두고, 첫 아내에게 노벨상 상금을 안기고, 냉장고를 발명했다. 비어드는 '융합' 외에 한 게 없었고 그나마도 절반은 아인슈타인의 공이었다. 그는 난파당한 사람처럼 그 하나의 널빤지를 붙들고서 스스로를 특권층으로 여겼다. 애초에 노벨상은 어떻게 받았을까? 세 명의 유력 후보를 놓고 위원회의 의견이 첨예하게 대립하는 바람에 네번째 후보가 낙점되었다는 소문이 맞는지도 몰랐다. 그래도 비어드의 이름이 통과되었고, 어쨌거나 이번엔 영국 물리학자 차례라는 공감대가 형성되었다. 일부 교수 휴게실에서는 위원회가 의견 조정 과정에서 마이클 비어드와 재능 있는 아마추어 피아니스트이자 중성자분광학 연구자인 마이클 버드 경을 혼동했다는 웅얼거림도 들렸지만 말이다.

그런 옹졸한 소문들은 제쳐두고, 사우스 다운스의 옛 목사관에서 첫 아내 메이지의 불평과 공동세입자의 쌍둥이 아기들이 끊임없이 울어대는 소리로 이루어진 사운드스케이프에 갇혀 정신없이 계산과 수정에 매달렸던 축복받은 몇 개월은 짧은 은총의 시간이었다. 그 놀라운 집중력이란! 하지만 너무도 오래전 일이라 당시 자신이 얼마나 의욕적이었고 그 시절이 실제로 어땠는지는 기억이 잘 나지 않았다. 가끔 비어드는 어느 모르는 청년, 자신은 꿈도 꾸지 못할 만큼 똑똑하고 헌신적인 이론물리학자의 업적 덕에 평생을 쉽게 살아온 기분이 들었다. 인정하지 않을 수 없었다―그 스물한 살의 물리학자는 천재였다. 그런데 그 청년은 어디로 간 걸까? 그의 논문을 보고 흥분한 리처드 파인먼이 1972년 솔베이 회의를 중단시켰다는 그 마이클 비어드가 정말 자신이 맞는 걸까? 아직까지 그 유명한 솔베이의 '마법의 순간'을 기억하거나 관심 있어하는 사람이 있을까? 울보 쌍둥이로 말할 것 같으면 작년에 둘 중 하나의 결혼식에서 직접 볼 수 있었다. 둘 다 삼십대 뚱보가 되어 있었고 하나는 치과의사, 다른 하나는 헤지펀드 매니저였는데 둘이 똑같이 거만했다. 그 쌍둥이가 융합 이론과 동갑이었다.

술을 몇 잔 마시고 점심을 먹고 다시 술을 마신 후 비어드는 무릎에서 미끄러져 떨어지는 잡지를 내버려두고 앞좌석 머리받이 덮개를 고정시키는 단추를 응시하며(그는 창가 좌석이 아니었다) 익숙한 몽상에 빠졌고 퍼트리스에게만 집착하지 않는 걸 정신건강이 회복되고 있는 증거라고 여겼다. 그는 얼어붙은 피오르로 함께 초대된 손님들의 약력과 사진을 받았고 스텔라 폴킹혼이라는 개념예술가의 미소에 반하고 말았다. 스텔라 폴킹혼은 예술에 무관심한 그에게도 익숙한 이름이었다. 최근 언론의 집중 조명을 받은 건 저작권 침해 고소 건이었지만 법정까지 가진 않았다. 그녀는 테이트모던 갤러리의 의뢰를 받아 캣퍼드의 어느 경기장에 초대형 모노폴리 게임판을 설치했다. 페인트칠된 게임판은 가로세로가 100미터에 이르러 사람이 그 위를 걸어다닐 수 있었고, 파크 레인과 올드켄트 로드* 칸에 실물 크기에 가까운 집들이 있어서 직접 안으로 들어가 불공평한 부의 분배를 확인할 수도 있었다. 메이페어 부자들의 빈집에는 태피스트리, 뒤러의 목판화, 빈 샴페인병이 있는 데 반해 가난한 이스트엔드 올드켄트 로드에는 정크푸드 껍데기와 버려진 주사기가 나뒹굴고 텔레비전에서 연속극이 나오고 있었다. 주사위는 높이가 2미터나 됐고, 커뮤니티 체스트 카드**는 크레인으로 옮겨야 했으며, 합판으로 만든 모서리 접힌 지폐들이 풀밭 위에 25미터 높이로 위태롭게 쌓여 있었다. 그러니까, 그 작품은 돈에 집착하는 문화를 고발하는 것이었다. '모노폴리'는 찬사도 받고, 욕도 먹고, 히스로공항을 향해 내려오는 비행기 안에서 승객들의 카메라에 담기기도 했다. 아이들은 게임판에서 우르르 몰려다니고 중절모 모양 게임말에 기어들어가길 좋아했다. 모노폴리 게임판 제조업체들은 소송을 시작했다가 대중의 조롱이 쏟아지고 매출이 증가하자 포기했다. 올드켄트 로드 지역상인협회에서도 소송을 건다 어쩐다 했지만 더이상 소식이 없었다.

폴킹혼의 육신과 유리된 미소가 비어드의 파탄난 결혼에 대한 우울한 생각을 지배했다. 그는 슬픔과 분노, 노스탤지어(신혼 몇 개월은 축복의 기간이었으니까)가 섞인 온화한 기분에 젖어 따

---

* 각각 런던의 고급 주택지 메이페어, 남부 서민가에 위치한 거리로 모노폴리 런던판에 올라 있다.
** 모노폴리 게임에서 쓰는 공동모금 카드.

뜻하고 스스로에게 관대한 패배감을 느꼈다. 그리고 반복감도. 다섯 번이면 충분했다. 다시는 이런 일을 겪지 않으리라 결심했고 그러자 새로운 자유를 얻었다는 익숙한 감각이 찾아왔다. 모든 것이 정리되면 런던에 작은 아파트를 하나 사서 자신만 책임지고 살 작정이었다. 맹렬히 독립을 지키고, 자꾸만 결혼하는 이상한 습관을 고칠 터였다. 그에게 필요한 건 애인이지 마누라가 아니었다.

비어드는 오슬로에서, 그다음엔 트론헤임에서 수동적으로 수속을 밟았다. 롱예르뷔엔행 비행기가 두 시간 반이나 연착했고 그동안 그는 플라스틱 의자에 앉아 아무런 회상 없이 〈헤럴드 트리뷴〉에 완전히 몰입했다. 그가 탄 택시가 호텔 밖 거대한 눈더미들 근처에 선 것은 새벽 세시였다. 벌써 몇 시간째 먹은 게 없었다. 그는 내복에 스웨터와 파카를 껴입고 삼면이 굵은 나무기둥에 둘러싸인 침대에 누웠다가 미니바의 짭짤한 스낵을 다 먹고, 그다음엔 단 스낵까지 모조리 먹어치웠다. 이튿날 아침 여덟시 모두 1층에서 기다리고 있다는 프런트의 전화를 받고 깼을 때는 마스 초콜릿바 봉지를 손에 꼭 쥐고 있었다.

우선 갈증부터 풀어야 했는데, 세면대 수도꼭지에서 나오는 물이 얼마나 차가운지 입술에 불이 붙은 것 같았고 너무 급히 마시는 바람에 얼굴과 관자놀이가 찌르듯 아파서 수면부족으로 몽롱한 채 짐을 들고 로비로 내려갈 때까지도 통증이 가시지 않았다. 로비에 가보니 다른 사람들은 벌써 아침식사를 마치고서 왁자지껄 떠들고 있었다. 다들 특별히 맞춘 스노모빌복 차림이었다. 옷을 잔뜩 껴입고 침침한 태양열 조명이 비치는 로비에서 우글거리는 사람들 사이에 스텔라 폴킹혼은 보이지 않았다. 그렇다, 또다시 그는 여럿이 무리지어 떠드는 영국인들의 조증에 가까운 흥분과 마주하게 되었다. 북적거리는 로비 여기저기서 한 사람의 폭소와 여러 사람의 킥킥거림이 들렸다. 아침 여덟시 이십분이었다. 비어드는 기죽지 않은 척 억지미소를 지으며 많은 사람과 악수를 나누고 많은 이름을 들었지만 하나도 기억에 담지 않았다. 마실 때가 한참 지난 커피 생각이 간절해서였다. 커피 없이 어떻게 하루를 시작하겠는가? 커피주전자는 텅 비었고 아침 식탁을 치우고 있는 웨이트리스는 영어를 못해서 세계적인 단어 '커피'조차 크게 말해줘도 알아듣지 못했다. 진행요원들 중 큰 엘크처럼 생긴 얀이라는 남자가 커피 마실 시간이 없다며 비어드의 방한구와 옷이 한 무더기 쌓여 있는 곳으로 그를 데려갔다. 얀은 두 시간 내로 눈폭풍이 휘몰아칠 예정이라 빨리 출발해야 한다며 서둘러달라고 말했다.

로비는 비어가고 있었고 그는 준비가 되어 있지 않았다. 턱수염에 눈이 묻고 불이 붙지 않은 축축한 담배를 입에 문 노인이 험악하게 웅얼거리며 들어와 비어드의 짐을 낚아챈 다음 썰매에 싣더니 썰매가 매인 스노모빌을 몰고 떠났다. 웨이트리스와 얀까지 사라지고 로비에는 비어드만 남았다. 오랫동안 잊고 지냈던 학창 시절 일이 되살아났다. 다들 서로 짜기라도 한 것처럼 상황 파악을 하고 있는데 자신만 뒤처진데다 아무것도 모르는 바보천치가 된 비참한 기분. 늘 꼴찌에, 단체경기에선 무용지물인 뚱보 비어드. 그 기억이 떠오르자 행동은 더욱 굼뜨고 서툴러졌다. 이미 스키복을 몇 겹으로 입었는데도 입어야 할 것이 남았고 신고 있는 등산화 위에 부츠까지 덧신어야 했다. 속장갑과 거대한 겉장갑, 방한모 위에 덧쓰는 카펫 밑판 재질의 발라클라바,* 고글, 오토바이 헬멧까지 준비되어 있었다.

그는 스노모빌복―무게가 10킬로그램은 될 것 같았다―에 몸을 넣고 먼지투성이 발라클라바를 쓰고 그 위에 힘겹게 헬멧을 쓴 다음 속장갑과 겉장갑을 꼈지만, 장갑을 끼고서는 고글을 쓸 수 없다는 걸 깨닫고 장갑을 벗고 꽉 끼는 고글을 쓴 다음 다시 속장갑과 겉장갑을 꼈다. 하지만 그제야 옆 의자에 있는 자신의 스키 고글과 장갑, 휴대용 술병, 립크림도 챙겨야 한다는 걸 깨달았다. 그래서 속장갑과 겉장갑을 벗고 스노모빌복 지퍼를

---

* 머리에서 어깨까지 덮는 특대형 방한모.

내리느라 한참 끙끙거린 끝에 재킷 속주머니에 물건들을 챙겨넣고 다시 속장갑과 겉장갑을 꼈다. 그때 로비의 공기가 습하고 따뜻한데다 자신이 조바심치며 땀을 흘려서 고글에 김이 서리는 걸 알게 됐다. 더위와 피로의 불쾌한 결합에 울컥 화가 치밀어 휙 돌아서다가 제대로 보이지 않아 알 수 없지만 들보인지 기둥인지에 꽝 소리내며 부딪히고 말았다. 노벨상 수상자 마이클 비어드가 마침 헬멧을 쓰고 있었던 건 엄청나게 다행스러운 일이었다. 헬멧 덕에 두개골은 무사했지만 고글 왼쪽 렌즈에 대각선으로 금이 갔고 직선에 가까운 그 금 때문에 로비의 침침한 노란빛이 굴절되고 분산되었다. 비어드는 헬멧과 발라클라바, 고글을 벗어 렌즈에 맺힌 물방울을 닦기 위해 속장갑과 겉장갑을 또다시 벗어야 했는데 이제 손에도 땀이 차서 장갑이 잘 벗겨지지 않았다. 일단 고글을 벗자 거의 치워진 식탁으로 들고 가서 누가 쓰기는 했지만 많이 쓰지는 않은 구겨진 종이냅킨을 집어 렌즈를 닦는 건 쉬웠다. 이미 금간 고글 렌즈에 버터인지 죽인지 마멀레이드인지가 묻어 얼룩까지 졌지만 그래도 물방울이 없으니 한결 나았다. 다시 발라클라바를 쓰고 고글을 헬멧에 끼운 다음 눈까지 끌어내리고 속장갑과 겉장갑을 끼고 마침내 눈보라에 맞설 준비를 끝내고 똑바로 서는 것은 상대적으로 수월했다.

고글 렌즈를 아침식사로 코팅해서 시야가 많이 좁아지지 않았다면 의자 밑에 누워 있는 부츠를 더 일찍 발견했을 터였다. 그는 다시 장갑을 벗고—화를 내지 않으려고 애썼다—부츠끈을 붙들고 씨름하다가 아무래도 고글을 벗어야겠다고 생각했다. 맑은 눈으로 보니 부츠가 너무, 최소한 세 사이즈는 작았고 모든 것이 자신의 무능 탓은 아니라는 생각에 약간 안도했다. 하지만 그는 투지만만했고 마지막으로 한번 더 시도해보고 싶었다. 마침 그때 찬바람을 몰고 로비로 들어온 얀이 등산화 신은 발을 속에 털을 댄 스노부츠에 집어넣느라 끙끙대는 그의 모습을 보았다.

"세상에, 당신 바보예요 뭐예요?"

거대한 엘크맨 얀은 비어드 앞에 무릎을 꿇고 앉아 짜증스럽게 등산화를 벗겨 양쪽 신발끈을 묶더니 비어드의 목에 걸었다.

"이제 신어봐요."

발이 쏙 들어갔고 얀이 빠르게 끈을 묶고 일어섰다.

"자, 얼른 갑시다!"

당황해서 열이 났는지 고글에 다시 김이 서렸지만 문이 어느쪽인지는 잘 알았고 어렴풋이 보이는 얀의 어깨선이 길잡이가 되어주었다.

"스노모빌 몰아봤어요?"

"물론이죠." 비어드는 거짓말을 했다.

"좋아요 좋아. 다른 사람들을 따라잡으면 좋겠는데."

"배까지 거리가 얼마나 돼요?"

"115킬로미터요."

밖으로 나가자마자 바람이 얼굴을 갈겼다. 타핀의 주먹보다 약하지 않았고 나중에 얼얼한 것도 똑같았다. 고글 속 물방울들이 바로 얼어붙어 시야가 몹시 좁아졌고 마멀레이드 코팅 너머 건물들의 형체 사이로 높이 쌓인 눈을 뚫고 구불구불 낸 길을 따라 멀어져가는 얀이 겨우 보였다. 십 분 후 그들은 마을 끝에 이르렀고 흰 들판이 안개 속으로 광대하게 뻗어 있었다. 공항이 있던 자리인지 근처에 오렌지색 풍향측정용 바람자루가 수평을 유지하고 있었다. 도랑 옆에는 스노모빌 두 대가 서서 검푸른 안개 같은 매연을 요란하게 내뿜고 있었다.

"뒤에서 따라갈게요." 얀이 말했다. "시속 50킬로미터 이상은 달려줘야 눈폭풍이 오기 전에 도착할 수 있어요. 오케이?"

"오케이."

하지만 현실은 그렇지 못했다. 바람이 강했고 그 바람을 뚫고 달려야 했다. 헬멧 깊숙한 안쪽 귀 끝이 벌써 감각이 없었고 코끝과 발가락도 마찬가지였다. 앞을 보려면 고개를 옆으로 기울여 좁아져가는 흐릿한 시야에 초점을 맞추는 동시에 왼쪽 렌즈의 반짝이는 금도 피해야 했다. 하지만 그 모든 것은 부수적 문제에 지나지 않았다. 앞이 보이지 않는 것도 몸이 얼얼한 것도 얼마든지 참을 수 있었다. 스노모빌을 향해 돌아설 때 더 시급한 문제가 그를 압박하고 있었다. 아침에 정신이 몽롱한 채로 서두르느라 평소 일과를 다 빼먹었던 것이다. 면도도 세수도 하지 않고, 화장실에 들어가 한 일이라고는 얼음장 같은 물을 잔뜩 들이켠 것이 전부였다. 그런 상태로 짐을 들고 정신없이 방을 나왔다. 현재 기온은 영하 26도, 풍력 5의 날씨였고 눈폭풍이 다가오고 있어서 시간에 쫓기는 상황이었다. 얀은 벌써 스노모빌에 앉아 시동을 걸고 있었고, 다루기 힘든 여러 겹의 옷에 갇힌 비어드는 오줌이 마려웠다.

비어드는 기를 쓰고 주위를 둘러보았다. 제일 가까운 집들이 400미터쯤 떨어져 있었고 아무 장식 없는 거대한 벽들에 손바닥만한 창이 한두 개 나 있었다―화장실 창문이 분명했다. 아, 저기 가서 따뜻한 난방이 들어오는 타일 붙은 화장실에서 맨발에 잠옷 차림으로 느긋하게 오줌을 누고 다시 깃털이불 속으로 기어들어가 한 시간만 더 잘 수 있다면! 여기 도랑에서 바람을 등지고 서서 장갑들을 벗고 위아래가 붙은 스노모빌복에 달린 얼어붙은 뭉툭한 지퍼를 맨손으로 붙잡고 씨름하다 재킷 속을 더듬어 스키복 어깨 멜빵 버클을 어찌어찌 풀고, 스웨터와 셔츠, 긴 실크 속셔츠, 내복, 팬티를 헤치고 볼일을 보는 건 도저히 내키지 않았다. 너무 힘든 일이었다. 그는 참아보기로 했다. 다행히 스노모빌에 앉자 견디기가 한결 나았다.

스노모빌은 스키 날을 단 저동력 오토바이로 운전하기 쉬웠다. 오른쪽 핸들의 스로틀을 돌리자 과부하된 엔진의 비명소리와 냄새 고약한 시커먼 매연을 토해내며 앞으로 미끄러져나갔다. 다행히 떠오르는 해가 옆에서 비스듬히 길을 비춰주었고, 몇 초 안에 그는 고글의 좁은 시야로 전방을 응시하며 일행들이 남긴 스노모빌 자국을 따라 흔들거리며 들판을 가로지르고 있었다. 갑자기 시속 100킬로미터에 가까운 돌풍으로 변한 바람이 겹겹이 껴입은 옷을 뚫고 들어왔다. 코털이 얼어붙어 강철핀처럼 딱딱해졌고 이가 죄다 욱신거렸으며 얼굴은 피부가 벗겨진 느낌이었다. 삼투현상이라는 기적에 의해 그가 내뿜는 김이 모두 고글 속으로 들어가 얼어붙었고 십 분도 되지 않아 시야에 보이는 것은 뿌연 결정체뿐이라 멈추지 않을 수 없었다. 안이 옆에 와서 멈췄다. 놀랍게도 그는 동정적이었다.

"이걸 쓰세요."

그는 조잡한 양철 케이스 뚜껑을 열고 고글을 꺼내 비어드의 스노모빌 엔진 위에 끼웠다. 그들은 두 호수 사이 폭이 300미터쯤 되는 혀 모양 땅에 있었는데, 어쩌면 그곳은 만이고 바다가 가까이 있는지도 몰랐지만 비어드는 너무 추워서 물어볼 수가 없었다. 끝없이 펼쳐진 눈밭은 아침햇살을 받아 오렌지색으로 빛났다. 길은 수 킬로미터 떨어진 낮은 산줄기를 향해 곧장 이어졌고 산 위에, 혹은 그 뒤쪽에 먹구름이 길쭉한 관 모양으로 드리워져 있었다. 비어드는 기다리는 동안 저만치 걸어가서 볼일을 볼 수도 있었지만 바람이 더 강해졌고 어쩌면 그리 급하지 않은 것 같기도 했다. 스피츠베르겐 주민들은 이런 날씨에 오토바이 같은 걸 타고 다니는 게 합리적이라고 생각한다니 믿기지 않았다. 그건 범죄였다. 히터와 멀쩡한 방풍유리, 등받이가 있는 좌석을 갖추고 인도적으로 밀폐된 탈것—자동차 말이다!—을 이용하면 한두 사람 목숨을 구할 수 있을 텐데. 분노가 치밀자 잠시 오줌 생각이 나지 않았고 다시 운전석에 앉아 얼음을 털어낸 고글을 끼고 포효하는 강풍 속을 달리기 시작했을 때에야 즉시 결단을 내려야 할 지경에 이르렀음을 깨달았다. 당장 멈춰 오줌을 누든가, 방광이 터지도록 내버려두고 복강내 감염으로 죽든가, 그냥 싸서 얼어죽든가 셋 중 하나를 선택해야 했다. 하지만 그는 계속 달렸다. 아마 앞으로 100킬로미터쯤 남았을 테고 그는 시속 40킬로미터로 가고 있었다. 그럼 두 시간 반. 참는 건 불가능했다.

그래도 멈추지 않았다. 그는 딴생각을 하려고 마지막으로 소변을 본 게 언제인지 기억을 더듬었다. 롱예르뷔엔공항에서 수하물을 기다릴 때였던 게 분명하니 그제 늦은 밤이었다. 서른다섯 시간이나 소변을 보지 않은 셈이다. 까먹었던 걸까? 정말 그렇게 바빴나?

추위 때문에 혼동해서 하루를 더 보냈다는 걸 깨달은 순간 그는 스노모빌을 멈춰 다급한 마음에 굴러떨어지다시피 내렸다. 얀의 스노모빌이 뒤에서 그의 스노모빌을 들이받는 소리가 들렸지만 돌아보지 않고 허둥지둥 걸었다. 그들이 있는 곳은 지금까지와는 지형이 달랐다. 길은 바위와 얼음으로 이루어진 10미터 높이 암벽에 둘러싸인 협곡을 따라 완만한 S자를 그리며 이어졌다. 그는 아직 남아 있는 일말의 교양에 이끌려 소변기로 향하듯 한쪽 암벽 아래로 가서 바람을 등지고 잔뜩 웅크린 자세로 오른쪽 겉장갑을 이로 물어 벗었다. 얀이 부르는 소리가 들렸지만 대화를 나눌 입장이 아니었다. 그는 손가락 끝을 하나하나 차례로 물어 속장갑까지 벗었다. 즉시 손이 곱으면서 굼떠졌다. 스노모빌복 지퍼를 내리는 데 이 분 이상 걸렸고, 그제야 재킷 속 스키복 멜빵 버클을 풀려면 두 손이 필요하다는 걸 깨닫고 굼뜬 동작으로 왼손 장갑들도 벗었다. 또다시 고글에 뽀얗게 김이 서리면서 얼어붙었다. 하지만 그의 손은 놀랍도록 침착하게 겹겹의 옷을 헤치고 들어갔다. 그사이 귀중한 체온이 지독한 추위에 굴복했고 바람은 그의 등짝을 때리며 암벽과 얼굴에까지 손을 뻗쳤다. 마지막 고비에 이르러서야 남의 것처럼 감각이 없는 분홍빛 손이 팬티 속으로 들어갔고 그는 몸이 말을 안 들을 수도 있다고 생각했다. 하지만 마침내 돌풍에 묻힌 환희의 외침과 함께 얼음 벽에 대고 오줌을 갈길 수 있었다.

그의 실수는 오줌 줄기가 그치고 나서도 그 나이의 남자들이 흔히 그러듯 더 나올지 모른다고 생각해 몇 초 기다린 것이었다. 그는 고개를 돌리고 안이 뭐라고 소리치는지 들었어야 했다. 아니, 애초에 다른 초청을 받아들여 세이셸이나 요하네스버그, 샌디에이고로 갔다면, 혹은 나중에 씁쓸한 마음으로 생각한 것처럼 기후변화, 북극권 위쪽의 급격한 온난화가 환경운동가들의 상상력이 빚어낸 허구가 아니라 실제 일어나고 있는 일이었다면 이런 불가피한 사태를 피할 수 있었을 터였다. 볼일을 마치고 보니 페니스 전체가 스노모빌복 지퍼에 딱딱하게 얼어붙어 있었던 것이다. 살아 있는 살이 영하의 금속에 닿으면 그렇게 될 수밖에 없었다. 그는 충격 속에 멍하니 그 상황을 지켜보며 귀중한 몇 초를 낭비했다. 이윽고 조심스럽게 페니스를 당겨봤지만 극심한 통증을 겪었다. 게다가 이미 추위 때문에 온몸이 얼얼했다.

비어드는 암벽을 향해 다리를 벌리고 그대로 서 있었다. 반창고처럼 단숨에 떼어낼 용기는 나지 않았다. 홀로 황무지를 여행하던 한 미국인이 바위틈에 팔이 끼자 주머니칼로 팔꿈치 아래를 잘라냈다는 내용의 글을 읽은 적이 있었다. 비어드는 그 정도로 헌신적인 사람이 아니었고 어쨌든 팔꿈치, 팔뚝, 손은 두 개씩이니 하나쯤 포기할 수도 있었다. 극풍이 맹렬한 기세로 암벽에 부딪혔다가 그의 떨리는 몸을 향해 되튀었고 그는 자신의 페니스가 조그맣게 줄어들며 지퍼에 더 단단히 달라붙는 광경을 공포에 차서 지켜보았다. 그의 눈앞에서 페니스는 줄어들기만 하는 게 아니라 창백해지기까지 하고 있었다. 백지의 흰색이 아니라 크리스마스트리 방울의 반짝이는 은빛이었다.

비어드는 패닉에 빠지기 직전이었지만 도움을 청할 순 없었다. 카펫 밑단 재질의 발라클라바와 두꺼운 헬멧, 시야가 좁아져가는 고글 때문에 질식할 것 같아 정신을 차리기 더 힘들었다. 달리 할 수 있는 일이 없어서 얼음덩어리가 된 손을 오므려 페니스를 덮었다. 극한의 추위에서 흔히 그렇듯이 몸이 나른해지고 졸리기까지 했으며 생각이 천천히 요동쳤다. 작 브레이비가 텔레비전에 나와서 너그러운 미소를 지으며 부음을 전하는 모습이 보였다. 고인은 지구온난화를 몸소 확인하러 갔습니다. 말도 안 된다. 그는 살아남을 터였다. 물론 페니스 없는 삶을 살아야겠지만. 전처들, 특히 퍼트리스가 얼마나 고소해할까. 하지만 아무에게도 말하지 않을 작정이었다. 비밀을 품고 조용히 살 것이다. 수도원에서 살며 선행을 베풀고 가난한 사람들을 찾아가고. 그는 어정쩡하게 서서 성인이 된 후 처음으로 인간의 삶에 목적을 지닌 설계가 있는지, 실제로 그리스 신들과 같은 존재가 아이러니한 일들을 벌이고 복수를 끌어내고 가혹한 형벌을 가하는 것인지 궁금증을 느꼈다.

하지만 마이클 비어드의 합리주의적 성향은 쉽게 죽지 않았다. 문제가 생기면 해결하려는 노력을 기울여야 했다. 그는 침울하게 재킷 안주머니에 손을 넣었다. 포스닥 시절 저온물리학을 연구한 적이 있었고, 뚱보 비어드라고 불리던 학창 시절에도 스포츠는 젬병이었지만 과학 공부는 열심이어서 기초가 있었다. 순수 에탄올이 영하 114도에서 언다는 건 누구나 아는 사실이었다. 알코올 농도 80퍼센트 브랜디는 부피 백분율로 따지면 에탄올이 40퍼센트고 그럼 어는점이…… 영하 45.6도가 된다. 그는 휴대용 술병을 꺼내 잠시 꿍꿍거리다 마침내 뚜껑을 열어 페니스에 신에게 바치는 술을 잔뜩 부었고 몇 초 내로 자유의 몸이 되었다.

그의 불쌍한 페니스는 얼음처럼 딱딱했지만 이제 창백하지는 않았다. 하지만 뜨거운 바늘로 콕콕 찌르는 듯 극심한 통증 때문에 옷을 추스르는 데 시간이 걸렸다. 그는 십 분이 걸려서야 모든 준비를 마치고 돌아서서 온 길을 되짚어 가이드가 기다리고 있는 곳으로 비틀거리며 걸어갔다.

"미안해요. 용변이 급해서."

안이 그의 팔꿈치를 잡았다. "꼴이 말이 아니네요. 목에 건 부츠도 떨어뜨리고요. 내 거 같이 탑시다. 당신 스노모빌은 나중에 와서 찾아가면 되니까."

비어드는 안에게 이끌려 그의 스노모빌로 갔고 결국 바로 거기서 재앙이 닥쳤다. 가이드 뒤에 타려고 한쪽 다리를 든 순간 사타구니가 찢어지듯 아팠고 출산을 하거나 빙하가 쪼개질 때처럼 뭔가 쩍 갈라져 떨어져나가는 게 느껴졌다. 심지어 그 소리가 들리는 듯했다. 그가 비명을 지르자 안이 돌아보고 진정시키고는 제자리에 앉혔다.

"한 시간만 가면 돼요. 괜찮을 거예요."

비어드의 사타구니에서 떨어진 차갑고 단단한 물체는 내복 속에서 다리를 타고 내려가다가 무릎뼈 바로 위에 걸렸다. 가랑이 사이에 손을 대보니 아무것도 없었다. 무릎 위에 손을 대니 5센티미터도 되지 않고 뼈처럼 단단한 그 섬뜩한 물체가 만져졌다. 그건 아무 감각이 없었고 더이상 자신의 일부로 느껴지지 않았다. 안이 시동을 걸고 미친듯이 내달렸다. 그는 경륜장의 무모한 선수처럼 수직에 가까운 눈더미를 요리조리 피하며 콘크리트만큼 단단한 얼음 등성이 위를 위태롭게 달렸다. 왜 집에서 침대에 누워 있지 않았을까? 비어드는 안의 넓은 등판 뒤에서 바람을 맞지 않으려고 잔뜩 웅크렸다. 타는 듯한 통증이 사타구니에서 넓게 퍼져갔고 페니스는 떨어져 무릎 뒤쪽에 자리잡았는데 스노모빌은 엉뚱한 방향으로 내달리고 있었다. 롱예르뷔엔의 환히 불밝힌 응급실이 아닌 북쪽으로, 더 깊숙한 황무지로, 얼어붙은 어둠 속으로 가고 있었다. 물론 강추위 덕에 페니스가 살아 있을 수도 있었다. 하지만 현미경 수술이 가능할까? 인구가 천오백 명밖에 되지 않는 롱예르뷔엔에서? 비어드는 토할 것 같았지만 대신 얀의 재킷 뒤쪽에 달린 벨트에 두 손을 찔러넣은 채 보호자의 등에 머리를 대고 졸았다. 그러다 스노모빌 엔진 소리가 뚝 그쳐서 깨보니 앞으로 일주일을 보낼 배의 시커먼 선체가 눈앞에 있었다.

알고 보니 일행은 다 예술가였고 비어드만 과학자였다. 전 세계가, 지구온난화를 포함한 인류의 모든 어리석은 짓거리가 그들의 남쪽에, 남쪽의 모든 곳에 있었다. 그날 밤 식당에서 저녁을 먹기 전 행사 주최자 배리 피킷이 '북위 80도 세미나' 참석자들에게 연설했다. 그는 주름이 쭈글쭈글한 친절한 남자로 자연의 음악(잎사귀의 살랑거림, 부서지는 파도 소리 같은)을 녹음하는 일에 삶을 바치기 전에 단독으로 노를 저어 대서양을 건넜다고 했다.

"우리는 사회적인 종種입니다." 그는 비어드가 신뢰하지 않는 생물학적 미사여구로 이야기를 시작했다. "따라서 우리는 규칙 없이는 생존할 수 없습니다. 특히 이곳, 이런 환경에서는 규칙이 더 중요합니다. 첫번째는 탈의실에 관한 것입니다."

그건 간단했다. 조타실 밑에 좁고 침침한 탈의실이 있었다. 배에 오르는 사람은 모두 거기 들러서 겉옷을 벗어 걸어야 했다. 무슨 일이 있어도 젖거나 눈이 묻거나 언 옷을 실내로 들여선 안 되었다. 실내 반입 금지 물품에는 헬멧, 고글, 발라클라바, 장갑, 부츠, 젖은 양말, 스노모빌복이 포함되었다. 그것들은 젖거나 눈이 묻었거나 얼었거나 말랐거나 탈의실에 두어야 했다. 피킷이 규칙을 위반한 사람은 사형에 처하겠다고 말했다. 성격 좋은 예술가들이 너그러운 웃음을 터뜨렸다. 분홍빛 얼굴에 작업복 셔츠와 두툼한 스웨터 차림의 분별 있는 사람들이었다. 비어드는 구석자리에 끼어 앉아 리비아산 뱅 드 페이를 다섯 잔째 마시며 진통제 기운과 고통 속에서 꾸벅꾸벅 졸고 있었다. 그는 체질적으로 사람들 무리에 적대감을 느꼈지만 억지미소를 지었다. 무리의 일부가 되고 싶지 않았지만 남들에게 그 사실을 알리고 싶지도 않았다. 피킷이 다른 규칙들과 생활용품에 대해 설명하는 동안 비어드의 관심은 딴 데로 향했다. 피킷 뒤 오크 판자로 꾸며진 벽 너머 주방에서 고기와 마늘을 볶는 냄새가 풍겼고 냄비에 숟가락 부딪히는 소리, 국제적인 요리사가 부하들을 재촉하는 위협적인 으르렁거림도 들려왔다. 벌써 밤 여덟시 이십분이나 된데다 몇 시간 동안 먹은 게 없다보니 주방에 무관심하기 어려웠다. 원할 때 식사를 못하는 것은 비어드가 어리석은 남쪽에 남겨두고 온 자유 중 하나였다.

해는 온종일 수평선 위 5도 정도에서 머물다가 두시 반이 되자 부질없는 짓을 포기라도 하듯 져버렸다. 비어드는 자신의 침대에 고통스럽게 누워 바로 옆 선창을 통해 그 광경을 목격했다. 그는 눈 덮인 거대하고 평평한 피오르가 푸른색으로 변했다가 검게 물드는 걸 보았다. 스무 명이나 되는 사람들과 하루 열여덟 시간씩 비좁은 실내에만 갇혀 있는 걸 자유의 문이라고 생각했다니! 그가 배에 도착해서 식당을 지나 자기 방을 찾아가는 동안 처음 눈에 띈 건 구석에 세워놓은 통기타였다. 연주자와 강압적인 합창을 기다리고 있는 게 분명했다. 책장의 많은 부분은 보드게임판과 낡은 카드패가 차지하고 있었다. 양로원에 들어온 것 같았다. 물론 그 보드게임판 중에는 모노폴리도 있었고 그걸 보니 더욱 후회스러웠다. 배에 도착했을 때 얀이 스노모빌에서 내리는 그를 부축해 반쯤 안다시피 건널판을 올라가 탈의실로 데려갔다. 투덜거리고 신음하며 천천히 옷을 벗기 시작한 그는 곧 발견하게 될 것을 생각하며 겁에 질린 채 스노모빌복 지퍼를 내렸다. 조명이 침침해서 옷을 걸 빈자리를 찾는 데 시간이 걸렸고, 이윽고 28번 고리에 옷을 거는데 뒤에서 유쾌하고 굵직한 여자 목소리가 친절하게 말했다.

"이게 방금 바지 밑으로 떨어졌네요."

비어드는 돌아섰다. 스텔라 폴킹혼이 가느다란 잿빛 물체를 내밀고 있었다. 그것이 그녀의 손에, 엄지와 검지 사이에 들려 있었다.

"립크림 같은데요."

그녀가 자기 이름을 말했고 비어드도 이름을 말했고 두 사람은 악수를 나눴다. 그녀는 위대한 과학자를 만나게 되어 무척 영광이라고 말했고 비어드는 오래전부터 팬이었다고 말했다. 그때서야 그들은 손을 놓았다. 그녀는 미인은 아니었지만 얼굴이 넓적하고 인상이 좋았으며 털모자 밖으로 금발이 삐져나와 있었다. 마주보는 그녀의 호기심 어린 시선도 마음에 들었다. 앞니하나가 부러진 게 무모하고 유머러스한 인상을 더했다. 그에 대해 더 알고 싶다는 그녀의 말에 비어드는 자기도 마찬가지라고 대답했고, 그녀는 이대로 헤어지기는 싫고 할말은 더 생각나지 않는 듯 머뭇거렸고 아파서 정신없는 비어드도 할말이 떠오르지 않았다.

이윽고 그녀가 "그럼 나중에 봬요"라고 말하고 배 안으로 들어갔다.

비어드는 오후 내내 침대에 누워 몽롱한 채로 어리석은 계획을 세우기도 하고 후회에 젖기도 했다. 피부의 상처를 확인하고 또 확인하며 당장 이곳을 떠날 계획을 세우고 스텔라 폴킹혼과의 만남을 돌이켜보았다. 영국으로 다시 급히 불러달라는 이메일을 보낼 수도 있었다. 하지만 공항까지 스노모빌을 타고 갈 엄두가 나지 않았다. 롱예르뷔엔에서 헬리콥터를 보내줘야 했다. 그럼 비용이 얼마나 나올까? 시간당 1000파운드쯤 될 것 같았다. 세 시간은 잡아야 하고, 통기타에 맞춰 〈텐 그린 보틀스〉*를 부르는 걸 피할 수 있다면 그 정도 돈은 아깝지 않았다. 당신에 대해 더 알고 싶어요. 그 말은 어떤 의미도 될 수 있었다. 아니, 단 한 가지를 의미했다. 게다가 어찌나 운이 좋은지 게시판 목록을 보니 손님들 중 독방을 쓰는 사람은 비어드뿐이었다. 하지만 그의 물건은 고장상태였고 이대로 몇 주가 갈 수도 있었다. 그는 다시 상처를 살폈다. 마치 덴 것처럼 분홍빛으로 잔뜩 부어올라 있었다. 그는 혼자 지내야 했고, 집에 가고 싶었다. 오늘 저녁식사 자리에서는 그녀 옆에 앉아야 했다. 하지만 그는 그 자리에 없을 터였다. 헬리콥터가 올 테니까. 하지만 밤에는 헬리콥터가 뜨지 않을 것이다. 다른 종류의 섹스를 할 수도 있었다. 그녀

* 숫자를 가르치는 동요.

만 즐길 수도 있고. 그럼 무슨 의미가 있지? 어쩌면 상태가 나아
질 수도 있었다. 그는 다시 상처를 들여다봤다.

그러다 배도 고프고 술 생각도 나서 방에서 나온 것이었다. 피
킷의 연설이 끝난 후 비어드는 제때 움직여 스텔라 폴킹혼의 옆
자리를 차지하지 못하고 벽과 유명 얼음조각가 사이에 끼어 앉
았다. 스페인 마요르카 출신의 늙은 얼음조각가 헤수스Jesus는
슬픔에 잠긴 얼굴에 약간 휘어지고 누르스름한 콧수염을 길렀
고, 시가 냄새를 짙게 풍겼으며, 목소리에는 테디 베어의 으르렁
거림 같은 씨근덕거리는 울림이 있었다. 서로 인사 소개를 한 뒤
비어드는 발레아레스 지역에서는 그런 직업을 갖기 힘든 게 아
니냐고 물었다. 헤수스는 오래전 여름이면 팔마의 생선장수들에
게 커다란 얼음덩어리를 공급하는 산속 얼음창고가 있었고 바로
거기서 할아버지가 익힌 기술이 아버지를 거쳐 자기에게 이어져
내려왔다고 설명했다. 헤수스는 세계 여러 도시―최근에는 사우
디아라비아 리야드―에서 열린 얼음조각 대회에서 우승했고 펭
귄 조각이 특기였다. 조각을 하지 않을 때는 위스키 수입 일을 하
고, 아들 넷에 딸 다섯을 두었으며, 이십 년 전 안드라츠 항구 외
곽에 맹학교를 세웠다. 아내와 두 아들은 유명한 코바 데 세스 브
루익세스, 마녀들의 동굴에서 그리 멀지 않은 포옌사 남쪽 15킬
로미터 지점 트라문타나의 높은 바다절벽 위에서 올리브와 포도

를 재배한다고 했다. 비어드는 통증이 가시고 있었고 진통제가 강력한 도취작용을 일으켰다. 앞에 놓인 스테이크와 프렌치프라이, 그린샐러드, 레드와인만큼 훌륭한 음식은 먹어본 적이 없는 듯했다. 그리고 헤수스―스페인에서는 그 이름을 가진 사람이 흔하다는 걸 알았지만 그전까지는 한 번도 만나본 적이 없었다―도 그간 만났던 그 누구보다 흥미로웠다.

헤수스도 직업을 물어와 비어드는 이론물리학자라고 대답했다. 늘 거짓처럼 들리는 말이었다. 얼음조각가는 속으로 영어 문장을 연습해보듯 잠시 가만있더니 놀라운 질문을 던졌다. 세뇨르 비어드, 못 배운 사람이 순진하고 무지해서 묻는 말이니 양해해주시면 좋겠는데, 양자역학에서 말하는 이상한 현실은 실제 세상에 대한 설명인가요, 아니면 단순히 이론적 체계일 뿐인가요? 비어드는 마요르카식 예의바른 태도에 물들어 훌륭한 질문이라고 칭찬했다. 양자론에 대한 그보다 나은 질문은 없으니 그 자신이라도 더 훌륭한 질문은 못했을 거라고. 사실 아인슈타인도 이 문제에 대해 오랫동안 고민하다가 결국 양자론은 맞지만 불완전하다고 주장하기에 이르렀다. 보어*와 다른 학자들은 관찰자 없는 현실은 없다, 혹은 현실은 관찰자에 의해 규정된다고

---

* 양자물리학을 이끈 덴마크 출신 노벨물리학상 수상자 닐스 보어.

주장하는 듯하지만, 그는 직관적으로 그 주장을 받아들일 수 없었다. 아인슈타인은 '진짜 사실적 상황'이 존재한다는 인상적인 말을 남겼다. 그는 이런 질문을 던졌다. "생쥐 한 마리가 관찰한다고 우주의 상태가 바뀔까?" 양자역학은, 한 소립자의 상태를 측정하는 것이 아무리 멀리 떨어져 있어도 즉각 다른 소립자의 상태를 결정할 수 있다는 의미를 함축한다고 볼 수 있다. 하지만 아인슈타인의 시각에서 보면 그건 '심령술'이며 '유령의 원격작용'이었다. 빛의 속도보다 빨리 움직일 수 있는 건 없으니까. 현실주의자 비어드는 뛰어난 양자역학 개척자 무리와 불리한 긴 싸움을 벌인 아인슈타인에게 동조하면서도 현실을 직시할 수밖에 없었다. 유령의 소행인 듯한 원거리 상호작용이 진짜로 존재할 수 있고, 크고 작은 범위의 현실 구조가 진짜로 상식에 반한다는 실험적 증거가 존재하기 때문이다. 아인슈타인은 또한 우주를 설명하는 수학은 궁극적으로 우아하고 단순해야 한다고 확신했다. 하지만 심지어 그가 살아 있는 동안에도 새로운 기본 힘이 둘이나* 발견되었고, 그후로 아인슈타인의 견해는 어수선한 일련의 새 입자와 반입자뿐 아니라 여러 가상적 차원, 온갖 너저분한 수정에 의해 복잡해졌다. 그러나 비어드는 앞으로 더 많은

---

* 4대 기본 힘인 중력, 전자기력, 강한 핵력, 약한 핵력 중 강한 핵력과 약한 핵력.

것이 발견될 테고 천재가 나타나 깜짝 놀랄 만큼 아름다운 하나의 공식으로 모든 걸 설명하는 지배적 이론을 내놓으리라는 희망을 놓지 않았다. 자신이 그 성배를 찾아낼 선택받은 자가 되겠다는 희망을 마침내 포기한 지는 오랜 세월이 지났지만(비어드는 신뢰 어린 태도로 헤수스의 노쇠한 팔에 손을 얹으며 가벼운 농담으로 대답을 마무리했다).

비어드가 그 모든 말을 하는 사이 접시들이 치워지고 스무 명의 기후변화 관련 예술가가 와인을 마시기 시작하며 주위는 더 시끌벅적해져가고 있었다. 헤수스는 그의 자기풍자를 알아듣지 못했는지 아니면 모르는 척하는 건지 늘어진 슬픈 얼굴을 돌려 혼잡한 식당 안을 둘러보며 인생의 어떤 단계에서든 희망을 포기하는 건 실수라고 엄숙하게 말했다. 그의 펭귄 중 가장 실물에 가깝고 순수 형상을 가장 잘 표현한 작품들은 지난 이 년간 조각된 것들이며, 최근 북극곰 조각을 시작했는데 지구온난화로 펭귄보다 더 심각하게 생존의 위협을 받는 이 동물은 사실 한때 자신의 예술적 능력이 미치지 못하는 영역에 있었다고 했다. 그러면서 자신의 변변찮은 견해로는, 심오한 내적 변화의 가능성에 대한 믿음을 잃지 않는 게 중요하다고 말했다. 세뇨르 비어드 같은 과학자라면 그 이론을, 그 아름다움을 추구해야 마땅하지 않을까요? 드높은 야망이 없다면 인생이 뭐가 되겠습니까?

그런 헤수스에게 자신은 오랫동안 과학에 진지하게 몰두하지 않았고 심오한 내적 변화도 믿지 않는다는 걸 어떻게 고백할 수 있겠는가? 오직 느린 내적, 외적 쇠퇴가 있을 뿐이라고. 비어드는 더 안전한 이야기로, 펭귄과 북극곰 얼음조각의 비교로 화제를 돌리면서도 기분이 도로 가라앉는 걸 느꼈다. 진통제 효과가 떨어지면서 아까와 똑같은 와인인데도 묽고 톡 쏘는 맛이 났고 주위의 즐거운 분위기가 실패로 끝난 결혼을 상기시켰다. 그는 지쳤고 사람들과 어울리기에는 너무 냉소적이었다. 결국 헤수스와의 대화에서 보인 활기는 가짜였다. 충격과 약물, 술의 산물이었다.

비어드는 대화를 끝내고 헤수스에게 작별인사를 한 다음 사과의 말을 웅얼거리며 빽빽이 앉은 사람들 틈을 비집고 통로로 나갔다. 지나가면서 들으니 다들 예술과 기후변화 이야기를 하고 있었다. 옆 테이블의 안무가는 비어드가 처음 보는 여자로 세련되고 아름답고 선의가 넘쳤는데, 프랑스인 억양의 영어로 빙상에서 펼쳐지는 것으로 계획중인 기하학적 댄스에 대해 설명하고 있었다. 비어드는 견딜 수 없었다. 낙관주의가 그를 무섭게 압박해왔다. 그를 제외한 모두가 지구온난화를 걱정하면서도 명랑했고, 그 혼자만 침울했다. 그는 오로지 어둠과 침묵만 원했다.

비어드는 답답한 선실 침대에 누워 사타구니의 욱신거리는 통증에―심장이 그리로 내려와서 뛰는 듯했다―오래도록 잠을 이루지 못한 채 사람들 목소리와 웃음소리를 들으면서 자신의 인간 혐오가 일주일 내내 지속되는 건 아닐까 생각했다. 헬리콥터를 부르는 건 터무니없는 생각임을 이제는 알았다. 머나먼 벨사이즈 파크에서의 삶을 떠나 이 생명 없는 황무지로 온 그는 자기 존재의 어리석음과 대면하게 되었다. 퍼트리스, 타핀, 센터, 그리고 자신의 무책임함을 감추려고 했던 다른 모든 가짜 일. 드높은 야망이 없다면 인생이 뭐가 되겠습니까? 그 대답은 바로 이것이었다. 기억할 가치도 없는 불면의 밤을 또다시 보내는 것.

두 시간쯤 지나 막 잠이 들려는데 기타 소리가 들려 끙하고 신음하며 짜증스레 옆으로 돌아누웠다. 하지만 문밖에서 들리는 건 기타를 퉁기고 거기 맞춰 노래하는 소리가 아니라 부드럽게 연주하는 스페인풍의 사색적인 멜로디였다. 모차르트 작품처럼 가볍고 정확한 멜로디. 다음날 아침 페르난도 소르*의 작품임을 알게 될 곡이었다. 비어드는 캄캄한 어둠 속 좁은 침대에 누워 틀림없이 헤수스가 연주하는 거라고 생각했고, 마치 자신을 위해 연주해주는 듯한 그 우울한 선율에 취해 결국 잠이 들었다.

———————————

*19세기 초 스페인의 기타 연주가, 작곡가.

늦은 아침, 해가 비스듬히 떠 눈부신 피오르를 늠름하게 비추는 가운데 비어드는 어두운 탈의실에서 자기 물건을 찾느라 애먹고 있었다. 그는 어제 분명히 자기 스노모빌복을 걸어두었다고 생각한 18번 고리 앞에 서 있었다. 고리 바로 아래 철망 바구니에는 고글, 헬멧, 장갑 따위를 넣었고 그 아래 벤치 밑 공간에는 부츠를 보관해두었다. 조타실 밑에 있는 이곳까지 많은 스노모빌의 포효가 들려왔다―짐작건대 아침에 시동을 거는 건 쉽지 않은 일인 모양이었다. 일행 여섯과 라이플로 무장한 얀은 빙하 관찰을 위해 피오르로 출발하려는 참이었다. 다섯 명과 가이드는 벌써 나가서 체온 유지를 위해 얼음 위에서 발을 구르고 팔을 퍼덕이고 있었지만 비어드는 언제나처럼 꼴찌였다. 누군가 전부는 아닐지라도 장비들을 가져가버렸다. 고리에 걸린 옷도 없고, 철망 바구니는 19번 자리로 밀려났고, 부츠만―만일 그게 그의 부츠가 맞다면―제자리에 있었다. 탐탁지 않은 금간 고글은 바닥에 놓여 있었다.

비어드는 17번 고리의 옷을 입었다―어쨌든 그게 그의 것인지도 몰랐다. 막상 입고 보니 최소한 두 사이즈가 컸지만 다시 벗을 엄두가 나지 않았다. 부츠는 한 사이즈가 작았다. 바구니의 속장갑은 한쪽만 없어져서 23번 걸 갖다 끼며 나중에 돌려주리라 다짐했다. 고글의 금은 더이상 문제되지 않았다. 그가 갑판으

로 올라가자 배 밖에서 기다리던 일행이 야유조의 갈채를 보냈
고 그는 단체생활의 분위기에 젖고 싶어서 깍듯한 인사로 답했
다. 그러고는 서두르면서도 살짝 경사진 건널판 위에서 잠시 풍
경을 살폈다. 배 주위 얼음판에 많은 사람이 흩어져 있었다. 헬
멧 때문에 몸과 머리의 비율이 달라지고 스노모빌복 엉덩이 부
분이 불룩해 멀리서 보면 보육원 놀이터의 아기들 같았다. 안무
가는 친구 셋과 함께 기하학적 댄스의 동선을 그리고, 두 사람은
눈사람인지 동상인지를 만들고, 피킷일 가능성이 큰 한 사람은
원뿔형 얼음덩어리 두 개 사이에 마이크를 설치하고, 또 한 사람
은 전기톱을 들고 썰매에 얼음덩어리 네 개를 싣고 있는 헤수스
가 분명한 사람을 돕고, 한 사람은 무릎을 꿇고 앉아 지름 1미터
짜리 얼음렌즈를 닦고 있었다. 그리고 한 사람은 삼각대 위 무비
카메라를 향해 빨간 깃발과 호루라기를 들고 빙글빙글 돌고 있
었다.

비어드가 하루 만에 다시 스노모빌을 타겠다고 나선 건 스스
로도 놀랄 일이었다. 우선 폐소공포증이 그를 밖으로 몰아냈고,
식당 창문 너머 피오르에 비치는 황갈색 빛, 총으로 무장한 가이
드를 동반하지 않고는 아무데도 갈 수 없다는 규정이 그런 결정
을 내리게 만들었다. 그가 마지막 스노모빌에 올라타자 일행은
한 줄로 동쪽 피오르를 향해 얼음 위를 달려 더 깊숙이 들어갔

다. 양쪽으로 산이 아찔하게 솟은, 눈과 얼음의 넓은 통로를 달리는 건 마땅히 즐거워야 했다. 하지만 이번에도 겹겹이 껴입은 옷 속으로 칼바람이 파고들었고 깨진 고글에 금세 김이 서린 채 얼어붙어 앞서가는 스노모빌의 회색 부분밖에 보이지 않았다. 비어드는 여섯 개의 배기통에서 나오는 매연을 정통으로 맞고 있었다. 얀은 10킬로미터를 마구 내달렸다. 바람에 눈이 다 날려간 곳에서는 피오르 표면이 울퉁불퉁한 쇠 같아서 스노모빌이 덜컹거리며 튀어올랐다.

　이십 분 후 그들은 갑작스러운 정적 속에서 빙하 끄트머리로부터 100미터 안쪽에 서 있었다. 그 쪼개진 푸른 빙벽은 골짜기를 가로질러 15킬로미터 이어져 있었는데, 온통 쩍쩍 갈라지고 빙탑이 부서지고 잔해가 쌓인 모습이 지저분하고 방탕한 도시의 폐허 같은 인상이었다. 오늘은 영하 28도의 추운 날씨라 극지방의 온난화로 빙하가 갈라지는 광경은 목격할 수 없다고 얀이 설명해주었다. 그들은 사진도 찍고 근처를 걷기도 하며 한 시간을 보냈다. 그러다 한 사람이 눈 위의 발자국을 발견했다. 모두 발자국 주위에 옹송그리고 모여 있다가 어깨에 총을 멘 가이드가 자신의 전문성을 발휘할 수 있도록 비켜주었다. 물론 그건 북극곰 발자국이었고 찍힌 지 얼마 안 된 것이었다. 그들이 서 있는 곳에는 눈이 조금밖에 쌓이지 않아 발자국을 더 찾기는 쉽지 않왔다. 얀이 망원경으로 지평선을 살폈다.

"아." 그가 조용히 말했다. "얼른 떠나야겠네요."

그가 한 지점을 가리켰고 처음에는 아무것도 보이지 않았다. 하지만 곧 움직임이 선명히 포착되었다. 1.5킬로미터쯤 떨어진 곳에서 북극곰 한 마리가 그들을 향해 어슬렁어슬렁 다가오고 있었다.

"녀석이 배가 고프군요." 얀이 너그럽게 말했다. "스노모빌을 탈 시간이에요."

산 채 잡아먹힐 수도 있는데 다들 위엄을 잃지 않고 어정쩡하게 뛰었다. 비어드는 자신의 스노모빌에 닿았을 때 무엇을 예감해야 할지 알았다. 이 여행은 그를 궁지에 빠뜨릴 음모였다. 이제 와서 운이 바뀔 이유가 있겠는가? 그는 시동 버튼을 눌렀다. 아무 반응이 없었다. 좋아. 이대로 북극곰에게 뜯어먹히란 말이지. 그는 다시, 또다시 시도했다. 주위로 푸른 연기가 자욱하게 피어오르고 날카로운 엔진음이 울려퍼졌다. 마침내 아우성치는 패닉의 적절한 표현이었다. 벌써 일행의 반은 배를 향해 내달리고 있었다. 각자도생의 순간이었다. 비어드는 욕설을 퍼붓는 데 에너지를 낭비하지 않았다. 그는 엔진이 아직 뜨거워서 그러면 안 된다는 걸 알면서도 초크 레버를 당겼다. 다시 시도했다. 다시 또 시도했지만 헛수고였다. 휘발유 냄새가 났다. 엔진 플러딩*을 일으켰으니 죽어 마땅했다. 이제 일행은 다 가버렸고 가이드도 떠났다. 비어드는 가이드의 직무 유기를 피킷에게, 아니면 노르웨이 왕에게 보고할 작정이었다. 흥분해서 고글에 뽀얗게 김이 서렸고 아니나 다를까 그 김은 얼어붙었다. 뒤돌아보는 건 소용없는 짓이었지만 그래도 그는 고개를 돌렸고 얼어붙은 김 가장자리로 피오르의 얼음이 얼핏 보였다. 북극곰이 계속 다가오고 있으리란 건 당연히 짐작했지만 놈의 속도를 과소평가한 게 분명했다. 바로 그 순간 어깨에 묵직한 타격이 가해졌던 것이다.

비어드는 돌아서서 얼굴을 찢기기보다는 그대로 서서 최악의 경우를 예상하며 어깨를 잔뜩 웅크렸다. 음울한 생각―아직 유서 내용을 수정하기 전이니 전 재산이 퍼트리스에게 넘어가고 그걸 타핀이 쓸 거란 생각―을 하며 최후를 맞이할 수도 있었지만, 가이드의 목소리가 들렸다.

"내가 하죠."

노벨상 수상자는 지금까지 전조등 스위치를 눌러대고 있었던 것이다. 가이드가 손대자마자 시동이 켜졌다.

"가요." 얀이 말했다. "뒤따라갈 테니까."

비어드는 위험에 처해서도 다시 뒤돌아보았다. 나중에 무용담

---

* 연료의 과다 분출로 점화 불능이 되는 상태.

을 늘어놓을 수 있도록 자신을 덮치려 한 짐승의 모습을 보고 싶었던 것이다. 가운데 부분만 조금 남기고 뿌옇게 얼어붙은 고글의 흐릿한 시야에 움직임이 포착됐지만 그건 가이드의 손이나 자신의 발라클라바일 수도 있었다. 앞으로 평생의 이야깃거리이자 그의 진짜 기억이 될 장면 속에서는 스노모빌이 출발할 때 북극곰이 입을 벌리고 20미터 거리에서 달려오고 있는데, 그건 단지 그가 거짓말쟁이라서가 아니라 훌륭한 이야기를 망치는 건 옳지 않은 일임을 직감으로 알기 때문이기도 했다.

비어드는 얼음 위를 덜컹거리며 달리면서 환호성을 내질렀고 그 소리는 얼굴을 때리는 차디찬 허리케인에 묻혔다. 현대라는 시대에 도시 거주자로 실내에 틀어박혀 컴퓨터만 들여다보고 사는 자신이 다른 동물에게 쫓기고 갈가리 찢겨 한 끼 식사가 될 수 있다는 걸, 영양을 공급할 수 있다는 걸 발견하자 가슴 가득 해방감이 밀려들었다.

어쩌면 그때가 그곳에서 보낸 일주일 중 최고의 순간이었을 수도 있다. 베이스캠프로 돌아오는 길은 몇 분밖에 걸리지 않은 느낌이었다. 한시 사십오분인데 벌써 한기가 더 강해졌고 오렌지빛 저녁햇살이 아직 배로 철수하지 않은 몇 안 되는 예술가를 비추고 있었다. 비어드는 사타구니가 너무 예민해져서 다들 안으로 들어갈 때까지 기다렸다가 뒷걸음질로 건널판을 올라갔다.

그래야 덜 아팠다. 탈의실 입구에 서서 눈이 어둠침침한 빛에 적
응할 때까지 기다리던 그는 곧 깨달았다―자기 자리에 다른 사
람이 옷을 걸어놓았다는 걸. 그는 건설적인 기분으로 그 사람의
옷은 물론 부츠까지 모조리 구석 빈자리로 옮겼다. 그리고 모직
발라클라바를 벗다가 떨어뜨렸는데 바닥에서 발라클라바가 믿
을 수 없다는 듯 입을 벌리고 그를 올려다보며 이렇게 묻는 것
같았다. 당신 여기서 뭐하고 있는 거지? 비어드는 장비를 넣어두
고 식당으로 가서 대여섯 명에게 돌아가며 인사한 다음 따끈한
음료를 들고 자기 선실로 가서 침대에 누웠다.

　남극이 북극 아래 있는 건 지도를 만들 때 우연히 그렇게 배치
한 것일 뿐인데도 그는 자신이 세상 꼭대기 근처에 있고 퍼트리
스를 포함한 다른 모든 사람은 아래 있다는 느낌을 떨쳐버릴 수
없었다. 그렇게 그는 삶을 돌아보았고 그게 그곳에서 보내는 일
주일의 특징이 되었다. 북극의 오후 황혼 속에서 코코아를 마시
며 자신의 삶이 빈껍데기만 남으려고 하니 다시 시작해야 한다
고, 마음을 다잡고 체중도 줄이고 건강도 되찾고 단순하고 체계
적인 삶을 살아야 한다고 다짐하는 것. 그는 이제 일에 대해 진
지해질 때가 되었다고 생각했다. 하지만 자신의 특별한 명성 덕
에 생겼거나 쉽게 얻은 일들 외에 뭘 할 수 있는지 도무지 알 수
가 없었다. 평생 자신의 작은 업적에 관한 똑같은 강의나 되풀이

하고, 위원회 자리나 차지하고, 이름이나 빌려주는 존재로 살아야 할까? 답은 찾을 수 없었지만 그런 사색에 젖으면 마음이 편안해졌고 종종 세시의 어둠 속에서 깜빡 잠들었다가 허기와 리비아산 뱅 드 페이에 대한 새삼스러운 갈증을 느끼며 깼다.

비어드는 북극곰에게 잡아먹힐 뻔한 뒤로 일주일 내내 모험 같은 건 하지 않았다. 대담한 이들은 가이드와 함께 산에도 오르고, 눈 동굴도 만들고, 스노모빌을 타고 피오르 저편 바위투성이 노두*의 가파른 계곡을 탐사하기도 했다. 비어드는 매일 두어 시간씩 배 밖에서 사람들과 어슬렁거렸다. 조수로 뽑혀 줄 끝을 잡아주고, 헤수스를 위해 얼음덩어리를 자르고, 피킷의 마이크 설치 작업을 돕고, 댄스에 끼기도 했다. 댄스는 여남은 명이 한 줄로 서서 보조를 맞춰 200미터쯤 똑바로 간 다음 직각으로 꺾여 그만큼 걷고 다시 직각으로 도는 식이었고 카메라로 촬영되고 있었다. 아무 생각 없이 시키는 대로 하다보니 마음이 편안하고 만족스러웠다. 날씨가 따뜻하고 몸 상태도 더 괜찮았다면 몽펠리에 출신의 날씬한 안무가 엘로디에게 접근해봤을 수도 있었다. 특히 그녀가 남편을 동반하지 않았더라면 말이다. 엘로디의 남편은 머리가 조막만한 사진가로 한때 프랑스에서 럭비선수로

---

* 암석이나 지층이 흙이나 식물에 덮이지 않고 드러난 곳.

뛰었다고 했다. 스텔라 폴킹혼 역시 남편과 함께 왔다—다름아 닌 행사 주최자 배리 피킷이었다.

그때부터 비어드의 삶은 단순해졌다. 그는 예술이나 기후변화에 별 관심이 없고 기후변화를 다룬 예술에는 더 무관심했지만 그런 생각을 입 밖에 내지 않고 붙임성 있게 굴었고, 자신이 조금은 인기가 있는 걸 알고 깜짝 놀랐다. 얼음 위에서 잔심부름을 하며 돌아다니다보면 잡념이 사라졌다. 어느 날 점심때는 예술가들에게 줄 토마토 수프 몇 컵을 배에서 들고 나오는데 건널판 끝에 이르자 수프가 얼어버렸다. 그 컵들은 조각작품의 일부가 되었다. 그는 기분이 더이상 가라앉지 않았다. 다시 운동을 좀 해야겠다는 생각이 들었다. 불과 십 년에서 십이 년 전만 해도 테니스를 그럭저럭 쳤고 신장의 열세를 극복하기 위해 네트에 붙어서 날카로운 포핸드 발리를 날리곤 했었다. 한때는 스키 실력도 거의 수준급이었다. 팔 년 전까지는 허리 굽히기를 하면 손이 발끝에 닿았다. 그러니 이렇게 나날이 뚱뚱해져가다가 쓰러져 죽으란 법은 없었다. 그는 매일 피오르를 걷기로 했다. 총을 든 얀의 보호를 받으며 배 주위를 3킬로미터쯤 도는 것이었다. 두번째 걷고 돌아온 날 오후, 그는 다리가 욱신거려 침대에 누워 휴식을 취하며 앞으로 손도 안 댈 음식들을 머릿속으로 나열했다. 그는 7킬로그램이나 과체중이었다. 지금 당장 실천하지 않으면 일찍 죽는다. 그는 평소에 즐기던 유제품, 붉은 고기, 튀김, 케이크, 가염 땅콩을 모두 끊기로 했다. 특히 좋아하는 감자칩도 다시는 먹지 않기로 했다. 다른 음식들도 있었지만 목록이 완성되기 전에 잠들었다. 배에서의 마지막 사흘 동안 그는 새 식이요법을 지켰다.

비어드조차 이틀째 되는 날부터 탈의실에 질서가 없음을 알아차렸다. 전날과 같은 부츠를 신은 적이 하루도 없는 듯했다. 사흘째 되는 날은 고글을(깨지지 않은 것이다) 발라클라바로 싸놨지만 다음날 보니 고글은 사라지고 발라클라바는 바닥에 떨어진 채 물에 흠뻑 젖어 있었다. 그날 아침은 스노모빌복도 몇 벌 바닥에 떨어져 있는 걸 보았다. 그 스노모빌복들은 사람들이 밟고 지나다닌 것 같았고 비어드는 자세히 살펴보지도 않고서 거기자기 옷이 있을 리 없다고 결론지었다. 밖에서 배의 삭구에 부딪히는 바람 소리를 녹음할 때 피킷도 이틀째 양발에 왼쪽 부츠만 신고 있다고 털어놓았다. 하지만 그는 강인한 사람이라 별로 신경쓰는 것 같지 않았다. 비어드는 신경이 쓰였다. 그는 공동체적 정신의 소유자는 아니었지만 그 자신도, 따라서 타인도 당연히 지켜야 할 예절이 있다고 생각했다. 그는 늘 같은 자리, 즉 17번 고리에 스노모빌복을 걸고 그 아래 장비를 넣었으며 그런 간단한 절차조차 지키지 않는 사람들에게 실망했다. 장갑이 특히 문제였는데 그게 없으면 밖에 나갈 수 없기 때문이었다. 그는 나름 머리를 써서 속장갑과 함께 부츠에 넣어두었지만 다음날 누가 부츠를 가져가버렸다.

비어드는 저녁시간이 좋았다. 저녁식사를 앞두고 모두 식당으로 모이기 시작할 때쯤엔 해가 진 지 다섯 시간이 지나 있었다. 식사가 나오기 전에 두 시간쯤 술을 마셨다. 와인은 리비아의 소외 지역에서 생산된 것이었다. 비어드는 대개 화이트와인으로 시작해 속이 메스꺼워질 때까지 레드와인을 마시다가 다시 화이트와인으로 돌아갔고 보통은 식사 전까지 그럴 시간이 충분했다. 식후의 화제는 물론 단 하나였다. 비어드는 주로 듣기만 했다. 이렇게까지 몰입도가 높은 이상주의자들은 만난 적이 없어서 무척 흥미로웠다가 당혹스러웠다가 어색했다가 했다. 사흘째 밤 피킷이 그의 일에 대해 이야기해달라고 부탁하자 그는 일어나서 센터를 소개하고 지붕 위에 설치하는 4중나선 풍력 터빈을 마치 자기 아이디어인 양 설명했다. 그게 혁신적인 설계라고 말하고 스케치를 해서 돌렸다. 그리고 그 풍력 터빈이 가정의 전기료를 85퍼센트까지 줄여줄 것이고 중간 규모 발전소 스물세 개―많이 취하지는 않아서 정확한 숫자를 기억해낼 수 있었다―를 짓는 것과 같은 효과라고 말했다. 정중한 질문들이 나와 그는 신중하고 명쾌하게 답했다. 과학에는 무지한 사람들과 함께 있으니 무슨 말을 해도 괜찮았다. 스텔라 폴킹혼이 열정적으로 지지 발언을 했다. 여기서 '실제적인' 일을 하는 사람은 비어드뿐이라는 그녀의 말에 모두 그에게 호감을 보이며 요란한 박수갈채를 보냈다. 다른 사람들 생각 따위는 아랑곳하지 않고 살아온 그였지만, 지금은—채신머리없이—단 몇 분만이라도 사랑받는 존재가 된 것이 감격스러웠고 그걸 숨길 수가 없었다.

그때 외에는 그냥 남들 이야기를 들으며 술을 마셨다. 화이트 와인을 두세 잔 마시면 적어도 처음에는 레드와인이 물처럼 잘 넘어갔다. 이야기의 주제는 카논처럼 미친듯이 서로를 뒤쫓기도 하고 푸가처럼 동시에 흐르기도 했다. 실망과 씁쓸함도 그런 식이었다. 20세기가 끝나고 기후변화는 미미한 관심거리로 남게 되었다. 부시가 클린턴의 신중한 제안들을 폐기해 미국은 교토 의정서를 거부하게 될 것이고, 블레어는 그 문제에 대해 통솔력을 보이지 못했고, 리우의 오래전 희망은 사라졌다. 카논 형식으로 실망을 뒤쫓다가 앞지르는 건 위기감이었다. 멕시코만류는 사라지고, 유럽인은 침대에서 얼어죽고, 아마존은 사막으로 변하고, 일부 대륙은 불길에 휩싸이고 나머지는 물에 잠기고, 2085년까지 북극의 여름 얼음이 사라지면서 북극곰도 함께 자취를 감출 거라고 했다. 비어드는 전에도 그런 예측들을 들었지만 아무것도 믿지 않았다. 설령 믿었다 해도 위기감을 느끼지는 않았을 것이다. 그 나이에 자식도 없고 다섯번째 결혼이 파탄난 남자라면 조금은 허무주의 성향을 띨 수 있었다. 지구는 퍼트리스와 마이클 비어드가 없어도 그만이다. 지구가 다른 인간까지 모두 떨궈낸다고 해도 생물권은 계속 존재할 것이며 천만 년만 지나면 낯설고 새로운 생명체로 들끓을 테고, 영장류처럼 영리한 생명체는 없을 것이다. 그렇다면 셰익스피어나 바흐, 아인슈타인, 비어드-아인슈타인 융합을 아무도 기억 못한다고 어느 누가 안타까워하겠는가?

어둠과 한층 혹독해진 추위가 얼어붙은 고독한 피오르의 배를 에워쌌고, 현창에서 흘러나오는 선명한 노란빛이 160킬로미터에 걸쳐 펼쳐진 딱딱 소리나는 얼음 황무지의 유일한 빛이요 생명의 신호인 그곳에서 여러 주제가 교향곡처럼 울려퍼졌다. 뭘해야 하는지, 걸핏하면 싸우는 국가들 사이에 어떤 협정이 맺어져야 하는지, 선진국은 자기 이익을 위해 후진국에 어떤 양보를 하고 어떤 혜택을 주어야 하는지. 저녁식사가 끝난 식당의 습한 온기 속에서 배불리 먹고 와인으로 마무리한 그들에게는 이성만이 단기적 이익과 탐욕을 이길 수 있고 합리성만이 모두 타 죽거나 얼어죽거나 물에 빠져 죽는 재앙의 미래를 담은 경고의 만화를 불명확하게나마 그릴 수 있는 것처럼 보였다.

국가 차원의 협정에 대한 이야기는 또다른 라이트모티프와 비교하면 세속적이었다. 그 라이트모티프는 엄격한 플레인송*의 서늘한 박자를, 보존의 시대였던 과거의 금욕적 선율을 상기시켰다. 기술적 해결을 불신하고 인류에게 필요한 건 새로운 삶의 방식, 생태계라는 소중한 세공품을 더 가벼운 발걸음으로 딛는 태도라고 확신했다. 슈퍼마켓, 공항, 콘크리트, 교통, 심지어 발전소에 의존하지 않고 번영하기 위해 인간 성취의 새로운 규범에 종교에 가까운 경의를 보였다—소수 의견이었지만 매연 냄새 지독한 스노모빌을 몰고 때묻지 않은 땅을 달려온 그들은 죄책감을 안고 정중히 경청했다.

비어드는 언제나처럼 헤수스 옆 구석자리에 앉아 잠자코 듣기만 하다가 마지막날 저녁 딱 한 번 끼어들었다. 메러디스라는 꺽다리 소설가가 그 자리에 물리학자가 앉아 있다는 걸 잊었는지 하이젠베르크의 불확정성원리를 들먹이며, 입자의 위치에 대해 많이 알수록 그 속도는 알기 어렵고 반대의 경우도 마찬가지라는 그 원리는 '도덕적 잣대'의 실종으로 절대적 판단이 어려워진 우리 시대를 함축하고 있다고 말했던 것이다. 비어드는 괴팍하게 반박했다. 머리가 짧고 무테안경을 쓴 소설가에게 정확하게 짚고 넘어가야겠다며 문제되는 것은 속도가 아니라 운동량,

---

* 단선율로 이루어진 성가.

다른 말로 하면 질량 곱하기 속도라고 했다. 그런 사소한 것까지 깐깐하게 따지는 태도에 다들 터져나오는 신음을 억눌렀다. 비어드는 그 원리가 도덕 분야에는 적용되지 않는다고 말했다. 오히려 양자역학은 물리적 상태의 통계적 확률을 예측하는 데 최고의 기능을 한다고 주장했다. 소설가는 얼굴을 붉히면서도 물러서려고 하지 않았다. 지금 대화하는 상대가 누군지 모른단 말인가? 좋아요, 그래요, 통계적 확률, 하지만 그건 확실성이 아니죠, 하고 소설가가 우겼다. 방금 여덟 잔째 와인을 비운 비어드는 자기 분야를 침범한 무지한 자에 대한 경멸로 코와 윗입술이 올라가는 걸 느끼며 큰 소리로 말했다. 그 원리는 이를테면 광자를 반복적으로 관찰할 수 있는 한 그 상태를 정확히 아는 것과 배치되지 않는다고. 도덕의 영역에서 유추는 하나의 도덕적 문제를 여러 번 재검토해 결론에 도달하는 것이겠지만, 하이젠베르크의 원리를 적용하려면 옳음과 그름의 합을 2의 제곱근으로 나눈 것이 의미를 지녀야만 한다고.

식당 안의 침묵은 놀라움보다는 당혹감에서 비롯된 것이었다. 메러디스는 주먹으로 테이블을 쾅 치는 비어드의 모습을 무력하게 바라보았다. "그러니까 말씀해보세요. 하이젠베르크를 윤리학에 어떻게 적용하는지 들어보자고요. 옳음과 그름의 합을 2의 제곱근으로 나눠보세요. 도대체 그게 무슨 의미가 됩니까? 아무

의미도 없어요!"

배리 피킷이 토론을 계속 이어가기 위해 중재에 나섰다.

그것이 단 한 번의 불협화음이었다. 기억에 남을 놀라운 순간이 밤마다, 대개 늦은 시각에 공동의 목적으로 고양되고 잠시나마 온갖 실망과 쓸쓸함을 지운 채 관악대의 밝은 음으로, 한목소리의 합창으로 찾아왔다. 비어드는 이런 무리에 섞여 술을 마시게 되리라곤 상상도 못했었다. 그들은 지고의 예술, 시, 조각, 춤, 절대음악, 개념미술이 기후변화 문제를 화려하게 부각하고 진단하고, 그와 관련된 모든 공포와 잃어버린 아름다움과 엄청난 위협을 드러내고, 대중에게 영감을 불어넣어 생각하고 행동하고 타인도 그러기를 촉구하게 한다는 하나의 특별한 가정에 사로잡혀 있었다. 그는 조용한 경이감에 젖어 앉아 있었다. 이상주의는 그의 성격과 너무도 동떨어진 것이라 반대 의견을 낼 수도 없었다. 그는 새로운 영토에, 친절한 이방의 부족과 함께 있었다. 건널판 아래서 배를 지키는 눈사람 보초들, 배의 삭구를 지나며 신음하는 녹음된 바람 소리, 종일 지고 있는 태양빛을 굴절시키는 얼음렌즈, 뱃머리 너머 얼음 위를 행진하는 헤수스의 펭귄 서른 마리와 북극곰 세 마리, 어느 밤 메러디스가 읽어준, 혹은 큰 소리로 내지른 욕설이 간간이 섞인 험악하고 불가해한 소설―이 모든 전시가 기도처럼, 토템폴 춤처럼 재앙을 피하기 위한 방편이었다.

그것이 배 안에서 이루어진 기후변화 이야기의 음악이고 마법이었다. 한편, 알고 보니 격벽이라 불리는 벽 건너편 탈의실 사정은 갈수록 악화되고 있었다. 주 중반쯤 되자 헬멧 네 개와 육중한 스노모빌복 세 벌, 그리고 많은 작은 장비가 사라지고 없었다. 그래서 전체 인원 3분의 2 이상이 한꺼번에 외출하는 게 불가능해졌다. 밖에 나가려면 훔쳐야만 했다. 급기야 저녁마다 배리 피킷이 엔트로피가 증가하는 탈의실 상황을 알리기에 이르렀다. 비어드는 자신도 처음부터 한몫 거들며 핵심 역할을 한 건 생각도 못하고 이 타락 후의 상황에 대해 포괄적으로 검토했다. 나흘 전 처음 왔을 때는 모든 장비가 정해진 자리에 질서정연하게 걸리거나 놓여 있었다. 한정된 자원이 공평하게 배분된 황금기는 그리 길지 않았다. 이제는 엉망이었다. 남는 장갑과 목도리와 초콜릿이 반쯤 든 배낭과 자루 모양 가방, 슈퍼마켓 비닐봉지가 바닥에 어지럽게 널려 있어 질서를 찾기는 한층 더 어려웠다. 그는 아무도 잘못된 행동을 한 건 아니라고 생각하며 자신의 너그러움에 감탄했다. 모두 즉각적인 상황에서 밖에 나가려다보니 뜻밖의 장소에서 자신의 잃어버린 발라클라바나 장갑을 '발견'하는 건 완전히 합리적인 행동이었다. 그런 생각에서 기쁨을 얻는 건 비뚤어지거나 냉소적인 짓이었지만 그래도 어쩔 수 없었다. 그런 사람들이 탈의실보다 훨씬 큰 세상을 어떻게 구할 수 있을까—그는 회의적이지만, 세상을 구해야만 한다면 말이다.

마지막날 아침, 밖에서 스노모빌 부대의 시동 거는 소리가 요란한 가운데 그들은 아침식사를 했다. 모두 밖으로 나왔을 때 보니 장비를 잃어버린 사람이 많았다. 비어드는 헬멧이 없었다. 그는 출발신호를 기다리며 고글이 따뜻해지도록 엔진 위에 올려놓고 머리에 목도리를 감았다. 하늘에 낮게 걸린 오렌지빛 해는 거칠 것이 없었고 유익한 순풍 덕분에 장비만 제대로 갖춘다면 롱예르뷔엔으로 돌아가는 길이 즐거울 수도 있을 것 같았다. 갑판에서 누가 외치는 소리가 들렸다. 배리 피킷과 선원 한 명이 건축업자가 모래를 보관할 법한 비닐과 천으로 된 거대한 자루를 건널판 아래로 옮기고 있었다. 분실물이었다. 모두 몰려가 자루를 뒤졌다. 비어드는 머리에 맞는 헬멧을 발견하고 자기 거라고 확신했다. 누구 하나 창피해하거나 당황하는 기색조차 없었다. 여기 그들의 물건이 있었다. 그동안 어디 숨어 있었던 거지?

그들은 선원들에게 작별인사를 하고 요란한 소음과 배기가스를 내뿜으며 롱예르뷔엔을 향해 일렬로 피오르를 가로질렀다. 매서운 맞바람을 피하기 위해 품위 있는 시속 25킬로미터를 유지했다. 비어드는 엔진의 열기를 조금이라도 얼굴에 받으려고 납작 엎드려 달리며 느긋한 기분을 느꼈다—아침의 기분상태로는 익숙지 않은 것이었다. 숙취도 없었다. 얼어붙은 피오르 연안에서는 깊이 팬 바큇자국과 도랑을 피하기 위해 모두 걷는 속도로 천천히 갔다. 비어드는 올 때 그곳을 지난 기억이 없었다. 하긴 얀의 뒤에서 잠들어 있었으니까. 그다음엔 곧게 뻗은 긴 눈길을 달리다가 오두막을 지나쳤는데 가이드의 설명에 따르면 엄청난 괴짜가 혼자 살았던 집이었다.

비어드는 만일 우주선을 타고 다른 은하계를 여행하게 된다면 금세 이 모든 것에 대한, 저만치 앞서가는 형제자매에 대한, 전처들까지 포함해 모든 사람에 대한 치명적인 향수병에 빠질 것 같다는 생각이 들었다. 그는 자기가 사람을 좋아한다는 유쾌한 착각에 빠져 있었다. 모든 사람이 전적으로 용서받을 만했다. 그리고 얼마간은 협조적이고, 얼마간은 이기적이고, 가끔은 잔인하고, 무엇보다 재미났다. 스노모빌은 높은 빙벽으로 둘러싸인 긴 협곡을 지나고 있었다. 그에게는 영원히 묻고 싶은 치욕스러운 장면이 연출된 곳이었다. 그보다는 살인 북극곰에게서 멋지게 탈출한 기억을 떠올리는 게 더 좋았다. 어쨌거나 비어드는 전에 없이 인류애를 느끼고 있었다. 인류도 자신을 좋아할 거란 생각까지 들었다. 우리 모두 개인적으로는 당연히 망각될 운명에 직면해 있지만 아무도 심하게 불평하지 않는다. 종으로서 인간은 상상 가능한 최고의 종은 아니지만 분명 현존하는 최고의, 아니, 가장 흥미로운 종이다. 하지만 탈의실에서 보여준 그 불명예는 어떤가? 그건 분명 인간 본성의 문제다. 그런데 대체 인간 본성에 대해선 어떻게 배우게 되는 걸까? 과학은 물론 훌륭한 것이고 예술도 그럴 수 있겠지만 어쩌면 자기이해는 별개의 문제인지도 모른다. 탈의실은 결점이 있는 생물체가 올바로 사용할 수 있도록 적절한 체계를 갖춰야 한다. 과학이나 예술, 이상주의에 책임을 미루지 말자. 오직 좋은 규칙만이 탈의실을 구할 수 있다. 그 규칙을 존중하는 시민도 필요하겠지.

이렇듯 인류와 자신에 대해 너그러운 생각은 점심을 먹기 위해 호텔에 도착할 때까지 지속되었다. 그 호텔에 묵었던 때가 까마득한 옛날 같았다. 그들은 스노모빌복과 나머지 장비를 넘기고 안에게 작별인사를 한 다음 한 시간이 지나지 않아 트론헤임행 비행기에 올랐다. 트론헤임에서 비어드는 오슬로로 가는 다른 비행기가 예약되어 있었다. 나머지 사람들은 네 시간을 기다려야 했다. 작은 공항 안에서 그들 모두 서로의 곁을 떠나고 싶지 않은 듯했다. 그들은 바를 점령하고 런치타임 맥주와 핫도그를 먹으며 곧 다시 그들의 음악을, 노래를, 세계적인 재앙에 대한 한탄을 시작했다. 비어드는 작별인사를 하러 그곳으로 갔다. 이메일 주소를 교환하고 포옹하는 데 이십 분이 걸렸다. 스텔라 폴킹혼은 그의 입술에 키스했고 헤수스는 명함을 주었다. 비어드가 바를 나설 때 요란한 환호가 일었다. 얼음 위에서 시키지도 않은 잔심부름을 하고 풍력 터빈에 애정이 있는 척한 덕에 그로서는 익숙지 않은 인기라는 걸 좀 얻은 모양이었다. 막대기 같은 소설가까지도 깡마른 가슴에 그를 꽉 안아주었다. 삼십 분 뒤 쌍발 프로펠러기가 얼어붙은 활주로를 달려 이제 머릿속에서 거의 지워진 엉망이 된 삶으로 그를 도로 데려다주기 위해 남쪽으로 날아오를 때까지도 그의 입가에는 미소가 남아 있었다.

비어드는 오슬로에서 하룻밤 묵고 오전 여섯시 비행기로 예약을 앞당겨 예정보다 세 시간 일찍 런던 히스로공항에 도착했다. 비행기가 윈저 파크 상공에 접근할 때 비가 세차게 쏟아지고 있었다. 새벽하늘은 검은 초록빛이었고 공항으로 들어오는 도로의 차는 모두 헤드라이트를 밝히고 있었다. 비어드는 공항터미널 밖 택시 탑승 줄에 섰다가, 다중추돌 사고로 차량이 16킬로미터가량 늘어서 있다는 M4 고속도로 소식을 듣고 도로 건물 안으로 들어갔다. 몇 층 내려가 패딩턴까지 기차를 타고 거기서 택시를 탔다. 집 앞에 도착했을 때쯤엔 비가 그치고 길가 마가목의 검은 가지에서 굵은 물방울이 떨어지고 있었다. 택시가 떠나자 비어드는 가방을 들고 정원 문 앞에 서서 주위를 둘러보며 건물이 빽빽이 들어서 있는데도 평일 오전 열시에 사람 그림자가 보이기는커녕 목소리나 라디오 소리도 들리지 않는다니 놀랍다고 생각했다. 벨사이즈 파크는 북극 못지않게 생명이 없는 듯했다. 그리고 거기 그의 집이, 그의 불행의 상자가 있었다. 헐벗은 자작나무와 늙은 사과나무가 한 그루씩 서 있는 겨울 정원에 자리한, 런던의 잿빛 벽돌로 짓고 1층 창문엔 돌설주를 세운 초기 빅토리아 양식의 깔끔한 집. 30미터나 되는 앞마당에 헤링본 무늬 벽돌길이 현관문까지 완만한 커브를 이루며 이어지고 이끼 낀 벽돌담이 경계를 표시하는 집은 런던에 많지 않았다. 그가 결혼생활을 했던 집들 중 건축적으로 제일 훌륭했지만 이제 팔릴 신세였다. 가재도구는 흩어지고, 두 주인도 그렇게 될 터였다. 습관적으로 서로를 싫어해서가 아니라, 물론 지금 퍼트리스는 비어드를 증오하겠지만, 결혼생활 오 년 동안 비어드가 열한 번이나 바람을 피우고 퍼트리스는 한 번밖에 피우지 않아서. 그건 불공평한 횟수였고 그들은 무언의 규칙에 따라 살며 고통받아야 했다.

대문을 밀자 평소대로 삐걱거리는 소리가 났는데 마치 요란한 작별인사처럼 들렸다. 비어드는 슬펐지만 이제 고통스럽진 않았다. 지금은 이름조차 잊은 기차에서 만난 유쾌한 여자, 타핀의 집에 찾아간 일, 위도 80도에서의 정숙한 막간(이제 상처는 거의 아물었다)이 새롭게 보호막이 되어주었다. 변화가 아무리 미미하다 해도 이제 그는 다른 사람이었다. 후회가 막심했고 퍼트리스가 자신을 사랑하도록 만드는 요령을 몰라 애석했지만 이제 체념한 터였다. 그는 결혼의 무대장치를 해체하는 작업을 시작하기 위해 안으로 들어갔다. 오늘부터 당장 짐을 쌀 작정이었다. 얼음에 갇힌 배에서 캄캄한 오후를 보내며 생각할 시간은 충분히 가졌고 개인적인 물건만 챙겨가기로 결심했다. 나머지, 그러니까 소파와 깔개, 그림, 포크와 나이프 같은 것은 다 퍼트리스 차지였고 머천트뱅커인 아버지를 설득해서 절반인 그의 지분을 사들이면 집도 그녀가 가질 수 있었다. 비어드는 최대한 고통스럽지 않게, 효율적으로 이혼 절차를 진행할 생각이었다. 퍼트리스가 타핀과 살림을 차리건 말건 알 바 아니었다. 앞마당 잔디밭에 타핀의 보트와 가로등, 공중전화부스를 둘 공간은 부족하지 않을 터였다.

정원 벽돌길에서 여행가방 바퀴가 애처로운 소리를 냈다. 그의 마지막 귀가였다. 예정보다 일찍 도착해 다행이었다. 오늘은 금요일이고 퍼트리스는 종일 수업이 있어 오후에도 수십 명의 아이가 책상다리를 하고 그녀의 피아노 반주에 맞춰 불협화음의 합창을 하는 날이라 그가 집에 들어오는 걸 보고도 모른 척하는 퍼트리스를 보지 않아도 되기 때문이었다. 그녀 일상의 그런 디테일은 곧 잊히거나 그의 생각 속으로 들어오지 못하게 될 터였다.

현관문 앞에 도착한 비어드는 배에 군살이 더 늘어 힘겹게 허리를 굽히고 서류가방을 뒤져 열쇠를 찾다가 변화를 알아챘다. 크림색으로 칠한 철망 우유병 바구니가 제자리에 놓여 있지 않았다. 우유배달부에게 그날그날 필요한 양을 알려주는 다이얼과 빨간 화살표가 달린 그 바구니는 누가 옮겨놨는지 아니면 발로 찼는지 30센티미터 이상 오른쪽으로 가 있었고 돌로 된 문간의 원래 자리엔 모래로 테를 두른 흐릿한 직사각형 자국이 남아 있었다. 바구니는 다이얼과 화살표가 벽을 향한 채 대각선으로 비딱하게 놓여 있었다. 비어드는 그냥 그대로 내버려두었다. 그러지 않을 이유가 있는가? 곧 새집—북극의 스피츠베르겐처럼 잡동사니 하나 없이 흰 벽으로 이루어진 작은 아파트를 염두에 두고 있었다—으로 이사해 자기만의 새로운 미래를 계획하고, 살도 빼고, 아직은 불분명하지만 새로운 목적을 지닌 민첩하고 강철 같은 존재가 될 텐데 말이다.

비어드는 열쇠를 찾아 현관문을 열고 가방을 끌고 안으로 들어가며 또다른 변화를 알아챘다. 공기가 평소와 좀 달랐다. 습한 것 같기도, 따뜻한 것 같기도 하고 둘 다인 것 같기도 했으며 익숙지 않은 향이 났다. 더 확실한 건 마룻바닥의 물이었다. 괘씸하게도 젖은 발자국인지 발 크기로 고인 물인지가 계단 발치에서 거실까지 이어져 있었다. 누군가가, 십중팔구 노상 욕실에 사는 타핀이 샤워 후 물기도 닦지 않고서 제집처럼 돌아다닌 모양이었다.

비어드는 침입자를 몰아내겠다는 일념으로 다짜고짜 물 발자국을 따라 거실로 들어갔다. 침입자의 존재가 이보다 더 확실할 수 있을까. 그는 퍼트리스가 밸런타인데이 선물로 비어드에게 사준 페이즐리 무늬 검정 실크 목욕가운 차림으로 머리에서 물이 뚝뚝 떨어지는 채 무릎 위에 신문을 펼쳐놓고 소파에 앉아 있다 소스라쳐 몸을 꼿꼿이 세웠다. 하지만 타핀이 아니었다―뜻밖의 인물이라 받아들이는 데 몇 초가 걸렸다. 소파의 침입자는 올더스였다. 톰 올더스, 포스닥, 스와팸의 백조. 두 사람이 침묵 속에 서로를 응시하는 동안 올더스의 말총머리 끝에서 커다란 물방울이 쿠션으로 툭 떨어졌다.

현실을 수용하는 과정에서 부적절한 질문과 대답이 비어드를 방해했다. 저 목욕가운을 다시 입고 싶을까? 그렇지 않았다. 퍼트리스의 남자 둘 다를 젖은 상태로 맞닥뜨릴 확률은 어느 정도일까? 극히 낮았다. 당연히 침묵은 실제보다 훨씬 길게 느껴졌고 마침내 그 침묵을 깬 건 올더스였다. 그가 손으로 입을 가리고 신경질적인 말 울음 같은 킬킬거리는 소리를 냈다. 그의 가장 큰 두려움이 현실이 된 것이다. 어쩌면 순간적으로 문간의 비어드를 허깨비라고, 과도하게 생산적인 정신의 망상적 결과물이라고 생각했을지 모른다. 하지만 이제 그게 아님을 알았다. 아직

둘 다 말을 하기 전인 이 짧은 막간에 그는 더 그럴듯한 허깨비를, 갈가리 찢긴 자신의 직업적 미래를 보았을지도 모른다. 이론 물리학은 하나의 마을과도 같았고 그 한복판의 잔디밭 우물 옆에 비어드가 아직 영향력 있는 인물로 자리하고 있었다. 센터의 지방색 짙은 천재 올더스는 변명으로 이 상황을 모면할 수 있으리라 생각한 걸까? 그는 킬킬거림을 막는 데 썼던 손을 소파 앞 낮은 유리테이블을 향해 뻗었다. 잡지 더미 옆에 얄팍한 흰색 도자기로 된 키 큰 커피잔이 있었는데 퍼트리스가 뉴욕의 헨리 벤델 백화점에서 사온 여섯 잔짜리 세트 중 하나였다. 올더스는 잔을 들어 입으로 가져갔다. 자기는 아무렇지도 않다거나 죄책감이 없다는 걸 나타내려는 행동이었다면 무릎에서 신문이 미끄러져 바닥으로 떨어지는 바람에 효과가 반감되고 말았다. 올더스는 집주인에게서 눈을 떼지 않은 채 무례하게 커피를 한 모금 마셨다. 비어드가 한 발짝 다가갔다.

"그거 내려놓고 일어나."

올더스가 순순히 그 말에 따른 건 비어드로서는 다행스러운 일이었다. 그는 올더스보다 18에서 20센티미터는 작고 나이도 서른 살이나 많은데다 팔 힘도 없어서 완력으로는 뜻을 이룰 수 없었다. 그가 가진 건 떳떳함과 격한 분노, 바람난 아내의 남편이 휘두를 수 있는 권력뿐이었다. 그는 엉덩이에 손을 붙이고

165센티미터의 키가 최대한 커 보이게 꼿꼿이 서서 올더스가 황급히 가운 끈을 새로 묶으며 허둥지둥 일어나는 모습을 지켜보았다. 얼핏 보니 가운 속은 알몸이었다.

"그래, 올더스 군."

"그러니까." 올더스가 진정하라는 듯 양 손바닥을 아래로 내리며 말했다. "이야기 좀 하시죠. 비어드 교수님, 마이클이라고 불러도 될까요?"

"아니."

"우린 타인이 정해준 역할에 자신을 억지로 끼워맞춰선 안 되고……"

비어드는 한 발짝 더 다가섰다. 폭력을 쓸 생각은 전혀 없었지만 폭력을 쓸 것 같은 인상을 주는 건 개의치 않았다. "내 집에서 뭐하는 거야?"

이제 보니 올더스의 촌스러운 노퍽 사투리가 특별한 종류의 애원에 잘 어울렸다. 궁핍한 시절 소작인이 영주에게 소작료를 내려달라고 애원할 때 그런 말투를 썼을 것 같았다. "사실, 커피다 마시고, 옷 입고, 깨끗이 치워놓고 갈 작정이었습니다. 시킨 대로 밖에서 이중으로 문을 잠그고 열쇠는 우편함에 넣고요. 교수님께서 일찍 오지 않았다면 아무 일도……"

"내 집에서 뭐하는 거냐고 물었어."

올더스는 다시 손바닥을 이용해 솔직함의 표시로 빈손을 보이며 말했다. "퍼트리스와 저녁 먹고 여기서 잤습니다. 저기요, 비어드 교수님, 솔직하게 말해도 될까요?"

올더스는 진심으로 대답을 기다리는 듯 잠시 멈췄다가 말을 이었다. "교수님도 저도 둘 다 합리성을 중시합니다. 우리 일이 그것에 근거하니까요. 그러니 상황에 맞지 않는 반응은 더이상 보이지 않는 게 좋겠습니다. 교수님의 결혼생활이 끝난 건 우리 둘 다 아는 사실입니다. 교수님과 퍼트리스는 형식적으론 부부지만 말도 섞지 않은 지 오래됐습니다. 그런데 지금 교수님은 피해자 역할을, 아내의 남자를 현장에서 붙잡은 분노한 남편 역할을 하려 하고 있어요. 사실 집에서 나갈 생각이었으면서요. 퍼트리스가 그런 인상을 받았답니다. 솔직히 그녀도 그걸 바라고요."

더 떠들라는 생각으로 비어드는 잠자코 있었다.

"비어드 교수님—그냥 마이클이라고 부르게 해주시면 좋겠네요—제가 하려는 말은, 우리가 분노나 골치 아픈 일은 다 생략하고 이 문제를 효율적으로 처리할 수 있다는 겁니다. 우린 친구가 될 수도 있어요."

"알겠어." 비어드가 올더스에게 던진 그다음 질문은 즉흥적으로 떠오른 것이지만 꽤 재미난 공격이 될 것 같았고 그게 아니더라도 최소한 생각할 시간을 벌어줄 수 있을 듯했다. "그럼 로드니 타핀은? 그 사람은 어떻게 됐지?"

올더스는 동요하지 않는 척하는 인상을 제대로 풍겼다. 그는 다시 한번 천천히 비어드의 목욕가운 끈을 묶었다. "타핀은 겁 안 나요. 그와 통화한 내용 두 건을 녹음해뒀고 그가 보낸 엽서를 경찰에 전달했어요. 그 사람은 미치광이지만 다행히 그걸 숨기진 않더군요."

비어드가 말했다. "그자가 퍼트리스를 때렸어."

"끔찍한 일이에요." 청년은 교수를 자기편으로 만들 공동의 목적을 발견하고 흥분해서 외쳤다. "그런 아름다운 여인에게 어떻게 그런 짓을 할 수 있죠?"

"그자는 나도 공격했어. 뺨을 때렸지."

"그 사람 감옥에 가야 해요."

"이제 그자는 자네 문제야. 내가 아니라. 경찰에서 보호해준다던가?"

"그건, 그러니까, 바빠서 안 된다고 하더라고요."

비어드는 올더스를 벌하고 싶은 욕구에 사랑과 다르지 않은 흥분을 느꼈다. 그가 말했다. "그자가 자넬 죽이려 들 거야. 내가 자네라면 칼을 지니고 다닐걸. 자네가 무슨 일을 당하든 난 상관없지만."

비어드의 그런 노력에도 올더스는 타핀에게 겁을 먹는 것 같지 않았다. 올더스가 말했다. "그 사람은 두렵지 않습니다, 비어드 교수님."

"퍼트리스가 그자한테 자네가 어디서 일하는지 얘기했을 거야—아니, '어디서 일했는지'라고 해야 하나."

청년은 곧바로 평정을 잃었다. 그는 다시 일자리가 위태로운 애원자가 되었다.

"오, 비어드 교수님, 제 말 좀 들어보세요. 너무 멀리 가셨어요. 핵심으로 돌아가자고요. 합리성은……"

"상사의 아내와 눈이 맞는 건 매우 불합리한 짓이지." 비어드가 말했다.

"솔직히 그보다 더하죠. 제가 어리석었습니다. 제가 배울 게 많다는 거 알아요. 하지만 제가 하려는 말은 강력한 논리의 토대에 관한 것인데……"

비어드는 큰 소리로 웃었다. 토대라니! 다가오는 패배를 기를 쓰고 피하려는 체스기사의 모습을 지켜보는 것 같았다. 구체적으로 기억나지는 않지만 그도 이런 상황에 처한 적이 있었다. 아마 격노한 아내 앞이었을 것이다. 마지막 변명까지 먹히지 않아 패배를 눈앞에 두었을 때 그는 멋진 술책을 부렸다. 그건 11차원에서 벌어진 나이트의 기막힌 한 수요, 관례적인 게임의 평면세계에서 솟아오른 눈부신 돌출이었다. 그래, 그는 강력한 논리의 토대를 좋아했다. 그래서 올더스의 말을 들어주었다.

올더스가 숨가쁘게 말했다. "삼 주 전 교수님이 우리 연구원 하나에게 일반상대성이론을 제외하면 디랙방정식이야말로 우리 문명이 낳은 가장 아름다운 작품이라고 생각한다 말씀하시는 걸 우연히 들었습니다. 전 그렇게 생각하지 않습니다. 교수님은 스스로를 깎아내리셨어요. 비어드 교수님, 세상에 융합 이론만한 건, 광전효과에 대한 교수님의 역작만한 건 없습니다―이보다 명쾌하고 이보다 진실한 건 없습니다. 어디서나 모두가 교수님의 융합 이론을 숭배하죠. 하지만 기후변화라는 위기와 응용과학의 관점에서 깊이 생각한 사람은 없었습니다. 저는 달랐고, 교수님의 연구에서 광합성과 관련된 가능성을 보았습니다. 사람들은 식물의 광합성 작용에 대해 자세히 아는 것처럼 굴지만 사실그러지 못하죠. 광자가 어떻게 그토록 효율적으로 화학에너지로 변환되는지 진짜 이해하는 사람은 없습니다. 고전물리학은 그걸 설명할 수 없습니다. 전자이동이니 뭐니 하는 건 말도 안 되고요. 평범한 잎이 하나의 분자체계에서 다른 분자체계로 에너지를 전달하는 방식은 기적이나 다름없죠. 그런데 바로 융합 이론이 그걸 가능하게 해줍니다. 아시다시피, 효율성의 열쇠는 모든 에너지 경로를 동시에 샘플링하는 체계를 지닌 양자 결맞음이죠. 그리고 나노 테크놀로지의 발전 덕에 우리는 적합한 물질에 그 원리를 그대로 적용할 수 있고, 그러면 저비용으로 물을 쪼개 가정용이나 산업용 규모로 수소를 축적할 수 있을 겁니다. 근사하죠! 하지만 전 아무것도 아니에요, 뭣도 아닌 사람이죠. 교수님께 제 아이디어를 보여드리고 싶어요. 보면 분명 좋아하실 겁니다. 사람들이 교수님 말은 들을 거고요. 광합성에서 양자 결맞음은 새롭지 않지만 이제 우린 어디서 무엇을 봐야 하는지 압니다. 교수님은 이 연구를 이끌어가고 기금을 마련할 수 있습니다. 포기하기엔 너무 중요한 연구예요. 우리 미래가, 전 세계의 미래가 달려 있으니까요. 그래서 우리가 적이 되어선 안 된다는 겁니다."

비어드는 요사이 전 세계 운운하는 소리를 하도 많이 들어서 신물이 났다. 생물학에 양자역학을 끌어들이는 데도 우호적이었던 적이 없었다. 물리학자였다가 생물학자가 된 슈뢰딩거나 크릭 같은 변절자들에게, 자신들의 빛나는 환원론이 큰 성공을 거두리라 믿는 그들에게 비이성적인 편견이 있었다. 사실 녹색 식물 자체가—정원 가꾸기, 자연 속에서 산책하기, 저항운동, 광합성, 샐러드까지—그의 취향이 아니었다.

"내 아내랑 언제부터 섹스했지?"

올더스는 한숨을 쉬고 반발할 기색을 보였다가 이내 포기하고 어깨를 늘어뜨렸다. "처음 만나고 한 달쯤 지나서요."

"내가 소개해준 게 처음 만난 거지."

"맞습니다, 교수님. 교수님이 버밍엄인가 맨체스터로 출장 가신 날이었습니다. 집에 가는 길에 혹시 퍼트리스가 뭐 필요한 게 없나 해서 들렀는데……"

"필요한 게 있었군."

다시 시골 소작인의 애원이 시작되었다. "비어드 교수님, 솔직히 말씀드리겠습니다. 처음부터 흑심을 품었던 건 아닙니다. 그녀는 저와 급이 다르니까요. 전 급 같은 것도 없지만요. 그녀가 저한테 들어오라고 하고 저녁도 권하고―그렇게 시작된 겁니다. 나중에 그녀가 교수님과는 완전히 끝났다고 했고, 그래서 전 교수님께서 저기……"

"신경 안 쓸 거다?"

비어드는 퍼트리스가 자신과 끝났다고 생각한다는 건 알았지만 올더스의 입으로 두 번이나 듣자 부아가 치밀고 고통스럽기까지 했다. 작년 늦여름부터 그녀는 타핀이 아닌 올더스를 만나고 있었던 것이다. 아니면 둘 다 만났거나. 8월의 어느 저녁 꺼병이 연구원이 문 앞에 나타나자 그녀는 남편을 벌할 또다른 기회를 움켜잡은 것이다.

"올더스, 자네 너무 순진하다는 말 들어본 적 있나?"

청년은 그 말에 반갑게 매달렸다. "비어드 교수님, 전 순진합니다! 과학밖에 모르니까요. 사람도 안 만나고 외출도 안 합니다.

퇴근하면 삼촌 집 정원에 있는 원룸에 틀어박혀 연구만 하고 그렇게 새벽까지 있을 때가 많죠. 전 늘 그렇게 살아왔습니다. 이제 제 연구는 교수님께 달려 있습니다. 교수님께 드리려고 보고서를 만들어놨습니다. 다른 누구도 아닌 교수님께만 보여드리려고요. 제발 읽겠다고 말씀해주세요. 너무나 중요한 일입니다."

그때까지 두 사람은 2미터 가까이 거리를 두고 마주서 있었다. 올더스는 소파 가까이서 혹시 닥칠지 모르는 불운으로부터 방어라도 하려는 듯 두 팔을 앞으로 모으고 있었다. 아니면 비어드의 목욕가운이 벌어지지 않게 하려는 것일 수도 있었다. 비어드는 뒷걸음치기 시작했다. 올더스의 말을 듣는 게 지겨웠고 혼자 있고 싶었다.

비어드가 말했다. "이제 가도 좋아. 내일 센터에 갈 테니까 열한시에 작 브레이비 방에서 보지."

비어드가 거실을 가로지르자 올더스는 외치다시피 애원했다. "아무도 저를 고용하지 않을 겁니다. 교수님도 아시잖아요, 안 그렇습니까? 사적인 복수심 때문에 포기하기엔 너무 중요한 일입니다."

비어드는 거실 문 앞에 이르자 돌아서서 말했다. "가기 전에 물기 깨끗이 닦아놓고."

"비어드 교수님!"

비어드 앞에 무릎을 꿇고 자비를 구할 작정인 듯 올더스가 두 팔을 내밀고 고개를 저으며 커다란 치아를 덮은 입술이 팽팽해진 모습으로 달려오기 시작했다. 분명 그는 자비를 얻을 수 있었을 것이다. 비어드도 브레이비 앞에서 망신스러운 가정사를 까발려 센터 전체에 소문이 퍼지게 하고 싶진 않았으니까. 대장이 말총머리 중 하나에게 우롱당하고 배신당했다. 하지만 올더스는 결국 비어드 앞까지 이르지 못했고 2미터도 채 달리지 못했다. 반들거리는 마룻바닥에서 북극곰 깔개가 그를 기다리고 있었던 것이다. 북극곰이 살아났다. 올더스의 오른발이 등을 밟자 북극곰은 쩍 벌어진 입의 누런 이빨을 드러내며 펄쩍 뛰어올랐다. 올더스의 두 다리가 앞에서 공중으로 솟아 한순간 그 긴 몸 전체가 바닥과 평행을 이루었다. 그다음 다리가 더 높이 솟았고, 충격을 완화하기 위해 두 팔을 본능적으로 허우적거렸지만 뒤통수가 맨먼저 떨어졌고, 뒤통수가 닿은 곳은 마룻바닥이 아닌 유리테이블 모서리였고, 둥글게 처리한 모서리가 목덜미를 파고들었다.

질식할 듯한 깊은 정적이 깔리고 몇 초가 흘렀다.

"안 돼, 안 돼, 제발." 비어드는 웅얼거리며 올더스에게 다가갔다.

올더스는 마룻바닥에 축 늘어져 있었다. 마치 장의사가 뉘어놓은 듯 몸통과 팔 사이가 최소한으로 떨어져 있고 크게 뜬 눈에 입도 벌어져 있었지만 목욕가운이 점잖게 몸을 가리고 있었다. 비어드는 청년의 어깨 옆에 무릎을 꿇고 앉았다. 호흡도, 맥박도 없었다. 올더스의 머리 아래로 후광처럼 피가 직경 20센티미터 남짓 번졌는데 무슨 이유에선지 더 커지지는 않았다. 자세히 보니 피가 마룻바닥 틈새로 스며들고, 아니, 폭포처럼 쏟아져내리고 있었다. 그 정도면 과다출혈만으로도 죽을 수 있었다.

"이런, 젠장…… 아, 젠장……" 비어드는 연신 혼자 중얼거렸다. 말도 안 되는 일이 벌어졌고 그는 그 일을 없애버리고 싶고 되돌리고 싶었다. 일어나지 않은 것으로 만들고 싶었다. 있을 수 없는 일이니까. 너무 말이 안 되니까. 하지만 매초 새로운 현실이 육박해와 그런 노력을 포기하고 상황을 받아들이도록 만들었다. 심장마사지나 인공호흡을 시도해야 하나 생각했던 건 사실이었다. 실험실에서 일하는 사람은 기본적으로 그런 것을 할 줄 아니까. 하지만 아주 고요하면서도 권위 있는 무언가, 하나의 목소리라기보다 그의 고난 너머 안전한 곳에 머물고 있는 존재가 올더스의 몸에 손대선 안 된다고 충고했다.

비어드는 일어나서 전화기로 갔다. 그는 와들와들 떨고 있었다. 손이 수화기 위에서 머뭇거리는 동안 벨사이즈 파크의 정적은 더욱 깊어졌다. 조금 전의 그 이성적인 존재가 전화를 걸기 전에 신중하게 생각해봐야 한다고 조언했다. 그는 원래 우유부단한 인간이 아니었다. 그런데 왜 이러는 거지? 손에 감각이 없었다. 그는 잠시 후에야 분별을 되찾고 객관적인 시선으로 상황을 보았다. 현실은 이랬다. 해외에서 돌아온 남자가 자기집에서 아내의 연인을 발견한다. 둘은 대립한다. 이십 분 후 아내의 연인은 뒤통수 타박상으로 죽는다. 미끄러진 겁니다. 나를 향해 달려오다가 깔개를 밟고 미끄러졌어요. 오 그래요? 비어드 씨, 그런데 그가 왜 달려왔나요? 내 앞에 엎드려 다리를 붙잡고 센터에서 해고하지 말아달라고, 기후변화로부터 세계를 구하는 일에 동참해달라고 애원하려고요. 경찰은 그 말을 믿지 않을 것이다. 비어드 씨, 마지막으로 묻겠는데, 당신이 테이블 모서리에 피를 묻힌 거 아닌가요? 살인 무기는 어떻게 했죠, 비어드 씨? 무죄는 큰 대가를 치러야 얻을 수 있을 것이다. 싸워서 쟁취해야만 할 것이다. 언론의 관심은 가혹할 것이다. 섹스, 배신, 폭력, 미인, 저명한 과학자, 죽은 연인—완벽한 먹잇감이다. 퍼트리스는 진심이든 악의에서든 그를 유력한 용의자로 지목할 것이다. 이 년 동안 그에게 복수할 생각만 했으니까. 노벨상 수상자, 대머리 과학자, 정부 지명자, 피고석에 앉아 감옥에 가지 않기 위해 싸우다.

그 생각을 하니 다리가 풀리고 오금이 저렸지만 비어드는 주저앉지 않았다. 상황은 분명했다. 그를 사랑하는 사람만이 그를 믿어줄 터였다. 그런데 그를 사랑하는 사람이 없었다. 자식을 두었어야 했다. 그를 위해 분개하고 그를 지켜주기 위해 뛰어다닐 장성한 딸들. 비어드는 문 쪽으로 갔다가 되돌아왔다. 뭘 어떡해야 좋을지 알 수 없었다. 다음 순간, 판단이 섰다. 거실 밖으로 나가 조심조심 물자국을 피해서 부엌으로 들어가 포일과 랩, 종이포일이 든 서랍을 열었다. 거기 일회용 비닐장갑도 있었다.

그는 비닐장갑 두 장을 뺐다. 그것 자체는 범죄가 아니지만 일단 장갑을 끼자 눈에 보이지 않는 무적의 존재가 된 느낌이 온몸을 엄습했다. 그건 분명 정신적 상태였지만 그에게 달리 무슨 상태가 있겠는가? 계획은 없었고 그냥 행동할 뿐이었다. 그의 몸이 계획을 갖고 있었다. 그는 계획을 행동에 옮기며 마치 시험적으로 하듯 어느 단계에서든 아무런 손실이나 절충 없이 원상태로 돌릴 수 있다고, 처음으로 돌아갈 수 있다고 믿었다. 지금 하고 있는 모든 일은 사전예방 원칙에 따른 것이다. 다시 전화기로 가서 구급차를 부를 수 있다. 하지만 그러지 않을 경우에 대비할 필요가 있다. 그는 몽롱한 상태에서도 분명하게 사고하고 있었다. 그는 부엌을 지나 뒷문으로 가서 전구와 쓸모없는 잡동사니를 보관하는 창문 없는 식료품 저장실로 들어갔다. 더러운 캔버스 연장가방이 전에 봤던 그 자리에 그대로 벽에 기대어 있었다. 그는 가방을 거꾸로 뒤집어 몇 개의 망치 중에서 대가리가 좁고 적당해 보이는 걸 하나 골랐다. 가방 속 내용물을 뒤지다가 써먹을 데가 있어 보이는 물건들을 발견했다. 머리빗과 사용한 휴지, 그리고 시든 사과심이었다. 그는 가방을 다시 잘 놓고 네 가지 물건을 부엌으로 가져가 비닐봉지에 넣었다. 그러고는 키친타월 몇 장을 빼서 일부를 물에 적시고 거실로 가려다 마음이 바뀌었다. 식료품 저장실로 돌아가서 연장가방을 가져다가 현관문 옆에 두었다.

톰 올더스는 아까와 다르지 않았지만 시체 옆에 꿇어앉으며 보니 깔개 북극곰의 얼어붙은 웃음이 사악한 느낌을 주었다. 거실 창문이 뒤틀린 평행사변형으로 담겨 있는 북극곰의 냉혹한 유리눈은 살기를 띠고 있었다. 조심해야 할 건 죽은 북극곰이었다. 비어드는 비닐봉지에서 네 가지 물건을 꺼내 가지런히 늘어놓고 말라비틀어진 사과심을 바라보며 어떻게 써먹을까 고심했다. 결국 신통한 생각이 떠오르지 않아 도로 비닐봉지에 넣었다. 그는 망치를 집으며 사전예방에 근거한 계산은, 처음으로 되돌아가는 건, 전화를 거는 건 다 틀렸음을 깨달았다. 지금 그가 하려는 일은 돌이킬 수 없는 것이었다. 이제 무죄 주장은 포기해야 했다. 그는 망치 대가리를 피웅덩이에 담갔다 빼고 손잡이에도 피를 묻힌 후 옆에 놓고 말렸다. 다음에는 타핀이 쓰고 버린 휴지에 피를 묻히고 소파 아래 깊숙이, 눈에 띄지 않도록 밀어넣었다. 머리빗은 예상대로 더 까다로웠다. 그는 빗에 낀 머리카락 몇 올을 빼서 올더스의 손가락 사이에 놓았다. 장갑에 머리카락이 붙었지만 신경쓰지 않았다. 망치 대가리는 피가 반쯤 말라서 머리카락이 잘 붙었고 손잡이도 마찬가지였다. 의자 팔걸이에도 머리카락 한 올을 놓았다. 그리고 육안으로는 피가 전혀 보이지 않지만 유리테이블 가장자리와 모서리를 키친타월로 꼼꼼히 닦고 물기를 없앴다.

이윽고 그는 일어서서 동작을 멈추고 혹시 사소한 실수는 없는지 생각해보았다. 아직까지는 없었다. 망치와 머리빗, 키친타월을 비닐봉지에 넣어 현관문으로 갔다. 장갑은 그대로 끼고서 느긋하게 정원 길을 내려가 대문 앞에서 멈춰 서서 주위를 둘러보았다. 아무도 없었다. 그는 망치를 꺼내 담장 근처 관목숲에 던지고 집안으로 다시 들어가 장갑을 벗어 사과심과 머리빗, 키친타월과 함께 비닐봉지에 넣고 피 묻은 손잡이가 드러나지 않게 비닐봉지를 잘 접은 다음 자신의 여행가방 바깥에 달린 지퍼 주머니에 넣었다.

그가 아는 한 자신의 몸이나 옷, 신발에는 피가 묻지 않았다. 그는 여행가방과 연장가방을 들고 밖으로 나가서 발로 현관문을 닫았다. 집들이 끊임없이 고급주택으로 탈바꿈하고 있는 벨사이즈 파크에서는 몇백 미터만 가면 건축폐기물 수거통을 발견할 수 있었다. 그는 거기 연장가방을 버렸다. 그리고 몇 분 안에 하버스톡 힐에서 택시를 잡아타고 포틀랜드 플레이스로 갔다.

비어드는 자신의 냉담한 진정상태가 쇼크 때문이며 곧 지나갈 거라고 생각했다. 그전에 자신을 알아보는 사람을 만나고 싶었다. 그는 물리학 협회―한때 부대표로 있던 곳이다―앞에서 내려 안으로 들어가기 전 눈에 띄는 쓰레기통에 비닐봉지를 버렸다. 협회에 들어가서는 어느 정도 그의 바람대로 되었다. 거기서 소소한 볼일을 보고, 그를 아는 행정직원과 대화를 나눴다. 비어드는 스피츠베르겐에 다녀왔다고 이야기한 다음 지나가는 말로 히스로공항에서 바로 오는 길인데 택시를 탔더니 교통체증에 걸렸다고 했다. 행정직원은 위로를 표했다. 그리고 비어드가 대영도서관에 다녀오는 동안 여행가방을 맡아주기로 했다.

유스턴 로드로 가는 택시 안에서 두 다리가 몸과 분리된 듯 떨리기 시작했다. 하지만 여느 학자처럼 도서관 앞마당을 가로질러 건물 안으로 들어가 개인 열람실로 갔다. 논문 몇 편―그가 할 강의와 관련된 역사적 자료였다―을 찾아서는 주머니 속 휴대전화가 진동할 네시 십오분경이 되기를 기다리며 몇 시간 동안 진땀을 뺐다.

잔뜩 웅크리고 앉아 자료를 들여다봐도 머릿속에 들어오는 게 없어 억지로 메모까지 했다. 자신에게 닥친 일이 놀라웠다. 생각할 때마다 새록새록 신기했다. 자신이 한 일, 너무도 침착하게 움직인 것, 앞뒤 돌아보지 않고, 자신을 구해줄 수도 있는 진실을 지우며 흔적을 없애는 살인자처럼 행동한 것이 놀랍기만 했다. 이제 그는 사건에 깊이 연루되었고 그의 무죄를 증언할 수 있는 유일한 목격자였다. 머리는 맑았지만 사실상 패닉상태였다. 그가 현장 감식에 대해 뭘 알겠는가? 하다못해 오늘 남긴 지문이 몇 주 전, 몇 달 전 것과 다를 수도 있었다. 그렇다면 그가 오늘 아침 집에 있었다는 사실이 드러나 용의자가 될 수도 있었다.

그리고 또 무슨 실수를 했을까? 그가 집에 도착하거나 집에서 나가는 걸 몰래 지켜본 이웃은 없었을까? 폐기물 수거통에 무언가 버리는 걸 누가 보진 않았을까? 연장가방을 들고 나온 건 잘한 짓일까? 그가 올더스 옆에 무릎을 꿇고 앉았을 때 피부의 각질이나 머리카락, 다른 미세한 화합물이 청년 위로, 목욕가운 위로 떨어졌을 수도 있었다. 하지만 그건 그의 목욕가운이었고 이미 그라는 존재의 흔적으로 뒤덮여 있었다. 그렇다면 그리 나쁠 건 없었다. 집에 가득한 그의 흔적은 그에게 유리하게 작용할 터였다. 단, 지문이 남은 날짜 추적이 불가능하다면. 이 도서관 서가에 답을 알려줄 책이 천 권은 되겠지만 찾아볼 엄두가 나지 않았다. 어차피 알아내도 이제는 달라질 게 없었다.

세시 오십분, 그는 열람실에서 뻣뻣한 다리를 펴고 일어나 도서관 구내 카페로 갔다. 거기서 반드시 오고야 말 전화를 기다릴 작정이었다. 기다리는 시간을 이용해 자신이 알고 있어선 안 되는 것들이 무엇인지 정리해보았다. 올더스가 집에 있는 것. 그가 퍼트리스의 연인인 것. 그가 죽은 것. 모르는 척해야 할 게 하나 더 있는 것 같은데 너무 초조해서 생각이 나지 않았다. 두 개가 더 있는지도 몰랐다. 그 유서 깊은 도서관과 주변은 예전처럼 조용하고 엄숙하지 못해서 생각을 집중하기가 쉽지 않았다. 카페에는 수십 명의 어린애, 그러니까 대학생이 있었다. 테이블 사이에 코트와 배낭을 쌓아놓고 공용 공간이나 넓은 계단을 돌아다니며 목소리를 죽이지도 않은 채 편히 웃고 떠들었다. 학생들을 위한 개방일 같은 날인 모양이었다. 현대적인 대학의 학생회관 같은 분위기—바, 핀볼 기계, 테이블 풋볼이 있어도 어색하지 않을 것 같았다. 비어드로서는 북적거리는 사람들 사이로 숨어들어 좋았지만 하마터면 전화를 받지 못할 뻔했다. 전화는 그의 계산보다 한 시간 늦게, 그리고 모르는 척해야 하는 한두 가지를 마저 생각해내기 전에 걸려왔다. 그는 자신을 믿고 그런 건 없다고 여길 수밖에 없었다.

퍼트리스가 말했다. "어디예요?" 단조로운 목소리였다. 비어드는 그 모든 것에도 불구하고 어리석은 희망을 억누를 수 없었다. 마침내 그녀가 자신의 행방에 관심을 갖게 되었다는 희망.

그는 자신이 어디 있는지 말하고 물었다. "무슨 일인데?"

"경찰이 와 있어요. 집으로 와요."

"퍼트리스, 무슨 일이야?"

그녀가 손으로 수화기를 가렸다. 웅얼거리는 남자 목소리가 들린 후 그녀가 말했다. "얼른 오기나 해요."

"도둑 들었어?"

퍼트리스 주위에서 더 많은 목소리가 들렸다. 집안에 수십 명은 와 있는 듯했다. 퍼트리스는 생기 없는 목소리로 같은 말을 되풀이하려다가 팔을 칼로 찔리기라도 한 것처럼 비명을 내지르더니 반쯤 울부짖으며 말했다. "로드니예요. 그가 사람을 죽였어요……" 남자 목소리가 그녀의 말을 중단시켰다. "비어드 부인……" 그리고 전화가 끊어졌다.

비어드는 열람실로 가서 애써 메모한 종이들을 챙긴 다음 황급히 도서관 마당으로 나가 파올로치의 뉴턴 조형물을 지나쳤다. 길가에 서서 손을 들어 택시를 부르다가 몇 시간 전 결정한 일이 그제야 떠올랐다. 여행가방을 들고 집에 가는 게 더 그럴듯해 보이리라는 것. 그는 포틀랜드 플레이스에서 택시를 잠깐 세우고 협회에 들어가 행정직원에게 맡겨둔 여행가방을 찾았다. 다시 택시를 타고 벨사이즈 파크로 가면서 혹시 이것—바로 집으로 달려가지 않고 협회에 들러 여행가방을 찾는 것—이 아까 떠오르지 않았던 일 중 하나가 아닐까 궁금증이 일었다. 하지만 깊이 생각할 여유는 없었다.

비어드는 네 차례나 장시간에 걸쳐 경찰 조사를 받았고 마지막 진술이 첫 진술과 다르지 않았다. 경찰 심문의 지속적인 압박감 속에서는 정직이 완벽한 무기였고 비어드는 과학자로서 무의식중에 내적 일관성을 존중했다. 진실은 확고했다. 직전에 뭐라고 말했는지 기억해낼 필요도 없이 근원으로 돌아갈 수 있었다. 그래, 오슬로에서 비행기를 빨리 타 히스로공항에 도착한 시간이 여덟시. 바로 나가서 택시를 탔고―이 부분만 허구였고 나머지는 그냥 생략이었다―M4 고속도로에서 오래 길이 막혀 오전 중반에야 포틀랜드 플레이스에 도착할 수 있었다. 전에도 히스로에서 택시를 탔다가 길이 막혀 고생한 적이 많았고 유연한 기억력으로 진짜처럼 애매하면서도 확실한 기억을 재구성해낼 수 있었다. 그는 정말로 길이 막혀 한 시간을 허비한 것처럼 느꼈다. 그럼 그 긴 시간 동안 택시 안에서 뭘 했나? 피어 리뷰를 위해 논문을 읽었다. 거기에 완전히 몰입했다. 밖을 내다보지 않아서 어느 차선에 교통체증이 있었는지는 확인하지 못했다. 나머지는 냉엄한 진실이었다―협회에서 볼일을 보고, 도서관에 가서 자료를 살피다 마침 쉴 때 퍼트리스의 전화를 받았다. 그는 아내와 타핀 씨의 관계에 대해 알고 있고 그래서 화가 났다고 괴롭지만 솔직하게 인정했다. 하지만 비어드 자신도 여러 차례 부정을 저질렀고 유감스럽게도 그들의 결혼생활은 그런 식이었으며 아마 종말을 향해 가고 있었을 것이다. 그는 퍼트리스의 멍든 눈, 일요일 아침 크리클우드에 찾아간 일, 타핀에게 맞섰다가 뺨을 맞은 일, 그리고 폭력에 익숙지 않은 자신이 안전을 위해 황급히 도망친 일을 진실에서 벗어남 없이 진술했다. 그리고 당혹감을 무릅쓰고 수사관에게 톰 올더스를 아내에게 소개한 그날 오후에 대해 자세히 설명하고는 아니, 둘 사이에 의심스러운 점은 못 느꼈다고, 북극에 가 있는 동안, 그전 몇 개월 동안에도 퍼트리스가 올더스와 성관계를 맺고 있을 줄은 꿈에도 몰랐다고 말했다. 물론 그 청년을 안다고, 종종 레딩역까지 자신을 태우러 와줬던 뛰어난 젊은 과학자였다고도 말했다. 아니, 확실히 호감 가는 스타일은 아니었다고, 지나치게 자기중심적이고 편협해서 남들과 잘 못 어울렸다고, 하지만 이 분야 사람들은 대개 그렇다고.

이렇게 진실만 말해도 조사받는다는 것 자체가 큰 스트레스였고 특히 첫 조사 때는 그날 아침 열시 자기가 집에 들어왔다가 사십오 분 후 나가는 걸 본 사람이 없다고 확신할 수 없어서 잔뜩 겁에 질렸다. 하지만 그의 그런 모습은 스트레스 때문인 것으로 해석되었다. 나머지 세 번의 조사는 타핀이 체포된 후 진행되어서 사정이 나았지만 그래도 상당한 집중력이 필요했다. 사건

발생 일주일 후 비어드는 신문을 통해—예상대로 언론의 폭풍
우가 휘몰아쳐 사진기자들이 정원 문 근처에서 온종일, 밤늦은
시각까지 진을 치고 있었다—올더스가 죽은 날 아침 타펀을 본
사람이 아무도 없다는 사실을 알게 됐다. 마침 그날 폭우가 쏟아
지는 바람에 건축업자 타펀은 동료도 알리바이도 없이 집에 혼
자 있었던 것이다. 그 소식에 비어드는 조금이나마 기운이 났다.
그리고 경찰에서 언론에 흘린 다른 이야기, 그러니까 타펀이 올
더스에게 협박 엽서를 보낸 사실과 올더스가 현명하게 녹음해놓
은 두 번의 통화 내용도 마찬가지였다. 비어드의 마지막 두 번의
조사는 사건을 마무리하는 형식적인 절차에 가까웠고 그는 미소
지으며 자신 있게 응할 수 있었다. 경찰은 범인을 잡은 게 분명
했다. 비어드는 자신의 진술서에 멋지게 서명했다.

　하지만 센터의 작 브레이비는 그리 흡족한 기색이 아니었다.
사건이 일어나고 팔 일째 되는 날, 비어드는 세번째 조사를 마치
자마자 브레이비를 만나러 갔다. 레딩행 기차까지 기자들이 따
라붙는 게 싫어서 직접 차를 몰고 갔다. 그는 불운한 희생자, 방
탕한 아내를 감당 못하는 순진한 바보이자 몽상가가 되어 언론
의 뜨거운 관심을 받고 있었다. 센터 정문 근처에 기자들이 모여
있었고, 대장의 처지에 깊은 연민과 감동을 느낀 경비원들이 챙
달린 모자를 쓴 제복 차림으로 일렬로 서서 비어드의 차에 대고

가장 멋진 경례를 붙였다.

비어드는 브레이비의 방에서 차를 마시며 경찰에게 말한 그대로 모든 이야기를 자세히 들려주었다.

브레이비는 점점 우거지상이 되어 정문 쪽을 가리키며 "이건 좋지 않아요"라는 말을 두 번 넘게 했다. 그러더니 애매한 일장연설을 늘어놓았는데 간간이 머뭇거리고 더듬거리고 한 말을 되풀이하면서 '지원금'이니 '평판'이니 '물러서는 것'이니 '도움이 될 것' 따위의 암시를 했다. 십 분쯤 지나자 비어드는 그가 자신의 사임을 원한다는 걸 보다 분명히, 아니, 덜 모호하게 알 수 있었고 '가정 문제'라는 말이 두 번 나오자 브레이비 부인이 옆에서 부추겼고 그의 기사 작위와 가정의 평화가 걸린 일임을 확신했다. 원칙적으로 비어드의 아랫사람인 브레이비가 비어드에게 물러날 것을 요구하고 있었다! 아내의 연인이 또다른 연인을 죽인 게 그의 잘못인가? 하지만 비어드는 분노를 잘 숨기고 브레이비의 말을 오해한 척했다.

"작, 지금 국무조정실에서 뭐라고들 쑥덕거려도 그것 때문에 물러난다면 당신은 천하의 바보예요. 내가 잘 말해주겠습니다. 한두 달 고개 숙이고 있어요. 그럼 다시 잠잠해질 테니까."

그런 상황에서 브레이비가 할 수 있는 것이라곤 화제 전환뿐이었다. 그들은 올더스에 대해 이야기했고 센터 입장에서는 인재의 손실임을 인정하면서도 개인적으로는 비호감이었다는 데 의견 일치를 보았다. 경찰이 올더스의 자리를 철저히 수색했지만 사건과 관련된 단서는 발견되지 않았다. 얼마 되지 않는 개인 소지품은 슬픔에 빠진 노럭의 아버지에게 모두 보낸 상태였다.

브레이비가 말했다. "마이클, 당신만 보라고 표시해놓은 서류철이 하나 있었어요. 제가 자세히 살펴봤습니다. 무기화학, 수학, 그밖에 알 수 없는 내용이 있었고 근무시간에 작업한 것 같아요." 그러더니 묵직한 서류철을 건넸다. 비어드는 그걸 받아들고 대화가 끝났음을 알리려고 일어섰다. 어쨌거나 아직은 그가 대장이었다.

브레이비가 복도까지 조금 따라왔다. "그의 초소형 풍력 터빈을 개발하는 것이 고인에 대한 추모가 될 것 같습니다. 모두 그 일에 전념하고 있고요."

"아, 그래요. 그거. 물론 그래야죠. 그를 기리는 물건이 되겠군요." 비어드가 대답했다.

두 사람은 악수를 하고 헤어졌다.

결혼생활은? 시체가 치워지고 감식반이 철수한 후 집은 범죄현장이라는 제약에서 벗어났고 정원 문에서 죽치던 기자들도 사라져 적어도 타핀의 재판 전까지는 나타나지 않았다. 비어드가 고용한 일꾼들이 전기 사포와 광내는 기구로 거실 바닥에 깊이 밴 핏자국을 제거한 후 그와 퍼트리스는 각자의 임시 거처에서 돌아와 자기 물건을 챙기고 집을 내놓은 다음 각자의 길을 갔다. 돌풍이 부는 화창한 3월, 바람이 세서 깎지 않은 잔디가 은빛 옆구리를 드러낸 채 누웠고 작년에 떨어진 낙엽이 이끼 낀 정원 담으로 날아가 쌓였다. 마음이 정화되는 상쾌한 날씨였다. 적어도 비어드에게는.

비어드는 계획대로 자신의 책과 옷, 몇 가지 개인적인 소지품만 챙기고 나머지는—그 목록이 숨막힐 정도로 길었다—퍼트리스에게 넘겨서 그녀를 만족시켰다. 그는 군살을 빼 날씬하고 건강해지는 데 그치지 않고 살림도 줄여서 소박한 아파트를 구해 단순하게 살 작정이었다. 물론 단순화 요인은 아내에 대한 사랑, 혹은 집착이 희미해지는 것이었다. 대화가 거의 없는 와중에도 비어드는 그녀의 연애가 파괴만을 초래했다고, 스와팸의 병든 아버지에게 슬픔을 안겼을 뿐만 아니라 촉망받는 과학자 한 명을 잃었으니 국가에도 손실을 입힌 거라고 아내에게 말했다. 비어드는 모두가 믿는 이야기를 이제 자신도 납득하는 것이, 그에 맞는 기억과 감정을 쉽게 끌어낼 수 있는 것이 놀라웠다. 퍼트리스가 톰 올더스와 바람을 피우지 않았다면 그가 죽지 않았으리라는 건 사실 아닌가? 타핀이 올더스의 죽음을 원했으리란 것도 사실 아닌가? 비어드로서는 거짓 감정이 아니었다. 그는 타핀이 한 짓에 진심으로 분개했고 퍼트리스에게 당당히 책임을 물을 수 있었다. 그녀는 남편에게 사죄해야 마땅했다.

늘 그렇듯, 퍼트리스의 생각은 달랐다. 그녀는 톰 올더스가 일생의 사랑이라고 믿으며 깊은 애도에 빠져 있었다. 그녀의 사죄는 오로지 들을 수 없는 사람을 향했다. 그녀는 올더스의 삶에 타핀을 끌어들이고 그 청년을 보호해주지 못한 것, 타핀의 협박을 더 심각하게 받아들이지 않은 것에 대한 죄책감으로 괴로워했다. 게다가 가재도구를 챙겨 포장하고 보관하는 일이 모두 그녀 몫이었는데, 그녀가 원한 물건 중에는 연인을 죽인 깔개와 커피테이블도 포함되어 있었다. 그녀는 조용한 슬픔 속에서 집안을 돌아다니며 망연자실한 상태에서도 효율적으로 물건 목록을 확인했다. 남편에 대한 감정은 기껏해야 무관심이었고 비어드가 보기엔 그녀가 설명하기 힘든 이유들로, 어쩌면 아무 이유 없이 자신을 증오하는 것 같았지만 어쨌거나 타핀과 만나던 시기에 그를 무시하기 위해 보였던 치명적인 쾌활함보다는 침묵이 낫다는 결론을 내렸다.

비어드는 이제 그녀가 소유할 물건의 확인을 도울 생각은 없었지만 다른 면에서 도움을 주었다. 둘 사이에 법적으로 문제될 게 없으니 공동 변호사를 쓰자고 한 것이다. 그가 좋은 변호사를 알고 있었다. 그리고 집을 잘 팔아줄 괜찮은 중개인도 알았다. 그는 이런 일에 경험이 많았다. 그가 먼저 집을 나가 메릴본 로드 북쪽 도싯 스퀘어에 있는 아파트 지하층에 세를 얻었고, 석 달 후 그곳, 지독한 냄새가 풍기는 꼬질꼬질한 꽃무늬 소파에 널 브러져 'M. 비어드 교수님만 볼 수 있음'이라고 표시된 보고서를 읽기 시작했다. 무기화학과 유기화학에 양자정보의 몇몇 개념을 연결하고 그보다 더 모호한 융합 이론의 세부항목을 집어넣은 복잡하고 따분한 내용이었다. 이 요소들이 광합성에서의 에너지 교환에 대한 이론적 설명으로 서서히 접근하고 있었다. 더 읽어 보면 광합성 작용을 어떻게 모방하고 조정할 수 있는지 제안이 나올 것 같았지만 집중력이 떨어지기 시작했다. 우선 내용이 너 무 어려운데다 어서 아파트를 하나 찾아야 했고, 톰 올더스가 죽 은 지 오 개월이 지나 로드니 타핀의 재판이 시작되었기 때문이 었다.

타핀은 가망이 없었고 본인도 아는 듯했다. 검찰측은 거의 애 석해하는 목소리로 타핀의 명백한 살해 동기와 전화 및 엽서로 이루어진 협박, 입증된 폭력행위, 월계수 숲에 버려진 살인 무기 에 붙어 있던 그의 머리카락, 시체의 손에 붙은 머리카락, 타핀 의 마른 콧물과 올더스의 피가 묻은 휴지, 알리바이의 부재를 나 열했다. 비어드는 자기 차례가 되자 간단명료하게 증언했다. 법 을 존중하는 시민 아니던가? 그는 사건 당일 아침 행적을 자세히 이야기하고 아내 눈에 멍이 들었던 것, 피고의 집에 찾아갔다가 뺨을 맞은 일에 대해 말했다. 그러잖아도 위태로운 타핀을 완전히 침몰시킨 건 역시 검찰측 증인으로 나온 퍼트리스였다. 언론은 증언대에 선 그녀를 아름답고 무시무시했으며 자신의 연인을 죽인 남자에 대한 경멸로 빳빳이 굳어 있었다고 묘사했다. 비어드는 증인이라 법정에서 아내의 증언을 들을 수 없어서 신문 기사로 읽었다. 그는 퍼트리스가 그렇게 분명하고 설득력 있게 말을 잘한다는 걸 처음 알았다. 그녀는 타핀의 소유욕과 잔인성, 불같은 질투심에 대한 증언으로 법정과 온 국민의 넋을 빼놓았다. 그녀는 타핀이 강박적이고 비정상적인 몽상가이며, 올더스가 자고 있을 때 기회를 봐서 그를 죽이라고 종용했다고 말했다. 타핀이 그녀를 놓아주지 않아서, 짧고 가벼운 관계가 되리라 여겼던 것이 몇 달이나 지속된 악몽이 되고 말았다고 털어놓았다. 그의 폭력이 두려웠지만 섹스를 거부할 수 없었다고, 관계중에 그가 자신을 때렸다고 말했다.

"비어드 부인, 그걸 즐기신 건 아닌가요?" 반대신문에서 타핀의 말쑥한 변호사가 물었다.

"아뇨." 그녀가 딱딱하게 말했다. "당신은 그런가요?" 방청석에서 웃음소리가 났다.

가장 많이 인용되고 칭송받은 말은 거울 앞에서 연습한 게 분명했다. "그가 나의 토미를 죽임으로써 이 나라는 천재 하나를 잃었고 나는 평생 유일하게 사랑했던 남자를 잃었습니다."

배심원단은 퇴장 후 세 시간 만에 협의를 마쳤고 아무도, 심지어 타핀조차 평결에 놀라지 않았다.

배심장의 평결 선언 후 판사의 선고가 내려지기까지는 육 일이 걸렸고 그사이 비어드는 다시 올더스의 서류철을 집어들었다. 그것이 고인에 대한 추모로 그가 할 수 있는 최소한이었고 심란해서 기분전환 거리가 필요하기도 했다. 두번째 읽자 더 많은 걸 이해할 수 있었고 흥미가 생기기 시작했으며 조금 흥분되기까지 했다. 올더스가 착수한 일은 삼십억 년간의 시행착오를 거친 진화로 완성된 식물들의 방식을 찾아내 모방하는 것이었다. 아직은 나노 테크놀로지에서만 이야기되는 기술과 물질을 효율적으로 이용, 망간과 칼슘이 함유된 촉매를, 엽록소 대신 특수 감광색소를 써서 태양광으로부터 직접 얻은 에너지로 물을 수소와 산소로 쪼개는 것이었다. 저장된 기체는 연료전지에 흡수되어 전기를 발생시킨다. 식물의 생장에서 얻은 또하나의 아이디어는 대기 중의 이산화탄소를 태양광, 물과 결합해 다목적 액체연료를 만드는 것이었다. 뛰어난 아이디어일 수도, 미친 생각일 수도 있었다―비어드는 어느 쪽인지 확신이 없었다. 그는 페이지마다 작년 날짜를 적어넣으며 자신의 논문 초안을 쓰기 시작했고,

다음날인 화요일 법정에서 피고가 자신의 운명을 듣게 되자 그 작업도 중단되었다. 타핀은 재판이 진행되는 내내, 그리고 자신의 무죄를 너무도 약하게 주장할 때 그랬듯 꿈꾸는 듯 무심한 태도로 판사의 선고를 들었다. 언론 보도에 의하면 그는 줄곧 퍼트리스 쪽을 바라보았지만(비어드는 그 캐묻는 듯한 쥐새끼 같은 눈빛이 상상이 갔다) 퍼트리스는 외면했다고 했다.

법정 밖 계단에서 퍼트리스는 기자들과 텔레비전 카메라를 향해 피고가 끼친 피해를 고려하면 형량이 충분치 못하다고 밝혔다. 이후 일주일 동안 어떤 이들은 그 의견에 동의한 반면 다른 이들은 프랑스에서라면 치정범죄로 불릴 사건인데 처벌이 너무 가혹하다고 말하기도 했다. 하지만 비어드는 그날 밤 지저분한 독신자 아파트의 냄새나는 소파에 양말을 신고 누워 무릎에 올더스의 서류철을 펴놓고 그 뉴스를 보면서 십육 년 형이 딱 적당하다고 생각했다.

2부

2005

그는 시간에 쫓기고 있었다. 그건 누구나 그렇고 인간의 일반적 조건이지만, 마이클 비어드는 원하지도 않은 점심을 먹어 배가 잔뜩 부푼 채 안전벨트 아래서 몸을 뒤틀며 사라져가는 시간과 자신이 잃게 될 것밖에 생각할 수 없었다. 두시 반이었고 이미 한 시간이나 늦은 비행기는 아직도 런던 남부 하늘에서 착륙 대기 상태로 둔하게 시계 방향으로 움직이고 있었다. 심란한 비어드는 글이 눈에 들어오지 않아서 이따금 엄지손톱 구석 염증으로 빨갛게 부어오른 부위의 부드러운 거스러미를 불편한 각도로 헛되이 물어뜯으며 빙글빙글 돌아가는 익숙한 땅을 내려다보았다. 달리 뭘 할 수 있겠는가? 거리를 향해, 복도를 향해 돌진해야 할 지금 고상하게 회상 같은 걸 하고 있을 계제는 아니었지

만, 그의 과거 대부분과 그가 신경쓰는 거의 모든 일이 저 아래,
늘 그렇듯 남의 돈으로 탄 비행기의 비싼 좌석에서 3000미터 아
래 지상에 속해 있었다.

지상에는 뉴턴이나 디킨스를 경악시킬 만한 풍경이 도처에 펼
쳐져 있었다. 비어드는 생강색 땟자국이 두껍게 테두리를 이룬
창문으로—마치 지저분한 욕조에서 때를 긁어내 공중에 걸어둔
듯했다—동쪽을 내려다보았다. 그의 시선은 런던 시가지와 점
점 더 불룩해지고 넓어져가는 템스강, 기름과 가스 저장탱크들
을 지나 켄트와 에식스의 갈색 평지를 향해 움직였고 어릴 적 풍
경과 어머니가 당신의 비밀스러운 삶에 대해 털어놓은 후 얼마
되지 않아 숨을 거둔 대형병원, 거대한 입을 벌린 강 하구와 2월
의 햇살 아래 잔잔히 펼쳐진 하늘빛 북해에 이르렀다. 그다음엔
남쪽으로 시선을 돌려 서식스 삼림지대의 은빛 안개 속을 지나
부드러운 선을 이룬 사우스 다운스로, 시끌벅적한 첫번째 결혼
의 보금자리가 있었던 그 완만한 구릉지로 향했다. 잘못된 사랑
의 공감각, 공동세입자 부부의 쌍둥이 아기들의 배설물과 울음
소리, 흥분되는 양자 계산. 그것이 십오 년 세월이 지나고 두 번
의 이혼을 겪은 후 그에게 상을 안겼다. 축복인 동시에 저주이기
도 한 상을. 그 구릉 너머에는 프랑스 해안을 가린 핑크빛 구름
으로 장식된 영국해협이 있었다.

비행기 날개가 기울어지면서 햇살 속 런던 서부가 시야에 들어왔다. 날개 밑에서 진동하는 엔진 아래 도저히 닿을 성싶지 않은 목적지인 작은 공항이 있었고 그 주위로 동맥처럼 뻗은 도로와 혈구처럼 맥동하는 차들이 보였다. M4, M25, M40, 다 냉정한 시대의 매력 없는 도로명이었다. 서쪽의 눈부신 햇살이 친절하게도 산업의 때를 조금은 가려주었다. 비어드는 버크셔 다운스와 칠턴 힐스 사이 고리 모양으로 이어진 템스 밸리의 창백한 겨울의 초록을 보았다. 그 너머는 보이진 않지만 옥스퍼드였다. 실험실에서 살다시피 하며 치밀한 계산으로 첫 아내 메이지를 얻은 학부 시절 추억이 있는 곳. 그리고 거대한 원반 모양의 런던이 또다시, 그러니까 여섯번째로 보였다. 길쭉한 구멍들이 복잡하게 나 있고 당당히 자급자족 기능을 갖춘 우주정거장 같은 모습이었다. 거대한 흰개미 둥지처럼, 열대우림처럼 무계획적인 도시. 중심부의 웨스트민스터와 타워브리지 사이 재발견된 강을 따라 인구가 밀집해 있고 번듯하고 재미난 건축물이 새로운 장난감처럼 빽빽이 들어찬 멋진 땅. 비어드는 순간 비행기 그림자가 세인트 제임스 파크와 지붕들 위를 자유로운 영혼처럼 스쳐가는 걸 봤다고 생각했지만 이 높이에서는 불가능했다. 그는 빛에 대해 알았다. 저 수백만 개의 지붕 중 네 개는 그의 두번째, 세번째, 네번째, 다섯번째 결혼의 보금자리였다. 그 결혼들이 그의 삶을 규정했고, 부정해봐야 소용없이 그것들은 하나같이 재난이었다.

요즘 그는 대도시 위를 날 때마다 동일한 불안감과 매혹을 느꼈다. 강철 붕대를 감은 거대한 콘크리트 상처, 줄지어 지평선을 향해 달리거나 거기서 나오는 끊임없는 차량의 소변줄—남아 있는 자연의 세계는 그것들 앞에서 줄어들 수밖에 없었다. 수의 압박, 넘쳐나는 발명품, 갈망과 욕구의 맹목적 힘은 멈추는 것이 불가능해 보였고 열기를 발생시키고 있었다. 영리하게 변화를 시도한 끝에 그의 주제요 직업이 된 현대의 열기. 문명의 뜨거운 숨결. 비어드는 그걸 느꼈다. 모든 사람이 목덜미에, 얼굴에 그걸 느꼈다. 비어드는 경이롭고 경이로울 정도로 더러운 기계에서 아래를 내려다보며 자신이 그 문제에 답을 갖고 있었던 더 나은 순간들이 존재했음을 믿었다. 결국 그는 사명을 갖게 됐고 그것이 그를 소모시키고 있었으며, 지금 그는 시간에 쫓기고 있었다.

어린 시절 추억이 깃든 에식스가 다시 시야에 들어왔지만—그는 약속시간에 한참이나 늦었다!—겨울햇살이 인쇄기판처럼 깔끔하게 새겨놓은 미니어처 거리를 따라 약속장소까지 경로를 그려보고 있었다. 지금 자신이 들어가 있어야 하는 스트랜드의 건물이 눈에 보이는 듯했다. 그러다 그 건물이 사라지고 시야에 들어오지 않는 북서쪽의 지붕 두 개가 보였다. 하나는 춥고 잔뜩 어질러진 채 방치된 그의 메릴본 아파트를 덮은 지붕이었다. 그는 마음의 눈으로 캄캄해진 방에 반쯤 먹다 만 음식들이 널브러져 있는 광경을 보았다. 석 달 전, 이제 반쯤 잊힌 친구와 식사를 하다가 밤에 일이 생겨 그대로 내버려둔 것이었다. 비어드는 그뒤로 돌아가지 않았고 그녀도 만나지 못했다. 아파트는 쓰레기 더미였다. 주방 옆 난방이 되지 않은 추운 침실의 관능적으로 흐트러진 침대가 눈에 선했다. 바닥에 떨어진 베개, 아직도 꺼지지 않았을 하이파이의 오렌지빛 등, 여기저기 흩어진 당시 읽던 책과 과학잡지(그는 제목을 기억해내려고 애썼다), 그날의 신문, 샴페인병, 서두르느라 다 마시지 못해서 4, 5센티미터 높이의 증발된 자국이 남은 잔 두 개. 그것들과 식탁의 접시, 부엌의 냄비 위에, 음식물 쓰레기통과 도마, 심지어 커피메이커의 말라비틀어진 종이필터에 남은 커피가루에도 알록달록한 곰팡이가 왕성한 생명력을 자랑하며 자라고 있을 터였다. 버려진 치즈, 당근, 굳은 고깃국물에서 피어나는 크림색과 연한 회녹색의 곰팡이. 공중 포자, 하나의 평행 문명, 육안으로 보이지 않고 소리도 없이 번성하는 생명체. 그래, 그것들은 이미 오래전에 특별한 축제를 시작했을 테고 식량이 떨어지면 말라비틀어져 시커먼 먼지 얼룩으로 남을 터였다.

또하나는 그동안 방치한 연인 멜리사 브라운의 집을 덮은 지붕이었고 비어드는 오늘 거기서 밤을 보낼 생각이었다. 그녀는 그에게 너무도 친절하고, 너무도 부드럽고, 너무도 끈기 있고, 너무도 예뻤고, 그의 인생에서 유일하게 실현 가능한 사랑이었다. 다른 많은 여자처럼 그녀도 그가 뛰어난 과학자고 구제해줘야 하는 천재라고 생각했다. 하지만 그는 너무도 부주의하고, 못미덥고, 체계가 없는 친구였다. 미꾸라지처럼 너무도 잘 빠져나가고, 다시는 결혼하지 않겠다는 결심이 너무도 굳건했다. 전화도 하지 않았다. 그런데도 그녀는 저녁식사를 준비하고 있었다. 그는 그녀에게 자격 없는 남자였다. 죄책감과 다시 고개를 든 초조감이 고약하게 뒤섞이며 신음이 터져나왔다. 정말 엔진음 너머로 신음소리를 낸 걸까? 다시 사우스 다운스가 보이자 절대 양보해선 안 된다는, 절대 마음이 흔들려선 안 된다는 결심이 굳어졌다. 그는 여섯번째 결혼을 견딜 힘이 없었다.

어느 쪽을 보든 그의 고향, 이 행성에서 그가 태어난 곳이었다. 중세 농부들과 18세기 노동자들이 과거에 가꾸었던 들판과 산울타리가 여전히 불규칙한 사각형 무늬를 이루고 있었다. 1085년 정복왕 윌리엄이 원로들과 의논한 뒤 부하들을 전국에 보냈을 때 영국의 모든 개울, 담장, 돼지우리, 심지어 나무 한 그루까지 조사되어 둠즈데이북*에 올랐을 것이다. 그리고 그후 더욱 개선된 방식으로 명명되고, 소유되고, 사용되고, 돈이 들고, 거래되고, 저당잡히면서 두툼한 껍질이 생긴 스틸턴 치즈처럼 숙성되고, 바벨처럼 다양한 인간 군상으로 채워지고, 나일 삼각주처럼 유서가 깊어지고, 납골당처럼 유령이 우글거리고, 공론장에서는 떼까마귀 숲처럼 요란한 의견이 오가게 되었다. 역사가 오랜 이 야단스러운 왕국은 언젠가 다양한 갈망에, 멕시코시티와 상파울루와 로스앤젤레스를 합친 듯한 거대도시를 향한 환상적인 유혹에 굴복할지도 모른다. 런던에서 시작해 메드웨이로, 사우샘프턴으로, 옥스퍼드로, 거기서 다시 런던으로 이어져 과거의 모든 울타리와 나무를 뒤덮으며 개화하는 현대적 사각형. 인종적 조화와 빼어난 건축물의 쾌거를 이룬, 지구상 가장 찬양받는 세계 도시가 될지 누가 알겠는가.

이윽고 비행기가 착륙대기 상태를 벗어나 비스듬히 급선회해서 템스강 북쪽을 따라 하강하기 시작하자 비어드는 이런 생각이 들었다. 우리가 어떻게 스스로를 억제할 수 있겠는가? 이 고도에서 보면 우리는 무섭게 퍼지는 이끼, 파괴적으로 만발하는 녹조, 말캉한 과일을 뒤덮는 곰팡이다—그만큼 터무니없는 성공을 거두었다. 공중에 포자를 퍼뜨리며!

---

* 윌리엄왕이 징세 목적으로 만든 전국적인 토지대장.

삼십 분 후 베를린발 비행기가 착륙하자 그는 승객 중 네번째로 내려 여행가방을 끌고 뻣뻣한 동작으로 빠르게 걸음을 옮겼다. 남자답지 못하게 깡충거리면서(무릎과 몸, 그리고 정신까지도 정상적으로 떨 수 있는 상태가 아니었다) 공항 내부를 통과해 입국 심사장으로 이어지는 밀폐된 모세혈관, 카펫 깔린 강철관을 지나갔다. 100미터 길이 무빙워크에 멍하니 서 있는 사람들 틈에 끼어 그들의 짐 때문에 움직이지도 못하느니 그냥 걸어가는 편이 훨씬 빨랐다. 같은 비행기에서 내린 젊은이 여남은 명이 더 효율적으로 서둘러 그를 따라잡았다. 마르고 머리가 짧은 비즈니스맨 스타일인 그들은 팔에 걸친 레인코트를 펄럭이며 어깨에 멘 묵직한 숄더백에 지장받지 않고 편하게 이야기하며 나는 듯 스쳐지나갔다. 환기가 되지 않고 조명은 지나치게 환한 복도에 가로수처럼 늘어선 은행과 사무 서비스 광고들이 빈약한 유머와 시선을 끌려는 억지스러운 노력으로—확실히 광고는 삼류를 위한 산업이다—짜증을 돋웠다. 비어드는 공격적이고 낮은 지능과의 접촉에서 비롯되는 특유의 질식할 듯한 기분을 너무나 잘 알았다. 이제 전 지구적 어리석음이 그의 사업이었다. 그리고 시간을 못 지킴으로써 그도 어리석은 자가 되고 있었다. 서둘러 가봐야 칠십오 분 지각이었다. 지각은 현대 특유의 고통으로, 커져가는 긴장감과 자기비난, 자기연민, 인간혐오, 이론물리학 밖에서는 품을 수 없는 열망―시간반전―이 뒤섞여 있다. 스스로에게 금욕적이 되라고 명령한들 목적지에 더 빨리 도착할 수 있는 것도 아니다.

그는 비정상적으로 많은 강연료를 받고 기관투자자와 연기금 운용자가 참석한 에너지 학회에서 강연할 예정이었고, 참석자들은 세상이, 그들의 세상이 위험에 처해 있으니 투자 패턴을 조정해야 한다는 주장에 쉽게 설득당할 만만한 사람들이 아니었다. 그들은 타성과 맹목적인 관습에 따라 오래되고 친숙한 석유, 가스, 석탄, 임업에 얽매여 있었다. 비어드는 현재 수익을 내주는 것들이 언젠가는 그들을 파괴할 것임을 납득시켜야 했다. 물론이 경우에는 일반인이 알아듣기 쉬운 용어로 이야기해야 하지만, 이미 열두 개의 특허를 가진 비어드가 아주 조금이라도 그들의 마음을 움직일 수 있다면 그의 회사에 분명 혜택이 돌아갈 것이다. 그들은 사보이호텔의 강이 내려다보이는 두 개의 연결된 스위트룸에서 비어드를 기다리고 있었는데, 그의 지각에 대해이미 사과를 받긴 했지만 곧 다음 미팅 장소로 흩어져버릴 테고, 그렇게 되면 넉 달이나 간청해 이룬 일정 수첩 조정의 덧없는 기적이 결국 더 심한 회의주의나 치명적인 철회로 끝날 수도 있었다. 비어드가 런던에 온 또다른 이유는 다음날 미국 대사관에서 뉴멕시코 남서쪽 관목사막의 160헥타르짜리, 그러니까 타는 듯

더운 광대한 공간의 모래알 하나쯤 되는 부지의 옵션거래 서류에
서명하기 위해서였다. 일단 투자자들을 만족시키고, 투자금이
들어오고, 세금 혜택 문제가 해결되면 확대된 모형 건설이 시작
될 터였다. 그 생각을 하자 비어드는 조바심에 현기증이 일었다.

십 분을 뛰다시피 걸은 비어드는 코트 안에 땀이 찬 채 헐떡거
리며 입국 심사대 앞에 서 있었다. 제 나라로 들어가기 위한 허
가를 받으려고 기다리는 사람이 열 줄로 수백 명이나 늘어서서
조금씩 앞으로 나아가고 있었다. 그는 시간이 흐를수록 자신이
이성을 잃어가는 걸 느꼈다. 귀중한 액체—피, 우유, 와인—가
통에서 새어나가는 광경이 떠올랐다. 제대로 대접받지 못하고
있다는 생각을 억누를 수 없었다. 누가 나와서 나를 일반인의 줄
맨 앞으로 모셔가 형식적인 절차는 생략하고 리무진으로 안내해
야 되는 거 아닌가? 내가 누군지 아는 사람이 여기 아무도 없단
말인가? 난 VIP 아닌가? 그래, VIP 맞다. 다른 모든 사람처럼.
이럴 때면 인간혐오에 사로잡히는 비어드는 주위에서 우글거리
는 사람들이 동료 여행자가 아니라 적, 느린 경주의 경쟁자처럼
느껴졌다. 그렇다보니 시야 가장자리에서 조금씩 접근하는, 아
닌 척하며 교활하게 발을 옮기거나 어깨를 슬쩍 돌려 새치기하
는 인간들을 눈에 불을 켜고 감시하게 되었다. 시간을 훔쳐 남에
게 짐을 지우는 인간들.

그는 애매하게 겹친 열 개의 줄이 입국 심사대 앞에 정렬하기 위해 세 줄로 합쳐지는 지점에 이르렀다. 그때 수척하고 양피지 같은 얼굴에 로덴 코트를 입은 남자가(비어드는 원래 그런 스타일을 경멸했다) 왼쪽에서 슬쩍 끼어들더니 큰 키를 이용해 몸을 꿈틀거리며 전진했고 무릎 높이의 커다란 서류가방을 쐐기처럼 이용하려는 듯 비스듬히 놓았다. 비어드는 정의감에 불타 부끄러움도 잊고서 상대가 비집고 들어올 틈을 주지 않으려고 얼른 앞으로 나아가다 무릎이 그의 서류가방에 부딪혔다. 그 순간 가슴이 좀 두근거리긴 했지만 고개를 돌리고 상대의 눈을 보며 정중히 말했다. "정말 미안합니다."

당장 죽이고 싶은 남자에게 예의를 지키는 척하는, 서툴게 사과로 가장한 비난이었다. 영국에 돌아오니 좋았다.

하지만 새치기꾼의 얼굴을 자세히 보니 노인이었다. 종잇장 같은 이마부터 주름진 목까지 세피아색 검버섯이 퍼져 있고, 입은 헤벌어졌고, 가늘게 떨리는 젖은 아랫입술이 축 늘어진 것이 적어도 여든다섯 살은 되어 보였다. 물론 나이든 사람이 앞에 서야 한다. 시간이 얼마 남지 않았으니까. 죽은목숨이나 다름없으니까. 노인이 비어드보다 급했고 용서를, 아니 사과까지도 받아 마땅했다. 하지만 노인은 망신스러운지 시야를 벗어나 뒤쪽 어딘가로 사라져버렸다. 순서를 양보하는 호의를 베풀기에는 너무 늦었다.

졸지에 약자를 괴롭히는 냉혈한이 된 비어드는 조금은 자신을 증오하며 온순한 마음으로 입국 심사관 앞에 섰기에 자신의 사진 이나 키, 생년월일, 직계친족이 의심을 살 수 있다는 데, 그래서 심사관이 전문가로서 얼굴을 찌푸리는 데 그리 놀라지 않았다. 심사관은 여권을 빠르게 획획 넘기고는 비어드를 흘끗 보더니 여권을 도로 앞쪽으로 획획 넘기고 잠시 고민하다가 스캐너 위에 엎어놓았다. 그녀는 이십대 후반쯤으로 보였고 어쩌면 그의 나이의 반도 되지 않을 수 있었다. 부모의 출생지는 에티오피아쯤 될 것 같았다. 지금 높은 의자에서 바닥으로 내려서서 하이힐을 벗어버린다고 해도 키가 그보다 15센티미터는 클 것 같았다.

비어드는 뚱뚱하고, 굼뜨고, 벌겋게 열이 올랐고—약속시간에 늦었다. 심사관은 바람직하지 못한 사람들이 들어오지 못하도록 나라의 관문을 지키는 임무를 매끄럽게 처리하고 있었다. 비어드는 그녀가 화면에 뜬 그의 자세한 인적사항을 들여다보는 한편 손바닥 부근에 보랏빛이 도는 오른손은 그를 다른 각도에서 추적하기 위해 키보드 위를 무심히 움직이는 모습을 지켜보았다. 더 심오한 관점에서 보았으면 하는 생각도 퍼뜩 들었다. 입국 심사장 내부에 설치된 높은 비계에서 정적이 굵어져가는 눈발처럼 떨어졌고 그 달콤한 냉기에 비어드는 조급함이 싹 가셨다. 빛을 잘 흡수하고 빛을 사랑하는 저 고운 피부, 섬세한 경사와 조각 같은 굴곡을 지닌 도드라진 광대뼈(비어드에겐 한쪽밖에 보이지 않지만), 그의 인적사항을 진지하게 읽고 있는 갈색눈, 그 지성과 우아함의 행복한 결합. 수천 년 전 어느 은밀한 사막 보루의 시원한 천개 아래 가젤의 유전자가 인간의 유전자풀로 들어왔다. 그런 혼혈에 대한 환상은 인종차별의 한 형태일 수도, 단순한 찬미일 수도 있지만 뭐가 됐든 비어드는 떨쳐내고 싶지 않았다. 그의 뒤집어진 여권의 누렇게 얼룩진 커버 옆에 힘없이 놓인 그녀의 검은 왼손과 샐러드 주걱처럼 길고 가느다란 손목을 바라보는 동안에도 그 환상은 계속 머물러 있었다.

이런 문제에 관한 한 비어드는 아직도 대담한 멍청이였고—습관이 오래전에 굳어졌고, 스물다섯 살 때보다 손톱만큼도 현명해지지 않았으며, 개선될 가능성도 없음을 전처들이 모두 동의하는 바였다—심사관이 입을 열기 전에 함께 저녁을 먹겠느냐고 물어볼까 하는 익숙한 생각에 젖었다. 그는 생전 처음 보는여자에게 저녁식사를 제안한 적이 많았고 늘 안 된다는 대답을들은 건 아니었다. 결국 망신스러운 사건들을 초래하긴 했지만퍼트리스와의 관계도 그런 저녁식사로 시작되었고 십 년이 지난지금까지도 그때 주문한 메뉴가 기억났다. 그 음식들은 앞으로닥칠 일을 예언하는 하나의 저주였다. 케이퍼와 태운 버터를 곁들인 홍어 요리, 소금이 너무 많이 들어간 야생 루콜라 샐러드. 이스트 냄새가 나는 피노 그리지오*는 코르크 마개 탓에 상한 것이 틀림없었지만 그때는 황홀경에 취해서 소믈리에를 불러 따질 경황이 없었다.

젊은 심사관 여자가 그와 시선을 맞추며 말했다. "중동 여행을 많이a lot 하셨네요."

그녀는 "lot"을 성문음**으로, 평서문을 의문문처럼 말했다. 언어학자들이 그걸 업토크***라고 부른다는 사실을 비어드는 최근에 알게 됐다. 최근 몇 년 사이 그는 언어 속물, 아니 위악적 언어 속물****이 되었지만 나이와 제한된 인맥 때문에 요즘 영국의 억양과 지위에 대해 많이 알지는 못했다. 지난해 사귄 런던의 웨이트리스는 마치 버려진 주택단지에 사는 활기찬 야생동물 같은 여자였다. 하지만 알고 보니 서리 힐스의 키 큰 월계수 사이에 가려진 러티언스*****가 지은 집에서 자랐고 아버지는 작위를 받은 수

---

* 이탈리아산 화이트와인.

** 성대를 막거나 마찰해 내는 소리. 런던의 서민과 젊은층이 주로 쓰는 코크니 어투에서 나타난다.

*** 평서문의 끝을 올리는 어조로 젊은층이 주로 쓴다.

**** 위악적 속물은 자기보다 아래 계급을 가장하는 속물을 일컫는다.

***** 20세기 초 뉴델리 설계를 주도한 영국의 유명 건축가.

학자에다 왕립 학회 동료 회원이기도 했다. 비어드는 그녀에게서 도망쳤다. 그리고 지금 그는 다시 서민적이고 화끈한 것에 짜릿한 전율을 느끼고 있었다.

그는 애매하게 말했다. "예. 맞아요."

"리비아, 이집트, 수단, 등등. 사업 목적인가요?"

비어드는 고개를 끄덕였다.

"무슨 사업인데요?"

이런 심사대에서 많이 받은 질문이었다. 그가 말했다. "에너지 컨설팅요."

"석유 말인가요?"

희미하게 발음이 생략된 성문음이 또다시 그의 안에서 불건전한 무언가를 끌어냈다.

"아니, 태양광요."

"CSP요?"

정확히 맞진 않았지만 비어드는 고개를 끄덕였다. 그녀는 태양광에 대해 알았다. 고결한 희망과 육욕의 사리사욕이 뒤섞인 아찔한 순간, 비어드의 상상은 저녁식사를 건너뛰어 입국 심사관 퇴직 예고기간이 지난 뒤 그녀가 유능한 파트너로 함께 여행 다니는 광경에 머물렀다. 그와 함께, 그를 위해 일하고 그를 위해, 그와 함께, 그리고 그의 비전을 품고 사는 그녀. 오염과 온난화에서 해방된 세상, 광전효과와 집광형 태양열발전, 특히 그가 개발한 인공광합성에 의해, 그리고 집중 혹은 분산과 계통연계 시스템에 의해 에너지를 공급받는 세상에 대한 비전을. 그는 박막, 헬리오스탯, 발전 차액 지원제도에 대해 모두 가르쳐줄 작정이었다. 그녀는 일하는 시간에는 효율적이고, 쉬는 시간에는 너그럽고 원기 왕성하며 저속한 취미를 갖고 있을 것이다.

그가 대화를 시도하려고 입을 열었다. "이쪽에 관심이⋯⋯" 바로 그때 그녀가 말했다.

"됐습니다, 비어드 씨." 그녀는 책상 위에 그대로 방치된 자신의 왼손 너머 오른손으로 여권을 건넸다. 그래! 못 쓰는, 여위고 쇠약해진 손. 그의 우스꽝스러운 환상은 더 힘차게 나래를 펴 선천적으로 못 쓰는 그녀의 왼팔을 보살피고 싶은 애정으로 이어졌다. 그녀는 오른손에 포크를 들고 저녁을 먹을 테고 당연히 그도 그렇게 할 것이다.

식사를 제안하려는 순간 그녀의 시선이 그의 얼굴을 떠나 뒤에 선 사람에게로 향했다. 그녀는 얼굴에서 웃음을 거두며 말했다. "다음 분."

이것이 그가 평생 달고 살아야 할 나약함, 그의 쇠약한 팔이었다. 이 유치하기 짝이 없는 정신적 촌극은 대개 아무 결실이 없었고, 이따금 그를 곤경에 빠뜨렸으며, 아주 드물게만 기쁨을 주었다. 하지만 그는 이런 공상—조증, 짤막한 신경증적 폭발, 현실과 비현실을 엮어 짜고 논리가 애매한 생각의 실에 불가능과 터무니없음과 모순이라는 천박하고 야한 구슬을 줄줄이 장식한 옹골지면서도 불명료한 일화—덕에 오래전 '융합'을 만들어낼 수 있었다. 시詩건 과학이건 성욕이건—상상력은 어느 주인에게 건 봉사할 수 있는 것 아닌가?

비어드는 서둘러 수하물 찾는 곳을 가로질러서 덜컥거리며 움직이는 컨베이어 벨트를 지나 안내 스크린 아래 모여 있는 사람들을 헤치고 나아갔다. 한산한 세관을 지나 사악한 원웨이 미러* 와 영안실 시체 처리대 같은 스테인리스 검사대를 통과한 후 '쿠웨이트 기구 탐험' '돌린 주교' '미스터 키플링의 테드' 같은 표지판을 들고 줄지어 선 멍한 눈의 운전기사들을 지나 입국장을 가로질렀다. 자신이 기차 플랫폼으로 이어지는 계단을 향해 곧장 가는 것도, 그렇다고 신문과 수하물용 띠, 여행 관련 잡동사니를 파는 초라한 공항 상점으로 가고 있는 것도 아니라는 사실을 분명히 알았다. 또 마음이 약해져서 늘 그랬던 것처럼 상점에 들르게 될까? 아니라고 생각했다. 하지만 발걸음이 그쪽을 향하고 있었다. 그는 이른바 사회참여적 지식인이라 시사에 밝아

---

* 한쪽에서만 건너편이 보이는 유리.

야 했고 아무리 시간에 쫓겨도 신문은 사서 보는 게 당연했다. 중요한 결정을 내릴 때면 마음은 의회 토론실이 되었다. 서로 다른 당파가 다투고, 장단기적 이익이 서로에 대한 증오 속에 단단히 자리잡는다. 발의안이 상정되거나 거부되고 일부 의견은 다른 의견을 위장하기 위해 발의되기도 한다. 회의는 격렬한 논쟁이 오갈 뿐만 아니라 정도에서 벗어날 수도 있다.

비어드는 공항 상점을 너무 잘 알았고, 이제 그곳으로 곧장 가고 있는 듯했다. 한번 둘러보며 자기 의지를 시험하고 딱 신문만 사면 된다. 지금 거부하려고 애쓰는 게 포르노라면 유혹에 무릎 꿇는다고 해도 해될 건 없다. 하지만 여자들 사진은 더이상 그를 흥분시키지 못했다. 그의 문제는 잡지 판매대 맨 위칸의 번쩍거리는 잡지보다 더 시시한 것이었다. 이제 그는 카운터 앞에 서서 손에 든 유로화 가운데서 파운드화 동전을 고르고 있었다. 하나의 일에 지나치게 힘을 쏟으면 다른 것에 무관심해질 수 있기라도 하듯 신문을 네 가지나 겨드랑이에 끼고 있다가 점원이 바코드를 스캔할 수 있도록 건네는데 시야 귀퉁이로 그가 원하는 물건이, 원하고 싶지 않은 물건이 카운터 밑 진열대에서 반짝거리는 게 보였다. 한 줄에 열두 개씩 진열되어 있었다. 아무 생각 없이 하나를 집어―너무도 가벼웠다!―계산할 신문들 위에 놓자 교회 문간에서 손을 흔드는 수상의 사진이 일부 가려졌다.

그것은 감자를 얇게 잘라 기름에 튀기고 소금, 분말 가공식품, 방부제, 향신료, 가수분해제, 효모, 산도 조절제, 색소를 첨가해 플라스틱포일 봉지에 포장한 것이었다. 소금과 식초 맛 감자칩. 아직 점심이 내려가지도 않았지만 파리나 베를린, 도쿄에서는 즐길 수 없는 이 특별한 화학적 향연이, 30그램—마약 거래의 표준량—의 화학적 자극이 무척이나 간절했다. 마지막으로 한 번만 먹고 다시는 손도 대지 않으리라. 패딩턴행 기차를 탈 때까지 거부할 기회는 많을 것이다. 그는 감자칩 봉지를 재킷 주머니에 넣고 신문을 챙겨들고 바퀴 달린 여행가방을 끌며 중앙홀을 가로질렀다. 그는 15킬로그램이나 과체중이었다. 그는 주로 저녁식사 후 손에 술잔을 들고서 미래의 가벼운 몸에 대해 일반적인 결심과 고결한 약속을 수없이 했고, 그럴 때면 마음속 모든 의원이 찬성하며 고개를 끄덕였다. 하지만 그를 무너뜨리는 건 늘 현재였다. 맛있는 음식 한입, 추가 코스, 건너뛰어도 되는 한끼와 극명하게 대립할 때면 단기적 당파가 그날 하루를 지배했다.

베를린발 비행기에서도 그렇게 무너졌다. 고기 위주의 독일식 아침을 먹은 지 두 시간도 안 된 때라 펑퍼짐한 엉덩이를 좌석에 내려놓으며 결심했다. 물 외의 음료는 안 마시고, 스낵도 안 먹고, 녹색 잎 샐러드와 생선 요리만 먹고, 푸딩은 안 먹겠다. 하지만 바로 그 순간 은빛 카트가 다가오고 속삭이는 여자 목소리가 음료를 권하자 그의 손은 샴페인잔을 감아쥐었다. 삼십 분 후에는 점보 사이즈 진토닉과 함께 나온 구운 옥수수에 쇠고기맛 글레이즈 소스를 입히고 소금을 하얗게 뿌린 스낵 봉지를 뜯고 있었다. 다음으로 그의 앞에 흰 테이블보가 펼쳐졌고 그걸 보자 위액을 분비하는 뉴런의 신호탄이 발사되었다. 진토닉이 남아 있던 결의를 녹였다. 그는 거부하기로 결심했던 애피타이저를 선택했다. 크림으로 조리한 마늘 위에 올린 베이컨 말이 메추라기 다리. 이어서 버터 볶음밥이 이룬 언덕의 요새 위에 정육면체 모양 삼겹살을 올린 요리를 먹었다. '파베'라는 단어는 그다음 위액 분비 신호탄 중 하나였다. 초콜릿 스펀지를 초콜릿으로 감싸고 그 위에 초콜릿 소스를 뿌린 파베. 청포도 둥지에 놓인 염소 치즈와 젖소 치즈. 롤빵 세 개. 민트 초콜릿 하나. 부르고뉴 와인 석 잔. 마지막으로 지금까지 먹은 모든 걸 용서받을 수 있기라도 한 듯 굳이 앞으로 돌아가 메추라기 다리와 함께 나온 기름에 푹 전 샐러드를 먹었다. 스튜어디스가 와서 쟁반을 치울 때 남은 건 포도뿐이었다.

비어드는 기차표를 사서 반쯤 빈 기차의 테이블석에 앉았다. 맞은편에는 삭발한 머리와 퉁퉁한 얼굴에 목은 체육관에서 굵게 키운 삼십대 젊은 남자가 앉아 있었는데 사람 얼굴을 잘 구분 못 하는 비어드에겐 그런 남자들이 다 똑같아 보였다. 하지만 이 남 자는 귀의 피어싱 때문에 구분이 되었다. 무의식중에 잠시 테이 블 밑에서 협상이 벌어졌다. 다리의 공간을 확보하기 위한 정중 한 발레. 젊은 남자가 휴대전화로 문자를 마저 보냈고 비어드는 신문 앞쪽을 훑어보며 귀국할 때면 으레 겪는 정신 기능의 협소 화를 느꼈다. 몇 주 전 출국하기 전에 읽었던 것과 똑같은 내용 이었다. 똑같은 사진, 똑같은 질문, 똑같은 제목. 블레어는 언제 움직일 것인가? 내일? 다음 선거에서 이긴다면 그 직후? 일이 년 뒤? 아니면 네번째 임기를 다 채우고 나서? 빵을 사려고 줄을 섰다가 알카에다에 학살된 바그다드의 시아파 시민의 수도 그때 와 정확히 일치하는 것 같았다. 그 기사뿐 아니라(비어드는 계속 신문을 넘겼다), 쓰나미가 이십오만 명이 넘는 인명을 앗아가 신 의 존재에 대해 의구심을 불러일으켰다는 이야기도 지난달과 똑 같았다. 나라가 구제 불능의 무기력에 빠져 통치, 재정, 공공의 료, 사법과 교육 시스템, 군사, 운송 인프라, 사회의 풍기 면에서 엉망이라는 비판도 여전했다. 비어드는 습관적으로 기후변화 관 련 기사를 찾아보았다. 오늘은 없었다. 태양광은? 없었다—하지 만 곧 보일 터였다.

비어드는 옆 좌석에 신문을 내려놓고 팜톱 컴퓨터를 켜서 베를린 테겔공항을 떠난 후에 온 메시지 열다섯 개를 확인했다. 그 중 열네 개는 그의 프로젝트와 관계된 것이었다. 미국 파트너 토비 해머가 그로브너광장*에 서류가 있다는 걸 확인해주었다. 땅 주인은 옵션료가 앨라모고도가 아닌 엘패소에 있는 계좌로 이체되기를 원했다. 로즈버그 지역 상공회의소에서는 그 시설이 시민에게 제공할 일자리 수를 '더 분명히' 예측해달라고 정중히 요구했다. 비어드는 그 소도시의 이름을 볼 때마다 기분이 좋아졌다. 그는 지금 그곳에 있었으면 했다. 도시의 북쪽 가장자리에 서서 실버시티로 가는 직선도로상의 현장까지 펼쳐진 아득하리만큼 광대한 공간을 바라보고 싶었다. 바로 그곳에서 그들의 일이 시작될 것이다. 로즈버그 홀리데이인에서 늘 묵던 방을 단골할인요금으로 잡아둔 다음달 숙박 예약을 확인하는 메시지도 와 있었다. 그리고 이달 들어 벌써 세번째로 작 브레이비가 만나고 싶다는 메시지를 보내왔다. 비어드가 임피리얼대학에서 좋은 성과를 냈다는 소문을 듣고 그 성공을 함께 나누고 싶은 모양이었다. 비어드를 센터에서 내쫓은 바로 그 인간이. 그리고 토비 해머의 메시지가 하나 더 있었다. 철가루를 싸게 구할 수 있는 곳을 찾았다는 내용이었다. 사적인 메시지는 하나였다. 여덟시 저녁

---

* 런던에서 미국 대사관이 있는 곳.

식사 잊지 마요. 메인은 당신이니까. 사랑해요, 멜리사.

사랑해요. 멜리사는 글로, 그리고 말로 여러 차례 그런 표현을 했지만 비어드는 자기도 사랑한다고 말한 적이 없었다. 방종의 순간조차도. 그녀를 사랑하지 않는다고 생각해서가 아니었다. 그 문제에 대해 확신이 없었다. 그는 누구에게도 사랑을 선언하지 않는 법을 오래전에 배웠다. 멜리사와의 관계에서 그는 초자연적인 구속력을 지닌 그 한마디가 야기할 의문이 두려웠다. 그럼 평생 그녀에게 헌신하고 그녀와 아이까지 낳을 것인가? 그녀는 그동안 낳을 형편이 못 되어 갖지 못했던 아이를 갈망했다. 하지만 과거를 돌이켜보면, 그녀의 계획에 동조했다간 결국에는 열여덟 살이나 어린 이 순진하고 예쁜 여자에게 실망만 안겨줄 게 뻔했다. 그녀는 아이 없는 여자라면 서둘러야 할 나이였다. 그로서는 자기 의무를 다할 생각이 없다면 빠져주는 게 도리였다. 그녀도 분명 이별에 적응하고 새 남자를 찾을 시간이 필요할 테니까. 하지만 그녀는 그를 떠나보내고 싶어하지 않았고 그도 선뜻 떠날 수 없었다. 그래도—또다시, 여섯번째로 자격 없는 남편이 되고 나이 예순에 아기 아빠가 된다니, 말도 안 되는 퇴보였다!

그녀와 그 문제에 대해 이야기하는 건 고통이었다. 마지막으로 이야기한 건 피커딜리의 한 레스토랑에서였는데 그녀는 그를 잃느니 차라리 아기를 포기하겠다고 젖은 눈으로 말했다. 정말이지 견디기 힘들었다. 고민상담란에 어울리는 소재였다. 그는 그 말을 믿을 수 없었다. 자신이 진정으로 그녀를 사랑한다면 지금 놓아줘야 한다고 생각했다. 하지만 그는 그녀가 좋았고, 또 나약했다. 이 과분한 선물을 어떻게 거부할 수 있단 말인가? 그녀 말고 어떤 젊은 여자가 자기처럼 어리석고, 키 작고, 뚱뚱하고, 늙고, 대중적인 망신에 데고, 실패의 조짐으로 타락하고, 괴상한 태양광 사업에 골몰한 남자를 그토록 사랑해주겠는가?

그래서 그는 가장 나쁜 선택을 하고 말았다. 선택이라기보다는 본능적으로 움츠러든 것에 가까웠다. 그는 관계를 끊지 않고 그저 거리를 두었다—어차피 해외에서 일해야 하니까. 그는 다른 여자들을 만났고, 그러면서도 그녀가 전화를 걸어와 어느 열성적이고 재주 있는 수컷이 주위를 맴돌다가 그녀의 영역 안으로 들어오려 한다는, 혹은 막 들어왔다는 말을 전해주길 반쯤 희망하고 온 마음으로 두려워했다. 그때 그가 나약한 상태라면 갑자기 자기 여자라고 결정한 그녀를 지키러 서둘러 돌아갈 테고, 그녀는 고마워하고, 그 수컷은 처치되고(이놈은 여기까지다!), 문제가 그대로 남은 채로 그는 잘못된 결정을 향해 한 걸음 더 나아갈 것이다.

비어드는 팜톱을 치우고 뒤로 기대앉아 눈을 반쯤 감았다. 위아래가 거의 붙은 속눈썹 사이로 앞쪽 테이블에 놓인 소금과 식

초 맛 감자칩이 희미하게 보였고 그 너머 앞좌석 젊은이의 생수 병도 보였다. 비어드는 강연 원고를 좀 훑어볼까 하다가 점심때 마신 술기운이 오른데다 여독까지 겹치니 만사가 귀찮아서 자신이 내용을 숙지하고 있다고 믿어버렸다. 게다가 앞주머니에 유용한 인용문을 적어놓은 카드도 있었다. 스낵으로 말할 것 같으면 아까보다는 덜했지만 그래도 먹고 싶었다. 그 산업적 화합물 중 일부가 신진대사를 촉진해 각성효과를 낼 수도 있었다. 바삭한 감자칩 표면에 뿌려진 톡 쏘는 신맛을 고대하는 건 그의 위장이 아닌 입이었다. 지금까지는 훌륭한 자제력을 보였고—기차가 출발한 지 몇 분이나 지났다—이제 더 참을 이유가 없었다.

그는 똑바로 일어나 앉아 앞으로 몸을 기울이고 테이블에 팔꿈치를 짚은 다음 두 손으로 턱을 괴고 몇 초 동안 생각에 잠겨 은색, 빨간색, 파란색으로 이루어진 현란한 감자칩 봉지를 응시했다. 유니언잭 아래서 만화에 나오는 동물들이 까불며 놀고 있었다. 이런 탐닉은 너무도 유치하고, 나약하고, 해로운 짓이었다. 지금까지 범한 모든 과오와 어리석음, 원하는 걸 바로 가져야 직성이 풀리는 성급한 태도의 축소판이었다. 두 손으로 봉지를 집어서 목 부분을 잡아당겨 뜯자 튀김기름과 식초의 축축한 향이 풍겼다. 실험실에서 교묘히 연출된 길모퉁이 피시앤드칩스 가게 냄새, 소중한 추억과 갈망과 국민의식을 일깨우는 냄새였다. 봉지에 국기를 넣은 건 숙고 끝에 나온 선택이었다. 그는 엄지와 검지로 감자칩 하나를 집어들고 봉지를 테이블에 내려놓은 후 뒤로 기대앉았다. 그는 쾌감을 진지하게 즐기는 남자였다. 그 요령은 감자칩을 혀 가운데 놓고 감각이 퍼지는 걸 잠시 느낀 다음 입천장으로 강하게 밀어올려 박살내는 것이었다. 감자칩의 딱딱하고 불규칙한 표면이 여린 살에 미세한 찰과상을 입히고 상처로 소금과 화학물질이 들어가 가볍지만 확실한 쾌감과 고통을 일으킨다는 게 그의 이론이었다.

그는 와인 시음장의 거장처럼 눈을 감았다. 눈을 떠보니 앞좌석 남자의 회청색 눈이 자신을 똑바로 응시하고 있었다. 비어드는 약간의 수치심을 느끼며 짜증스럽게 그 시선을 외면했다. 자기 모습이 어떻게 보였을지 알았다. 정크푸드 한 조각과 격하게 교감하는 나이 많은 뚱뚱한 바보. 그는 혼자 있는 것처럼 행동해왔다. 그게 어때서? 다른 사람에게 피해를 끼치지 않는 한 그건 그의 권리였다. 그는 더이상 타인의 시선에 신경쓰지 않았다. 나이들면서 생기는 몇 안 되는 좋은 점 중 하나였다. 가증스러운 욕구를 충족시키기 위해서라기보다는 당당한 자기주장을 위해 한 손을 내밀어 감자칩 하나를 집었을 때 또다시 앞좌석 남자와 눈이 마주쳤다. 남자는 가늘게 뜬 눈을 깜빡거리지도 않고 노려보았고 강렬한 호기심을 살짝 넘어서는 감정이 느껴졌다. 비어드는 그가 사이코패스일 수도 있다는 생각이 들었다. 상관없었다. 어차피 자신 또한 약간은 그런 기질이 있는지도 모르니까. 처음 먹은 감자칩의 짭짤한 맛이 입에 남아 잇몸에서 피가 나는 느낌이었다. 그는 뒤로 털썩 기대앉아 입을 벌리고 똑같은 과정을 되풀이했지만 이번에는 눈을 감지 않았다. 필연적으로 두번째 감자칩은 처음 것보다 자극과 놀라움이 덜했고, 바로 이런 결핍, 감각적 실망 때문에 마약중독자들이 양을 늘릴 수밖에 없는 것이다. 이번에는 한꺼번에 두 개를 먹기로 했다.

바로 그 순간, 시선을 든 비어드는 앞좌석 남자가 의식적으로 흉내라도 내듯 몸을 앞으로 기울여 테이블에 팔꿈치를 짚은 채 시선을 섬뜩할 정도로 비어드에게 고정하고 있는 걸 보았다. 남자는 크레인처럼 한 팔을 내려 봉지에 넣더니 감자칩 하나를, 아마 봉지 안에서 제일 큰 조각 하나를 훔쳐 일이 초 들고 있다가 입에 넣었다. 비어드처럼 세심하게 맛보는 것이 아니라 무례하게 우적우적 씹었고 벌어진 입 사이로 혀에서 곤죽이 되어가는 감자칩이 얼핏 보였다. 남자는 눈 한 번 깜빡거리지 않고 비어드를 강렬하게 응시했다. 그 행동이 너무도 노골적이고 특이해서 관습에 얽매이지 않는 사고에 매우 능한 비어드조차—안 그러면 어떻게 노벨상을 탔겠는가?—충격으로 얼어붙지 않을 수 없었다. 비어드는 품위를 지키기 위해 감정을 내보이지 않고 무표정을 유지하려고 애썼다.

두 사람의 시선이 맞부딪쳤고 비어드는 이번에는 외면하지 않을 작정이었다. 남자의 행동이 공격적이고 아무리 하찮은 것일지언정 그 행위가 노골적인 도둑질이라는 데는 의문의 여지가 없었다. 만일 몸싸움이 벌어진다면 비어드는 바로 팔이 부러지거나 머리가 깨진 채 바닥에 나동그라질 게 뻔했다. 하지만 다른 가능성도 있었다. 상대의 당당함 뒤에는 장난기가, 볼썽사납게 정크푸드를 탐하는 나이든 남자에 대한 조롱이 숨어 있을 수도 있었다. 아니면 격식에 얽매인 부르주아에 대한 구식 상황주의자* 방식의 놀림일 수도 있었다. 그것도 아니면 더 나쁘게는 남자가 비어드를 게이로 착각하고 자기들끼리 통하는 요새 방식으로 수작을 거는 건지도 몰랐다. 어쩌면 비어드의 자주색 실크 넥타이가 유혹을 부르는 신호일 수도 있었다. 어느 쪽인지는 잊어버렸지만 한쪽에만 귀걸이를 하는 게 성적 취향의 중요한 표시로 여겨지던 때가 있지 않았나? 앞좌석의 남자는 양쪽 다 하고 있었다. 이 물리학자는 빛이라면 잘 알지만 현대 문화의 대중적 표현 방식에 대해서는 무지했다. 비어드는 다시 처음 가정으로 돌아

---

* 기존 질서에 격렬한 문제의식을 제기한 예술가들로, 1960년대 서유럽을 중심으로 활동했다.

가 남자가 정신병자고 제멋대로 휴약기를 갖고 리튬 약을 끊은 건 아닐까 생각했고, 그렇다면 눈싸움을 계속하는 건 어리석은 짓이었다. 비어드는 시선을 돌리고 그 순간 유일하게 떠오른 한 가지 일을 했다. 감자칩을 하나 더 집었다.

뭘 기대했던 걸까? 비어드가 감자칩을 입에 넣자마자 앞좌석 남자도 또 봉지에 손을 넣더니 방금 비어드가 그러려고 했던 것처럼 두 개를 집어 쾌활하고 천박스럽게 씹어먹었다. 테이블에서 봉지를 치우는 건 바람직한 행동이 아닐 터였다—너무 폭력적이고 너무 갑작스러우니까. 새로운 장을 여는, 실랑이를 부르는 위험한 짓이니까. 싸움이 벌어지면 구해줄 사람이 있을까? 비어드는 주위를 둘러보았다. 승객들은 비어드와 앞좌석 남자가 벌이는 드라마를 전혀 눈치채지 못한 채 신문을 읽거나, 멍하니 허공을 보거나, 창밖 런던 서부 교외지역의 겨울 풍경을 바라보고 있었다. 조용히 과자를 나눠먹고 있는 두 남자가 무슨 관심을 끌겠는가? 역설적이긴 했지만, 이미 시작된 상황을 계속 끌고 가는 게 현명할 듯했다. 비어드는 힘센 남자와의 대결을 피하기 위해 감자칩을 포기할 생각은 추호도 없었다. 강자의 위협에 무릎 꿇고 싶진 않았다. 비록 키가 작고 뚱뚱해도 정의감이 강했고 자기주장을 고수할 줄 알았다. 무모한 행동도 할 수 있었다. 그러다 끔찍한 결과를 맞기도 했지만. 그는 감자칩 하나를 더 먹었다. 적이 그에게 시선을 고정한 채 똑같이 했다. 그 과정이 두 번 더 되풀이되는 동안 두 사람의 손은 변함없이 천천히, 침착하게, 서로 닿지도 않고 봉지를 드나들었다. 감자칩이 달랑 두 조각 남자 젊은이는 봉지를 가져가더니 공손함을 가장한 태도로 비어드에게 권했다. 그 최후의 모욕에 비어드가 보일 수 있는 반응은 거절뿐이었다.

무례한 짓거리였다. 기차가 속도를 줄이기 시작했고 승객들이 외투를 챙겼다. 잊고 내리는 물건이 없도록 주의해달라고 당부하는 기계적인 안내방송이 나왔다. 앞좌석 젊은이가 자신의 승리에 쐐기를 박듯 감자칩 봉지를 손으로 구겨서 테이블 밑 쓰레기통에 버렸다. 바지런하게도 한 손으로 테이블에 떨어진 부스러기와 소금까지 쓸어냈다. 비어드는 수치스럽기 짝이 없었다. 나이를 먹으면 이런 식으로 젊고 힘센 것들에게 속수무책으로 당할 수밖에 없다. 자기연민에 뜨거워진 가슴으로 그는 굳게 생각했다. 세상 모든 불의가, 모든 역사적 탄압과 부당한 침범, 혼돈의 군벌정치, 압제에 의한 법의 파괴가 이 사건에 압축되어 있다고, 저항의 몸짓을 보이는 것이 자존심을 지키고 세상의 약자들에 대한 의무를 다하는 것이라고. 그러지 못하면 떳떳하게 살 수 없었다. 그는 적의 생수병을 향해 덤벼들어 거칠게 뚜껑을 열어서는 250밀리리터를 한 방울도 남기지 않고 벌컥벌컥 들이켰다—마침 갈증이 나기도 했다. 그리고 덤빌 테면 덤비라는 도전적인 태도로 빈병을 테이블에 던졌다. 파란 병뚜껑이 바닥으로 굴러떨어졌다.

젊은이는 잠시 생각하더니 일어나서 통로로 나갔고, 일어났을 때 보니 키가 180센티미터가 넘었다. 비어드는 벌써부터 자신의 저항이 후회되었지만 움츠러들지 않으려고 좌석에 남아 있었다. 남자가 지나치게 발달된 팔을 쓱 올리더니 유연한 한 번의 동작으로 비어드의 가방을 내려 주인 옆에 얌전히 놓았다. 뉘우침에서 우러난 행동이었다고 해도 비어드는 감동받지 않고 날카로운 경멸의 시선으로 갚았다. 적은 연장자를 슬픔 혹은 연민의 시선으로 내려다보며 잠시 망설이더니 돌아서서 성큼성큼 걸어갔다.

비어드는 남자가 시야에서 완전히 사라진 뒤에야 일어섰다. 다시는 그자를 보고 싶지 않았다. 일 분은 족히 지나서 플랫폼에 내려섰다. 분노 때문인지 충격 때문인지 아니면 그 둘 다인지 이제 몸이 조금 떨렸고 코트 벨트가 소매를 감고 있어서 코트를 입는 데 시간이 좀 걸렸다. 신발끈도 풀려 있었다. 그는 무릎을 꿇고 앉아 아직 굳어 있는 손가락으로 신발끈을 다시 묶다가 신문을 놓고 내린 게 생각났지만 그냥 두고 가기로 했다. 그는 마침내 얼마간 평정을 찾고 개찰구로 향했다. 바로 그 순간은 영원히 기억에 남아 장차 과거를 재검토할 때마다, 자신의 이력과 어리석음, 타인의 동기에 대한 견해를 수정하거나 개선할 때마다 그것들을 지지하는 역할을 하게 될 것이다. 그는 개찰구를 6미터쯤 앞두고 멈춰 서 있었다. 바퀴 달린 가방을 세워놓고 기차표를 꺼내려고 코트 속 재킷 주머니에 손을 넣었다. 거기 기차표 말고 다른 게 더 있었다. 비닐 느낌의 부피가 크고, 가볍고, 바삭거리는 것. 어릴 때 동네 바자회에서 체험한 마술의 기억이 흐릿하게 떠올랐다. 어느 마술사가 열 살 된 마이클 비어드의 귀에서 달걀인지 토끼인지 아니면 닭인지, 아무튼 물리적으로 불가능한 물건을 꺼내던 기억. 지금도 똑같았다. 이미 다 먹어버린 감자칩이 주머니에 들어 있었으니까. 비어드는 봉지를 꺼내 유니언잭과 춤추는 만화 동물들을 멍하니 바라보며 그것들이 연기처럼 사라지기를 빌었다. 그럼 아까 그 감자칩은? 기차 안에서의 모든 순간과 충동, 다시는 보고 싶지 않던 그 남자에 대한 재평가가 한꺼번에 이루어졌다. 자신이 어떻게 보였을지도―비어드는 완전히 미치광이였을 것이다.

너무도 완전한 잘못이라 순간적으로 해방감이, 묘한 기쁨이 느껴졌다. 변명의 여지가 없었고, 자신을 방어할 수도 없었다. 서글픈 웃음이 터져나올 것만 같았다. 그의 실수는 너무도 분명하고 확실했으며, 자신이 바보라는 걸 너무도 완전하게 드러내니 마치 스스로를 채찍질해 희열을 얻는 중세 고행자처럼 정화되고 구원받은 기분이었다. 그에게 음식과 물을 빼앗기고도 마지막 조각을 양보하고 짐까지 내려준 그 가련한 젊은이는 인간의 친구였다. 아니, 아니, 지금 이럴 때가 아니다. 고통스러운 회상은 나중으로 미뤄야 한다.

약속시간에 늦어 서둘러야 했지만 그는 분주한 플랫폼에서, 덜걱거리는 소리가 메아리치는 높은 유리 천장 아래, 주위를 스쳐지나가는 승객의 물결 속에 한참 서 있었다. 그는 감자칩 봉지를 가슴에 안고 굉장한 광명을 찾았다는 잘못된 기분을 느꼈다.

패딩턴역에서 사보이호텔까지 가는 택시 안에서 비어드는 조심해야 한다고 다짐했다. 지금 그는 사고치기 쉬운 상태인데 대중 앞에서 연설한 다음 쉬는 시간에는 계약에 따라 사람들과 어울려 이야기를 나눠야 하기 때문이었다. 특히 기자들을, 인간성과 지성의 가면을 쓴 잔혹한 그 포식자들을 조심해야 했다. 그들은 그를 살살 부추기면 몰지각한 행동이나 포괄적인 가설을 이끌어낼 수 있다는 걸 과거의 성공을 통해 알고 있었고—자유로운 사고는 그의 의무라고 할 수 있지만—공연히 가설 같은 걸 펼쳤다가 기자들이 당시 상황이나 맥락, 농담기는 싹 빼고 기사화하면 미친 헛소리가 될 수도 있었다. 실제로 추측에 가까운 그의 발언이 헤드라인으로 둔갑한 적도 있었다. '노벨상 교수: 종말이

다가왔다.'

그 자신의 종말은—당시엔 그렇게 느껴졌다—바로 작년에 닥쳤는데, 놀라운 건 사람들이 벌써 그 일을 잊기 시작했다는 사실이었다. 그것은 일종의 용서였다. 마이클 비어드를 둘러싸고 한바탕 언론이 떠들썩했지만 자세한 내용은 잘 알려지지 않았다. 그가 뭔가 틀린 것으로 판명났나, 아니면 그는 쭉 옳았나? 그가 누구를 공격했나, 아니면 그 자신이 당했나? 그가 체포됐었나? 폭풍이 휘몰아치던 당시 저명한 컴퓨터 모델링 전문가인 동료 하나가 알려준 바에 따르면 노벨상 수상자가 수갑을 찬 채 군중의 야유를 받으며 끌려가는 사진이 483개 신문에 실렸다. 비어드는 그 사실이, 세계적인 망신을 당한 것이 두고두고 기억에 남았지만 다른 사람들은 아닌 모양이었다. 새로운 흥밋거리가 대중의 기억을 흐려놓았다. 새로운 스캔들, 스포츠 경기, 고백, 전쟁, 유명인 가십, 쓰나미가 그의 오점을 깨끗이 지웠다. 꾸준히 불어난 십이 개월 동안의 급류가 그를 안전지대로 옮겨주었다.

심지어 사건에 대한 그 자신의 기억도, 정확한 감정도 희미해지기 시작했다. 언론의 주목을 받는 건 일종의 현기증과 당혹감을 체험하는 일이었다. 다행히 그 자신의 기억의 얼룩도 흐릿한 물자국으로 변해가고 있었다. 하지만 특정 부분은 선명하게 남아 그의 입을 통해 생명을 이어갔다. 비어드는 그 일화들이 대화를 망친다는 걸 알면서도 계속 이야기했다. 그는 첩보소설에는 살에 닿는 수갑의 감촉이 차가운 쇠의 느낌이라고 나오는데 자기는 그렇지 않았다는 이야기를 자주 했다. 그에게 채워진 수갑은 아침 내내 여경의 민소매 개버딘 재킷 속에서 따뜻해져 있었던 것이다. 불길했던 건 수갑이 손목에 편안하게 잘 맞는 느낌과 수갑에서 전해진 체온이었다. 그와 유사하게, 사람들은 자신이 개인적으로 아는 문제에 관한 신문 기사를 읽을 때면 중요한 오점이 적어도 한 가지는 있을 거라고 틀에 박힌 듯 간주한다. 하지만 그의 경우는 아니었다. 그는 자신에 관한 정확한 사실이 그렇게 많이 밝혀지는 데 놀라움을 금할 수 없었다. 왜곡은 그 사실들이 병치되어 명예훼손 소송은 아슬아슬하게 피할 정도의 암시를 던지는 방식으로 생겨났다. 그는 기자들의 조사능력에도 감명받았다. 잠시도 가만있지 못하는 기자들은 하루이틀이면 복잡한 사생활의 슬럼 속으로, 그 외딴곳으로 깊숙이 파고들었고, 일례로 오스트레일리아 태즈메이니아 연안 브루니섬의 인적 드문 북서쪽 반도를 따라 이어진 흙길 옆에 전화도 없이 사는 반벙어리 은둔자이며 늘 비어드를 싫어했던 세번째 아내의 오빠에게서 악의에 찬 인터뷰를 따냈다.

언론은 비어드의 삶을 쓰레기통처럼 거꾸로 뒤집었다. 두어 번 흔들자 반쯤 잊고 있었던 온갖 파편이 쏟아져나왔다. 다른 상황이었다면 비용을 지출하고 받을 만한 서비스였을 것이다. 그의 전처들, 그리운 메이지, 루스, 엘리너, 캐런, 퍼트리스는 서로 짠 것도 아닌데 모두 인터뷰를 거부했다. 비어드는 깊이 감동받았다. 과거의 연인들도 대부분 의리를 지켰고 일부만 입을 열었다. 실험실 조교 하나와 행정실 직원 하나. 그리고 모두 실패자에 보잘것없는 존재인 과학자 둘. 흥미롭게도 그의 연인을 사칭하는 사기꾼들까지 나타났다. 최후의 심판 나팔이 울리자 이 몇 안 되는 과거의 연인과 사기꾼이 무덤에서, 지하묘지에서 기어나와 조물주, 즉 수표책을 든 기자 앞에 서서 비어드를 여성혐오자, 착취자, 비열한으로 몰았다.

침묵하거나 의리를 지킨 여자들도 곤경을 면하진 못했다. 모두가 표적이 되었다. 관심이 축구 스캔들로 옮겨갈 때까지 그는 언론의 노리개였다. 한 신문은 염소 모습을 한 그가 '들여다보기: 비어드의 여자들'이라는 캡션에 기대 음흉한 미소를 흘리며 흐느적흐느적 발굽을 흔들어 이리 오라고 부르는 카툰을 1면에 실었다. 구역질나는 기분으로 신문을 펼쳐 거기 실린 동료들과 옛친구들, 아내들, 멜리사의 얼굴을 보자마자 마음속에서 무언가 꿈틀거렸고 수치를 넘어선 강철 같은 마음의 소리가 지난 삼사십 년 동안의 삶이 그리 나쁜진 않았다고, 이 여자들은 모두 빛나는 품위와 침착성을 지녔다고 웅얼거렸다. 연인을 사칭한 사기꾼들로 말할 것 같으면 셋 모두 그리 미인이라고 할 순 없었다. 하지만 그들과 보낸 허구의 밤에 어찌 무심할 수 있겠는가? 그는 우쭐했다.

하지만 전체적으로는 비참한 시간이었다. 발단은 정부 주도 프로젝트, 그러니까 대학과 여타 학교에서 물리학을 장려하고, 더 많은 졸업생과 교사가 물리학에 종사하도록 유도하고, 물리학의 과거 업적을 자랑하고, 물리학자를 지적 영웅으로 만드는 프로젝트의 명목상 대표 자리를 별생각 없는 마우스 클릭으로 수락한 것이었다. 제의가 왔을 때 그는 어느 때보다 바빠서 쉽게 거절할 수도 있었다. 임피리얼대학에서 열다섯 명의 연구진을 거느리고 인공광합성 프로젝트를 진행중이었고, 그저 돈이나 받으러 다니는 거지만 센터 일도 계속 보고 있었다. 새로운 작업에 작 브레이비의 손길이 미치지 못하게 하는 것도 중요했다. 비어드는 자기 회사를 세우고, 촉매와 기타 과정에 관한 특허를 얻고, 토비 해머와 손잡았다. 토비 해머는 알코올중독 전력이 있는 마르고 강단 있는 남자로, 대학 관료와 국회의원, 벤처 투자가를 다룰 줄 아는 해결사이자 중개자였다. 태양광이 풍부한 부지를 물색하던 비어드와 해머는 처음에 리비아 사하라사막을 고려하다 이집트, 애리조나, 네바다를 거쳐 결국 뉴멕시코라는 괜찮은 절충안으로 결정했다. 비어드는 목적을 갖고 활발히 움직이며 그동안 유지하던 한직을 많이 떨궈내는 중이었다. 하지만 이번 제안은 물리학 협회를 통해 들어온 것이라 거절하기 힘들었다.

그래서 그는 임피리얼대학 세미나실에서 위원들과 처음으로 만났다. 위원회는 뉴캐슬, 맨체스터, 케임브리지에서 온 물리학 교수 셋, 에든버러와 런던에서 온 중학교 교사 둘, 벨파스트와 카디프에서 온 교장 둘, 옥스퍼드 과학학 교수 하나로 이루어져 있었다. 비어드는 그들에게 돌아가며 자기소개를 하고 각자의 배경과 연구에 대해서도 조금 설명해달라고 말했다. 하지만 그건 실수였다. 물리학 교수들이 시간을 너무 많이 잡아먹었다. 그들은 자신의 연구에 반해 있었고 본능적으로 경쟁심이 강했다. 첫 주자가 자세히 이야기하니 두번째, 세번째 주자도 그렇게 했다.

비어드가 어서 과학학 교수의 소개를 듣고 싶어 안달난 건 오랜 습관 때문만은 아니고 과학학이라는 주체 자체가 그에게 새롭기 때문이었다. 그녀가 마지막 순서였고 자신을 낸시 템플이라고 소개했다. 둥근 얼굴이 예쁘진 않지만 유쾌하고 솔직한 인상이었으며 어린애처럼 발그레한 홍조가 광대뼈부터 턱선까지 선명한 굴곡을 따라 이어져 있었다. 비어드는 그녀에게 함께 저녁을 먹자고 청해도 손해될 건 없겠다고 생각했다. 그녀는 이 자리에 여자는 자기뿐이며 그 사실은 이 위원회에서 다뤘으면 하는 문제점 중 하나를 반영한다고 말문을 열었다. 위원 모두가,

낸시 템플을 제외한 이 자리의 모든 사람을 초빙한 비어드까지도 동의의 말을 웅얼거렸다. 그녀는 최면을 거는 듯한 얼스터 지방의 단조로운 억양으로 이야기했다. 벨파스트 교외 중산층 동네에서 자랐고 퀸스대학에서 사회인류학을 전공했다고 했다.

그녀는 최근 글래스고의 한 유전학 연구소에서 진행된 프로젝트, 즉 사자의 유전자 트림-5를 분리하고 그 기능을 설명하기 위한 사 개월 동안의 심층 연구가 자신의 분야를 가장 잘 설명한다고 말했다. 그녀의 목적은 이 유전자가, 아니 모든 유전자가 고도의 사회적 산물임을 증명하는 것이었다. 유전자는 과학자들이 사용하는 단일광자 광도계, 유세포 분석기, 면역형광 등 다양한 '텍스트화' 도구 없이는 존재한다고 말할 수 없다. 이 도구들은 가격도 비싸고 사용법을 익히는 비용도 만만치 않으므로 사회적 의미가 강하다. 유전자는 과학자들에 의해 발견되기만을 기다리는 객관적 실체가 아니다. 전적으로 과학자들의 가설, 창의성, 그리고 장비를 통해 만들어진다. 장비 없이는 탐지가 불가능하니까. 그리고 이른바 염기쌍과 예상되는 역할이라는 측면에서 기술될 때 그 표현, 그 텍스트만이 의미가 있고 그걸 읽을 수 있는 유전학자의 제한된 그룹 내에서만 실체성을 얻는다. 그룹 외부에서 유전자 트림-5는 존재하지 않는다.

비어드와 물리학자들은 좀 당혹스러워하며 듣고 있었다. 예의를 지키느라 눈길을 교환하진 않았다. 그들은 세상이 신비에 싸인 채 기술되고 설명되기를 기다리며 독립적으로 존재하지만 그렇다고 관찰자가 관찰 분야 곳곳에 지문을 남기지 못하는 건 아니라는 전통적인 의견을 견지하고 있었다. 교양학문 분야에서 이상한 사상이 판을 치고 있다는 소문은 비어드도 들었다. 인문학 학생들은 과학이 종교나 점성술보다 더도 덜도 진실하지 않은 하나의 믿음체계일 뿐이라고 배운다 했다. 비어드는 그것이 자신의 동료들에 대한 문과의 비방이 분명하다고 생각했다. 결과가 말해준다. 사제가 개발한 백신을 누가 받아들이겠는가?

낸시 템플의 말이 끝나자 뉴캐슬과 케임브리지의 물리학자가 분노보다는 놀라움에 찬 목소리로 동시에 입을 열었다. 한 사람은 "그럼 예를 들어 헌팅턴병*은 어떻게 되는 거죠?"라고, 또 한 사람은 "정말로 당신이 모르는 건 존재하지 않는다고 믿나요?"라고 물었다.

기사도 정신이 발동한 비어드가 그녀를 보호하는 게 자기 의무라 생각하고 끼어들려는 순간 낸시 템플 교수가 관대한 태도로 대답했다.

---

* 뇌의 신경세포가 퇴화하면서 생기는 선천성 중추신경계 질환으로 상염색체 우성으로 유전된다.

"헌팅턴병은 문화적으로도 각인되어 있어요. 한때 그 병은 신의 형벌이나 악마 들림이라고 설명되었죠. 지금은 유전자 이상으로 해석되지만 언젠가는 또다른 해석이 나올 거예요. 우리가 전혀 알지 못하는 유전자에 대해선 전 아무 할말이 없어요. 이미 설명된 유전자에 대해 말하자면, 분명 문화의 중개를 통해서만 우리에게 올 수 있죠."

그녀의 침착함이 소란을 일으켰지만 이번에는 의장이 단호하게 개입해—비어드는 이런 일에 노련했다—위원들에게 시간이 제한되어 있음을 상기시키고 두번째 안건에 주목해달라고 당부했다. 위원회는 십삼 개월 동안 열두 번 만남을 갖고 건의사항을 내놓게 되어 있었다. 이제 모임 날짜를 정할 시간이었다.

그날 오후, 위원회는 왕립 협회의 긴 테이블에 앉아 정부 홍보처에서 '물리학 UK'라고 이름 붙인 프로젝트를 소개하는 기자회견을 가졌다. 이젤에 로고가 전시되어 있었는데 E, M, C제곱을 '='기호로 꿴 경박한 느낌의 모노그램으로 비대칭의 정원 관목 같았다. 비어드는 위원들을 소개하고 서두 발언을 좀 한 다음 기자들에게 질문을 청했다. 기자들은 주어진 과제가 너무 진지하고 가증스럽게도 논란거리라곤 찾아볼 수 없는 데 의기소침해서 녹음기와 수첩을 앞에 놓고 구부정하니 앉아 있었다. 물리학자의 수를 더 늘려야 한다는 데 누가 감히 반대 입장을 취할 수 있겠는가? 질문은 따분했고 답변은 성실했다. 프로젝트 자체가 한탄스러울 정도로 훌륭했다. 굳이 그것에 대해 자세히 써서 정부 좋은 일을 할 필요가 뭐란 말인가?

그러다 중산층 대상 타블로이드에서 나온 여자 기자가 진부한 질문을 던져 비어드는 부드럽게 대답했다. 사실이다. 여성들은 물리학 분야에서 소수이며 과거에도 늘 그래왔다. 그 문제는 종종 논의의 대상이 되었고 우리 위원회에서도(비어드는 낸시 템플 교수를 염두에 두고 말했다) 더 많은 여학생이 물리학에 입문하도록 장려하는 새로운 방법을 모색해볼 것이다. 이제 여성에 대한 제도적 장벽이나 편견은 존재하지 않는다고 믿는다. 실제로 여성이 많은 학문 분야도 있으며 일부의 경우 여성이 지배적인 수를 차지하기도 한다. 거기까지 말한 뒤 비어드는 스스로 듣기에도 따분해서 언젠가는 한계점에 도달했음을 받아들여야 할 거라고 덧붙였다. 재능 있는 여성 물리학자가 많지만 이 특별한 분야에서는 앞으로도 실력이 있을지언정 소수 집단으로 남으리라는 예측이 가능하다. 앞으로도 물리학 분야에서 일하기를 원하는 사람은 여자보다 남자가 많을 것이다. 통계적으로 남성과 여성의 뇌는 상당히 다르다는 게 폭넓은 실험을 바탕으로 한 인지심리학의 공통된 의견이다. 이것은 결코 성적 우월성이나 사회적 조건화의 문제가 아니다. 물론 사회적 조건화가 현상을 강화하는 역할을 하는 건 사실이지만 말이다. 남성과 여성은 인지능력의 측면에서 선천적으로 다음과 같은 차이점이 있음이 널리 관찰되었다. 여러 연구와 메타 연구에서 여성은 평균적으로 남성보다 언어능력, 시각기억력, 감성판단력, 수학적 계산능력이 뛰어나다는 사실이 밝혀졌다. 남성은 수학적 문제 해결력, 추상적 추론력, 시각-공간지각력이 더 높았다. 남성과 여성은 삶의 우선순위가 다르고 위험과 지위와 서열에 대한 태도가 다르다. 무엇보다 두드러지는 차이점은 하나의 표준편차를 이룰 정도이며 반복적으로 연구되는 주제로, 유년기부터 여아는 사람에 더 관심이 많고 남아는 사물과 추상적 규칙에 더 관심이 많다는 것이다. 이런 차이점은 각각이 선택하는 학문 분야에서도 나타난다. 여성은 생명과학과 사회과학을, 남성은 공학과 물리학을 더 많이 선택한다.

비어드는 청중이 관심을 잃어가는 걸 느꼈다. '표준편차' 같은 단어가 기자들에게 그런 영향을 미쳤다. 뒤쪽 몇 사람은 자기들끼리 잡담을 하기도 했다. 앞줄에 앉은 나이 지긋한 신사 기자는 눈을 감고 있었다. 비어드는 서둘러 결론으로 나아갔다. 물론 물리학 분야에서는 더 많은 여성을 확보하고 그들이 환영받는 기분을 느끼도록 많은 일이 이루어져야 한다. 하지만 여성이 선호하는 학문 분야가 따로 있는 마당에 군이 동등성을 위해 애쓰는 노력이 무익해지는 날이 올 수도 있다.

질문을 했던 기자가 멍하니 고개를 끄덕였다. 뒤에서 다른 기자가 그것과 관계없는 질문을 시작했다. 그날 오후도 다른 평범한 날과 마찬가지로 망각 속으로 사라지려는 순간, 과학학 교수 낸시 템플이 얼굴이 시뻘게져서 벌떡 일어나더니 자신의 서류를 테이블에 탁탁 쳐 정리하며 선언했다. "전 토하러 나가야겠어요. 방금 들은 말 때문에 구역질이 나서 참을 수가 없거든요. 그전에 비어드 교수의 위원회에서 사퇴한다는 의사를 밝히고 싶습니다."

그녀는 문을 향해 성큼성큼 걸어갔고 기자들의 웅성거림과 의자를 박차고 일어나는 소리가 요란했다. 그들은 이제야 비로소 기쁜 마음으로 필사적으로, 경쟁적으로 본분에 임하며 서둘러 낸시 템플을 따라갔다.

회견장이 텅 비자 뉴캐슬에서 온 양자중력 전문가 잭 폴러드 교수가 비어드의 귀에 대고 말했다. 얼마 전 리스 강연*을 한 그는 모든 걸 아는 듯했다. "실수하신 겁니다. 그녀는 포스트모더니즘, 빈 석판 이론, 사회구성주의의 열렬한 옹호자예요. 아시다시피 요즘은 다들 그래요. 커피 한잔 하실까요?"

바로 그 순간 비어드는 그런 용어에 관심이 없었다. 그에게는 한 가지 생각뿐이었다. 이건 올바른 사퇴 방식이 아니다. 이어지는 두번째 생각은 더 단순했다. 폴러드 교수가 이야기를 하고 싶은 건 알겠지만 가능한 한 빨리 이 자리를 떠야 한다. 다른 상황 같았으면 기꺼이 폴러드 교수와 카페에 앉아 한 시간 정도를 보냈을 것이다. 그들은 서로 질투와 애정, 소유욕을 느끼는 하나의 공동체에, 유동적인 국제적 그룹에 속해 있었다. 공동체의 구성원들은 주목할 만한 변절과 죽음을 겪으면서도 기본 힘들과 중력의 통합이라는 성배를 추구하던 영웅적인 옛 끈이론의 시대부터 함께 여행해왔다. 결국 그들은 끈이론의 한계를 발견하고 초끈이론과 이형 끈이론을 수용했고, 그 결과 M이론이라는 동굴 같고 어머니와도 같은 대피처에 이르렀다. 각각의 돌파구는 새로운 문제와 모순, 물리적 의혹을 낳았다. 10차원, 그리고 초중력 이론을 돌아보는 11차원! 단단히 말려 있는 여섯 개의 덧차원, 1920년대 칼루차와 클라인의 재발견, 칼라비-야우 다양체와 오비폴드의 기분좋은 복잡성! 우주가 탄생할 때 최초의 100분의 1초 동안 벌어진 경이로운 드라마! 비어드는 어떤 창의적 역할도 담당하지 않았고 수학적 이해력도 그에 미치지 못했지만 떠도는 소문들은 알았다. 다른 여자와 침대에 있다가 발각된 어느 끈이론가가 아내에게 "여보, 내가 모든 걸 설명할 수 있어!"라고 외쳤다는 유머도 알았다. 물리학의 길은 길고도 험난했으며, 지금도 마찬가지다—인간의 지적 이해 가장자리에는 너무도 인간적인 이야기들이 뒤섞여 있다. 죽어가는 아내를 방치하고 연구에 매달렸지만 문제 해결에 실패한 이론가. 모순을 풀어냈지만 몸이 망가져버린 무명의 포스닥. 치욕스럽게도 옛 대가를 홀대한 유명 대회. 재능 없는 아첨꾼이 엄청난 연구비를 따낸 사건. 한때 같은 연구실에서 일했던 두 거장의 싸움.

그렇다, 비어드는 폴러드 교수와 이야기를 나누고 싶었지만 어둠이 몰려오는 듯한 압박감을 느꼈다. 그는 곤경에 빠졌고 일을 더 그르치기 전에 사라져야 했다. 그는 폴러드와 나머지 위원들에게 얼른 미안하다고 사과한 뒤 서류가방을 들고 기자회견장을 벗어나 복도를 지나서 정문으로 갔다. 밖으로 나오니 햇살과 웅웅거리는 도시의 배경음이 걱정을 덜어주는 듯했다. 산에 있어도 그런 효과가 날 것이다. 어쩌면 아무 일도 아닌데 소란을 떤 것일 수도 있었다. 낸시 템플이 길에서 기자회견을 하고 있었고 그 옆을 지나다보니 그녀의 경쾌하고 분별 있는 목소리가 토막토막 들렸다. "……우생학이 다시 기승을 부리고…… 인간 본성에 관한 사악한 주장…… 민중에 대한 신자유주의적 공격……" 타블로이드 신문이 좋아할 만한 급소를 찌르는 말들이었다. 주위에 모여든 기자 중 몇몇은 주차된 차 지붕을 책상 삼아 열심히 받아 적고 있었고 일부는 벌써 전화로 기사를 전하고 있었다. 어쩌면 그녀는 기자들의 흥분이 정부 때문이기도 하다는 걸 모를 수 있다. 정부의 위원회가 곤경에 처했다. 블레어의 또하나의 실책이었다.

비어드는 길을 건널 때 기자들이 이름을 부르는 걸 못 들은 척했다. 언론에 자기 이야기를 제공하는 건 절대 도움이 안 되니까. 하지만 다음날 '노벨상 교수, 실험실에 영계는 사절'이라는 헤드라인 아래 자신이 "부끄러워서 도망치고 있다"는 내용을 보자 그때 돌아섰어야 했던 게 아닐까 하는 생각이 들었다.

처음에는 사건이 그냥 흐지부지되는 듯했다. 조간신문 몇 군데에 조그맣게 실린 후로 이틀간 잠잠했던 것이다. 비어드는 무사히 넘어갔다고 생각했다. 하지만 그동안 한 타블로이드에서 부지런히 조사를 벌이고 있었다. 토요일에 비어드의 '애정생활'이 '흰 가운 입은 여자는 사절' 이야기에 교묘히 엮여 폭로되었다. 일요일에는 다른 신문들이 바통을 이어받아 맹공격을 퍼부었고 비어드는 '섹스하는 과학자' '노벨 바람둥이', 그리고 일종의 박식한 사티로스*인 '교수-염소'로 재창조되었다. 올더스 살인사

---

* 그리스신화 속 숲의 정령으로. 남자의 얼굴에 뿔이 달렸고 두 다리는 염소인 호색한.

건에 대한 언급도 있었지만 바람난 아내에게 바보처럼 당한 순
진하고 물정 모르는 착한 남편의 이미지는 편리하게 잊혔다. 이
제 비어드는 여성을 과학계에서 몰아내는 동시에 성적으로 유혹
하는 혐오 인물이 되었다. 진지한 신문들에서는 그를 '유전자 결
정론자'가 된 물리학자, 독일 제3제국의 인종 이론을 낳은 사회
적 다윈주의에서 간접 차용한 유전적 차이를 주장하는 광적인
사회생물학자로 묘사했다. 그러자 그걸 기반으로 한 대담한 기
자가 진짜 확신해서라기보다 장난스러운 일기에나 어울리는 악
의로 비어드를 신나치라고 불렀다. 처음에는 아무도 진지하게
받아들이지 않았지만 다른 신문들까지 신중하게 괄호 처리를 하
거나 인용부호를 붙여 법적 책임을 피하며 그 말을 써먹었다. 비
어드는 '신나치' 교수가 되었다.

한 중도좌파 신문에는 남성과 여성의 가장 중요한 차이점은
문화적 구성물이라는 주장을 담은 기사가 실렸다. 비어드는 그
에 답해 약간 냉소적인 편지를 썼는데 고작 여섯 줄이지만 네 시
간이나 걸려 스무 번쯤 고쳐 완성한 것으로 요즘은 남자가 임신
을 못하는 것도 다 사회 탓이라고 비꼬는 내용이었다. 그 편지는
신문에 실렸지만 아무도 주목하지 않는 듯했다.

일주일 후, 그 신문사에서 비어드와 낸시 템플과 다른 학자들
을 초청해 ICA*에서 '여성과 물리학'을 주제로 토론회를 열었다.

비어드는 이제 세상에 자신의 견해를 똑바로 알릴 결심이 서 있었다. 연사는 인문학 분야의 다양한 학자들로 대부분 남자이고 적대적이었다. 무슨 이유에선지 템플 교수는 참석하지 않고 동료를 대신 보냈다. 과학자들은 다 어디 있는 것인가? 행사 전 비어드가 주최측에 계속 물었지만 아무도 모르는 듯했다.

대극장은 매진이었다. 표를 구하지 못한 사람들은 다른 방에서 모니터로 지켜보았다. 언론 보도가 갈망을 일깨우는 묘기를 부린 것이다. 사람들은 현대의 악마를 직접 보고 공포를 느끼고 싶어했다. 비어드가 자리에서 일어서자 헉하고 숨을 멈추는 소리까지 들렸다. 조롱 어린 신음소리가 높아가는 가운데 비어드는 똑같은 입장을 견지하며 똑같은 인지 연구 결과를 더 자세히 설명했다. 여아의 언어능력이 평균적으로 남아보다 높다고 보고된 메타 연구를 언급하자 조롱의 함성이 터져나오고 연사 하나가 분연히 일어나 "허술한 객관주의로 백인 남성 엘리트의 사회적 권위를 유지, 발전시키려 한다"고 비난했다. 그 남자는 자리에 앉으며 혁명의 전조라도 될 듯한 열광적인 환호를 받았다. 당황한 비어드는 그게 자신의 말과 무슨 연관이 있는지 알 수 없었다. 그는 완전히 넋이 나갔다. 잠시 후 그가 청중에게 그럼 중력

---

* Institute of Contemporary Art. 현대 예술 협회.

도 사회적 구성물이라고 생각하느냐며 화난 목소리로 따지자 야유가 일었고 한 여자가 일어나 교장 같은 엄격한 말투로 그 질문에는 '헤게모니적 오만'이 반영되어 있다고 말했다. 무엇이 당신에게 그런 권리를 주었나? 현사회의 구조에서 어떤 보이지 않는 힘이 당신에게 그런 질문을 할 자격이 있다고 생각하게 한 건가? 비어드는 당혹스러워서 대답할 말이 없었다. '헤게모니'라는 단어가 욕설처럼 사용되고 있었다. '환원주의자'도 마찬가지였다. 비어드는 분통이 터져서 환원주의 없이는 과학도 없다고 말했다. 누군가 "바로 그거예요!"라고 외치자 웃음이 길게 이어졌다.

낸시 템플 대신 참석한 사람은 텔아비브에서 교환교수로 온 수잔 아펠바움이라는 여자로, 인지심리학을 가르친다는 그녀는 빨강과 파랑 원피스를 입은 모습이 새처럼 가벼워 보였고 그에 어울리는 지저귀는 듯한 목소리를 냈다. 그녀는 대중 앞에서 말하는 것이 긴장됐는지 시작이 서툴렀다. 극장 안에 의심과 혼란의 기운이 감돌았다. 완전히 한마음이 된 듯한 청중의 관점에서 보면 그녀에게는 유리한 점도, 불리한 점도 있었다. 그녀는 여자여서 헤게모니가 약했고 자신감이 없어서 더 약했다(비어드는 자신도 그 단어의 용법을 알아가고 있다고 생각했다). 또한 몇 분이 지나자 그녀가 비어드와 반대 입장에서 말하고 있다는 게 분명해졌다. 반면 그녀는 유대인이고 이스라엘인이라 팔레스타인의 압제자로 볼 수 있었다. 어쩌면 시오니스트에다 군복무까지 했는지도 몰랐다. 그리고 그녀가 이야기를 시작하자 청중의 적대감은 커져갔다. 이곳 청중은 용납할 수 없는 발언을 감지하는 안테나가 민감한 포스트모던주의자 집단이었다. 그래서 올바른 사람이 올바른 말로 마음을 휘어잡지 못하면 싸늘하게 변했다. 텔아비브에서 온 여성은 자신의 반동적 입장에 대해 솔직했고, 따라서 비어드와 공유하는 기본 가정들이 있음을 숨기지 않았다. 그녀는 객관주의자로서 세상과 세상을 설명하는 언어가 독립적으로 존재한다고 믿었고, 환원주의적 분석을 칭송하는 발언을 했다. 자신이 경험주의자이며 '계몽 이성주의자'라고 당당히 밝혔는데 비어드는 청중의 못마땅해하는 신음소리를 들으며 그것이 헤게모니적이지는 않을지라도 좀 퇴보적인 입장임을 감지했다. 그녀는 인지에 생물학적 성차가 존재하긴 하지만 실증적 증거만이 우리의 견해를 형성할 수 있다고 주장했다. 인간 본성은 엄연히 존재하고 진화의 역사가 있다. 우리는 백지상태로 태어나지 않는다. 도입부가 끝났을 때쯤 그녀는 청중의 관심을 끄는 데 어려움을 겪고 있었다.

아펠바움이 비어드의 주장에 반박할 때 경청하는 사람은 많지 않았다. 그녀는 비어드가 언급한 연구를 다 알았고 더 많은 연구를 알았다. 그중 일부는 그녀 자신이 수행한 것이었다. 연구 결과는 분명했다―남성이 수학이나 물리학에 강점이 있도록 만드는 유의미한 인지적 차이점은 존재하지 않았다. 남아와 여아, 남성과 여성의 차이는 피험자에게 문제 해결 방안을 한 가지 이상 제공하는 복합검사에서만 나타났다. 남성과 여성은 다른 선택을 했다. 여성은 사람에, 남성은 사물에 관심이 많다는 주장은 근거 없는 믿음이며, 엉성하게 고안되었으면서도 많이 인용되는 일부 실험을 왜곡했다. 반면, 사회적 요인에 관한 한은 그 연구들이 설득력을 얻었다―객관적으로 측정된 남녀의 차이점보다 인식과 기대가 훨씬 더 강력한 영향력을 행사했다. 이 발언은 청중을 기쁘게 할 만한 것이었지만 그들은 이미 듣고 있지 않았다. 무관심 속에서 아펠바움은 성별이 드러나는 이름을 아기들에게 무작위로 붙이고 그들의 다양한 활동을 성인들에게 평가하게 한 실험, 주어진 과제에 대한 자녀의 능력을 부모들에게 예측하게 한 실험, 동일한 자격요건을 갖춘 가상의 남녀 지원자를 학자들에게 평가하게 한 실험에 대해 설명했다. 그녀는 이 실험들이 성별 인식이 태도를 결정하는 강력한 요소임을 나타내는 중요한 통계 자료를 제공한다고 말했다. 또한 자생적 순환고리가 존재한다는 것도 많이 연구된 사실이라고 했다. 사람들은 '자신과 같은' 누군가가 있고 본인도 성공할 가망성이 높은 분야에 지원한다.

아펠바움이 결론으로 들어갔을 때쯤 듣는 사람은 비어드 혼자

뿐인 듯했다. 확실히 포스트모더니즘은 통계학에 관심이 없었고 역사적 일화에도 마찬가지였다. 아펠바움은 동생 펠릭스 멘델스존과 똑같이 음악적 재능이 뛰어났던 파니 멘델스존의 삶에 대해 언급했다. 아버지가 딸 파니에게 보낸 편지 내용 중, 펠릭스는 음악을 직업으로 삼을 수 있지만 그녀에겐 음악이 주일의 장식품으로 남아야 한다고 권고한 구절은 유명하다. 백 년 전만 해도 여자는 왜 의사가 될 수 없는가에 대해 많은 '과학적' 이유가 제기되었다. 널리 확산된 무의식적 혹은 비의도적 차이점은 오늘날까지도 남아와 여아, 남성과 여성의 이해와 평가에 남아 있다. 요람에서부터 첫 직업 선택과 그 이후까지, 호형 곡선을 그리는 발달 과정에서 이 문화적 요인이 생물학적 요인보다 더 중요한 것으로 실증적 조사를 통해 밝혀졌다. 물리학 분야에 여성이 적은 이유는 분명하다.

아펠바움은 박수갈채 없이 자리에 앉았다. 그러나 그녀의 말이 끝나서 다들 안도하는 분위기였다. 십 분 후 행사가 마무리되었다. 비어드는 유예받은 기분으로 곧장 출구로 향했다. 그가 보기 좋게 당했다고 평하는 이도, 승리했다고 말하는 이도 있을 터였다. 그가 뭘 알겠는가? 인지심리학자가 아닌 물리학자인데. 하지만 다행히 이곳 ICA에서 그는 처음보다 더 미움을 사진 않았다. 청중은 이스라엘인을 선봉에 세우려 하지 않았다. 바람직하다고 볼 수 없었지만 그가 할 수 있는 일은 아무것도 없었다. 어쨌거나 그는 괜찮았다, 아직은 말짱했다. 복도를 지날 때 분명 혐오감 때문에 사람들이 길을 터주었고, 몇 초 만에 '더 몰' 거리로 나가는 문에 이르자 환한 햇살과 함께 현수막—'우생학 반대!' '나치 교수 타도!' 따위의—을 들고 구호를 외치는 시위대 서른 명쯤이 그를 맞이했다. 그들 외에 대부분 카메라맨인 기자 여남은 명, 경찰 네 명도 보였다.

만일 비어드가 그 행사에서 의기양양한 반항심에 젖은 채 나오지만 않았더라면 일이 꼬이지 않았을지도 모른다. 시위대에는 나이 많은 여자가 대여섯 명 있었다. 그중 하나가 경찰관 뒤에서 재빨리 빠져나와 갈색 종이봉지에서 토마토 하나를 꺼내 비어드에게 던졌다. 3미터 정도 거리였고 피할 새가 없었다. 썩은 토마토는 도시전설의 주인공이다. 이 토마토는 말랑말랑하긴 해도 충분히 먹을 수 있는 것 같았다. 그의 옷깃에 맞은 토마토는 잠시 그대로 붙어 있었다. 비어드는 토마토가 떨어질 때 손으로 받아 충동적으로 재빨리 상대에게 던졌다. 나중에 그는 분노도 악의도 없는 순전히 장난이었다고 설명했다. 아니면 왜 언더핸드로 던졌겠는가? 이제 껍질이 터진 토마토는 그 여자의 코 오른쪽에 정통으로 맞았다. 비어드와 비슷한 연배에다 뚱뚱한 것도 비슷한 그 여자는 구슬픈 음악 같은 이상한 소리를 내며 두 손을 올려 토마토를 잡고 온 얼굴에 문지르다시피 하며 털썩 무릎을 꿇었다.

색깔이 드라마틱한 사진을 만들었다. 비어드 뒤에서 찍은 사진에는 땅바닥에 웅크리고 앉은 피투성이 피해자를 위에서 내려다보는 그의 모습이 담겼다. 독일에서는 그 사진이 잡지 표지에 "'신나치' 교수가 쓰러뜨린 시위자"라는 제목으로 실렸다. 배경에 초점이 아주 흐리지는 않은 현수막이 보였다. 역시 널리 사용된 또하나의 사진은 무릎을 꿇은 여자의 머리 위에서 찍은 것으로, 비어드의 비정한 미소가 담겨 있었다. 그는 정말 우스워서 미소를 억누를 수 없었던 것이다. 아주 말랑말랑한 토마토를 아주 살살 던졌는데도 여자의 반응은 코믹할 정도로 지나치게 과장되었고, 그녀에게 몸을 굽힌 경찰관의 태도는 너무도 세심했고, 무전기로 급히 구급차를 부르는 경찰관은 너무도 거드름을 피웠다. 마치 거리의 극장 같았다. 한 여자 경찰이 비어드의 팔을 잡더니 폭행죄로 체포한다고 단조롭게 말했다. 다른 경찰이 비어드에게 바짝 붙어서서 어깨로 그의 어깨를 압박해 반항해봐야 소용없음을 알렸다. 젊은 여자의 체온으로 따뜻해진 수갑이 찰칵 소리내며 그의 손목에 채워지자 시위대가 환호성을 올렸다. 앞에 있던 사진기자 대여섯 명이 뒷걸음치며 길가에 세워둔 경찰차를 향해 끌려가는 비어드의 모습을 찍었다. 차가 움직이자 그들은 요란한 발소리를 내며 따라 뛰면서 음울한 범죄자의 모습으로 앉아 있는 뒷좌석의 비어드를 카메라에 담았다.

경찰차는 국립 초상화 미술관을 지나서 채링 크로스 로드를 올라가 포일스 서점 앞에서 멈췄다. 비어드를 체포하고 옆 좌석에 앉아 있던 여자 경찰이 수갑을 풀어줬고 다른 한 명이 앞좌석에서 돌아보며 말했다. "이제 가셔도 됩니다."

"폭행죄로 체포한다면서요?"

"현장에 그대로 계시면 소요가 일어날 것 같아서 빼내드린 겁니다. 교수님 안전을 위해서요."

"기자들 앞에서 수갑 채울 생각을 하다니 참으로 사려 깊네요."

"그렇게 말씀해주셔서 고맙습니다. 저희 일을 한 것뿐입니다. 아무튼 고맙습니다."

차문이 열렸고 잠시 후 비어드는 홀로 길에 서서 혹시 살 책이 있었던가 생각하고 있었다. 없었다. 그는 아파트로 돌아가서 물 때 낀 욕조에 누워 뿌얀 김 사이로 잿빛 비눗물의 바다에 일렬로 드문드문 떠 있는 분열된 자신의 군도—커다란 올챙이배, 페니스 끝, 제멋대로 생긴 발가락을 바라보고 있었다. 그는 생각보다 상황이 심각하지 않은 경우가 많다고 스스로를 달랬다. 그건 사실이었다. 하지만 생각보다 심각한 경우도 있다. 죽어가던 이야기가 되살아나고 말았다.

이어진 한 주 동안 수갑 찬 노벨상 교수, 굴욕을 당하고 박해자 앞에 무릎 꿇은 희생자, 박해자의 부도덕한 미소가 디지털을 통해 전 세계로 레트로바이러스처럼 퍼져나갔다. 센터에서는 작 브레이비가 이 기회를 놓치지 않고 비어드의 사임을 강요했다. 강연 시리즈 하나가 격분 속에 취소되었고, 다양한 곳에서 그의 존재가 협회나 동료의 명예에 해가 될 것으로, 최소한 학생들과 젊은 교수진의 반발을 살 것으로 여겨졌다. 어느 친절한 공무원은 전화를 걸어와서 '물리학 UK' 위원장직에서 물러날지 아니면 해고될지 선택해달라고 했다. 한 연구소에서는 비어드가 본인의 이름에 먹칠을 했으니 연구소 레터헤드에서 빼겠다고 수고스럽게도 직접 알려왔다. 비어드가 커피를 마시고 마음의 위안도 얻으러 가는 옥스퍼드대학 교수 휴게실에서는 그가 나타나자 영문학 교수 셋이 마시던 커피를 보란듯이 그대로 놔두고서 고개를 빳빳이 들고 나가버렸다. 그의 전화기는 잠잠해졌다―친구들은 침묵하거나 전처들처럼 말수가 적어지거나 당혹스러워했다. 그러나 임피리얼대학은 그가 자금을 유치해서 진행하는 연구에 흡족해하고 있던 터라 그를 지지해주었다. 비어드는 오스트리아의 어느 감옥 소인이 찍힌 다정하고 동지애 넘치는 편지를 받기도 했는데, 유대인 기자 살인죄로 복역중인 신나치주의자가 보낸 것이었다.

비어드는 이 주 동안 오직 그 생각만 하며 지냈다. 멜리사는 신문을 읽지 말라고 다정하게 충고해줬지만 도저히 그럴 수가 없었다. 무게가 2킬로그램은 나가는 조간신문 뭉치에 새로운 내용이 없으면 곧 닥칠 공허감에, 종일 에너지를 소비할 대상이 없다는 사실에 기이하게 뒤틀린 실망감을 맛보았다. 그는 이 생경한 존재, 즉 그의 이름을 지닌 아바타, 염소괴물 바람둥이, 여성이 과학에 종사할 권리를 부정하는 자, 우생학자에 대해 읽고 싶은 충동에서 헤어나지 못했다. 그리고 결국 그중 마지막 꼬리표에 꼼짝없이 구속되고 만 것이 당혹스러웠다. 하지만 유모차들과 연 날리는 아이들 틈에 끼어 바람 센 프림로즈 힐로 몇 번 산책을 다녀온 후 하나의 잠정적 결론에 이르렀다. 독일 제3제국은 반세기가 넘도록 인간사와 관련된 유전학에 금기의 그림자를 드리워왔다—적어도 유전학 외부인의 마음속에서는. 그런 사람들에게 유전적 차이와 진화적 과거가 인지, 남녀 차, 문화에 어느 정도 영향을 미칠 가능성이 있다고 말하는 건 자진해서 유대인 수용소에 들어가 멩겔레 박사*와 함께 일하는 것과 같다.

그런 이야기를 꺼내자 생물학자 친구들은 그냥 웃어넘겼다. 그건 케케묵은 70년대 생각이고 이제 유전학뿐 아니라 전체 학

---

* 유대인 수용소에서 무자비한 인체실험을 자행한 나치 의사.

계에 새로운 중론이 형성되어 있다며 너무 심각하게 생각하지 말고 술이나 한잔 더 하자고 말했다. 하지만 그들이 기자나 포스트모던주의자에 대해 뭘 알겠는가? 비어드가 보기에 해결책은 간단했다. 광자에 매달리는 것이다—정지질량도, 전하도 없고 인간적 척도에 따른 논란거리도 없는 광자에. 그의 인공광합성 연구는 순조롭게 진행되고 있었고 이미 빛을 이용해 물을 산소와 수소로 쪼개는 효율적인 실험 모형을 갖추었다. 세상은 안전한 새 에너지원을 필요로 하고 그는 쓸모 있는 존재가 될 수 있었다. 구원받을 수 있었다. 빛이 있으라!

비어드는 그런 결의를 다지면서도 앞으로 몇 년간은 불명예에서 벗어날 수 없으리라 생각했다. 그리고 어떻게 되었는가? 아무 일도 없었다. 그의 아바타는 사라졌다. 어느 날 자고 일어나보니 그는 신문지상에서 지워지고 축구 승부조작 사건이 그 자리를 대신했다. 느린 치유의 기억상실증이 시작되었다. 한동안 한가했던 비어드는 넉 달 후 BBC 월드서비스에서 아인슈타인에 관한 여섯 번의 짧은 강연을 했다. 독일의 한 연구 그룹에서는 레터헤드에 그의 이름을 넣고 싶다고 했다. 케임브리지대학이 그를 빼갈 기회를 노리자 임피리얼대학은 연구원 둘을 더 붙여주고 돈도 더 주었다. UCL도 그를 조금이나마 차지하고 싶어서 명예박사학위를 제안했고, 칼텍도 가세했으며, MIT의 옛친구들도 그를 데려가고 싶어했다.

공적인 삶이란 어찌나 관대하며 노벨상의 영예는 학계에서 어찌나 잘 통하고 연구 보조금 획득을 어찌나 수월하게 해주는지!

택시가 트래펄가광장을 돌아 스트랜드 거리의 꽉 막힌 차량 대열에 합류했을 때 그는 한 시간 반 이상 늦은 상태였다. 오 분 후에도 택시는 그 자리였다. 불현듯 지난 네 시간 동안, 움직이지 않는 택시 안에 앉아 있는 이 순간까지 모든 생각이 지각과 분노의 족쇄에 묶여 있었던 듯한 기분이 들자 갑갑해서 견딜 수가 없었다. 그는 운전석 방탄유리의 길쭉한 구멍으로 20파운드 지폐를 들이밀고 택시에서 내려 여행가방을 끌고 사보이호텔로 향했다. 걸어가면 시간이 더 걸릴 수도 있었지만 속으로만 안달하는 것보다 서두르는 시늉이라도 하는 게 마음이 편했다. 게다가 바퀴 달린 가방을 끌며 행인들 사이를 헤치고 달리는 건 그가 여러 해 동안 스스로에게 약속해온 운동이기도 했다. 머리는 산발이 된데다 자주색 넥타이는 비뚤어지고, 고급 모직 양복은 잔뜩 구겨지고, 코트는 현대 영국의 겨울 날씨엔 너무 두꺼웠다. 한쪽 다리는 멀쩡한데 반대쪽 다리는 뻣뻣해서 기우뚱한 자세로 스트랜드 거리를 깐닥거리며 달리는 모습이 스카이콩콩을 탄 뚱보 소년 같았다. 일 분도 되지 않아 왼쪽 폐 하부 깊숙한 곳의 자주 쓰지 않는 폐포에서 찌르는 듯한 통증이 느껴져 속도를 줄였다. 목숨을 걸 만큼 중요한 약속은 없으니까. 차량 행렬이 다시 움직이기 시작했고 그가 버린 빈 택시가 호텔을 향해 발을 질질 끌며 걸어가는 그를 총알같이 지나쳐갔다.

로비에서 행사 담당자 둘이 기다리고 있었다. 그중 젊은 사람이 비어드의 가방을 받았고 무척 늙어 얼굴에 검버섯이 핀 나머지 한 사람은 스포츠재킷 차림으로 지팡이에 몸을 무겁게 의지한 채 자기 손목시계를 가리키며 비어드를 계단으로 안내했다.

"아무 문제 없습니다." 그가 호화로운 중력장을 통과해 무거운 몸으로 힘겹게 계단을 오르느라 쉰 목소리로 말했다. "순서를 조정했어요. 오 분 뒤예요."

비어드는 상대적으로 젊고 튼튼해진 느낌으로 기분좋게 그 말을 들었다. 두툼한 카펫을 밟는 그의 발걸음은 유쾌했고 가슴의 통증도 사라진 터였다.

높고 당당한 문이 활짝 열린 행사장은 티타임중이라 시끌벅적했다. 문 옆에서 기다리던 또다른 담당자가 비어드를 맞이했는데 노인보다 젊지만 더 윗사람이었고 인도계였다. 이메일을 주고받아서 살릴이라는 이름이 기억나는 그 젊은이는 비어드에게 만나뵙게 되어 커다란 영광이라느니, 정말정말 감사하다느니, 오늘을 무척 고대했다느니, 늦은 것에 대해선 걱정 마시라느니 인사

치레를 한 뒤 청중의 구성에 대해 간략하게 설명했다. 기관투자자와 몇 명의 공무원, 학자로 이루어졌고 기자는 없었다.

하지만 비어드는 살릴의 말에 완전히 집중하지 않았다. 그의 시선은 살릴의 얼굴을 떠나 검은 양복 어깨 너머의 행사장과 시끄럽게 떠드는 사람들에게 가 있었다. 높은 창문과 거무스름해지는 템스강 풍경으로 둘러싸인 방에 흰 천이 깔린 테이블들이 있었고 그 위에는 네모진 도자기 접시에 빵 껍질을 잘라낸 두툼한 샌드위치가 잔뜩 쌓여 있었다. 비어드가 서 있는 자리에서도 샌드위치 속 훈제연어의 두꺼운 핑크빛 줄무늬가 보였다. 테이블에는 얇게 자른 레몬 조각이 기술적으로 배치되어 있었는데 그 유혹적인 각각의 노란 미소를 방안의 누구도 주목하지 않는 듯했다. 비어드는 지금 당장 진짜로 배가 고픈 건 아니었고 그자신의 표현대로라면 허기를 앞둔 상태였다. 즉, 앞으로 한 시간 안에 저 샌드위치 몇 개를 접시에 담아 강물을 보면서 먹으면 얼마나 즐거울지 알 수 있었다. 마찬가지로, 그의 강연이 시작될 때 오후 티타임이 끝나서 접시들이 너무 빨리 치워지면 얼마나 아쉬울지도 쉽게 상상이 갔다. 지금 몇 개를 먹어두는 편이 안전했다.

살릴이 말하고 있었다. "기관투자자들은 보수적입니다. 그리고 물론 과학적인 사람들이 아니니까 지나치게 기술적인 내용은 피해주시면 대단히 감사하겠습니다."

비어드는 행사장 안으로 어깨를 돌려 분명 세심하고 지적인 살릴이 흰 봉투를 내밀며 이렇게 말하도록 유도할 수 있었다. "물론 먼저 요기 좀 하셔야죠! 그리고 여기, 강연료입니다."

일 분 후 비어드는 훈제 야생연어를 두툼하게 잘라 딜과 후춧가루를 뿌리고 얇은 흰 식빵 사이에 끼운 다음 넷으로 자른 샌드위치를 아홉 조각이나 접시에 담아 들고 있었다—예비용이어서 다 먹을 필요는 없었다. 하지만 그는 다 먹어치웠다. 목소리가 부드럽고 말을 더듬는 남자가 자기 아들의 물리학 시험에 대해 이야기하고 싶어했고 그다음엔 구부정한 허리에 생강색 턱수염이 앞으로 튀어나오고 비난하는 듯한 커다란 눈에 기괴할 정도로 미간이 넓은 사람이 자기소개를 하는 바람에 별다른 만족감도 느끼지 못하고 강 구경은 엄두조차 못 낸 채 게눈 감추듯 먹어치워야 했다. 제러미 멜런이라는 이름의 두번째 남자는 도시학과 민속학을 가르친다고 했다. 여섯 조각째 샌드위치를 먹고 있던 비어드는 멜런에게 여기 왜 왔는지 묻지 않을 수 없었다.

"글쎄요, 기후과학이 만들어내는 내러티브의 형식에 관심이 있어서라고 할까요. 물론 수백만의 작가와 함께 만들어내는 대서사겠지만."

비어드는 그가 의심스러웠다. 낸시 템플의 성향을 보이는 것 같아서였다. 내러티브에 대해 이러쿵저러쿵하는 사람은 술주정 뱅이처럼 현실에 대한 모든 해석의 가치가 동등하다고 믿는다. 하지만 다행히 "정말 흥미롭군요"라고 대꾸해줄 필요조차 없게 되었다. 다들 컵과 접시를 테이블에 내려놓고 서둘러 제자리로 돌아갔고 아까 비어드를 안내한 지팡이 짚은 노인이 비어드를 향해 얼굴을 찌푸리며 다시 손목시계를 톡톡 치는 바람에 남은 훈제연어 샌드위치 세 조각을 급히 목구멍으로 넘길 시간밖에 없었던 것이다.

비어드는 특별 제작된 무대로 안내되어 역겨운 빨강과 노랑 튤립이 담긴 통 뒤의 오렌지색 플라스틱 의자에 앉았다. 그는 튤립을 보지 않으려고 애썼다. 이 모임은 왠지 전체적으로 비현실적인 분위기가 느껴졌다. 이백 명쯤 되는 청중이 그의 앞에 완만한 호를 그리며 몇 줄로 앉아 있었다. 너무 많은 얼굴의 불그레함이 우스꽝스러웠다. 그들이 떠드는 소리는 반향실에서 울려퍼지는 듯했다. 사보이호텔이 강물로 미끄러져내려가 조수에 흔들리고 있기라도 하듯 그의 발아래서 천천히 움직이고 있었다. 그는 하품이 나는 걸 콧구멍에 잔뜩 힘을 주고 억눌렀다. 속이 좀 메스꺼웠고 피부가 얼룩덜룩한 기술자가 충치 때문인지 치조농루 때문인지 악취 나는 숨을 씨근덕거리며 내뿜으면서 무선마이크를 달아주려고 얼굴을 가까이 들이대는 바람에 더 견디기 힘들었다.

비어드는 다리를 꼬고 앉아 관례상 억지미소를 지으며 살릴의 길고 거창한 소개에 귀기울이는 척하는 내내 느끼한 메스꺼움을 느꼈고, 마침내 권태로운 박수를 받으며 일어나 연단에 서서 양손으로 강연대 가장자리를 꽉 잡았을 때는 증세가 더욱 심해졌다. 바다에서 흘러들어 물살이 잔잔한 강어귀 진흙바닥에 걸린 기괴한 물체가 그의 뱃속에서 썩어가는 듯했고 그것이 내뿜은 가스가 위로 솟구쳐 그의 숨결을, 그의 말을, 게다가 그의 생각까지 삽시간에 오염시켰다.

"지구는." 그 자신도 화들짝 놀라며 말을 이었다. "아픕니다sick."

청중 사이에서 신음소리가, 뒤이어 묵살의 속삭임이 들려왔다. 연기금 운용자들은 교묘한 표현을 더 좋아했다. 하지만 비어드 입장에서는 토하듯이 'sick'이라는 말을 뱉고 나니 잠시나마 속이 편해졌다.[*]

"지구는 위급한 환자이며 치료 비용도 비쌀 것입니다―전 세계 GDP의 2퍼센트에 달할 수 있고 치료를 미루면 그보다 훨씬 더 들겠죠. 저는 지구의 치료를 돕는다면, 그 과정에 참여하고 투자한다면 아주 거액의 돈을, 어마어마한 금액을 벌어들일 거

---

[*] sick에는 '아프다' 외에 '구역질나다'라는 뜻도 있다.

라고 확신하며 여러분께 그 말씀을 드리고자 여기 왔습니다. 지금 저는 또다른 산업혁명의 시작에 대해 말씀드리고 있는 것입니다. 여기 여러분의 기회가 있습니다. 석탄이, 그다음엔 석유가 우리의 문명을 만들었습니다. 그 최고의 자원들은 우리 수억 명의 사람을 시골생활이라는 정신적 감옥에서 탈출시켰습니다. 매일 반복되는 지루한 노동에서 해방된 우리는 타고난 호기심으로 불과 이백 년 만에 지식 기반의 기하급수적 성장을 이루어냈습니다. 유럽과 미국에서 시작된 혁명은 우리 시대에 이르러 아시아 일부에 퍼졌고 이제 인도, 중국, 남미, 앞으로는 아프리카까지 확산될 것입니다. 이 분명한 사실이 다른 문제와 갈등에 가려지는 바람에 우리는 그동안 우리가 얼마나 성공적이었는지 잘 모르고 있습니다.

따라서 물론 우리는 스스로의 창의성에 경의를 표해야 합니다. 우리는 매우 영리한 원숭이입니다. 하지만 우리 산업혁명의 엔진은 싸고 쉽게 구할 수 있는 에너지였습니다. 그 에너지 없이는 아무것도 해내지 못했을 것입니다. 얼마나 환상적인지 보세요. 가솔린 1킬로그램은 대략 13000와트시를 냅니다. 이보다 더 좋긴 힘들죠. 그런데도 우리는 다른 것으로 대체하고 싶어합니다. 그럼 다음은 뭘까요? 우리가 가진 최고의 전기전지는 킬로그램당 약 300와트시를 저장합니다. 그것이 문제입니다. 13000 대

300. 비교가 안 되죠! 하지만 불행히도 선택의 여지가 없습니다. 우리는 다음과 같은 세 가지 강력한 이유로 빠른 시일 내에 가솔린을 다른 에너지로 대체해야 합니다. 첫째이자 가장 단순한 이유로, 석유가 바닥날 것입니다. 정확한 시기는 아무도 모르지만 앞으로 오 년에서 십오 년 내에 석유 생산량이 정점을 찍을 거라는 게 일반적인 의견입니다. 그후로는 생산량이 감소할 것입니다. 세계 인구가 팽창하고 사람들이 더 나은 생활수준에 도달하기 위해 애쓰면서 에너지 수요는 계속 늘어갈 텐데 말입니다. 둘째, 많은 석유 생산지가 정치적으로 불안정하기 때문에 우리는 더이상 석유 의존도를 높이는 모험을 할 수 없습니다. 셋째, 이건 가장 중요한 이유로, 화석연료 사용이 대기 중에 이산화탄소와 기타 가스를 배출해 서서히 지구를 온난화시키고 있으며 그 결과를 우리가 이제야 비로소 깨닫기 시작한 상태라는 겁니다. 기초과학의 공이죠. 속도를 점차 낮춰 멈추지 않으면 우리 증손 시대에 엄청난 경제적, 인간적 대재앙을 맞닥뜨릴 수밖에 없습니다.

그래서 다음과 같은 아주 중대한 질문을 던지게 됩니다. 우리의 문명을 계속 유지하면서, 수백만 명을 가난에서 해방시키는 일을 쉬지 않으면서 어떻게 속도를 낮추고 멈출 수 있을까? 선행을 실천해서, 빈병을 모으고 난방을 덜 하고 작은 차로 바꿔서 해결될 문제가 아닙니다. 그래봐야 재앙을 일이 년 늦출 수 있을 뿐입니다. 물론 늦추는 것도 중요하지만 해결책은 될 수 없습니다. 이 문제는 선행을 넘어서야 합니다. 선행은 너무도 수동적이고 제한적입니다. 선행은 개인에게 동기부여가 될 순 있지만 집단이나 사회, 문명 전체에는 미약한 힘입니다. 국가는 선과 거리가 멉니다. 가끔 그렇지 않다고 생각하지만 말입니다. 집단의 경우에는 탐욕이 선행을 이깁니다. 따라서 우리는 해결책 마련에서 사리추구라는 정상적인 충동을 기꺼이 수용하고 참신함, 발명의 전율, 천재성과 협력의 기쁨, 수익의 만족을 찬양해야 합니다. 석유와 석탄은 에너지 매체이며 따라서 추상적 형태의 돈입니다. 따라서 앞서 던진 중대한 질문의 답은 정확히 돈이, 여러분의 돈이 흘러가는 곳―적절한 청정에너지입니다.

제가 이백오십 년 전 여러분―당시로 말하자면 대지주였을 여러분―앞에 서서 1차 산업혁명의 도래를 예언하며 석탄과 강철, 증기기관, 방적공장, 그리고 나중엔 철도에 투자할 것을 권고하고 있다고 상상해보십시오. 아니면, 그로부터 한 세기쯤 후 내연기관의 발명과 함께 석유의 중요성이 높아질 것을 예측하고 석유에 투자할 것을 권하고 있다고요. 거기서 백 년이 더 지난 후라면 마이크로프로세서와 개인용 컴퓨터, 인터넷, 그리고 그것들이 제공하는 기회에 투자할 것을 권하고 있을 겁니다. 신사 숙녀 여러분, 지금 이 자리도 바로 그런 순간입니다. 세계경제와 주식거래가 자연환경과 별개로 존재할 수 있다는 환상을 품어선 안 됩니다. 우리 지구는 유한한 실체입니다. 여러분 앞에 데이터가 있고 여러분에게 선택권이 있습니다―인간 프로젝트는 안전하고 청정한 상태로 연료를 공급받지 않으면 실패합니다. 여러분은, 시장은, 이에 잘 대처해 승승장구하거나 아니면 다 함께 무너지고 말 것입니다. 우리는 곤경에 처했고 이제 다른 길이 없습니다……"

여기저기서 부정적인 속삭임이 들려왔고 비어드는 '지구온난화'에 대해 언급하면서부터 그런 반응이 시작되었다고 생각했다. 다시 구역질이 올라왔다. 뱃속의 퉁퉁 분 사체가 끔찍이도 그를 들쑤셨다. 아까 살릴의 소개를 들을 때 자기 뒤쪽 벨벳 커튼 가운데 갈라진 틈이 눈에 띄었다―그 탈출구가 필요해질지도 몰랐다. 그는 말을 멈추고 숨을 깊이 들이쉰 다음 꼿꼿이 서서 청중을 둘러보며 부정적인 반응을 확인했다. 평생 대중 앞에서 연설하며 살아온 그는 당황하지 않고 잠시 말을 멈추는 침묵의 효과를 알았다. 그는 런던의 견고한 기관들이 기초물리학과 수년간의 훌륭한 데이터를 무시하고 비합리적으로 진실을 부정하는 문화를 양성하고 있음을 모르지 않았다. 그들은 다른 모든 사람처럼 변화를 원하지 않았다. 주주 가치가 위협받는 걸 두려

위했고 기후학자들도 자신들과 마찬가지로 제 잇속만 차리는 사람들이라고 여겼다. 비어드는 이제 막 변한 인간으로서 그들에게 경멸을 느꼈다.

말을 이으려고 숨을 들이쉬는데 목구멍에서 담즙과 함께 소금에 절인 안초비 냄새 같은 악취가 역류했다. 그는 눈을 감고 그걸 꿀꺽 삼킨 다음 이야기 방향을 바꿨다.

"어제 신문에서 사 년 후면 찰스 다윈 탄생 이백 주년, 그리고 『종의 기원』 초판 발행 백오십 주년이라는 기사를 읽었습니다. 같은 해인 1859년 대기에 관한 중대한 연구를 시작한 또 한 사람, 위대한 빅토리아시대 아일랜드인 과학자 존 틴들의 업적은 그 떠들썩한 축하 분위기에 묻혀버릴 것입니다. 존 틴들의 관심 분야 중 하나가 빛이어서 전 특별한 친밀감을 느낍니다. 그는 세계 최초로 대기에 의한 빛의 산란이 하늘을 파랗게 만든다고 보았으며 온실효과를 처음 설명한 사람도 바로 그입니다. 그는 수증기와 이산화탄소, 다른 기체가 태양에서 온 온기를 우주로 방출되지 않도록 막아 지구에서 생물체가 살 수 있게 해준다는 걸 실험장치를 통해 보여줬습니다. 이 수증기와 기체의 담요를 걷어내면 어떻게 되는지 그의 유명한 글을 직접 인용해 말씀드리겠습니다." 비어드는 재킷 가슴 주머니에서 카드 한 장을 꺼내 읽었다. "'그러면 한파에 의해 죽을 수 있는 식물은 모두 죽을 것이다. 우리의 들판과 정원의 온기가 일방적으로 우주에 흘러들고 태양은 서리가 완전히 장악한 섬 위에 떠 있게 될 것이다.'

20세기 초까지 산업화된 문명으로 대기 중 이산화탄소가 증가한다는 사실을 아는 사람은 소수였습니다. 이후 이 기체의 분자가 장파복사를 흡수해 대기권에 열기를 가둬두는 과정이 정확히 밝혀졌고요. 이산화탄소가 증가할수록 지구온난화는 더 심각해집니다. 1960년대 무인 인공위성 관측 결과, 이웃 행성인 금성의 대기를 구성하는 물질의 95퍼센트가 이산화탄소임이 밝혀졌습니다. 금성의 표면 온도는 460도가 넘습니다. 아연을 녹일 수 있는 온도죠. 온실효과가 없었다면 금성도 지구와 온도가 비슷했을 것입니다. 오십 년 전 우리는 해마다 130억 미터톤에 달하는 이산화탄소를 대기에 배출하고 있었습니다. 이제 그 수치는 두 배 가까이 불어났고요. 과학자들이 미국 정부에 인위적 기후변화에 대해 처음 경고한 게 이십오 년도 더 지난 일입니다. 그리고 위기가 고조되고 있다는 IPCC의 보고가 십오 년 사이 세 차례나 있었습니다. 지난해 피어 리뷰를 거친 논문을 천 편 가까이 조사한 결과 다수 의견에 반대하는 논문은 없었습니다. 태양흑점은 잊으십시오. 1908년의 툰구스카 대폭발도 잊으세요. 담배업계 로비의 경우처럼, 이 문제는 양면적이고 과학자들의 의견도 갈린다고 주장하는 석유업계의 로비, 그들의 두뇌 집단과 언론은 무시하세요. 과학은 상대적으로 단순하고 단면적이며 의심의 여지가 없습니다. 신사 숙녀 여러분, 이 문제는 백오십 년 동안, 즉 다윈의 『종의 기원』이 출판된 기간 동안 논의되고 조사되어왔습니다. 그리고 자연선택의 원리처럼 반론의 여지가 없습니다. 우리는 관찰을 해왔고 메커니즘을 알게 되었습니다. 측정을 해왔고 수치가 모든 걸 말해줍니다. 지구는 더워지고 있고 우리는 그 이유를 압니다. 과학적 논란의 여지는 없으며 명백한 사실만 존재합니다. 이 사실은 여러분을 슬프게도, 두렵게도 할 수 있지만 분명 의심에서 벗어나 다음 길을 선택하게 해줍니다."

다시 구역질이 올라와 사람들 앞에서 망신당할 것만 같은 위기감이 느껴졌다. 식은땀이 나고 등에 힘이 빠지면서 쿡쿡 쑤셨다. 그는 메스꺼움을 잊기 위해 계속 떠들어야 했다. 빠르게 말해야 했다. 쫓기고 있었고 달려야만 했다.

"그래서." 목구멍의 끈적거리는 이물질 때문에 목소리가 갈라졌다. "여러분께 몇 가지 제안을 할까 합니다. 제가 조사한 바로는, 여러분의 투자액을 모두 합하면 4000억 달러쯤 됩니다. 지금은 글로벌 시장의 황금기고 가끔 파티는 영원히 끝나지 않을 것처럼 보이기도 합니다. 하지만 여러분은 이 년마다 두 배씩 성장하며 여타 분야를 능가해 성과를 내는 한 분야를 간과하고 있는지도 모릅니다. 어쩌면 보고도 그냥 고개를 돌려버렸을 수 있습니다. 그다지 눈여겨볼 만한 게 못 된다고, 스탠퍼드 출신의 포스트 히피post-hippie 부자가 너무 많이 관련된 일시적인 유행 정도라고 생각했을지도 모릅니다. 하지만 BP*와 제너럴 일렉트릭, 샤프, 미쓰비시도 뛰어들었습니다. 바로 재생에너지 분야입니다. 혁명은 시작되었습니다. 이 시장은 석탄이나 석유보다 훨씬 더 수익이 높을 겁니다. 세계경제가 몇 배나 더 커졌고 변화 속도도 더 빠르니까요. 막대한 자금이 조성될 겁니다. 이 분야는 활력과 창의력이 들끓고 있습니다―게다가, 무엇보다도 성장률이 폭발적이에요. 수천 개의 비상장 기업이 신기술을 보유하고 자리를 잡아가고 있습니다. 과학자, 엔지니어, 설계자가 쏟아져 들어오고 있습니다. 특허 사무소와 공급망에 긴 줄이 늘어서 있습니다. 여기는 꿈의 바다입니다. 조류藻類에서 수소를, 유전자 조작 미생물에서 항공연료를, 태양광과 바람, 조수, 파도, 섬유소, 가정 쓰레기에서 전기를 얻고, 공기 중의 이산화탄소를 추출해 연료로 바꾸고, 식물의 비밀을 모방하는 현실적인 꿈의 바다인 거예요. 외계인이 지구에 와서 이 넘치는 태양광을 보고 우리가 에너지 문제로 고민하고 있다는 사실을, 우리가 화석연료를 때고 플루토늄을 만들어 스스로를 오염시킬 생각을 했다는 사실

---

* 영국 석유회사.

을 알면, 깜짝 놀랄 겁니다.

폭우가 쏟아지는 숲 가장자리에서 한 남자를 만났다고 상상해 봅시다. 남자는 갈증으로 죽어가고 있습니다. 수중에 가진 것이 도끼 한 자루라 수액이라도 마시려고 나무를 베기 시작합니다. 나무 한 그루당 수액은 몇 모금밖에 안 나옵니다. 주위는 온통 폐허에 죽은 나무뿐이고 새소리조차 들리지 않는데다 그는 숲이 사라져가고 있다는 걸 압니다. 그런데 왜 하늘을 향해 입을 벌리고 빗물을 받아 마시지 않는 걸까요? 나무 베는 솜씨가 뛰어나고, 늘 이런 식으로 살아왔고, 빗물 마시는 걸 장려하는 사람은 죄다 괴짜로 보이기 때문이죠.

그 비가 바로 우리의 태양광입니다. 태양광은 우리 지구에 흠뻑 내리쬐어 우리의 기후와 삶을 만듭니다. 그 비는 우리에게로 계속 떨어집니다. 달콤한 광자들의 비. 광자가 반도체를 때려 전자를 방출하고 전기가 생성됩니다. 그렇게 간단하게, 태양광에서 바로요. 그것이 광전효과입니다. 아인슈타인은 그걸 설명해서 노벨상을 받았습니다. 제가 만일 신을 믿는다면 광전효과야 말로 신이 우리에게 준 최고의 선물이라고 말할 겁니다. 하지만 전 신을 믿지 않으니 이렇게 말하죠. 물리학의 법칙은 참으로 상서롭구나! 한 시간이 채 못 되는 동안 지구에 비치는 태양광만으로도 일 년간 전 세계의 에너지 수요를 맞출 수 있습니다. 뜨거운 사막 일부만으로도 우리의 문명 전체에 동력을 댈 수 있습니다. 태양광은 아무도 소유할 수 없습니다. 그 어떤 개인이나 국가도 독점할 수 없어요. 이제 곧 모든 사람이 그걸 수확하게 될 겁니다. 지붕에서, 배의 돛에서, 아이들 배낭에서. 첫머리에 제가 가난에 대해 이야기했었죠—세계에서 가장 가난한 나라 중 일부는 태양광 부자입니다. 우리는 그들의 태양광을 메가와트 단위로 사들여 그들을 도울 수 있습니다. 국내 소비자들도 태양광으로 동력을 만들어 전력망에 파는 걸 좋아할 것입니다. 그건 근원적인 방법입니다.

태양광에서 전기를 만드는 방법은 이미 여남은 가지가 나와 입증을 거쳤지만 궁극적 목적은 아직 이루지 못했고, 그것은 제게 아주 중요한 문제입니다. 지금 저는 자연이 삼십억 년 세월에 걸쳐 완성한 방식을 모방하는 인공광합성에 대해 말씀드리는 겁니다. 우리는 빛을 이용해 직접 물에서 싸게 수소와 산소를 얻고 밤낮으로 터빈을 돌릴 겁니다. 아니면 물과 태양광, 이산화탄소로 연료를 만들 수도 있고, 담수는 물론 전기까지 만드는 담수 공장을 건설할 겁니다. 저를 믿으세요. 꼭 그렇게 될 겁니다. 태양에너지는 확대될 것이며 여러분의 도움으로, 여러분과 여러분 고객의 부와 함께 더 빠르게 성장할 겁니다. 그건 기초과학과 시장이, 그리고 우리의 심각한 상황이 결정한—이상주의가 아닌 논리에 따른 우리의 미래입니다."

비어드는 금방이라도 토할 것만 같았다. 정신이 아득해졌고 말이 끊길까봐 두려워 제일 먼저 머릿속에 떠오르는 이야기를 꺼내며 개인적인 일화로 갑작스레 전환했다. 처음엔 마이크 테스트를 하듯 아침에 뭘 먹었는지 일일이 밋밋하게 나열하고 아까 공항에서 올 때의 이야기로 넘어갔다. 얼마 지나지 않아 그 이야기가 그리 나쁘지 않은 선택이었음을 확신했다. 그는 아직 청중과 진짜 접촉을 하지 않은 상태였다. 아직 우스갯소리를 하지 않았으니까. 여긴 영국이고 영국 사람들은 공개 연설에서 조금이나마 재미를 기대한다. 비어드는 구역질을 따돌리고 공항 상점에서 신문을 산 이야기를 하고 있었다. 그가 특정한 맛의 감자칩에 약하다는 사실을 고백하자 정장 차림의 청중 사이에서 재미있어하는 분위기가 느껴졌다. 어쩌면 연민인지도 몰랐다.

비어드는 오늘의 주제에 도움이 되는 결론을 끌어낼 수 있으리란 확신으로 이야기에 열을 올리고 있었다. 혼잡한 기차와 테이블 위 물병, 자신이 뜯은 화려한 과자 봉지, 덩치 큰 젊은이의 불편한 시선. 젊은이와 경쟁적으로 과자를 먹어치우는 대목에서 즐거운 킥킥거림이 들렸다. 비어드는 이야기를 윤색하지 않는 선에서 자신이 복수심에 불타 젊은이의 물병을 집어 벌컥벌컥 마셔버리고 테이블에 던진 순간을 강조했다. 나중에 젊은이가 머리 위 선반에서 가방을 내려준 것과 자신이 분개해서 그와 상대하기를 거부한 것도 자세히 말했다. 진실을 깨닫기 전 기차역 플랫폼에서의 몇 초에 대해 길게 늘어놓고 맥박이 빨라지는 걸 느끼며 다음 단계로 넘어갔다. 요릭의 해골을 든 햄릿처럼 팔을 쭉 뻗어 청중에게 과자 봉지를 보이는 무언극을 펼치는 순간 킥킥거림과 폭소까지 터져나오자 뜨거운 자긍심이 솟구쳤다. 그래, 청중이 조금 더 그를 좋아하게 된 듯했다.

비어드는 서둘러 결론으로, 그 이야기를 꺼낸 핑계로 넘어갔다. 좀 억지스럽진 않나? 두 가지 중요한 진실에서 더듬거리진 않았나? 하지만 그런 고민을 할 시간이 없었다.

"제가 패딩턴역에서 얻은 깨달음은, 첫째, 심각한 상황에서 우리가 가끔은 너무 늦게 깨닫는 위기는 타인이나 시스템, 그 문제가 놓인 상황의 본질이 아닌 우리 자신, 우리 자신의 어리석음과 검증되지 않은 가설에 있다는 것입니다. 둘째, 새로운 정보의 획득이 우리로 하여금 상황을 근본적으로 재해석하게 만드는 순간이 존재한다는 것입니다. 산업 문명이 바로 그런 순간에 처해 있습니다. 우리는 거울을 통과하고 모든 것이 변형됩니다. 옛 패러다임은 새로운 패러다임에 자리를 내줍니다."

그러나 수사적으로 잔뜩 멋을 부린 마지막 말은 필사적인 느낌을 주었다. 그의 목소리는 가늘었고 결론은 공허했다. 이제 어디로? 그의 몸이 정확히 알고 있었다. 그는 잡고 있던 강연대를 놓고 의자를 쌓아놓은 듯한 기둥 모양 물체들이 어렴풋이 보이는 커튼 틈 어두운 공간으로 몽유병자처럼 들어갔다. 정중한 박수 소리에 그가 몸을 반으로 접자 그의 짐, 생선기름으로 윤활 처리된 뱃속의 것이 소리 없이 미끄러져올라왔다. 그는 잠시 그 자세를 유지하며 더 나오기를 기다렸다. 아무것도 나오지 않았다. 그는 다시 나와 연단에 섰고 살릴이 감사인사를 하는 동안 엄숙하게 손수건으로 입술을 가볍게 눌러 닦았다.

웨이터들이 와인을 나르고 있는 넓은 연회장으로 연기금 운용자들과 나머지 사람들이 모여들었다. 비어드는 계약조건에 따라 청중과 최소 삼십 분 이상 어울려야 했다. 입가심용으로 샤블리 한 잔을 손에 든 그에게 넥타이 위의 얼굴들이 번갈아 다가왔다. 호의적이고 정중한 태도로 강연이 "흥미로웠다"고, 심지어 "매료되었다"고도 했지만 투자 전략을 바꾼 이는 아무도 없는 게 분명했다. 비어드는 자신보다 먼저 연단에 섰던 석유분석가가 타르샌드*와 심해 시추를 고려하면 알려진 보존량만 해도 오십 년은 버틸 수 있다고 청중을 설득했다는 걸 알고 있었다.

---

* 원유가 섞인 모래.

얼굴이 유령처럼 창백하고 콧수염이 갈색 칫솔 같은 젊은 남자가 말했다. "더구나 우리 섬들은 사실상 석탄으로 이루어졌다고 할 수 있습니다. 선행이 고려 대상이 아니라면, 어째서 입증되지도 않았고 지속적이지도 않은 에너지 공급 방식에 고객의 돈을 투자하는 모험을 걸어야 하는 건가요?"

옆에 선 여자는 비어드 편을 들었다. "석기시대가 돌의 부족 때문에 끝난 건 아니죠."

비어드는 석유장관 야마니가 처음 한 그 시시한 말을 하도 많이 들어서 나머지 사람들과 함께 웃고 싶지도 않았다.

다른 사람이 말했다. "솔직히 영국엔 경제를 이끌어갈 만큼 태양광과 바람이 충분치 않죠."

비어드에게는 보이지도 않는 사람이 뒤에서 말했다. "북아프리카에서 태양에너지를 사들인다고 칩시다. 그럼 에너지 안보는 어떻게 될까요?"

비어드는 그런 질문들에 답하며 이제 스카치를 마실 차례라는 걸 알면서도 와인을 한 잔 더 받아들었다. 바로 그때 도시학과 민속학을 가르친다는 멜런이 불쑥 나타나 턱수염을 떨며 대화가 중단되기를 목 빠지게 기다렸다.

이윽고 기회가 오자 그가 말했다. "그 이야기를 어디서 가져왔는지 알고 싶습니다."

"무슨 이야기요?"

"알면서 그러세요. 기차에서 일어난 일요."

"아까도 말했다시피 오늘 오후 직접 겪은 일입니다."

"왜 이러세요, 비어드 교수님. 알 거 다 아는 어른들끼리."

비어드가 대꾸했다. "무슨 말인지 모르겠군요. 설명을 좀 해주시죠."

"이야기를 아주 잘하시더군요. 강연 목적에 딱 들어맞았죠."

"내가 그 이야기를 꾸며냈다고 생각하는 겁니까?"

"그 반대입니다. 그건 다양한 형태가 존재하는 익히 알려진 이야기죠. 저희 분야에서 많이 연구되었고요. 이름까지 있습니다—'자기도 모르게 도둑이 된 사람'이라고."

"그래요." 비어드가 차갑게 말했다. "무척 흥미롭군요."

"맞습니다. 이 이야기는 다양하게 각색되지만 공통된 특징이 있습니다. 예를 들어, 억울한 오해를 받는 사람은 대개 주변적 인물이고 위협적인 존재인 경우도 많습니다—땜장이, 이민자, 불량배, 심지어 장애인인 경우도 있죠. 교수님이 잘 만들어낸 이야기 속 귀걸이를 한 건장한 젊은이도 그 틀에 완벽하게 들어맞고요. 억울한 오해를 받는 사람은 자기도 모르게 도둑이 된 사람에게 친절을 베풀고, 그 행동은 진실의 순간 더 큰 양심의 가책을 불러일으킵니다. 교수님 이야기에선 그 젊은이가 가방을 내려주죠. 자기도 모르게 도둑이 된 사람 이야기는—저희 분야에선 UT*라고 부르는데—우리가 사회적 소수자에게 갖는 적대감에 대한 염려와 죄책감의 표현이라는 이론도 있습니다. 어쩌면 우리 문화 속에서 무의식적 교정의 역할을 한다고 볼 수도 있죠."

"그럼 한 가지 사실을 깨달았겠군요." 비어드는 미소를 보이려고 애쓰며 말했다. "가끔 그런 일이 실제로 일어나고 그런 이야기가 진짜일 수도 있다는 거요. 알다시피 대량 수송의 시대라 사람들이 똑같은 포장지에 든 음식을 들고 좁은 공간에서 마주칠 수 있으니까요."

"흥미를 끄는 건, 그 이야기가 유행을 탄다는 사실입니다. 입에서 입으로 전해지다가 한동안 사라지고 몇 년 후 새로운 형태로 다시 나타나죠. 집단 재창조라는 과정을 통해서요. UT는 1900년 대 초 미국에서 널리 알려졌습니다. 우리 영국에선 1950년대까지 기록이 없다가 1970년대 초 전국으로 퍼졌고요. 작가 더글러스 애덤스는 1980년대 중반 자신의 소설에 그 이야기를 각색해서 집어넣었죠. 자신이 기차에서 실제로 겪은 일이라고 계속 우겼는데 그것도 이 현상의 공통점 중 하나예요. 사람들은 그걸 개인적 체험이라고 주장해서 지역화하고 진실화합니다. 자신, 혹

---

* Unwitting Thief.

은 자신의 친구에게 일어난 일이라고 말해 원형에서 분리시키는 거죠. 그렇게 독창성을 부여하고 저작권을 요구합니다. UT는 제프리 아처의 작품에도 나오고 로알드 달의 작품에도 나옵니다. BBC에 실화로 소개되고 〈가디언〉지에도 실립니다. 적어도 두 개 이상의 영화, 〈점심 데이트〉 〈뵈프 부르기뇽〉의 플롯이 되었고 또……"

"실망시켜서 미안한데." 비어드가 말했다. "그건 내가 직접 겪은 일이지 빌어먹을 집단 무의식에서 나온 게 아닙니다."

민속학자 멜런은 자폐증 환자처럼 집요한 데가 있었다. "예, 교수님 이야기의 새로운 점은 감자칩이죠. 비스킷, 사과, 담배, 구내식당 점심 이야기는 들었지만 감자칩은 처음입니다. 괜찮으시다면 『계간 현대 전설』에 기고하고 싶군요. 물론 교수님 이름은 바꾸겠습니다."

하지만 비어드는 옆으로 돌아서서 웨이터의 팔꿈치를 잡았다.

작은 콧수염이 난 창백한 연기금 운용자가 말했다. "그럼 이런 이야기들이 야한 농담처럼 돌고 돈다는 거군요."

"바로 그겁니다."

"브리스틀 동물원과 주차요원 이야기 들어보셨어요? 이십사 년 동안……"

비어드는 웨이터에게 말했다. "싱글몰트 위스키만 아니면 돼요. 트리플 스트레이트로. 얼음은 한 조각만. 지금 당장 가져다주면 좋겠는데."

여섯시 사십오분이었다. 이제 십삼 분만 더 있으면 계약한 시간을 채울 수 있었다. 오늘의 첫 독주를 곧 손에 들 생각에 벌써 활기가 되살아나고 있었다. 그리고 멜리사와 저녁을 함께 보낼테니까. 비어드는 이런 데서 일하는 웨이터라면 자신을 찾아다니는 수고를 마다하지 않을 거라 확신하며 결백한 도둑 이야기의 아류에 대해 떠들어대는 멜런 곁을 떠나 연회실 저쪽으로 가서 파생상품에 투자하는 온화한 남자와 대화를 나누었다.

그녀는 아름답고 흥미롭고 착했다(정말 좋은 사람이었다). 그렇다면 멜리사 브라운은 뭐가 문제일까? 비어드는 그걸 알아내는 데 일 년이 넘게 걸렸다. 그녀는 성격에 결함이 있었다. 그 결함이 창유리에 생긴 기포처럼 마이클 비어드에 대한 시각을 왜곡시켜 그가 좋은 남편과 아버지 노릇을 잘해내리라 믿게 했다. 비어드는 그녀의 이런 판단 착오를 이해할 수도, 눈감아줄 수도 없었다. 그녀는 비어드의 과거를 알았고, 올바른 판단을 내릴 근거가 충분했고, 그것 말고도 합리적으로 의심할 만한 구석이 많은데도 자신이 그를 친절하고 정직하고 사랑스럽고 무엇보다 충직한 남자로 만들 수 있다는 망상을 버리려 하지 않았다. 일흔을 바라보는 그를 완전히 새사람으로 바꿔놓겠다는 게 아니라 본래 상태로, 진정한 그로, 그가 찾지 못한 자신으로 조심스럽게 되돌려놓겠다는 것이었다. 하지만 무언의 야심이었다. 예를 들면, 그녀는 비어드에게 살을 빼라고 잔소리하는 대신 그가 삼십대 때의 이상적인 모습으로 돌아갈 수 있도록 사랑을 듬뿍 담아 만든 건강하고 맛있는 음식으로 도와주었다. 그리고 설령 그런 노력이 수포로 돌아간다고 해도 있는 그대로의 그를 받아들이고자 했다.

그녀는 비어드가 해외에서 일하는 동안 그의 부재를, 침묵을 견뎠다. 결국 그도 자신과 같은 생각을 갖게 될 거라 확신했기 때문이었다. 게다가 그녀의 삶도 충분히 바빴다. 그녀의 끈질긴 확신은 감동적이었고 완전히 나쁜 인간은 아닌 비어드에게는 그것이 비난처럼 느껴졌다. 그가 언론의 공격을 받을 때 그녀는 그의 바닥을 보면서도 전혀 흔들리지 않았다. 오히려 그를 더 사랑하게 된 듯했다. 그녀는 합리주의자의 열정을 다해 그 비이성적회오리 속에서 비어드를 지지해주었다. 하지만 사랑에 대해서는 이성적이지 못했다. 만약 그랬다면 두 사람의 관계는 바로 끝났을 터였다. 비어드는 그녀가 구제가 필요한 남자만 사랑할 수 있는 부류의 여자임을 알게 되자 마음이 편치 않았다. 그녀는 구제의 대상으로 자신보다 훨씬 나이 많은 남자를 선호했다. 그럼 그도 늙은 멍청이, 타락자, 실패자, 망나니―모두 그녀를 이용해먹은 남자―로 이루어진 그녀의 옛 애인들과 전남편의 한심한 무리에 들 처지란 말인가? 그녀의 친절로도 구원받지 못한, 아이를 핑계로 그녀를 속인 남자들. 그중 스웨덴 왕의 연회에 참석해본 사람은 없었지만* 모두 그의 동지였다. 그가 멜리사의 유일한 성공작이 된다면 그들과 달라질 수 있겠지만 자신이 없었다. 자기도 아이를 핑계로 그녀를 속이게 될 것 같았다.

"왜 나지?" 한번은 섹스 후 그녀의 침대에 반듯이 누운 채로 그가 물었다. 시기가 무르익은 질문이었고 그녀가 자신에게 과분하다는 의미를 담은 찬사이기도 했다.

"그건." 멜리사는 그렇게 대답하고 그의 몸을 타고 앉아 그를 다시 흥분시켰다. 반시간 내로 다시 흥분하는 건 자신에겐 몇 광년 거리의 일이라고 오래전부터 생각해온 뚱뚱하고 굼뜬 그녀의 마이클을 말이다.

멜리사는 북런던에 무용복 가게를 여러 개―세 개도 여러 개라면―갖고 있었다. 그녀의 고객명단에는 런던 무용단의 직업무용수뿐 아니라 온갖 아마추어까지 포함되어 요가 강좌에 싫증난 젊은 엄마들도, 마지막으로 젊음을 느껴보기 위해 탭댄스나 탱

---

* 노벨상 수상자는 스웨덴 왕의 연회에 참석하게 된다.

고를 배우게 된 비어드처럼 나이 많은 남자들도 있었다. 하지만 수익성이 거의 없는 이 사업의 중심에는 영원히 나이들지 않는 작은 꿈나무들이, 대대로 이어져내려오는 무한한 코르드발레*가 있었다―튀튀, 타이츠, 레깅스, 발레화 차림으로 마음씨 고운 프리마돈나 출신 선생님의 엄한 시선을 받으며 거울 앞에서 발레봉을 잡고 춤추고 싶다는 구식 동경을 품은 소녀들. 흠집난 마룻바닥에서 고된 연습을 하고 첫 무대에 올라 멋진 도약으로 관객의 넋을 빼앗는 그 꿈은 소녀 밴드와 텔레비전 드라마가 장악한 전자 시대에도 살아남았다. 그 환상의 회복력은 유전적 충동인 듯한 인상을 주었다. 멜리사의 가게에서 파는 튀튀 중 제일 작은 사이즈는 십이 개월 아기용이었다. 자신의 꿈을 기억하는 엄마들이 딸을 통해 그 꿈을 실현하겠다고 큰돈을 쓰기도 하기 때문이었다.

하지만 현대의 춤은 불안정했다. 대중의 의식 속에서 춤은 선물 시장처럼 부침이 심했고 멜리사는 발 빠르게 대응해 멀리 있는 창고 관리까지 해내야 했다. 난데없이 텔레비전 다큐멘터리의 영향으로 일주일 동안 사백 명이나 되는 남자가 가게에 와서 특정한 탱고 셔츠를 찾았다. 영화나 뮤지컬, MTV 클립은 탐욕스

---

* 발레 공연의 배경에서 군무를 추는 무용수.

러운, 일시적 욕구를 불러일으킬 수 있었다. 〈백조의 호수〉를 주제로 한 화장지 광고가 나오자 꼬마 소녀 손님이 몰려들더니 광고에서 본 무지개 타이츠나 올이 풀린 듯한 디자인의 레깅스, 예술적으로 찢어놓은 레오타드를 달라고 야단이었다. 그러다 힘든 시기가 오면 직업 무용수와 꿈나무 외에는 아무도 춤을 추지 않았고, 무용수처럼 보이고 싶어하는 사람조차 없었다. 멜리사는 그저 기다릴 수밖에 없었다. 미래를 예측하려고 해봐야 소용없다고, 그녀는 말했다.

멜리사는 이런 변동성에 대비해 가게들을 고객 취향에 맞추어 꾸몄다. 발레리나가 되고 싶어하는 여덟 살짜리들은 또래 집단의 작은 일부일 뿐이지만 또래 소녀 모두 핑크색을 좋아하는 불가해한 취향을 갖고 있었다. 핑크면 다 좋아하는 게 아니라 은은한 캔디핑크, 베이비핑크여야 했다. 멜리사는 세 가게의 창문 장식 일부를 단장해 은근한 유혹을 시도했다. 비어드는 어느 토요일 오전 멜리사가 일하는 가게를 찾았다가 재재거리는 아이들 틈에서 전자기파 스펙트럼의 이상한 힘을 목격했다. 누가 저 아이들을 가르치고 있는 걸까? 저 아이들은 어떻게 행동해야 하는지를, 핑크 연필과 연필깎이, 핑크 운동화, 핑크 이불, 머리핀, 책가방, 편지지를 어떻게 갈망해야 하는지를 무슨 수로 아는 걸까? 그는 학자답게 뉴캐슬의 한 존경받는 신경과학자가 쓴 논문을 찾아냈다. 망막 감도의 남녀 차에 따라 여성은 스펙트럼의 붉은 쪽을 좋아하는 경향이 있다는 내용이었다. 하지만 그것만으로는 그 토요일에 가게에 몰려든 소녀들을, 멜리사가 그해 안에 은행 빚을 급격히 줄일 수 있게 된 상황을 설명하기에 턱없이 부족했다. 핑크 열풍은 몇 개월을 갔다! 그러다 갑자기 싫증이 시작되면서 마법이 사라졌다. 소녀들은 하룻밤 사이 핑크색 물건을 원하지 않게 되었다. 염가 판매를 해도 재고를 처분할 수 없었다. 도무지 설명이 불가능했다. 어린 동생들이 언니들을 뒤이어 핑크를 찾아야 했지만 마음을 열지 않았다. 다른 색이 핑크를 밀어낸 것도 아니었다. 색상이라는 동기 요인이 힘을 잃은 것이었다. 핑크는 자취를 감췄고 그러다 다시 유행을 타기 시작했을 때 멜리사는 현명하게도 준비가 되어 있었다.

이런 골칫거리와 직원과 거래업체로 인한 나날의 고민에도 불구하고 비어드에게는 멜리사의 댄스 스튜디오가 순수한 열망과 기쁨의 안식처 같았다. 한번은 멜리사와 점심을 먹으려고 프림로즈 힐 분점에 갔다가 안쪽 의자에 앉아 기다리며 그곳을 자세히 관찰했다—검게 염색한 짧은 머리를 뾰족뾰족 세우고 피어싱한 혀로 러시아 억양이 섞인 코크니를 혀짤배기소리로 말하는 종업원 레노츠카, 끊임없이 흘러나오는 차이콥스키 음악, 백단유 향, 노는 아이들과 어른들에 대한 조롱할 수 없는 헌신의 분위기. 비어드는 풀다 만 종이상자들 사이 어둑한 공간에 앉아 환상에 젖어들었다(창문 없는 방에 있다보면 가끔 그랬다). 세상의 병폐를 다루는 일에서 은퇴하고 여기서 일하며 모든 면에서 멜리사의 파트너가 되는 점차 에로틱해지는 환상. 이 창고에 틀어박혀 재고관리 소프트웨어를 개선하거나 이야기와 시연이 있는 특별 이벤트를 기획하고, 섹스와 무료함의 황홀경 속에 평온하게 지난 세월을 추억하며 살다가 어느 날 밤 멜리사의 제안에 따라―말도 안 되는 저속한 꿈이지만!―레노츠카를 설득해 피츠로이가에 있는 멜리사의 공들여 꾸민 아파트의 넓은 침대에서 셋이 섹스하며 혀에 박힌 피어싱 장신구의 은밀한 감촉이 어떤지 알게 된다. 비어드는 자신이 놀라웠다. 그는 바로 여기, 마구 쌓아놓은 레깅스 사이에서 꿈만 꾸며 평생을 지낼 수도 있을 것 같았다.

그곳이 안식처라면 멜리사의 아파트는 또다른 안식처였다. 프림로즈 힐 분점에서 걸어서 이 분 거리인 그곳은 실비아 플라스가 잠든 아이들을 위해 빵과 우유를 차려놓고 오븐에 머리를 넣어 자살한 아파트와 거의 맞은편에 있었다. 1950년대의 딸이었던 그 시인은 시적이라고 할 수 없는 깔끔한 주거환경을 유지한 근면한 주부였고 멜리사 역시 마찬가지였다. 반면 집안일에 게으른 비어드는 자기 몸은 곧잘 씻고 옷에 대한 허영심도 있었지만, 무의식적 무질서의 열혈 유포자로서 바닥에 떨어진 수건을 줍거나 서랍장 또는 찬장 문을 닫거나 봉지, 사과심을 쓰레기통에 버리는 걸 봄철 대청소만큼이나 대단한 결심을 요하는 일로 여겼다. 그의 메릴본 아파트에서 일하던 파출부가 말도 없이 그만뒀을 때 그는 그 이유를 알았고 그후로 파출부를 쓰지 않았다. 세번째 아내 엘리너는 어느 귀중한 책 초판 갈피에 그가 아침식사로 먹다 흘린 베이컨 조각이 반으로 접힌 채 서표처럼 꽂혀 있는 걸 발견한 적도 있었다.

게으름뱅이들이 흔히 그렇듯, 남들이 별로 애쓰지 않고 이룬 질서에 비어드는 감탄을 보냈다. 멜리사의 복층 아파트에서 그는 특히 행복했다. 그녀는 집안을 조금도 흐트러짐 없이 해두고 살았다. 우선 가구가 막지 않아서 시야가 탁 트였다. 프랑스 가스코뉴의 대저택에서 가져온 30센티미터 너비의 밀랍 먹인 마룻널은 따분한 완벽함을 자랑하며 반짝거렸다. 어질러진 게 없었다. 적어도 비어드가 방문하기 전까지는 모든 책이 제자리에 꽂혀 있었고 벽에 드문드문 걸린 석판화에는 거의 무용수의 모습이 담겨 있었다. 헨리 무어의 축소 모형으로 조각도 한 점 있었다. 나머지 표면들은 독특하고 먼지 한 톨 없이 텅 빈 광채로 스스로의 가치를 증명했다. 침실에도 옷 하나 보이지 않았고, 물방아용 연못처럼 잔잔한 느낌을 주는 침대는 미국 호텔에나 있는 것처럼 거대했다. 비어드는 단 이 분이면 그 자리에 앉아 코트를 아무데나 벗어던지고 서류가방을 열고 신발을 벗어서 깨끗한 환경을 망칠 수 있었다. 그는 신발을 벗지 않으면 편안함을 못 느꼈다. 하지만 정신적 자유의 구현과도 같은 그 아파트에 감명받아 어지르지 않으려고 최선을 다했고 그런 노력은 얼마간 성과가 있었다.

강도가 들어와 경보장치를 끄고 작업에 착수하기 전 아파트 안을 둘러보는 수고를 한다고 해도 주인이 어떤 사람인지, 심지어 남자인지 여자인지도 알기 어려울 터였다. 연갈색과 군함에 칠하는 회색으로 이루어진 그 아파트는 절제되고 차분하고 남성적인 분위기였다. 반면, 가게나 침실에서의 멜리사는 요란하고 쾌활하고 너그러웠다. 마이클보다 키가 2.5센티미터밖에 크지 않은 그녀는 르누아르의 그림 속 목욕하는 여자처럼 풍만하고 엉덩이가 컸지만 그처럼 뚱보는 절대 아니었다. 검은 곱슬머리(타고난 곱슬인지는 물어본 적이 없어서 몰랐다), 검은 눈, 밤색 피부였고 광대뼈 부분의 홍조는 격하게 화가 나거나 행복할 때면 더 짙어졌다. 증조할머니를 통해 앙고스투라 비터스*처럼 토바고와 베네수엘라의 피가 섞였다고 그녀는 말했다. 진실이야

---

* 앙고스투라 나무껍질의 액으로 칵테일에 쓴맛을 낸다.

어떻든 간에 무더위는 잘 견뎠지만 기온이 15도 이하로 내려가면 춥다고 싫어했고 더 남쪽 나라가 체질에 맞는데 이제 떠나기는 너무 늦었다고 생각하며 살았다.

어쩌면 멜리사가 피츠로이가의 아파트를 단순하게 꾸민 건 옷장을 돋보이게 하기 위해서인지도 몰랐다. 그녀는 무늬가 대담한 옷이나(토바고의 유산인 듯했다) 짙은 색 실크를 즐겨 입었고 검은색은 물론 빨간색, 초록색 계열의 하이힐과 치수가 맞지 않는 파스텔톤 무용신발을 갖고 있었다. 집안의 중간색 벽에 붙여놓은 수수한 소파에 화려한 옷차림으로 은은히 빛을 발하며 앉아 있는 그녀가 비어드의 눈에는 마르키즈제도에서 새로 태어난 고갱 같았다.

비어드가 찾아가면 멜리사는 열정적으로 잔뜩 요리를 했다. 그녀의 균형잡힌 요리는 양념이 강해서 대개 그의 입맛에 맞았다. 그의 건강에 미치는 좋은 영향이 있다 해도 한 그릇 더 잔뜩 먹는 바람에 쉽게 상쇄되었다. 멜리사는 자기는 별로 먹지도 않고 식탁 맞은편에 앉아 그가 먹는 모습을 흐뭇하게 지켜보며 자극적인 양념이 지방을 태워 뜨거운 남자로 만들어줄 거라느니 그가 도망가지 못하도록 살을 찌우는 거라느니 하면서 부추겼다. 두번째 말이 더 진실에 가까웠다. 비어드는 그녀가 차린 진수성찬을 엄청 먹고 나면 지방이 타거나 몸이 뜨거워지는 느낌은 없어도 반시간은 안락의자에 꼼짝없이 조용히 앉아 땀을 흘려야 했다.

어떻게 그녀의 남자가 될 자격을 가질 수 있겠는가? 그녀는 겨울밤이면 욕실 여기저기 촛불을 켜놓은 다음 접이식 뚜껑이 달린 커다란 욕조에 물을 받아놓고 그와 함께 들어갔다. 그에게 셔츠, 실크 넥타이, 향수, 와인, 스카치(그녀는 마시지 않았다), 속옷, 양말을 사주었다. 그가 해외로 떠날 때가 되면 비행기표를 예약해주었다. 비어드는 공항 면세점에서 비싼 선물을 사다주는 것으로 어설픈 보답을 하는 게 다였고, 그건 편하게 쇼핑하고 세금도 피하겠다는 의도가 뻔한 현대적 인색함이었지만 멜리사는 개의치 않는 듯했다. 그녀는 그의 물리학을, 그가 노상 마룻바닥에 흘리고 다니는 해독 불가능한 광전효과 관련 수식과 그의 '아라비아어'가 가득한 서류를 사랑했고 기호, 디랙방정식의 브라와 켓, 텐서 곱, 영 다이어그램에 대해—다시—설명해달라고 했다. 그런데 그녀도 수학에 소질이 있었다. 비어드는 그녀가 조간신문 숫자 퍼즐을 출근 전 빨리 끝내려고 남들이 서류 빈칸을 채우는 속도로 풀어가는 모습을 보았다. 그녀는 그의 사업을 지지했고 기후변화 관련 기사를 열심히 읽었다. 하지만 언젠가 그녀는 비어드에게, 어떤 문제를 심각하게 받아들인다는 것은 늘 그 생각만 하는 것이라고 말했다. 다른 모든 것은 그 앞에서 중요성을 잃는 거라고. 따라서 자신은 자신이 아는 모든 사람처럼 그 문제를 심각하게 받아들일 수 없다고, 일상생활이 그걸 허락하지 않는다고 했다. 비어드는 가끔 강연에서 그 말을 인용했다.

멜리사는 자신의 과거 연인들에 대해 비어드는 상대도 안 될 정도로 자유롭게 이야기했다. 그녀는 동년배와 진지한 관계를 맺기 위해 애쓴 적이 없었다. 그녀가 이야기한 다양한 남자는 모두 열다섯 살이나 스무 살 연상이었다. 그녀가 어렸을 때 만났던 한 남자만 예외적으로 나이 차가 훨씬 더 많았다. 스무 살 때 쉰여섯 살의 유부남 프로 골프선수와 일 년간 만났다는 것이다. 이제 일흔일곱 살인 그 골프선수와는 아직도 연락이 닿았다. 그녀가 나이 많은 남자를 좋아하는 데는 사연이 있었다. 남런던 클래펌 코먼 근처에서 외동딸로 자란 그녀는 열한 살 때 부모님이 이혼했다. 그녀는 아버지를 사랑했지만 어머니와 살았고, 어머니와는 자주 싸웠다. 어머니가 '구역질나는' 남자들만 만나다가 마침내 결혼하자 멜리사는 클래펌 코먼 건너편에 사는 아버지에게로 갔는데 그때 딱 아버지가 뇌졸중으로 쓰러졌다. 멜리사는 열네 살 때부터 아버지가 세상을 떠날 때까지 사 년 동안 아버지를 (온몸이 거의 마비된 터라 밀착해) 간호했다. 그녀는 심리치료사 친구에게 들었다며 비어드에게 이런 말을 했다. 자신이 성적 발달기에 사랑하는 아버지를 돌보다가 결국 살리지 못한 죄책감 때문에 이후 관계에서 대리자를 찾아 아버지를 무덤에서 되찾아 오려 한다고, 그 대리자를 불행에서 구원함으로써 자신의 실패를 만회하려 한다고.

한편으로 비어드는 바로 그런 터무니없는 생각에서 자신을 보호하기 위해 과학이 발명된 거라고 믿어야 했다. 하지만 아무 말도 하지 않았다. 검증되지 않은 가설과 증명되지 않은 요소가 얼마나 많은가! 터무니없는 상징이 난무하는 교묘히 숨겨진 이야기를 무의식이 쓴다고? 신경학적 근거라곤 찾아볼 수 없다. 억압? 그런 메커니즘의 존재는 실증적으로 밝혀진 바 없다. 오히려 원치 않는 기억은 잊기 어렵다. 승화? 그것 역시 진지한 연구 조사가 뒷받침되지 않은 동화 같은 이야기다. 아버지 대소변을 받아낸 경험으로 평생 나이든 남자를 거부할 수도 있으며 그 방향으로도 얼마든지 프로이트식 이야기를 지어낼 수 있다. 죽어가는 아버지를 간호하거나 그와 유사한 경험을 해본 적이 없는데 나이 많은 남자를 선호하는 여자도 얼마든지 있다. 또 멜리사의 아버지는 그녀가 태어났을 때 서른일곱 살이었는데 어째서 그녀의 연인들은 (하나만 빼고) 모두 그녀보다 열다섯이나 스무 살밖에 많지 않았을까? 다른 면에서는 그리도 정확한 그녀의 무의식이 단순한 덧셈도 못한 걸까?

진실은 더 단순했다. 여자들도 속으로는 알고 있었다. 그 말을 멜리사에게 할 만큼 비어드가 눈치 없는 사람은 아니라서 혼자 공정하게 정리해보는 수밖에 없었다. 반복은 도움이 된다. 나이 많은 남자는 더 좋은 친구, 노련한 연인이 된다. 세상을 알고 자신을 알기 때문이다. 젊은 남자와 달리 감정의 균형이 잡혀 있다. 젊은 남자보다 더 많이 읽고 더 많이 보았으며, 더 따뜻하고 더 친절하고 덜 과시적이고 더 관대하고 덜 폭력적이다. 젊은 남자보다 더 재미있고 와인도 고를 줄 안다. 돈도 더 많다. 비어드는 멜리사가 끌린 게 그라는 인간이 아니라 나이 많은 남자였고 자신은 그 상징에 비슷하게 들어맞았을 뿐이라고 생각하니 짜증스러웠다. 그녀가 처음으로 진지하게 사랑했던 대상, 그러니까 그 유부남 골프선수와 그녀의 아버지가 세상을 떠났을 때 나이가 같았다는 말을 듣자 더욱 짜증스러웠다.

비어드는 스트랜드에서 프림로즈 힐까지 택시를 탔고 약속시간보다 이십오 분 일찍 피츠로이가 멜리사 아파트의 초인종을 눌렀다. 그는 열쇠가 없었다—그 선은 넘고 싶지 않았다. 멜리사가 문을 열어주었고 둘이 포옹하기 전 비어드는 뭔가 잘못되었음을, 혹은 달라졌음을 느꼈다. 그녀가 달라진 건지도 몰랐다. 그는 멜리사의 표정이 그를 맞이하기 위해 변한 흔적을 보았다고 생각했다. 하지만 포옹의 순간 그런 의구심은 사라졌다. 멜리사는 현관의 차가운 돌계단에 실내의 온기와 마룻바닥 밀랍 냄새, 양념 냄새와 함께 그녀의 향수 냄새를 몰고 나왔다. 비어드가 환하게 불 밝힌 공항 지옥에서 선물로 사다준 향수였다. 둘은 서로의 이름을 부른 뒤 키스하고 떨어져 서로의 얼굴을 들여다보고는 다시 포옹했다.

멜리사를 안았을 때 비어드의 손바닥에 그녀의 빨간색 실크 블라우스 속 살의 열기가 느껴졌다. 살아 있는 순간에 비하면 기억은 얼마나 안개 속처럼 뿌옇고 단색적인지. 서로 떨어져 있을 때 비어드는 그 충만한 활기를, 그녀라는 단순하고 압도적인 존재를 그림자만 떠올리거나 너무 바빠서 아예 떠올리려는 시도조차 못했다. 그녀의 입과 혀의 감촉, 몸매, 키스할 때 키 차이를 없애려고 취하는 자세, 그와 깍지 낀 손, 손가락 관절의 탄력적인 저항력, 차갑고 매끄러운 감촉, 길이, 폭, 왼쪽 새끼손가락 관절 밑의 봉긋한 사마귀, 포옹할 때 그녀의 젖가슴에 눌린 채 살아 고동치던 자신의 가슴을 잊었다. 그리고 그건 단지 감각의 영역이었다. 그녀의 모습, 소리, 맛―물론 이 모든 게 익숙했지만 지금에야 그녀는 여기, 그의 품안에 존재했다. 기억은, 비어드의 기억만 그런지는 몰라도 이류 장치였다. 베를린이나 로마에서 멜리사에 대해 하는 생각은 모두 관계와 일반화된 욕망에 관한 것이었다. 떨어져 있을 때 그가 생각하는 건 멜리사의 성격,

추상적인 그녀, 그리고 자신의 쾌락이지 그녀의 따스한 꿀 향기가 나는 두피, 놀랍도록 탄탄하고 힘있는 팔, 그의 이름을 부르는 나지막한 목소리가 아니었다.

"마이클 비어드, 당장 들어와요!"

이 오랜 농담은 엄격한 구식 부모를 떠올리게 했다. 비어드는 멜리사에게 그런 말을 할 기회가 없었다—그의 지저분한 아파트는 멜리사 브라운 같은 여자를 초대할 곳이 못 되었다. 그녀는 그를 대신해 아파트를 깨끗이 치워주지 않으면 불편해할 테고 그 선 역시 비어드는 넘고 싶지 않았다. 멜리사가 그의 가방을 받아들었고 그는 멜리사를 따라 안으로 들어갔다. 문이 닫히자 두 사람은 넓고 깨끗한 거실에 마주섰다. 멜리사가 비어드의 목에 팔을 감았고 비어드는 그녀를 꼭 끌어안고 키스했다. 처음으로 의무적인 미조정용 잡담 없이 저녁식사도 뒤로 미루고 침실로 직행할 수 있을 듯했다. 하지만 그때 부엌에서 긴박한 신호가, 쉭 소리에 이어 채찍 소리가 들리자 멜리사는 스타카토로 "젠장!" 하고 외치며 부엌으로 달려갔고 비어드는 소파로 향했다. 그는 이제 혈기 왕성한 청년이 아니었다. 참을성 있게 기다릴 수 있었다.

오 분 후 멜리사가 스카치소다를 들고 돌아왔을 때쯤 비어드는 소파에 널브러져 그의 임피리얼대학 연구팀에서 『네이처』에

실을 논문을 검토하고 있었다. 늘 그랬듯이 신발, 코트, 재킷, 넥
타이, 열린 서류가방, 서류, 열린 여행가방, 거기서 나온 옷가지
와 비닐봉지가 마룻바닥에 널려 있었다. 재회의 흥분에서 순식
간에 식물 분자의 복잡한 내용으로 넘어간 그는 어쨌거나 한 시
간 안에 멜리사와 사랑을 나누고 식사도 하게 될 걸 알았기에 드
물게 안정적인 만족감을 느꼈다.

멜리사가 그의 앞에 서서 빈손을 엉덩이에 올리고 말했다. "교
수님, 자리 좀 내주시죠."

비어드는 그녀의 한쪽을 찡그린 너그러운 미소가 좋았다. 그
는 끙하고 똑바로 일어나 앉으며 옆자리를 톡톡 치고 멜리사에
게서 술잔을 받아들었다. 그녀가 품으로 파고들자 논문을 내려
놓으며 말했다. "한번 생각해봐. 깨진 보도블록 틈에서 자라는
보잘것없는 잡초가 세계 최고의 연구소에서 이제 막 알아내기
시작한 비밀을 품고 있다고."

그가 스카치를 홀짝이는 동안 멜리사의 손은 그의 다리 사이
에 있었다. 그녀는 멍하니 그를 애무하는 중이었다.

"마이클, 당신이 그리웠어요. 잡초는 왜요?"

"진작 말해줬어야 했는데. 잎은 물을 쪼개서 이산화탄소를 붙
들어놓는 일종의 태양전지판이지. 그걸 모방해서 수소를 만들
수 있어. 나도 당신이 그리웠어."

그랬나? 비어드는 멜리사와 키스하며 그랬어야만 했음을 깨달았다. 지금 흥분과 행복을 느끼니까. 하지만 그는 최후의, 마지막 아내를 미치도록 갈망하던 그 암울했던 2000년 여름 이후로 누구도 그리워해본 적이 없었다. 막연히 보고 싶은 사람은 있었지만 그때 이후로 누군가의 부재가 고통스러웠던 적은 없었다. 이제는 혼자가 되면 글을 읽거나 술을 마시거나 음식을 먹거나 통화를 하거나 인터넷을 하거나 텔레비전을 보거나 모임에 나가거나―그냥 잤다. 자족적이고 자신에게 몰두해 있었고, 그의 정신은 욕구와 몽상의 집합체였다. 객관성을 소중히 여기는 많은 똑똑한 사람처럼 그는 자기중심주의자였고 그의 마음속에는 얼음덩어리가 존재했다. 멜리사는 그것을 감지하고 녹이려 했다.

물론 사랑을 나누기 전에 지난 몇 주 동안의 각자의 삶에 대해, 각자의 마음상태와 각자의 하루에 대해 이야기해야 했다. 연락을 하지 않은 그의 잘못과 추궁하지 않은 그녀의 잘못에 해명이 필요하니까. 멜리사가 자신의 소식을 들려주었다. 발레리노가 되고 싶어하는 노동자계급 소년을 그린 뮤지컬이 계절 평균 이상의 매상을 올려주고 있었다. 하지만 남자아이들은 별로 오지 않았다. 그런 소년을 꿈꾸는 소녀가 많이 찾아왔다. 멜리사는 훌륭한 안무가 한 명이 최근 세상을 떠난 이야기도 들려주었는데, 자기 취향을 고집하다보니 큰 유명세를 얻지는 못했다고 했다. 장례식이 열린 소호 교회의 좁은 통로에서 무용수 다섯 명이 추모공연을 했고 그 늙은 안무가의 적들까지도 눈물을 흘렸다는 것이었다.

마이클은 멜리사의 어깨를 안고 있었고 멜리사는 그에게 꼭 붙어 가슴에 대고 이야기하고 있었다. 그녀는 자신의 가게와 고객, 종업원, 연인을 보살폈고 누군가 자신을 돌봐주기를 원했다. 그는 이야기를 들으며 주위―벽에 붙여놓은 갈색 소파와 조각품, 위트레흐트의 어느 거리에서 춤추는 무용수들을 담은 18세기 드라이포인트,* 반들반들한 돌을 모아 구리 접시에 올려놓은 그릇―를 둘러보았다. 자신의 부주의한 눈이 감지한 미묘한 변화의 정체를 확인하고 싶어서였다. 뭔가 이상했다. 착각이 아니라고 확신했다. 누가 담배를 피우고 나간 뒤 연기를 뺀 듯 공기 자체가 어수선했다.

"사랑해요." 멜리사가 장례식 이야기를 하다 말고 그렇게 말하고는 장난스럽게 그의 팔을 깨물었다.

비어드도 그녀에게 애정을, 어쩌면 이제껏 누구에게도 품지 못한 큰 애정을 느꼈지만 언젠가는 떠나야 할 텐데 사랑한다는

---

* 날카로운 강철 바늘로 동판에 직접 새겨 만드는 판화.

말을 하면 둘 다 이별의 시간이 더 힘들 것 같았다. 하지만 어떻게 그녀를 포기하게 될지, 그게 언제일지는 상상도 가지 않았다. 비어드는 그녀를 더 바싹 끌어당겼다. 그가 속삭인 말은 궁색하게 들렸지만 급한 대로 쓸 만했다.

"멜리사, 당신은 아름다워."

멜리사는 이야기를 이어갔고 비어드는 그녀의 머리를 쓰다듬으며 아까 벨벳 커튼 뒤에서 토한 후 처음으로, 어쩌면 반시간 안에 허기를 느낄지도 모르겠다고 생각했다. 그는 공기 중에 떠도는 양념 냄새에 관심이 갔다. 타마린드, 마늘, 라임, 생강, 닭고기인가? 멜리사의 목소리는 음악적인데다 부드러웠고 그가 생각하기에 좀 슬픈 느낌마저 주었다. 그녀는 이따금 그의 얼굴을 당겨 키스했다. 다시 가게 이야기를 하다가 다른 이야기로 넘어갔다가 이제 천장인지 바닥인지에 구멍이 나서 거기로 뭐가 떨어진다는 이야기, 알츠하이머에 걸린 늙은 프리마돈나가 두고 간 성질 고약한 닥스훈트 이야기를 했다. 비어드의 생각도 부유하고 있었다. 그는 자신이 다른 대부분의 남자보다 더 잔인하지도, 더 낫지도 나쁘지도 않은 평균 타입이라고 생각했다. 가끔 탐욕스럽고 이기적이고 계산적이고, 정직하게 나가기 부끄러울 때는 부정직하기도 하지만 그건 남들도 마찬가지였다. 인간의 불완전함은 방대한 주제다. 몇 가지 결점만 생각해보자. S자형 등은 휘기 십상이고, 호흡과 연하를 경솔하게도 같은 관에서 하고, 섹스와 배설 기관이 근접해 감염 위험이 크고, 출산은 고통 그 자체요, 고환은 거추장스럽고 취약하며, 시력이 나쁜 것도 흔한 고통이고, 면역체계는 주인을 잡아먹을 수도 있다. 그것이 몸이다. 신의 존재를 설명하려는 열망에서 나온 근거 중 목적론적 증명*은 호모 사피엔스와 함께 무너진다. 자기 값어치를 하는 신이라면 작업대에서 그토록 무성의할 수는 없다. 비어드는 편리하게 인간의 결점을 골고루 갖추고서 지금 여기 부정한 괴물로 앉아 언젠가는 헤어질 여자를 다정히 안고 곧 자기도 무슨 말인가 해야 한다는 생각에 세심한 표정으로 그녀의 이야기를 듣고 있었다. 진짜 원하는 건 예비단계 없이 그녀와 섹스를 하고, 그녀가 만든 음식을 먹고, 와인을 한잔 한 다음 잠드는 것뿐이지만—비난도, 죄책감도 없이.

멜리사가 그의 빈 잔을 들고 일어섰다.

"식사해야죠." 그녀가 말했다. "술도 한 잔 더 갖다줄게요."

하지만 그녀는 그의 곁을 떠나지 못하고 그의 앞에 서서 다시 키스했다. 이번 키스는 길고 진했다. 입을 뗀 그녀가 완전히 흥분해서 그대로 앉아 있는 그를 끌어안자 얼굴 일부가 그녀의 단

---

* 세상의 질서의 합목적성에서 그 설계자인 신의 존재를 추론하는 것.

추 푼 블라우스 속 향긋한 어둠 속에 묻히며 젖가슴 골짜기와 봉우리가 그의 시야를 가득 채웠고, 그사이 그는 마땅한 만족감을 주는 일에 선행되는 이 모든 말하기와 듣기와 요리가 어째서 평소보다 더 큰 압박으로 다가올까 생각해볼 시간이 있었다. 어쩌면 요란한 공적 장소에서 자신처럼 학문적 위용이 넘치는 세계적인 교수들과 상대하며 너무 많은 시간을 보내다보니 인간관계의 세세한 부분에 인내심을 잃은 건지도 몰랐다. 혼자 있을 때면 주로 추상에 가까운 코발트 이온, 양자, 촉매에 파묻혀 지냈다. 혼자가 아닐 때는 지금은 떠올리고 싶지 않은 아무 생각 없는 성적 놀음으로 시간을 보냈다.

멜리사는 포옹을 풀고 허리를 펴며 뭐라고 말했는데 마침 그녀의 두 팔이 귓가를 스치는 바람에 비어드는 듣지 못했다. 그녀의 두 손이 그의 어깨에 놓였고 그는 안심되는 미소를 나눠 이 육체적 사건을 중립적으로 마무리하고 그녀를 부엌으로 보내기 위해 고개를 들었다가 깜짝 놀랐다. 그녀의 눈에 눈물이 그렁그렁해 금방이라도 넘쳐흐를 것 같았다. 그런데 묘하게도 그녀는 미소를, 장난기 없이 자신의 감정을 무시하거나 조롱하는 듯한 미소를 짓고 있었다. 순간 비어드는 자신이 속마음을 들켜서, 그럴 리는 없지만 마음속 생각을 소리내어 웅얼거렸거나 아니면 속마음이 얼굴에 그대로 드러나서 그녀가 화난 건지도 모른다는 미신적인 두려움에 젖었다. 하지만 인간은 누구나 하나의 섬이고 그의 생각은 안전했다. 그와는 무관한 심각한 일이 있는 모양이었다. 비어드는 일어서며 멜리사의 손을 잡았다. 손바닥뿐 아니라 손가락 사이사이까지 축축하고 뜨겁고 끈적거려 강한 감정을 나타내고 있었고, 그 감정의 정체를 밝혀내고 이해하는 게 그의 임무였다—쾌락의 가망성은 약해져갔다.

"멜리사." 그가 말했다. "무슨 일이지? 방금 뭐라고 했어?"

그들은 다시 부드럽게 키스했다. 어쩌면 이 저녁시간을 올바른 궤도로 돌리기는 그리 어렵지 않을 듯했다.

멜리사가 경이에 찬 눈으로 그를 바라보며 웃었다. "이 바보. 사랑해요. 나 임신했다고 말했어요."

"아……"

비어드는 머릿속이 하얘졌다. 여자였다면 신경쇠약으로 뒤에 있는 소파에 기절했을 것이다. 임신. 그는 이 무르익어 부풀어오르는 단어와 씨름했다—마치 뜻밖의 장소에서 마주친 동네 신문 가판대 주인의 얼굴처럼 익숙하긴 했지만 순간적으로 맥락을 찾을 수 없었다. 그러다 단어가, 의미와 결과가, 생물학과 운명이 빗장쇠처럼 찰칵 채워졌다. 그의 감방 문은 몇 달, 몇 년 동안 열려 있었고 그는 자유롭게 걸어나갈 수 있었다. 이젠 너무 늦어버렸다. 그가 등을 돌리고 있는 사이 오디세우스처럼 용감하고 교활한 정자 한 마리가 긴 여행을 떠나 도시의 성벽을 뚫고 그녀의 난자에 합쳐졌다. 이제 그는 똑같은 일을 되풀이해야 했다. 지난 사십 년 동안 그는 두 명의 아내를 포함해 여러 여자에게 중절을 권했다. 아버지가 되지 않고 지금까지 버틸 수 있었던 건 기적이었다. 하지만 멜리사를 설득하는 일은 쉽지 않을 터였다. 지금 그녀는 기대감에 차서 입을 벌린 채 그를 바라보며 그의 말을, 새 생명의 길을 비춰줄 수도 있는 아빠의 첫마디를 기다리고 있었다.

"스카치 한 잔 더 해야겠어."

"이리 와요."

비어드는 멜리사의 어깨에 팔을 두르고 어질러진 자기 물건들을 넘어 깔끔하게 정리된 부엌으로 갔다. 스토브의 약한 불 위에 커다란 초록색 냄비가 올려져 있었고 거기서 향긋한 음식 냄새가 풍겼다. 그것과 쌀봉지를 제외하면 요리한 흔적이 전혀 없었다. 껍질은 다 쓰레기통에 버리고 조리도구는 닦아서 제자리에 넣고 조리대도 깨끗이 닦아놓았던 것이다. 멜리사처럼 피가 뜨겁고 관능적인 여자가 그렇게 깔끔할 수 있다는 게 불가사의였다. 하루 단위로 엔트로피의 밀물과 썰물이 바뀌는 아기는 그녀를 시험에 들게 할 터였다. 하지만 이 아기는 그럴 일이 없을 테니 문제는 멜리사가 사실을 깨닫도록 납득시키는 데 얼마나 걸

리느냐였다. 멜리사는 그에게 그런 짐을 지우는 게 얼마나 어리석은 짓인지를, 그 비애를 어떻게 모를 수 있을까—그가 일흔 살이 다 되어도 아이는 열 살이 못 된다! 게다가 그는 아버지 역할에 맞지도 않았다. 엔트로피가 남다른데다 무자비하리만큼 일에 빠져 살았고, 최근 수입은 여섯 자리 숫자에도 못 미쳤으며, 끔찍한 과거가 있었고, 늙어서 퇴화한 정자를 후세에 제공하는 과정에서 오류가 발생할 가능성이 있으며, 멜리사의 난자 또한 서른아홉 번의 겨울의 냉기를 겪었을 것이다. 그리고 그의 사명은 어쩌란 말인가? 그가 연구를 접으면 지구가 고난에 처할 거라고 말한다면 과장일까? 아닐 수도 있다.

비어드는 멜리사가 초록색 냄비 안을 들여다보고 만족스럽게 술병 뚜껑을 열고 잔에 술을 따른 다음 얼음통에서 얼음 한 조각을 꺼내는 모습을 지켜보았다. 지금 그가 끌어모으는 논거들이 과장된 면이 있다면 결과가 이미 자기 손을 떠났을지 모른다는 두려움 때문이었다. 멜리사는 아기를 원했다. 늘 원해왔다. 그러니 논쟁이 아닌 애원을 해야 했다. 그녀가 그를 사랑한다면 말을 듣겠지만 그를 사랑하면서 아기도 원하기에 무시해버릴 가능성이 컸다. 상황이 심각하고 실로 불길했다. 멜리사에게서 잔을 받아든 비어드는 이것이 혼자만의 문제였다면 단숨에 들이켰을 테지만 그러는 대신 빠른 속도로 조금씩 홀짝거렸다.

멜리사는 그에게 미소를 던지고는 활기차게 쌀을 준비하고 샐러드 그릇에 올리브유와 레몬즙, 냉장고에 든 통에서 꺼낸 루콜라를 넣었다. 이 녹색 샐러드 더미는 그녀 자신을 위한 것임이 분명했다. 엽산, 식물성 생리활성물질, 산화방지제, 비타민 C. 둘을 위한 섭취였다. 이대로 둘 순 없었다.

멜리사가 말했다. "있잖아요, 나 딱 한 번만 화이트와인 한 잔 마실까봐요."

비어드는 중절을 위해 깔아놓은 포석이 새 생명의 탄생을 축하하는 용도로 쓰이는 걸 원치 않았다. 알코올이 자신이 만든 태아의 신경발달을 저해하는 것도 원치 않았다. 그는 스스로가 너무도 비합리적이라 아무 말도 할 수 없었다. 멜리사가 그를 향해 잔을 들었고 그도 말없이 잔을 들었다. 멜리사의 잔에 든 와인은 아무것도 타지 않은 그의 스카치보다 많지 않았다.

"이 치마 마음에 들어요?"

말투로 미루어 화제를 돌리기 위한 질문은 아니었다. 주름이 많이 잡힌 진회색 고급 캐시미어였고 그녀가 빙글 돌자 한 박자 늦게 나선형을 그리며 따라 돌았다.

"아름다워. 당신도 그렇고. 당신은 지금처럼 아름다웠던 적이 없어." 비어드가 말했다. 지금 멜리사의 기를 살려주는 건 잘하는 짓이 아니었지만 그 말을 하지 않을 수 없었다. 비어드는 만회를 위해 물었다. "임신 몇 주지?"

"칠 주요."

"언제 알았는데?"

"그제요."

"멜리사, 말해봐. 실수였어?"

멜리사가 다가와 한 손을 그의 뺨에 댔다. 이번에도 그녀의 빛나는 몸의 열기가 느껴졌다. 멜리사는 오븐이고 그녀 안에 빵이 있다는 바보 같은 생각이 들었다. 그녀와 자신의 빵.

이윽고 그녀가 속삭였다. "아뇨."

"피임약을 안 먹은 거야?"

"당신과 잤던 마지막 세 번은 약을 안 먹었어요."

"나한테 말했어야지."

"그럼 당신은 반대했겠죠."

"그랬을 거야. 내가 이 문제를 어떻게 생각하는지 알잖아."

"당신도 내가 어떻게 생각하는지 알잖아요."

비어드의 잔이 벌써 비었다. 그는 멜리사를 돌아 술병 있는 데로 가서 한 잔 더 따랐다. 이제 그들은 거의 부엌의 끝과 끝에 서 있었고 비어드는 목소리에 엄격함을 담아 말하기가 더 쉬웠다. "그럼 당신은 나를 속인 거군."

멜리사가 다시 다가왔다. 그녀의 차분하고 유혹적인 태도를 바꾸기는 어려울 듯했다. 비어드는 세심함을 과감하게 버리고 기꺼이 말다툼을 벌일 수도 있었다. 그럼 더 거리를 좁힐 수 있으니까. 하지만 아늑한 정적 속에서 멜리사가 다가오자 비어드는 몸의 흥분을 억누를 수 없었고, 그녀가 그걸 아는 게 훤히 보여서 더 흥분되었다. 초라한 쟁반—아마레토 한 병, 거의 빈 조니워커 한 병, 베일리스 한 병—옆에서 새로운 각도로 본 멜리사는 얼굴빛이 달랐다. 피부가 고와지고 혈색이 좋아지게 해주는 임신 첫 삼 개월의 호르몬이 작용한 듯했다. 벌써? 그건 잘 몰랐지만 어쨌든 이렇게 예쁘고 젊어 보인 적이 없는 건 사실이었다. 그녀가 가까이 와서 섰을 때 비어드는 방금 자신을 속인 그녀를 비난했고 그 비난은 정당했음을 상기해야만 했다. 그녀의 유혹을 받아들일 수는 없었다. 그녀는 정직하지 못했으니까. 하지만 달리 생각하면 성적 욕구의 해소가 면역력을 키워 더 분명하게 사고하고 생명을 거부하는 자기 입장을 더 강하게 주장할 수 있도록 도와줄지도 몰랐다.

멜리사가 말했다. "난 내 아기의 아버지가 될 자격을 갖춘 사람이 나타날 때까지 아기를 가져선 안 된다는 생각으로 세월을 낭비했어요. 그동안 많은 멍청이와 나쁜 놈이 시간을 빼앗았죠—내 잘못이기도 하지만. 난 당신이 그 자격을 갖췄다고 생각해요. 마이클, 당신 스스로 그렇게 생각하지 않는다 해도 상관없어요. 그래도 난 밀고 나갈 거니까. 당신이 곁에 없다면 슬프겠지만 아무것도 없는 것만큼 슬프진 않겠죠. 오늘밤 당장 아니면 다음달까지 결정할 필요는 없어요. 지금 싫다고 하고 나중에 마음을 바꿔도 돼요. 어쩌면 아기를 보고 마음이 바뀔지도 모르죠. 그럴 수 있어요. 한 가지 분명한 건—난 이 문제로 당신과 언쟁할 생각이 없다는 거예요. 결사반대라면 떠나도 좋아요. 그랬다가 다시 돌아와도 되고요."

"내 나이 일흔이 다 되어야 아이가 겨우 열 살이야. 자식을 가져봐야 무슨 소용이 있어?"

"좋아요. 그럼 당신은 빠져요. 하지만 당신도 일흔 살에 열 살짜리 아이를 사랑하고 그 아이에게 사랑받는 걸 축복으로 여기게 될 거예요."

축복? 그런 말은 어디서 배웠을까? 비어드는 멜리사가 그런 말을 하는 걸 들어본 적이 없었다.

"그리고 한 가지 더 있어요."

멜리사가 달콤한 목소리로 말했다. 그녀는 그렇게 확고했다. 그녀는 이 새로운 풍경의 험준한 바위와 절벽을 평평하게 만들었고 그는 그 속에서 헤매는 중이었다—완전히 길을 잃었지만 위험하지 않다고 그녀는 암시하고 있었다.

"당신은 아버지가 되게 해달라고 말한 적 없어요. 경제적 지원은 요구하지 않을게요. 난 저축도 있고 가게도 있어요. 당신이 도움을 준다면 그만큼 더 좋겠죠. 우리 곁에 있고 싶다면 더 좋고요."

우리. 작은 점만한 실체가 이미 버젓이 사회적 존재가 된 것이다. 비어드는 그녀의 술책에 넘어가 부당한 일을 당하고 있는 기분이었다. 멜리사가 이토록 효율적으로 무시하는 일반적 원칙을 조리 있게 밝히기에 그는 너무 둔했다. 나는 아무 권리도 없을까? 아이를 없애라고 명령할 수는 없었다. 그럼 내가 원하는 건 무엇인가? 그는 원점으로 돌아가려고 했다.

"당신 곁에 있든 떠나든, 돈을 주든 안 주든 난 당신 아이의 아버지가 되는 거야. 내 의지에 반해서. 내가 뭐라고 할지 알아서 당신은 나한테 묻지도 않았다고."

"아이도 안 보고 아무 도움도 안 줄 거면 당신에겐 별로 달라질 것도 없잖아요."

"그건 당신이 할 말이 아니지. 게다가 당신 말은 틀렸어. 완전히. 아이가 있는데 안 보는 것과 아이가 없는 게 정말 같다고 생각해? 당신은 내가 원하지도 않는 선택을 강요하고 있어."

비어드는 약간 열을 올렸고 자신의 말을 믿었지만 너무 추상적인 것 같긴 했다. 그가 반대하는 진짜 이유들은 아직 언어의 형태를 갖추지 못한 채 안개 속에 놓여 있었다.

멜리사는 그런 반응을 예상했던 게 분명했다. 그녀는 침착하게 돌아서서 식탁을 차리기 시작했다. 그러곤 아무 감정 없이 그의 팔을 잡고서 그를 보지도 않고 달래는 듯한 목소리로 말했다.

"마이클, 내 입장도 좀 생각해줘요. 난 당신을 사랑하고 아기를 원하는데, 다른 남자는 원하지 않는데, 당신을 자주 만날 수도 없고 언제 만날지 알 수도 없어요. 다른 여자들을 만나는 건 알아요. 그런데 당신은 내게 더 가까이 다가오지도, 나를 떠나지도 않죠. 그렇게 사 년이 흘렀고요. 이대로 세월만 보내다 난 폐경이 될 거예요. 그건 당신의 무언의 강요에 의한 선택이겠죠."

그것은 부당한 거래처럼 들렸다. 하지만 그녀는 얼마든지 그를 차버릴 수 있었다. 비어드는 자신의 팔을 잡은 멜리사의 손에 손을 포갰다. 일종의 사과였다.

멜리사는 스토브의 캐서롤 냄비를 식탁 냄비받침에 올려놓고 비어드에게 와인병을 건네 따게 했다. 질 좋은 코르비에르 와인이었고 그 혼자 마시게 될 터였다. 멜리사의 잔에 5센티미터쯤 따라놓은 화이트와인은 거의 그대로였다. 비어드는 자리에 앉을 때 베를린 테겔공항에서 멜리사에게 선물하려고 사온 목욕용 오일과 쌉싸름한 초콜릿 민트가 떠올랐다. 하지만 지금은 선물을 줄 분위기가 아니었다. 멜리사가 스튜를 뜨는 동안 침묵이 흘렀다. 그녀는 그에 대한 비난으로 그의 반발을 무력화했다. 비어드는 자신의 여자관계에 대해 그녀가 모를 거라고 생각하지는 않았지만 너무도 차분하게 그 이야기를 꺼내서 충격에 빠졌다. 아니, 흥분에 젖었다. 포크를 들며 그는 시트와 베개가 빙퇴석처럼 펼쳐진 사주식 침대에서 멜리사와 밀라노에서 잠깐 만난 여자가 알몸으로 사이좋게, 기대에 찬 얼굴로 무릎을 짚으며 일어나는 장면을 마치 두뇌의 영상이 망막에 맺힌 듯 또렷이 보았다. 성인 잡지의 펼침면 사진처럼 조명이 어두웠고 중앙에 박힌 스테이플러 침까지 보였다. 비어드는 눈을 깜빡여 그 장면을 지우고 음식을 먹기 시작했다. 하지만 그 몽상에 목이 꽉 막혀 첫 한입은 삼키기 힘들었다. 멜리사는 논리적으로 자신의 정당성을 주장했는데 그는 허둥대고 있었다. 자신이 옳다는 걸 아는데도 잘못한 사람이 되어 있었고 간단한 문제를 놓고 혼란에 빠져 있었다. 멜리사가 그의 여자 문제로 화제를 돌렸기 때문이었다.

비어드는 잠시 더 침묵하다가 불평이 아닌 진지함을 담은 목소리로 말했다. "멜리사, 문제는, 당신이 이대로 밀고 나간다면 내겐 선택의 여지가 없다는 거야. 어떻게 내 아이의 존재를 모른 척할 수 있겠어? 나한테는 불가능한 일이야. 당신도 그렇게 믿는 것 같고 그래서 반대하는 거야. 이건 일종의 협박이고……"

그 말이 그들의 머리 위에 무겁게 자리했고 비어드는 마침내 속시원히 말다툼을 벌이겠구나 생각했다. 하지만 멜리사는 차분하고 조용한 임산부의 모습으로 생각에 잠긴 채 음식을 씹고 있었다. 그녀는 다른 때보다 더 많이 먹었다.

"당신이 우리 아기를 모른 척하지 못할 거라 믿고 벌인 일은 아녜요. 실제로 당신이 그런 사람이라면 나로선 행복하고요. 당신이 화낼 줄 알았고 비난할 생각은 없어요. 실수였다고 말할까도 생각해봤지만 그건 용납이 안 됐어요."

피임 사기는 잘만 치더니. 하지만 비어드는 그런 말을 하고 싶진 않았고 미래가 훤히 보인다는 말도 차마 나오지 않았다. 그는 그래도 결혼에 굴복한 건 아니라고 여기며 잠깐의 행복을 즐기다가 점점 쓸모없고 못 미더운 가짜 남편이 될 거고 자연히 쓸모없고 못 미더운 아버지로 전락할 게 뻔했다. 그것이 멜리사의 선택이었고 그녀에겐 선택권이 있었다. 중절을 하든 아기를 낳든, 그게 여자들이 걸어온 길이었다. 어쩌면 그로선 할 수 있는 게 없는지도 몰랐다. 지금은 멜리사가 그에게 책임을 면제해줬지만 앞으로도 계속 그럴 순 없을 터였다. 막상 삶이 바뀌면, 둘이 소리지르며 싸우고 아기는 빽빽 울어대고 그가 문을 쾅 닫고 나가 요란하게 차 시동을 거는 피곤하고 화나는 장면이 되풀이되면 그녀의 마음도 바뀔 터였다. 지금이야 이 아기가 첫 장애물을 무사히 통과할 수 있도록 진화가 속임수를 쓴 탓에 낙천적인 호르몬에 취해 의심할 줄 모르는 뇌로 무슨 말을 하건, 그때가 되면 그녀도 모든 게 그의 탓임을 알게 될 터였다.

비어드는 잔을 다시 채우며 자신의 투지가, 비난의 독기가 경솔한 운명론에 무너지는 걸 느꼈다. 그는 골치 아픈 문제는 제쳐두고 이 저녁시간을 올바른 궤도로 돌려놓고 싶었다—아름답고 거의 젊기까지 한 이 여자와 다정한 대화를 나누고, 그녀의 푸짐한 요리와 진한 와인을 음미하고, 섹스와 나른한 포옹, 잠을 향해 가고 싶었다. 그가 나태하고 쾌락적이라서일까, 아니면 온당한 삶의 욕구를 긍정하고 있기 때문일까? 그는 답을 알았다. 그는 식탁 너머로 손을 뻗어 멜리사의 손을 잡았다.

"솔직하게 말해줘서 기뻐. 고마워."

그는 멜리사의 손을 잡은 채 가시 돋친 말을 해서 미안하다고, 물론 당신은 협박하는 게 아니라고, 다시 당신과 함께 있게 되어 너무도 행복하다고, 당신 말이 옳다고, 우린 싸워선 안 된다고 말했다. 멜리사는 최면술사라도 되는 양 그의 얼굴을 빤히 응시하고 있었다. 그 눈에 다시 물기가 어렸다. 그녀는 일어나서 그의 옆으로 와 무릎을 꿇었고 두 사람은 진한 키스를 나눴다. 그녀가 제자리로 돌아갔을 때는 모든 게 해결된 듯했고 그들은 식사를 계속했다. 비어드는 닭고기와 칠리 스튜를 3인분이나 먹어치우며 일과 여행에 대해 이야기했다. 포츠담에서 열린 학회, 뉴멕시코에서 온 최신 소식, MIT에도 인공광합성 과정을 연구하는 팀이 있지만 자기보다 십팔 개월이나 뒤져 있다는 것, 설계의 단순성, 가동부가 없는 아름다움, 옥스퍼드팀에서 태양광 반사판의 최적 형상을 계산했는데 자신이 기대했던 포물선이 아니라는 것.

비어드는 아기와 거리를 두고 멜리사의 머릿속에 아기 대신 자신의 아이디어를, 자신의 아기를 집어넣느라 그녀를 지루하게 만들고 있는 게 분명했다. 멜리사는 가끔 질문을 던져 이야기를 유도하긴 했지만 대부분 침묵을 지키며 심하게 비이성적인 관대함으로 그를 바라보고 있었다. 그녀는 대머리 뚱보인 비어드를 진지함과 숭고한 목적의 정수로, 그녀가 그토록 보살펴주고 싶었던 아버지이자 그녀의 아이의 아버지로, 아직 자신의 운명과 사랑에 빠지지 않았지만 결국은 그렇게 될 아버지로 차분히 이해하고 사랑하고 있었다.

비어드는 자기 딴에는 쉬운 말로 최근의 흥분되는 소식을 전했다―광자당 전자를 하나가 아니라 두 개를, 그리고 언젠가는 세 개까지도 얻을 수 있다니! 멜리사는 그 이야기를 들으며 그가 좋아하는, 기쁨을 거의 완벽하게 통제해 뾰로통해 보이는 찡그린 미소를 짓고 있었다. 하지만 그가 하는 이야기는 전혀 재미있지 않았다. 그녀는 그보다는 나은 이야기를 들을 자격이 있었다. 그래서 그는 기차에서 겪은 일을 이야기하기 시작했고 아직 배가 부르고 몸이 뜨거워서 소파로 가자고 제안했다.

사보이호텔에서 그 이야기를 할 때는 사건에 대한 기억에만 의존했다. 하지만 이제 그의 이야기에는 세 요소가 포함되어 있었다―그 사건에 대한 기억, 사보이호텔에서 처음 그 이야기를 한 기억, 그리고 식후의 재미난 이야기로 멜리사를 웃게 하고 그녀가 자신을 더 좋아하게 하고 잠시라도 둘의 진짜 문제에서 벗어나고 싶은 욕구. 지금 그가 강조하거나 수정하거나 덧붙이는 것들은 모두 충분히 그럴듯했고 그중 일부는 진실이었다. 그는 강연할 때 이용했던 표현 방식과 멈춤, 속도를 표절했다. 기차 앞자리에 앉았던 젊은 남자를 더 거구에 위협적인 모습으로 만들고 자신은 완전히 얼빠진 바보, 충동적이고 탐욕적이고 남 탓 잘하는 인간으로 묘사했다. 결말을 향해 가면서 젊은 남자가 머리 위 선반에서 가방을 내려준 대목에서는 그의 참을성 많고 성인 같은 태도를 과장했다. 그리고 타고난 이야기꾼의 감각으로, 멜리사가 깨달음의 순간을 예측할 수 있거나 그 효과가 약화될 만한 내용은 철저히 배제했고, 마침내 그는 주머니에 손을 넣었다가 자신의 감자칩 봉지를 발견했다.

그렇게 미리 정보를 주지 않는 방식은 제대로 먹혔다. 멜리사는 그가 기대한 순간 놀라서 탄성을 내질렀다. 그녀는 양손으로 그의 머리를 잡고 흔들며 말했다. "이 바보 멍청이! 아, 내가 거기 있어야 했는데!" 그녀는 웃으면서 아직 그대로 남아 있는 자신의 와인을 가져왔다. 그들은 키스하고 함께 웃다가 포옹했다. 멜리사가 몸을 빼며 말했다. "이 깡패!" 그리고 경탄스럽게 덧붙였다. "그 사람 너무 딱해!"

이윽고 흥분이 가시자 그녀가 옆으로 바싹 다가앉으며 말했다. "그런데, 그런 일이 아이번한테도 일어난 거 알아요? 우리 가게에서 일하는 아이번 기억나요?"

비어드는 아이번 이야기를 듣고 싶은 마음이 없었다. 그는 힘들게 일어나서 짐짓 장난스럽게 고개를 숙이고 손을 내밀어 멜리사를 침실로 이끌었고 거기서 말없이 그녀의 옷을 벗겼다. 멜리사는 이런 식으로 그는 옷을 다 입고 있고 자신이 먼저 알몸이 되는 걸 좋아했다. 비어드는 그쪽 방면으로 아는 게 없었지만 다른 세기에는 편안하고 부드러운 그녀의 몸매가 여성미의 이상적인 형태로 여겨졌을 거라고 확신했다. 어깨가 좁고 골반은 넓고 가슴은 풍만하고 척추 밑 푸짐한 엉덩이 바로 위에 보조개처럼 오목한 부분이 두 군데 있었다. 비어드는 그곳에 키스했다. 그는 침대 가장자리에 앉아 있었고 그녀도 돌아서서 그의 허벅지에 앉아 두 팔로 목을 감싸안았다. 그의 이마에 코를 비비다가 입을 맞췄고 그는 그녀의 가슴에 키스했다. 하지만 미녀라고 무게가 없는 건 아니었다. 부실한 무릎의 타는 듯한 통증이 심해져갔고 다음 자세로 넘어가지 않으면 금방이라도 뼈 위의 인대가 끊어질 것만 같았다. 하지만 그녀가 사랑한다고 말하고 있어서, 얼마나 사랑하는지 모른다고 속삭이고 있어서 참아야 했다.

이윽고 그는 멜리사에게는 열정의 표시로 받아들여진 신음을 토해내며 그녀를 안아 침대에 뉘고 이불을 젖혔다. 침실은 그가 좋아하는 온도보다 서늘한 편이었다. 그는 오랜 세월 단련된 날랜 솜씨로 옷을 벗고 그녀 곁에 누워 어떤 여자들에게는 지나치게 전문적이라 느껴질 수도 있는 방식으로 애무했다. 떨어져 있다가 만나면 멜리사는 늘 빨리 시작하고 싶어 안달했는데 지금은 엄지와 검지를 고리 모양으로 구부려 페니스를 끼우고 부드럽게 움직여 그를 황홀하게 해주면서도 이야기가 하고 싶은 듯했다. 처음에 비어드는 그녀를 어루만지고 키스하고 그녀의 손길에 짜릿한 쾌감을 느끼는 데 열중해서 그녀의 말에는 거의 관심을 기울이지 않았다. 토막토막 끊어진 말들이 마치 다이버 앞에 산호초 물고기들이 나타나듯 무작위로 선명하게 다가왔다가 사라졌다. 마침내 그는 멜리사가 임신 이야기를 하고 있음을 깨달았다. 왜 지금 그 이야기를 하는 걸까? 하지만 당연하지 않은가—달리 무슨 이야기를 하겠는가? 그녀로서는 전혀 화제의 전환이 아니었다. 섹스, 아기, 젖가슴, 사랑은 무수한 세월 동안 끊어지지 않는 황금의 실이었다. 그의 팔다리를 결박하는 밧줄도, 마지막 활동단계에 접어든 삶이 의미와 위대한 목적으로 충만해

보이는 바로 그때 가까운 대들보에서 목을 맬 밧줄도 아니었다. 비어드는 조바심을 억누르며 눈을 뜨고 천장을 똑바로 응시한 채 그녀의 말을 들었다.

"……만난 적도 없는 사람을 사랑하는 것 같지만, 그렇지도 않아요. 우린 만났으니까. 우린 처음부터 서로를 알았으니까. 마이클, 나도 이럴 줄은 몰랐어요. 이렇게 빨리 시작될 줄은. 벌써 시작됐어요. 난 벌써 우리 아기를, 불쑥 나타나 우리에게 다가오고 있는 이애를, 내 몸속 어디선가 어두운 곳에 웅크리고서 매시간 커가며 우리를 만나러 오고 있는 딸인지, 아들인지 모를 이 작은 사람을 벌써 사랑해요. 가끔 그 사랑이 너무 격렬해서 가슴이 아릴 정도라니까요. 사랑의 열병에 걸린 사람처럼 계속 한숨을 쉬고요. 바보 같은 소리지만, 러시아인형처럼 사람 속에서 사람이 나오는 게 신기하고 놀랍지 않아요? 너무 신기하고도 평범한 일이죠. 너무 행복해요. 나 지금 말도 안 되는 소리를 하고 있죠. 당신을 사랑해요. 내 뱃속의 아기를 사랑해요. 그리고 당신도 이 아기를 사랑하게 되면 좋겠어요. 마이클, 당신은 그렇게 될 거예요. 그럴 거라고 말해줘요. 이 아기를 사랑한다고 말해줘요……"

그녀는 비어드를 끌어당겼고 둘은 한몸이 되었다. 그녀가 애처롭게 말했다. "그럴 거라고 말해줘요. 제발……" 그 애원을 들어주지 않는 건 무례한 짓이었다. "그래." 비어드는 그렇게 대답하고 그녀에게 키스하며 거짓말은 아닐 수도 있다고 생각했다. 미래는 알 수 없는 것이고 자신이 이 아이를, 만일 아이가 태어난다면 자신의 방식으로 사랑하는 게 아예 상상조차 못할 일은 아니니까. 그리고 지금 무슨 말을 하든 시간과 사건들이 마구 휘저어놓을 테니까. 그리고 성교는 고유의 언어와 규칙, 진실을 지닌 하나의 독립된, 매혹적인 세계니까.

멜리사는 쾌락을 쉽게 받아들였다. 요란하게 신음소리를 내고 등을 할퀴어댔다. 그것은 그의 취향에도 맞았지만 오늘밤은 아니었다. 둘이 껴안고 뒹굴며 그녀의 매끄러운 피부가 땀으로 미끌거리고 커져가는 교성이 그의 왼쪽 귀를 울렸지만 그는 더이상 완전히 몰입할 수 없고 마음이 심란해졌다. 임신 이야기를 꺼내지 않았다면 좋았을걸. 한참 시간이 흐르고 이제 섹스의 예의상 그녀와 함께 신음을 내지르며 최후의 오르가슴으로 돌진해야 할 순간이 다가오고 있었지만 그는 준비가 되지 않았고 어쩌면 실패할지도 몰랐다. 그래서 마지막 순간 익숙한 빈 극장으로 들어가 맨 앞좌석에 앉아서 그가 아는 몇 명의 여자를 불가능한 속도로 연달아 무대에 세우며 오디션을 실시했다. 그들은 신기하게도 그와 관련된 각각의 다른 장면에 나타나 실험적인 태도를 보였다. 그는 밀라노 여자를 불러냈다가 내치고 이란 생물물리학자를, 오래된 대기자 퍼트리스를 불렀다. 하지만 결국 올바른 선택을 할 수 있었다. 한쪽 팔이 여윈 공항 입국 심사원이었다. 그는 그녀를 심사대에서 침착하게 걸어나오도록 했고 둘은 그녀의 책상에 기대어, 여권을 들고 지루하게 기다리고 있는 오백 명의 승객 앞에서 섹스를 했다. 무심한 구경꾼들 앞에서 섹스하는 환상은 묘하게 그를 흥분시켰고 이번에도 효과가 있었다. 그는 때맞춰 절정에 이르렀다.

환상에서 벗어나 멜리사의 침대로 돌아오니 그녀가 얼굴에 키스하며 속삭이고 있었다. "내 사랑. 고마워요. 사랑해요. 마이클, 사랑해요. 사랑스럽고 사랑스러운 사람."

비어드는 옆 동네에서 떠다니는 경찰 헬리콥터 소리 때문에 잠이 깬 줄 알았지만 완전히 정신을 차려보니 헬리콥터는 북쪽으로 날아가고 이웃집에서 컹컹대는 개가 소음의 주범이었다. 손에는 멜리사의 머리칼이 감겨 있고 그녀의 오른다리가 그의 다리 위에 걸쳐져 있었다. 그는 몸을 뺀 다음 그녀가 잠결에 짜증스럽게 웅얼대는 동안 가만히 누워서 기다렸다. 이윽고 그녀가 다시 잠잠해지자 그는 이불을 빠져나왔다. 도시의 침실은 완전히 캄캄할 수 없었고 그는 재빨리 문으로 가서 알몸으로 복도를 지나 욕실로 갔다.

검은 점판암 바닥은 밤새 난방을 넣어서 차가운 흰 발에 닿는 감촉이 좋았다. 지구가 멸망하든 말든 무슨 상관이야. 그는 욕실에 거울이 몇 개 있다는 게 기억나서—그중 하나는 벽 한 면 전체를 차지하고 있었다—조명을 더 낮추고 세면대로 가서 물을 마셨다. 그다음 소변을 보고 나무로 된 변좌와 변기 뚜껑을 덮었다. 그리고 삼 년 전 멜리사가 크리스마스 선물로 사준 주홍색 목욕가운을 걸치고 허리끈을 맨 다음 변기에 앉았다.

이따금 오르가슴이 불면증을 일으켰다. 거실로 가면 더 편안하겠지만 그건 각성상태를, 다음날을, 그의 존재의 다음 장을 용인하는 행위가 될 터였다. 기분이 고약했다. 그는 망각을 원했고 욕실은 임시 장소, 잠으로 가는 대기실이었다. 그는 왜 이렇게 기분이 나쁜지 이해할 수 없었다. 어제 마신 술의 총량을 계산하고—평균적인 양이었다—늘 하는 결심을 하려다 말았다. 어제 늦은 아침의 자신, 이를테면 베를린에서 돌아오는 비행기의 햇살이 환히 비치는 좌석에 기대앉아 진토닉을 손에 들고 있던 자신에겐 경쟁 상대가 못 된다는 걸 알았기 때문이다. 비행기에서 뭘 읽었지? 합리적인 인간에게 달리 어떤 관심사가 있겠는가? 보고서 세 개를 연달아 읽었다. 첫번째는 석유산업 내부자들이 쓴 보고서 초안으로, 향후 오 년에서 팔 년 안에 석유 생산량이 정점에 이를 거라는 내용이었다. 이 문제를 되돌리기엔 시간이 너무 없었다. 두번째 보고서 역시 초안으로 가을 출간 예정이었고 지구상의 포유동물 4분의 1이 위기에 처해 있고 대멸종이 이미 진행중이라는 내용이었다. 세번째는 북극 여름의 빙산에 대한 자료를 조사한 학술논문으로 빙산이 사라지는 시기를 2045년으로 예상하고 있었다.

인간이 초래한 그런 문제들에 대해 읽으며 불행했던가? 전혀. 만족스러운 상태였다. 이맛살을 모으고 진지하게 일에 몰두해 그때만큼은 점심식사 생각도 하지 않고 중요한 내용에 표시를 하거나 전문가로서 반대하는 부분에는 연필로 밑줄을 긋거나 화살표 혹은 풍선 모양으로 표시를 하고 있었으니까. 왼편의 타원형 창문은 하늘색 성층권을 담고 있었고 10킬로미터 아래는 수세기 동안의 피비린내 나는 전투로 평평해진 북독일의 나무 없는 평원이 펼쳐져 있었다. 평원은 나무 없는 네덜란드로, 몬드리안의 들판으로 이어졌다. 또한 왼편의 구름 위에 높이 뜬 남쪽의 태양이 그의 노고를 빛내고 치켜세우기 위해 광자를 쏟아내고 있었다. 그러니 어떻게 진토닉을 포기할 수 있겠는가?

하지만 새벽 네시 오크목과 도기로 이루어진 받침대에 블레이크의 〈뉴턴〉*처럼 웅크리고 앉아 너무 피곤한 탓에 잠을 이루지

---

* 영국의 낭만주의 시인이자 화가 윌리엄 블레이크의 동판화. 대영도서관에 있는 파올로치의 조형물은 이 작품을 모티프로 했다.

못하는 지금 그는 불행했다. 알코올이 불면증의 한 원인이 되었다—그는 목이 마르고 진이 다 빠지고 신경이 예민했다. 평소의 불안 덩어리가 난방이 과한 욕실의 어둠 속에서 그의 앞에 나타났다. 전부 관념적인 문제는 아니었다. 일부는 분명한 실체가 있었다. 체중, 아무래도 요즘 너무 불규칙하게 뛰는 듯한 심장, 앉았다 일어날 때 느껴지는 현기증, 무릎 통증, 신장, 가슴, 늘 그를 괴롭히거나 가까이 있는 질식할 듯한 피로감, 몇 달 전부터 자줏빛으로 변한 손등의 붉은 반점, 늘 귓가를 떠나지 않고 지금도 위잉거리는 이명, 역시 지속적인 왼손 저림. 그는 그런 증상들이 범죄처럼 느껴졌다. 의사를 찾아가 자백을 해야 했다. 하지만 유죄선고를 듣고 싶지 않았다.

그리고 도싯 스퀘어에 있는 지저분한 지하 아파트도 버림받은 친구처럼 그를 나무라고 있었다. 언제 돌아올 거지? 그의 마음을 무겁게 하는 것 중 하나는 산더미처럼 쌓여 있을 우편물이었다. 톰 올더스의 아버지가 보낸 편지들도 있었는데, 그는 비어드를 만나 아들에 대한 추억을 나누고 싶어했다. 어쩌란 말인가? 지금 비어드는 오 년이 지난 후에도 아들의 죽음을 슬퍼하는 늙은 아버지의 고통까지 짊어질 처지가 아니었다. 그리고 인공광합성 프로젝트도 늘 불안했다. 실리콘밸리 벤처 투자자들이 결국 마음을 열고 돈을 풀까? 뉴멕시코 목장주 존 P. 헤들리 3세가 내일 미국 대사관에서 그의 대리인과 비어드가 서류에 서명하기 전 마음을 바꾸진 않을까? 물에서 기체를 더 저렴한 비용으로 얻어내고 그것들의 재결합을 막을 수 있을까? 촉매는 반드시 산화물이어야 할까? 이 문제를 계속 생각하다보면 아침까지 잠을 이루지 못할 터였다. 차라리 멜리사가 전한 소식을 생각하는 게 더 쉬웠다. 그녀가 이렇게 감쪽같이 속일 줄 상상이나 할 수 있었나? 이 문제, 그러니까 임신에 대해서는 세 시간의 수면이 얼마간의 확신을 주었다. 그는 아이가 태어나선 안 된다는 걸, 절대 그걸 허용할 수 없고 멜리사의 뱃속에 있는 소인은 순수한 사고思考의 영역으로 후퇴해야 한다는 걸 직감으로 알았다. 멜리사를 설득할 수 있으리란 건 의심치 않았다. 그녀는 그가 자신을 어떻게 생각하는지에 대해 신경썼다. 그녀가 더 많이 사랑한다는 게 그가 가진 힘의 확실한 근원이었다.

이럴 때 톰 올더스가 생각났다. 키가 멀대같이 크고 뼈대도 굵고 치아도 큰 올더스. 그는 아이디어가 넘쳤고 그것들이 전부 쓸모없진 않았다. 오래전 세상에서 잊힌 불쌍한 톰. 비어드는 자신이 원망스러울 지경이었다. 퍼트리스의 아버지가 선물한 그 우스꽝스러운 깔개에 대못을 박아 마룻바닥에 고정했어야 했다. 애초에 퍼트리스가 반들거리는 마루를 깔자고 고집했을 때 반대했어야 했다. 그 흉한 유리테이블을 취향이 아닌 안전을 이유로 거부했어야 했다. 올더스가 권리도 없이 그 집에 있었던 게 잘못이라고 할 순 없지만 비어드가 바로 내쫓았다면, 그의, 비어드의 목욕가운 바람으로 인정사정없이 추운 거리로 내몰아 자기 삼촌 집으로 돌아가게 했다면 목숨은 구할 수 있었을 것이다.

하지만 비어드는 너무 심하게 자책할 건 없다고 생각했다. 그 젊은이의 정신을 계속 살아 있게 하는 건 바로 자신이니까. 사 년 전, 당시에는 세들어 살았고 지금은 무책임하게 소유하고 있는 지하 아파트에서 비어드는 악취나는 소파에, 아직도 그 자리에서 악취를 풍기는 소파에 널브러져서 남들은 불가능한 방식으로 톰의 연구의 진정한 가치를 보았다. 비어드의 연구가 아인슈타인의 연구를 토대로 한 것이듯 톰의 연구는 비어드의 연구를 토대로 한 것이었다. 그후로 비어드는 땀흘려 일했고 아직도 열심히 뛰고 있었다. 특허를 따고, 컨소시엄을 조직하고, 연구를 진행하고, 벤처 자금을 끌어들였다. 이 모든 것이 결합되면 세상은 더 나은 곳이 될 것이다. 합당한 수익 외에 비어드가 요구하는 건 그 연구를 자신의 단독 소유로 하는 것뿐이었다. 죽은 사람에게 우선권이나 독창성이 무슨 의미가 있겠는가? 게다가 긴급한 문제를 다룰 때는 누구 이름이 들어가는지 따위의 디테일은 의미가 없었다. 유일하게 중요한 의미는 올더스의 연구의 본질이 오래도록 남을 거라는 점이었다.

그동안의 시간은 얼마나 영웅적이었던가. 처음에는 올더스의 연구를 천천히 이해해나갔고, 저녁때는 소파에 널브러진 자세 그대로 텔레비전 뉴스를 보았고, 법원 판결이 내려졌고, 전처가 될 아내가 법원 밖에서 떨리는 목소리로 분명하게 소신을 밝혀 언론의 사랑을 받는 인물로 확고히 자리매김하는 장면을 지켜봤다. 건축업자 타핀으로 말할 것 같으면—퍼트리스와 놀아난데다 그녀 눈에 멍까지 들게 하는 두 가지 범죄를 저질렀으니 억울한 누명을 쓰고 파멸한다 해도 마음에 걸릴 게 없었다.

불면증이 삶의 고민 중 무엇을 좋아할지는 아무도 예측할 수 없다. 한낮의 최상의 컨디션에서도 무엇을 고민할지 자유로이 선택하기는 힘들다. 겨울의 동이 터오기 몇 시간 전인 지금, 건강과 돈, 일, 임박한 임신중절, 사고사만큼 그의 신경을 긁는 건 사보이호텔에서 만난 그 강사인지 교수인지라는 레몬, 아니 멜런이었다. 앞으로 튀어나온 턱수염과 집요한 시선의 그 작자는 비어드를 거짓 이야기나 지어내는 사기꾼에 표절자로 몰아붙였다. 하지만 진짜 도둑은 멜런이었다. 비어드가 진짜 겪은 일을 멋대로 가져다가 학문적 흥밋거리로, 대중적 망상의 사례로, 야한 농담처럼 퍼지는 전염성 강한 이야기로 전락시켰으니까. 비어드는 불면의 공상 속에서 자기 손이 멜런의 목을 조르는 광경을 보았고, 이윽고 멜런은 털썩 무릎을 꿇고 숨을 헐떡거리며 사죄했다.

비어드는 강압적인 면은 있어도 누구에게 폭력을 가한 적은 없었다. 심지어 어렸을 때조차도. 하지만 공상 속에서는 갑작스레 폭력을 행사해 적을 놀래곤 했다. 지금 비어드는 살짝 맥박이 빨라지면서 기분이 상쾌해졌고 잠은 더 멀리 달아났다. 낙관주의가 다시 고개를 드는 느낌이었다. 그에게는 아직 많은 가능성이 있었다.

예를 들어 그를 매료한 아이디어가 하나 있는데 동업자 토비 해머도 진지하게 받아들여주었으면 싶었다. 곧 유럽에서 탄소거래제가 실시될 테고 언젠가 미국도 그럴 것이었다. 그 아이디어란 수백 톤의 철가루를 바다에 넣어 풍부해진 물의 영양분으로 플랑크톤을 번성시키는 것이었다. 플랑크톤은 자라면서 공기 중의 이산화탄소를 흡수하기 때문이었다. 정확한 흡수량을 계산해 탄소배출권을 획득하고 탄소거래제에 따라 중공업회사에 팔 수 있었다. 만일 석탄을 때는 회사에서 배출권을 충분히 사들이면 당당히 탄소중립을 주장할 수 있었다. 유럽 시장이 완전히 구축되기 전 경쟁에서 앞서가는 게 중요했다. 배와 철가루를 공급받아야 하고, 적당한 장소도 찾아야 하고, 법적인 준비도 마쳐야 했다. 토비 해머가 일을 진행해야 했다. 분명 나름의 은밀한 계획이 있는 몇몇 해양생물학자가 그의 아이디어에 대한 소문을 듣고 먹이사슬의 기반을 뒤흔드는 일은 위험하다고 주장하는 글을 신문에 싣고 있었다. 타당한 과학적 근거로 그들을 물리쳐야 했다. 비어드는 이미 반박문 두 편을 준비해놓았지만 때를 기다리는 게 중요했다.

비어드는 한밤중에 주홍색 가운을 입고 왕좌에 앉은 왕처럼 당당한 태도로 자신의 최근 삶을 조망했다. 철가루 아이디어가 그에게 결연한 목적의식을, 여기서 무너질 순 없다는 사실을 상기시켰다. 그는 뉴멕시코에 160헥타르의 땅을 확보할 작정이었다. 그곳에는 금방이라도 쓰러질 듯한 나무 전봇대 위로 완전히 멀쩡한 구식 전선이 지나갔고 물을 공급받을 곳도 있었다. 언젠가는 투명 코일관이 빽빽하게 들어찬 유리판들이 태양을 향해 기울어진 채 초원을 뒤덮어 빛나는 바다를 이룰 것이고 사실상 공짜로 빛과 물에서 수소와 산소를 만들어낼 것이다. 그리고 압축기가 거대한 탱크에 수소를 저장할 것이다. 산소와 수소는 재결합해서 연료전지 발전기를 가동할 것이다. 발전소에서 밤낮으로 로즈버그에 전력을 공급해 그 좁은 땅덩어리의 네온을 밝힐 것이다. 그러다 발전량이 증가하면 주변 지역—레드록, 버든, 코튼시티, 그리고 실버시티—까지 혜택을 받을 것이다. 세계가 그걸 보고 달려올 것이다.

이윽고 그는 가운을 여미고 일어나 어두운 거실로 나가서 자신이 어질러놓은 물건들을 넘어 부엌으로 갔다. 어둠 속에서 사람 키만한 냉장고 앞에 서서 잠시 주저하다가 60센티미터 길이의 손잡이를 잡아당겼다. 냉장고 문이 키스할 때처럼 부드럽게 빨아들이는 소리를 내며 유혹하듯 열렸다. 은은한 조명이 비치는 선반들은 밤의 유리 고층빌딩처럼 다양해서 고려할 게 많았다. 자주색 양상추와 멜리사가 손수 만든 잼 사이에 아까 먹고 남은 닭고기 스튜가 흰 그릇에 담겨 포일에 덮인 채 놓여 있었다. 냉동칸에는 반 리터들이 다크초콜릿 아이스크림이 있었다. 다른 걸 먹는 동안 아이스크림은 녹을 터였다. 그는 서랍에서 숟가락을 꺼내고(그거면 두 가지 다 먹을 수 있었다) 식탁에 앉아 포일을 벗기는데 벌써 원기를 되찾은 듯한 기분이 들었다.

3부

2009

마이클 비어드가 외동아들이라는 말을 듣고 놀라는 사람은 아무도 없었고 그 자신도 형제애가 뭔지 모른다는 걸 서슴없이 시인했다. 깡마른 미인이었던 그의 어머니 앤절라는 아들을 애지중지했고 그 마음을 음식으로 표현했다. 그녀는 아들을 분유로 키우며 열성적으로 필요량보다 많이 먹였다. 비어드는 노벨물리학상을 받기 사십 년쯤 전 콜드 노턴 지역 우량아 선발대회 육개월 이하 부문에서 정상에 올랐다. 전후의 곤궁했던 시절이라 처칠처럼 턱살이 여러 겹으로 늘어진 뚱뚱한 우량아가 예쁜 아기의 이상이었고 거기엔 어서 배급제가 끝나고 풍요의 시대가 도래하기를 염원하는 마음이 담겨 있었다. 아기들은 농산물 품평회에 나온 호박처럼 진열되어 심사를 받았고 1947년 사 개월

된 아기 마이클은 통통하고 행복한 모습으로 당당히 우승을 거머쥐었다.

하지만 지역 축제에서 중산층 여자, 주식중개인의 아내가 케이크와 처트니* 판매대를 포기하고 아기를 그런 천박한 행사에 내보내는 건 흔치 않은 일이었다. 훗날 아들이 옥스퍼드대학에 장학생으로 들어갈 줄 언제나 알고 있었다고 말한 것처럼 그녀는 아들의 대회 우승을 미리 알았던 듯했다. 아들이 고형식을 먹기 시작한 이후 그녀는 분유를 먹이던 열정으로 남은 평생 아들을 위한 요리를 했고, 1960년대 중반 병든 몸을 이끌고 '코르동블루' 요리교실에 나가 이따금 집에 오는 아들에게 먹일 새로운 요리를 배웠다. 그녀의 남편 헨리는 고기 한 종류에 감자와 다른 채소 한 가지로 이루어진 영국의 전형적인 음식을 고집하는 사람으로 마늘과 올리브유 냄새를 경멸했다. 그녀는 밝혀지지 않은 이유들로 결혼 초기 일찌감치 남편에 대한 사랑을 거뒀다. 그녀는 아들을 위해 살았고 그녀가 남길 유산은 분명했다. 요리할 줄 아는 아름다운 여인의 보살핌을 초조하게 갈망하는 뚱뚱한 남자.

헨리 비어드는 마른 편이었고 축 늘어진 콧수염과 미끈하게

---

* 과일, 채소, 식초, 향신료가 들어간 인도식 소스.

뒤로 빗어넘긴 갈색 머리의 소유자였다. 짙은 색 정장과 갈색 트위드 옷은 너무 크게 재단한 듯했고 목둘레 부분이 특히 그랬다. 그는 단출한 가족을 잘 부양했고 그 시대 방식으로, 육체적 접촉을 삼가고 엄격한 태도로 아들을 사랑했다. 그는 마이클을 안아준 적이 없었고 사랑의 손길로 어깨를 쓰다듬는 것조차 인색했지만 선물은 잘 사줬다─메카노와 화학놀이 세트, 라디오 조립 상자, 백과사전, 모형 비행기, 군대의 역사나 지질학에 대한 책, 위인전. 그는 오랜 전쟁을 겪은 인물이었다. 됭케르크, 북아프리카, 시칠리아에서 보병대 하급장교로 복무했고 노르망디상륙작전에 중령으로 참전해서 훈장을 받았다. 벨젠 수용소가 해방된지 일주일 후 그곳에 도착했고 전쟁이 끝나고 팔 개월간 베를린에서 복무했다. 그 세대의 많은 사람처럼 그도 자신의 체험에 대해 침묵했고 전후의 평범한 삶을, 그 평온한 일상을, 질서정연함과 물질적 안락을, 그리고 무엇보다도 위험의 부재를 즐겼다. 전후 평화의 시기 초반에 태어난 세대에게는 그 모든 것이 숨막힐 듯 답답했지만 말이다.

1952년, 마이크가 다섯 살 되던 해 마흔 살의 헨리 비어드는 런던 금융가의 머천트뱅크를 떠나 첫사랑이었던 법으로 돌아갔다. 그는 첼름스퍼드 근처에 있는 오래된 로펌의 파트너로 들어가 은퇴할 때까지 그곳에서 일했다. 그런 중대한 변화와 리버풀 가까지 날마다 통근하는 일에서 해방된 걸 기념하기 위해 중고 롤스로이스 실버클라우드를 샀다. 그 연푸른색 자동차는 그가 죽음을 맞이할 때까지 삼십삼 년간 곁을 지켰다. 나중에 어른이 되어 죄책감을 갖고 돌아본 마이클에게는 아버지의 그런 당당한 태도가 좋게 여겨졌다. 하지만 부동산 양도와 공증 일에나 매달려 사는 소도시 변호사의 삶은 헨리 비어드를 더 큰 고요 속에 침잠시켰다. 그는 주말이면 장미나 차를 돌보고 로터리클럽 회원들과 골프를 치며 시간을 보냈다. 사랑 없는 결혼생활은 자신이 얻은 것들에 대한 대가로 여기고 무신경하게 받아들였다.

이때쯤부터 앤절라 비어드의 외도가 시작되었고 그 기간은 십일 년 넘게 이어졌다. 어린 마이클은 집에서 겉으로 드러난 적대감이나 무언의 긴장감 같은 걸 느끼지 못했는데, 당시에는 관찰력이 뛰어나지도 예민하지도 못했을뿐더러 학교에 다녀오면 방에 틀어박혀 만들고 읽고 풀칠할 때가 많았기 때문이었다. 좀더 자라서는 포르노와 자위행위에, 그다음엔 여자들에게 시간을 다 바쳤다. 열일곱 살 때 외도에 지친 어머니가 가정이라는 성역으로 후퇴한 것도 눈치채지 못했다. 그는 어머니가 오십대 초반 유방암으로 죽어갈 때 비로소 그녀의 외도에 대해 처음 들었다. 어머니는 아들의 어린 시절을 망쳐놓은 것을 용서받고 싶은 듯했다. 그때 마이클은 옥스퍼드대학 2학년이 끝나가고 있었고 머릿속은 수학과 여자친구들, 물리학, 술로 꽉 차 있었다. 처음에는 어머니의 이야기를 제대로 이해하지 못했다. 어머니는 캔베이섬의 산업화된 해수 소택지와 템스강 남쪽이 내려다보이는 고층병원 19층 1인실에서 베개로 등을 받치고 누워 있었다. 마이클은 아무것도 몰랐다고 말하는 게 어머니에 대한 모욕임을 알 정도로 성장해 있었다. 어머니는 엉뚱한 사람에게 사과하고 있다고 말하는 것도 마찬가지였다. 서른 살 넘은 사람이 섹스를 하는 건 상상조차 할 수 없다고 말하는 것도. 그는 어머니의 손을 꼭 잡고 따뜻한 마음을 전하며 자기는 용서할 게 없다고 말했다.

집으로 차를 몰고 와서 아버지와 스카치 석 잔을 마시고 자기 방 침대에 옷도 벗지 않은 채 누워 어머니가 해준 이야기를 다시 생각했을 때에야 그녀가 얼마나 대단한 모험을 벌였는지 이해할 수 있었다. 십일 년 동안 만난 남자가 열일곱 명이나 되었다. 비어드 중령은 서른세 살까지 자신이 감당할 수 있는 모든 흥분과 위험을 맛보았다. 앤절라에게도 그런 흥분과 위험이 필요했다. 그녀에게 연인들은 로멜*에 맞선 사막전, 노르망디상륙작전, 베를린이었다. 그녀는 병상에서 마이클에게 말했다. 그들이

---

* 독일 군인으로 2차세계대전 당시 교묘하게 사막전을 잘 펼쳐 '사막의 여우'라는 별명이 붙었다.

없었다면 자신을 증오하다가 미쳐버렸을 거라고. 어쨌거나 그녀는 하나뿐인 아들에게 몹쓸 짓을 했다는 생각으로 자신을 증오했다. 다음날 병원을 찾은 마이클은 땀에 젖어 아들의 손을 꼭 잡고 있는 어머니에게 자신은 최고로 행복하고 안전한 어린 시절을 보냈다고, 방치된 기분을 느낀 적도, 어머니의 사랑을 의심해본 적도 없으며 늘 잘 먹었다고, 어머니의 강렬한 삶의 욕구가 자랑스러워 물려받고 싶다고 말했다. 이것이 그가 처음으로 한 연설이었다. 이 반토막의, 반의반 토막의 진실은 그의 입에서 나온 가장 훌륭한 말들이었다. 육 주 후 어머니는 세상을 떠났다. 마이클은 당연히 어머니의 애정생활에 대해 아버지와 이야기하지 않았지만 그후 오랫동안 차를 몰고 첼름스퍼드나 근처를 지날 때마다 보도 위를 비틀거리며 걸어가는 늙은 남자나 버스정류장에서 웅크리고 선 남자가 그 열일곱 명 중 하나가 아닐까 생각하게 되었다.

옥스퍼드에 들어갔을 때 마이클 비어드는 당시 기준으로 조숙한 청년이었다. 이미 두 여자와 성관계를 했고, 카울리 로드 근처 임대 차고에 주차해둔 앞유리창이 반으로 나뉜 모리스 마이너 한 대를 소유했고, 다른 학생들보다 훨씬 많은 용돈을 받았다. 그는 영리하고 사교적이고 독선적이었으며, 유명 학교에서 온 남자아이들에게 전혀 기죽지 않고 오히려 그들을 좀 경멸하기까지 했다. 그는 짜증나면서도 꼭 필요한 친구로 모든 줄의 맨 앞에 섰고, 런던 주요 행사의 입장권을 갖고 있었으며, 단 며칠이면 전략적으로 중요한 사람과 모든 사교적, 지형적 지름길을 파악했다. 열여덟 살보다 훨씬 나이들어 보였고 열심히 공부했으며, 조직적이고 깔끔해서 실제로 탁상용 다이어리를 썼다. 라디오와 전축을 고칠 줄 알고 납땜인두를 갖고 있어서 그를 찾는 친구가 많았다. 물론 그는 그런 일을 해주고 돈을 받진 않았지만 남에게 보답을 하게 하는 재주가 있었다.

옥스퍼드에 들어와 몇 주 만에 여자친구를 사귀었는데, 옥스퍼드 고교 출신의 수전 도티라는 '나쁜' 여자였다. 수학과 물리학을 공부하는 다른 남학생들은 폐쇄적이고 소심한 성향이 있었다. 그래서 마이클은 실험실에서나 개별 지도 시간 외엔 그들을 멀리했고, 예술 쪽 학생들도 피했다—그들은 그가 이해할 수 없는 문학적인 말로 겁을 줬다. 그는 작업실을 사용할 수 있게 해주는 공대생과 지리학과생, 동물학과생, 인류학과생을, 특히 특이한 곳에서 현장 연구를 한 경험이 있는 부류를 좋아했다. 그는 아는 사람이 많았지만 가까운 친구는 없었다. 결코 인기가 있는 건 아니었지만 유명했고 많은 사람 입에 오르내렸으며 사람들에게 쓸모가 있으면서도 은근히 경멸을 받았다.

2학년 말쯤, 곧 어머니가 죽는다는 사실에 익숙해지려고 애쓸

때 그는 술집에서 누군가가 레이디 마거릿 홀*의 메이지 파머라는 학생을 '더러운 여자'라고 부르는 소리를 들었다. 그 말은 마치 임상적으로 정확하게 확립된 호칭인 것처럼 특정 유형을 인정하는 의미로 사용되었다. 그녀의 시골풍 이름**이 호기심을 자극했다. 마이클은 트랙터를 탄 거름투성이의 건장한 아가씨를 상상했고 그후론 그녀의 존재를 잊었다. 학기가 끝나자 집으로 돌아갔고 어머니가 돌아가신 후 아버지와 단둘이 보낸 여름은 슬픔과 따분함, 멍한 침묵 속에서 흘러갔다. 이제껏 감정에 대해 이야기해본 적 없는 두 사람은 지금의 감정을 표현할 언어가 없었다. 한번은 마이클이 집에 있다가 정원 구석에서 장미를 너무 가까이 들여다보고 있는 아버지의 모습을 발견했는데, 들썩이는 어깨를 보고 아버지가 울고 있음을 깨닫고는 당혹감에, 아니 두려움에 사로잡혔다. 정원으로 나가 아버지에게 다가갈 생각은 전혀 들지 않았다. 자기가 어머니의 남자들에 대해 안다는 것, 아버지가 그 사실을 아는지 어떤지 모르는 것은(아마 모를 거라고 생각했지만) 또하나의 넘을 수 없는 장벽이었다.

그는 9월에 옥스퍼드로 돌아와 파크타운의 중앙공원을 초승

---

* 옥스퍼드에서 가장 오래된 여학생 칼리지로 1979년부터 남학생도 입학이 허가되었다.

** Farmer라는 성은 농부를 뜻한다.

달처럼 둘러싼 초라한 중기 빅토리아시대풍 거리 4층에 방을 얻었다. 날마다 물리학관까지 걸어가려면 유니버시티 파크로 가는 좁은 길가의 그 더러운 여자네 칼리지 정문을 지나야 했다. 어느 날 아침, 문득 호기심이 동해 학교 안으로 들어간 그는 경비실에서 메이지 파머라는 이름의 학생이 진짜 존재한다는 걸 확인했다. 그리고 그 주에 그녀가 영문과 3학년이라는 사실을 알아냈지만 그것 때문에 포기하진 않았다. 궁금증은 하루이틀쯤 이어지다가 공부와 다른 문제에 신경쓰느라 다시 그녀를 까맣게 잊었다. 한 친구가 그녀와 다른 여학생을 자연사박물관 밖에서 소개해준 건 10월 말이나 되어서였다.

그가 상상했던 모습이 아니어서 처음에는 실망스러웠다. 그녀는 작고 연약한 편이었고 얼굴이 무척 예뻤다. 검은 눈동자에 눈썹은 가늘었고 음악적인 목소리로 당시 여대생으로선 드물게 코크니가 살짝 섞인 심한 사투리를 썼다. 그에게 전공을 묻더니 대답을 듣고는 멍한 얼굴이 되어서 친구와 함께 금세 가버렸다. 이틀 후 둘은 우연히 마주쳤고 마이클이 한잔하러 가겠느냐고 청하자 그녀는 그의 말이 끝나기도 전에 거절했다. 그래도 자신감이 있던 마이클은 놀라지 않을 수 없었다. 하지만 그녀 눈에 비친 그는 어떤 모습이었을까? 넥타이를 매고(1967년에!) 짧은 머리는 옆가르마를 타고 재킷 가슴 주머니에 펜을 꽂은 회계사 같은 외모에 태도는 진지한 땅딸보. 게다가 그는 멍청이들이나 선택하는 학문 아닌 학문, 과학을 공부하고 있었다. 그녀는 정중히 작별인사를 하고 가던 길을 갔지만 마이클은 따라가서 내일은, 아니면 모레는, 아니면 주말에는 시간이 되느냐고 물었다. 아니, 아니, 안 된다고 했다. 그가 밝은 목소리로 "언제라도?"라고 묻자 그녀는 그의 끈덕진 태도가 진심으로 재미있는지 유쾌한 웃음을 터뜨렸다. 어쩌면 마음이 바뀔 것 같기도 했다. 하지만 그녀는 "언제라도 안 되는 게 있죠. 그래도 괜찮아요?"라고 물었고 마이클은 "나 시간 없어요"라고 대답했다. 그녀는 다시 웃으며 어린애처럼 작은 주먹으로 귀엽게 그의 옷깃을 때리는 시늉을 해서 그에게 아직 기회가 있다는, 그녀가 유머감각이 있으니 결국 넘어올 수도 있다는 인상을 남기고 가버렸다.

　마이클은 행동에 나섰다. 그녀에 대한 조사를 시작했다. 그녀가 존 밀턴에게 특별한 관심이 있다고 누군가 말해주었다. 존 밀턴이 어느 시대 사람인지 알아내는 데는 오래 걸리지 않았다. 같은 학교 문학 전공 3학년생 중 마침 그에게 신세 진 친구가 있어서(그가 크림 콘서트 티켓을 구해줬다) 한 시간 동안 밀턴에 대해 설명하면서 어떤 책을 읽고 어떤 생각을 해야 하는지 가르쳐주었다. 마이클은 『코머스』를 읽고 그 어리석음에 경악했다. 다음으로 『리시다스』『투사 삼손』『침사의 사람』을 정독하면서 격식에 치우치고 어떤 부분은 지나치게 점잔 빼는 것 같다고 생각했다.『실낙원』은 더 나았고 다른 많은 사람처럼 신보다 악마의 편이 되었다. 그가, 마이클 비어드가, 지적이고 낭독에 어울리는 구절을 암기했다. 밀턴의 전기와 중요하다는 평론 네 편을 읽었다. 다 읽는 데 꼬박 일주일이 걸렸다. 틸Turl가의 한 고서점에서는 별생각 없이『실낙원』초판을 찾아달라고 했다가 쫓겨날 뻔했다. 그는 고서 구입에 대해 잘 아는 친절한 교수를 찾아가 특별한 선물로 여자의 마음을 얻고 싶다고 고백했고 그 교수가 알려준 코번트 가든의 한 서점에서 한 학기 등록금 절반이나 되는 돈을 내고『아레오파지티카』의 18세기 판본을 샀다. 옥스퍼드로 돌아오는 기차 안에서 빠르게 내용을 훑어보던 중 한 페이지가 두 조각으로 부서졌다. 그 부분은 스카치테이프로 붙였다.

그리고 다시 자연스럽게 그녀와 마주쳤는데 이번에는 그녀의 학교 정문 근처에서였다. 거기서 두 시간 반이나 기다렸던 것이다. 그는 공원을 같이 걷는 정도는 해줄 수 있느냐고 물었다. 그녀는 싫다고 하지 않았다. 그녀는 노란 카디건과 검은색 주름치마 위에 군용 외투를 걸치고 이상한 은빛 버클 장식이 달린 에나멜 구두를 신고 있었다. 그리고 그가 생각하고 있던 것보다 훨씬 더 예뻤다. 함께 걸으며 그가 정중히 무슨 공부를 하고 있는지 묻자 그녀는 무식한 바보에게 설명하듯 밀턴에 대한 리포트를 쓰고 있다고, 밀턴은 17세기의 유명한 영국 시인이라고 대답했다. 마이클은 그 리포트에 대해 더 자세히 설명해달라고 했다. 그녀는 그렇게 했다. 마이클은 과감하게 유식한 의견을 내놓았다. 그녀는 놀라면서 더 자세히 이야기했다. 마이클이 그녀의 주장을 설명하면서 "아침부터 한낮까지 그는 떨어졌다"란 구절을 인용하자 그녀가 숨소리 섞인 목소리로 마저 이었다. "한낮부터 이슬 내리는 저녁까지."* 마이클은 짐짓 자신 없는 목소리로 밀턴의 어린 시절에 대해, 그리고 내전에 대해 이야기했다. 그중에는 그녀가 알지 못했고 알고 싶어하는 내용이 있었다. 그녀는 밀턴의 생애에 대해 거의 몰랐고, 놀랍게도 밀턴의 시대적 배경은 공부하지 않는 듯했다. 마이클은 그녀가 잘 아는 분야로 화제를 돌렸다. 그들은 좋아하는 구절을 더 인용했다. 마이클은 그녀에게 어떤 학자들의 평론을 읽었는지 물었다. 그중 읽어본 것이 있어 그는 조심스럽게 그걸 증명했다. 참고문헌 목록을 훑어본 덕에 실제로 읽은 것보다 훨씬 더 많은 이야기를 할 수 있었다. 그녀가 『코머스』를 그보다 훨씬 더 싫어해서 그는 그 작품을 살며시 옹호하다가 그녀 의견에 굴복했다.

그다음엔 『아레오파지티카』에 대해, 그 작품과 현대 정치의 관

---

* 『실낙원』의 문장.

련성에 대해 이야기했다. 그러자 그녀가 걸음을 멈추더니 무슨 과학자가 밀턴을 그렇게 잘 아느냐고 물었고, 마이클은 들켰구나 싶었다. 하지만 기분이 좀 상한 것처럼 굴었다. 그는 자신은 모든 지식에 관심이 있다고, 학문의 구분은 단지 편의나 역사적 우연, 전통의 타성에 의한 것일 뿐이라고 주장했다. 그러고는 인류학과 동물학을 전공하는 친구들에게 주위들은 단편적인 지식을 끌어모아 근거를 댔다. 그제야 비로소 그녀의 목소리에 따뜻함이 어리며 그에 관해 묻기 시작했다. 물리학 이야기는 듣고 싶어하지 않았지만 말이다. 어디 출신이에요? 마이클은 에식스라고 대답했다. 어머, 나도인데! 칭퍼드! 마이클은 그 행운을 놓치지 않았다. 그는 그녀에게 함께 저녁을 먹자고 했다. 그녀도 좋다고 했다.

마이클은 처웰 강변 레인보 브리지 근처를 걷던, 안개 사이로 햇살이 비치던 그 11월 오후를 첫 결혼의 시작점으로 여겼다. 사흘 후에는 랜돌프호텔에서 그녀와 저녁을 먹었고 그전에 또 하루를 온전히 밀턴에게 바쳤다. 마이클은 그때 이미 자신이 빛을 연구하게 되리란 걸 알고 있었기에 자연히 그 제목의 시편에 끌렸고 마지막 여남은 행을 외워두었다. 그리고 메이지와 저녁 먹는 자리에서 와인을 두 병째 마시며 그 시의 파토스에 대해, 영원히 빛을 볼 수 없어 슬퍼하다가 시력을 대신해줄 상상력을 찬미하는 눈먼 자에 대해 이야기했다. 그는 잔을 손에 들고 빳빳이 풀 먹인 테이블보 너머로 그녀에게 그 시를 낭송해주었다. "……그대 천상의 빛/안으로 비쳐 그 힘으로 마음을/환히 밝히고 거기 눈을 심어 모든 안개/거두고 나는 보고 알 수 있네/인간의 눈에는 보이지 않는 것을."* 마이클은 메이지의 눈에 눈물이 가득 고인 걸 보고 의자 밑으로 손을 넣어 선물을 꺼냈다. 1738년에 송아지 가죽으로 장정한 『아레오파지티카』. 메이지는 무척 감동했다. 일주일 후, 마이클은 무단으로 들어간 그녀의 방에서 그날 오후 자신이 김이 모락모락 나는 납땜용 인두로 고쳐준 단세트 전축에서 흘러나오는 〈서전트 페퍼〉**를 들으며 마침내 그녀의 연인이 되었다. 뭇 남성의 공유물이라는 의미의 명칭 '더러운 여자'가 이제 그는 몹시 불쾌했다. 하지만 확실히 그녀는 그가 아는 어떤 여자보다 섹스에 관한 한 훨씬 더 대담하고 거칠고 실험적이고 관대했다. 게다가 스테이크 앤드 키드니 파이***도 잘 만들었다. 마이클은 그녀를 사랑한다는 결론을 내렸다.

메이지를 향한 구애는 끈질긴 동시에 고도로 조직적인 추구였고 그에게 커다란 만족감을 주었을 뿐만 아니라 성장의 전환점

---

* 『실낙원』 제3편.

** 비틀스의 앨범.

*** 스테이크와 소의 콩팥을 넣어 만든 파이.

이 되었다. 문학 전공 3학년생이라면 아무리 똑똑해도 겨우 일주일 공부하고서 수학과나 물리학과 학생 행세를 할 수 없다는 걸 알았기 때문이었다. 그 길은 일방통행이었다. 밀턴과의 일주일은 문학도입네 허세 부리는 인간들을 의심하게 만들었다. 밀턴의 작품을 읽는 건 고투였지만 조금이라도 지적 도전이 된다거나 그가 자기 분야에서 날마다 부딪히는 어려움에 비견되는 건 찾아볼 수 없었다. 랜돌프호텔에서 메이지와 저녁을 먹은 그 주에 그는 스칼라 곡률에 대해 공부했고 일반상대성이론에서 그것이 어떻게 쓰이는지 이해하게 되었다. 마침내 그 비범한 방정식을 이해할 수 있게 된 것 같았다. 그 이론은 이제 더이상 추상이 아닌 감각의 영역에 있었고 그는 이음매 없이 매끈하게 이어진 시간과 공간이 물질에 의해 휘어지는 걸, 그 휘어진 시공이 물체의 운동에 영향을 미치고 그 곡률에 의해 중력이 생기는 걸 느낄 수 있었다. 장場방정식의 핵심을 이루는 몇 안 되는 항과 아래첨자를 삼십 분만 들여다보면 아인슈타인이 왜 그 '비길 데 없는 아름다움'을 말했는지, 막스 보른이 왜 '그건 자연에 대한 인간의 사고 중 가장 위대한 업적'이라고 했는지 알 수 있었다.

이런 것을 이해하는 것은 정신적으로 아주 무거운 역기를 드는 것과 같았다―첫 시도로는 불가능했다. 그를 비롯한 과학 전공자들은 날마다 오전 아홉시부터 오후 다섯시까지 강의실과 실험실에서 인간이 생각해낸 가장 어려운 것들을 이해하느라 애썼다. 반면 인문, 예술 전공자들은 해가 중천에 떠야 침대에서 나와 일주일에 두 번쯤 있는 강의를 들으러 갔다. 마이클은 그들이 하는 말은 뇌가 반쪽만 있어도 다 이해할 수 있지 않을까 싶었다. 그는 밀턴에 대한 최고의 평론 네 편을 읽었다. 그리고 깨달았다. 그런데도 그 잠꾸러기들은 그보다 우월한 존재처럼 행세했고 그는 그냥 당해주었다. 하지만 이제 더는 아니었다. 메이지를 얻은 순간부터 그는 지적으로 자유로웠다.

여러 해가 지난 후 홍콩에서 어느 영문학 교수에게 그 이야기와 자신이 내린 결론을 들려주자 이런 대답이 돌아왔다. "하지만 마이클, 당신은 핵심을 놓쳤어요. 당신이 삼 년 동안 일주일에 한 사람씩 구십 명의 시인으로 구십 명의 여자를 유혹했고 그들을, 그러니까 시인들을 다 기억해서 마침내 미학적으로 통합해 개괄했다면 영문학 학위를 받을 자격이 있다고 할 수 있겠죠. 하지만 그게 쉬운 일이라고는 하지 마요."

하지만 당시에는 그렇게 여겨졌고 옥스퍼드에서의 마지막 해는 훨씬 더 행복했다. 메이지도 마찬가지였다. 그녀는 머리를 기르고 플란넬 대신 진을 입고 물건 고치는 일도 그만하라고 그를 설득했다. 그건 멋지지 못하니까. 그들은 둘 다 키가 작긴 해도 멋진 커플이 되었다. 그는 파크타운을 떠나 제리코에 작은 아파트를 얻어 그녀와 동거를 시작했다. 전부 문학과 역사 전공자인 그녀의 친구들과도 친구가 되었다. 그들은 그의 다른 친구들보다 재치 있고 물론 더 게으르고 쾌락에 대한 감각이 발달되어 있고 쾌락을 즐기는 걸 권리로 여기는 듯했다. 그는 부의 재분배, 베트남, 파리에서의 사건들, 다가오는 혁명, LSD에 대해 새로운 의견을 갖게 되었고 LSD가 매우 중요하다고 선언했지만 자기가 하는 건 거부했다. 그는 큰 소리로 의견을 밝히면서도 전혀 확신이 없었고 아무도 자신을 사기꾼으로 여기지 않는 게 놀라웠다. 대마초도 피워봤지만 기억을 흐리게 해서 너무 싫었다. 그와 메이지는 울부짖는 음악과 축축한 종이컵에 든 끔찍한 와인이 있는 파티를 즐기면서도 공부를 게을리하지 않았다. 여름이 오고 졸업 시험을 치렀다. 모든 게 끝나고 모두가 흩어지는 걸 보고 두 사람은 바보처럼 놀랐다.

둘 다 우등졸업을 했다. 마이클은 자신이 원했던 서식스대학에서 박사과정을 밟게 되었다. 두 사람은 브라이턴으로 가서 9월부터 살 괜찮은 집을 구했다. 서식스 다운스의 외진 마을에 있는 옛 목사관이었다. 집세를 감당할 수 없어서 옥스퍼드로 돌아가기 전까지 갓 태어난 쌍둥이가 있는 신학도 부부와 집을 같이 쓰기로 했다. 칭퍼드 신문에 '정상에 오른' 지역 노동자계급 출신 여성에 관한 기사가 실렸고 바로 그 정상에서 두 사람은 허물어져가는 그들의 환경을 지탱하기 위해 결혼을 결심했다. 그건 결혼이 관습적인 일이어서가 아니라 정확히 그 반대였다. 그들에게 결혼은 이국적인 것이었다. 아주 재미나고 우스꽝스럽고 무해하게 구식이었다. 세상을 떠들썩하게 한 LP 홍보 사진에서 비틀스가 입은 술 장식 달린 군복처럼. 그런 이유로 부모님에게는 결혼식 초대는 고사하고 알리지도 않았다. 그들은 옥스퍼드 등기소에서 결혼하고 식에 참석한 몇 안 되는 친구들과 포트 메도에서 술을 마셨다. 무공훈장을 받은 퇴역 중령 헨리 비어드는, 콜드 노턴의 낡은 집에 혼자 사는 그는 아들의 이혼 뒤에야 결혼 사실을 알게 되었다.

사십일 년 후, 그의 아들은 오후 다섯시 텍사스 엘패소의 카미노레알호텔 원형 바에서 시차 탓에 피곤한 몸으로 토비 해머가 나타나기를 기다리며 그때 생각을 하고 있었다. 웨이트리스가 또 왔고 비어드는 스카치와 짭짤한 땅콩을 더 주문했다. 높은 스테인드글라스 큐폴라* 아래서 미국인들과 멕시코인들 목소리가 울려퍼지고 하나로 합쳐져 누구의 대화도 제대로 들리지 않았다. 그는 긴 여행의 정처 없음과 지루함, 수면부족이나 비일상이

---

* 돔형 지붕.

난데없이 과거의 기억을 무작위로 불러오는 작용에 의해 그때를 추억하고 있었다. 무엇에 홀린 것처럼 그 기억이 너무도 생생해서 마치 지금, 여기 랜돌프호텔 식당에서 서툰 솜씨로 직접 다린 흰 셔츠에 넥타이를 맨 정장 차림으로 앉아 있는 기분이었다. 한 잔 마시자 밀턴의 시 「빛」의 구절이 되살아났다—"그리고 영원한 어둠이/나를 둘러싸, 인간의 쾌활한 삶에서 단절시키고" 어쩌고저쩌고 "지혜는 완전히 닫힌 하나의 문 밖에 있다." 그는 여자를 얻기 위해 시를 이용했고 그녀는 떠났다. 간암으로 죽은 지 이 년이었다. 하지만 그 시를 떨쳐버린 적은 없었다. 그는 메이지를 아버지에게 데려가 인사시킨 적도, 아버지를 서식스의 멋진 목사관에 초대한 적도 없음을 상기했다. 새 시대가 밝아오자 오만하고 파렴치하고 버릇없는 젊은 세대가 전쟁터에 나가 싸운 아버지에게 등을 돌리고 그들이 머리가 짧고 단정하고 로큰롤에 무관심하다는 이유로 무시하는 동안 그도 아버지를 슬픔 속에 방치했다.

마이클 비어드에게 죄책감을 불러일으키려면 술 한 잔 이상이 필요했다. 이게 석 잔 아니면 넉 잔째였다. 그는 한 시간 넘게 기다리는 중이었다. 바깥 거리는 기온이 43도였지만 이곳 실내는 영하 10도는 되는 것 같았다. 그나마 술 덕에 몸의 온기를 유지할 수 있었다. 그는 최근 몇 년 사이 여행중 이 바에 자주 들렀다. 런던에서 댈러스를 거쳐 엘패소에 도착해 공항에서 초대형 SUV를, 그의 거구를 넉넉히 수용할 수 있는 유일한 차를 타고 이곳으로 와 휴식을 취하거나 동업자를 만난 다음 멕시코 국경을 따라 차로 세 시간 서쪽으로 달려 뉴멕시코 로즈버그로 가는 게 평소 일정이었다. 오늘 해머는 샌프란시스코에서 오는 중이었다. 유별난 여름폭풍 때문에 로키산맥 위에서 비행기가 지연되고 있었다. 비어드는 해머 없이 갈 수도 있었지만 기다리는 게 더 좋았다. 여기서 자고 다음날 아침 닥터 유진 파크스를 만나 검사 결과를 들을까 하는 생각까지 하고 있었다. 그는 닥터 파크스처럼 늙고 현명한 미국 의사라면 무관심한 외국인의 중립적인 태도로 임상적 판단을 전하리라는 미신적인 생각을 떨쳐버릴 수 없었다. 같은 영국인 의사라면 도덕적 암시를 하거나 비난, 혹은 분노를 제대로 억누르지 못할 것이다. 비어드 교수님, 이제 옷 입으셔도 됩니다. 아무래도 교수님의 생활 방식에 대해 이야기를 나눠야겠군요. 그럼 비어드는 굴욕감에 젖어 힘겹게 속옷을 입으며 자신의 생활 방식은 세상에 산업적 규모의 인공광합성을 도입하는 것이라고 말하고 싶을 것이다. 경색된 세계 금융시장이 허용만 한다면.

술이 나왔다. 편리하고 투명한 형태의 에너지인 얼음조각들이 잔 위로 가득 담겨 낭비되고 있었고 소금을 잔뜩 뿌린 땅콩 반 킬로도 나무접시에 담겨 나왔다. 환자의 생활 방식을 나무라는 건 닥터 파크스 스타일이 아니었다. 게다가 그는 기후변화의 열혈 신봉자로 비어드의 연구에 공감했으며 뉴펀들랜드에 부동산을 사두고 앞으로 십 년 내에 거기서 포도밭을 운영할 수 있을 거라 믿었다. 그는 텍사스 여름 기온이 계속 50도를 넘어가면 짐을 싸서 북쪽으로 떠날 계획이었다. 그의 말로는 지금 캐나다에 땅을 사둔 미국인이 수천 명까지는 아니더라도 수백 명은 되었다.

비어드는 새 술잔의 얼음조각을 하나만 남기고 죄다 먹던 잔으로 옮기다가 손등의 반점을 보고 그게 사라지기를 바라며 계속 응시했다. 삼 년 전 뭐가 났는데 한참 시간이 지나서야 병원에 가서 진단을 받았다. 양성 피부암으로 판명되었고 액체질소로 얼려서 쉽게 제거할 수 있었다. 그러다 구 개월 전 또 생겼는데 모양이 달랐고 이번에는 운이 그렇게 좋을 것 같지가 않았다. 그래서 그게 자라나 가장자리가 검은 납빛 반점이 될 때까지 방치했다. 기분이 저조할 때마다 그 반점이 생각났다. 자신이 그렇게 겁 많고 비이성적인 인간이 될 줄은 몰랐다. 닥터 파크스의 진료실 어딘가에, 서류철 속에 진실이 조직검사 결과라는 형태로 존재하고 있었다. 그것은 내일 확인할 수도 있고 다음번 올 때까지 기다릴 수도 있었다. 비어드의 입장에서 최선은 내일 건강진단을 받으러 가서 조직검사 결과가 좋지 않다고 하면 듣지 않는 거였다. 미국에서는 그런 조정이 가능했다.

그는 로즈버그의 달린에게 전화하기로 약속했지만 지금은 그럴 기분이 아니었다. 바 한구석에 마련된 무대 위 마이크 옆 의자에 남자 둘이 자리잡고 있었다. 한 남자가 전기기타를 조율하기 시작했고 귀에 거슬리게 휘는 미분음*이 하나의 기억을 일깨웠다. 그래, 메이지와 목사관에서 같이 살았던 그 신학생 부부 이름은 찰리와 어맨다 깁슨이었고, 당시 유행에 맞지 않게 독실하고 지적인 사람들로 루이스의 한 학교에서 공부했다. 그들의 신은 불가사의한 사랑의 표현인지 아니면 그들을 벌하기 위해선지 1947년의 비어드가 받은 상을 가볍게 가로챌 수 있는 거구의 쌍둥이를 그들에게 보냈다. 쌍둥이는 잠이 없었고 둘이 동시에 귀청을 찢는 소리로 빽빽 울어댔는데 간혹 동시에 울음을 터뜨리지 않을 때는 먼저 우는 아기가 다른 아기의 시동을 걸었고, 둘이 힘을 합쳐 스토브에서 끓는 카레나 새우 빈달루** 냄새처럼 잘 퍼지는, 그러면서도 바다의 늪처럼 악취가 진동하는 공기를 우아한 집에 퍼뜨렸다. 종교적 이유로 조분석***과 홍합만 먹고 사는 집처럼 말이다.

마침 침실에서 필생의 업적이자 필생의 무임승차로 이어질 과

---

* 반음보다 작은 음정.

** 고기나 생선을 넣어 매콤하게 만드는 인도 요리.

*** 바닷새의 배설물이 바위에 쌓여 굳어진 덩어리.

학적 계산에 몰두하고 있던 젊은 비어드는 압지를 돌돌 말아 귀를 틀어막았고 한겨울에도 창문을 열어놓았다. 그러다 커피를 끓이러 아래층에 내려가면 부엌에서 그들만의 지옥에 있는 듯한 부부와 마주치곤 했다. 부부는 수면부족과 서로에 대한 증오로 눈빛이 어두워지고 신경이 곤두선 채 기도와 명상까지 포함한 그들의 끔찍한 과제를 나누고 있었다. 조지 왕조풍 목사관의 널찍한 복도와 생활공간은 백 가지쯤 되는 금속과 플라스틱 도구와 현대식 보육장치로 매력을 잃었다. 깁슨 가족은 어른이든 아기든 자신이나 서로의 존재에 대해 기쁨을 나타내지 않았다. 왜 아니겠는가? 비어드는 절대 아버지가 되지 않겠노라 몰래 다짐했다.

그리고 메이지는? 그녀는 애프라 벤*으로 박사과정을 밟는다더니 그만두고 대학 도서관 일자리도 마다하고 사회보장연금을 신청했다. 다른 세기 같았으면 유한마담으로 여겨졌겠지만 20세기엔 '활동적인' 여자였다. 그녀는 사회 이론에 대해 읽고, 캘리포니아 여성들이 운영하는 모임에 참석하고, 당시로선 새로운 개념인 '워크숍'을 직접 개설했다. 사회적 통념으로 이제 그녀는 출세했다고 볼 수 없지만 의식이 고양되었고 머지않아 가부장제

---

* 영국 최초의 여성 소설가이자 극작가.

라는 노골적인 사실에, 억압의 네트워크에서 남편이 맡은 역할에 정면으로 맞섰고, 그 억압의 네트워크라는 것은 남자로서의 그를 지지해주는 제도에서부터 그가 잡담할 때의 뉘앙스에까지 영향을 미친다고 했다. 비어드는 인정할 수 없었지만.

그때 그녀는 거울 속으로 들어간 기분이라고 말했다. 모든 것이 다르게 보이고 자신을 위해, 결과적으로는 그를 위해 더이상 순진하게 만족하며 살 수 없다는 것이었다. 진지한 토론 끝에 몇 가지 문제는 해결되었다. 비어드는 자신이 집안일을 도와서는 안 되는 이유를 잔뜩 생각해내기엔 너무나도 합리주의자였다. 집안일이 그녀보다 자신에게 더 따분하다고 믿었지만 그런 말을 입 밖에 내진 않았다. 그리고 접시 몇 개 닦는 건 별일 아니었다. 진짜 문제는 반성과 변화가 필요한 그의 뿌리박힌 태도, 자신의 '중심성'에 대한 무의식적 가정, 자기 감정과의 단절, 아내의 말에 귀기울이기는커녕 아예 듣지 않는 것, 사소한 일부터 중요한 사안에 이르기까지 사회제도가 그에겐 유리하고 그녀에겐 늘 불리하다는 사실을 이해 못하는 것이었다. 한 예로 그는 얼마든지 혼자 동네 술집에서 기분좋게 술잔을 기울일 수 있지만 그녀가 그렇게 하면 사람들의 눈총을 받고 창녀가 된 기분을 느껴야 했다. 그가 자기 일의 중요성, 자신의 객관성, 그리고 합리성 자체를 맹신하는 것도 문제였다. 그는 자신을 아는 게 필수적인 일임을 깨닫지 못하고 있었다. 세상을 아는 데는 다른 방식, 여자들의 방식도 있지만 그는 무시했다. 겉으로는 아닌 척했지만 그녀의 월경혈에 비위가 상했고 그건 여성성의 핵심에 대한 모욕이었다. 맹목적으로 지배와 복종의 자세를 취하는 성교도 강간의 모방이며 근본적으로 썩은 것이었다.

그렇게 몇 달이 흘렀고 저녁 토론이 수차례 있었다. 비어드는 주로 듣는 편이었고 짬짬이 일 생각도 했다. 당시 그는 완전히 다른 각도에서 광자에 대해 생각하고 있었다. 그러던 어느 날 밤, 그와 메이지는 평소처럼 쌍둥이의 울음소리에 잠이 깨어 어둠 속에서 나란히 누워 있었는데 메이지가 떠나겠다고 말했다. 충분히 생각하고 내린 결정이니 입씨름은 벌이고 싶지 않다고 했다. 웨일스 중부의 습한 구릉지에 만들어지고 있는 공동체로 들어갈 작정이고 절대 돌아올 생각이 없다는 것이었다. 그녀는 그게 자신의 길임을, 비어드는 절대 이해할 수 없는 방식으로 안다고 말했다. 자기실현 문제도 있고 자신의 과거와 여성으로서의 정체성에 대해 깊이 생각해봐야겠다는 것이었다. 그게 자기 의무라고. 그 대목에서 비어드는 강렬하고 낯선 감정에 사로잡혀 목구멍이 죄어들고 가슴에서 억제할 수 없는 흐느낌이 치밀어올랐다. 벽 너머 깁슨 가족도 분명 그 소리를 들었을 것이다. 고함으로 들리기 십상이었다. 비어드가 느낀 감정은 기쁨과 안도감이었고, 침대에서 몸이 둥둥 떠올라 천장에 부딪히기라도 할 것 같은 홀가분함이 뒤따랐다. 갑자기 그의 앞에 자유로운 앞날이 펼쳐졌다. 아무때나 연구하고, 팔머 캠퍼스 도서관 밖 계단에 늘어져 앉아 있는 여자들을 집에 초대하고, 자아성찰이 없는 삶으로 돌아가고, 죄책감 없이 메이지를 제거할 수 있게 된 것이다. 그런 생각을 하자 감사의 눈물이 뺨을 타고 흘러내렸다. 그는 메이지가 어서 떠났으면 좋겠다는 조바심에 사로잡혔다. 지금 당장 기차역까지 태워다준다고 말할까 하는 생각도 들었지만 루이스에는 새벽 세시에 기차가 없었고 그녀는 짐도 싸지 않은 상태였다. 그가 흐느끼는 소리에 침대 옆 불을 켜고 그의 얼굴을 들여다본 메이지는 눈가가 젖은 것을 알게 되었다. 그녀가 단호하고 신중하게 속삭였다. "마이클, 나 협박에 안 넘어가. 당신의 감정적 조종에 휘둘려 여기 남는 일은 없을 거야. 절대로."

바가 넓어서 다행이었다. 무대에서는 두 남자가 코믹한 스페인어 노래를 요란하게 부르고 있었고 코러스 부분이 돌아올 때마다 손님들이 폭소했다. 비어드는 미국의 이 지역에 여러 번 와봤지만 한마디도 알아들을 수 없었다. 손을 들어 술을 한 잔 더 시키자 바로 나왔고 얼음 더미에서 술을 파내다시피 했다. 결혼이 그렇게 고통 없이 끝날 수 있을까? 메이지는 일주일도 되지 않아 포이스의 언덕 위 농장으로 떠났다. 그들은 일 년 동안 두어 차례 엽서를 교환했다. 그러다 인도의 힌두교 사원에서 엽서가 왔고, 메이지는 그곳에서 삼 년간 머무르며 흔쾌히 이혼을 받아들이고 모든 서류에 서명해주었다. 두 사람이 다시 만난 건 비어드의 스물여섯번째 생일날이었는데 그녀는 삭발을 하고 코에 보석을 달고 나타났다. 그리고 오랜 세월이 흐른 뒤 비어드는 그녀의 장례식에서 추도사를 했다. 어쩌면 그가 조심성 없이 자꾸 결혼했던 건 옛 목사관에서의 그 헤어짐이 너무 쉬워서였는지도 모른다.

비어드는 힘겹게 몸을 일으켜 원형 바를 가로질러 화장실로 향했다. 이 지역의 높은 기준으로 그는 비정상적인 뚱보가 아니었다. 지금도 그보다 훨씬 뚱뚱한 남녀를 볼 수 있었는데 그들은 몸매 때문에 안락의자 끝에 걸터앉아야만 했다. 그러나 그가 뚱보인 건 사실이었고 무릎도 아프고 너무 급하게 일어나는 바람에 현기증도 났다. 로비를 가로지르는데 안내데스크 직원 하나가 황급히 쫓아왔다.

"실례합니다, 비어드 씨? 비어드 씨인 줄 알고 있었습니다. 카미노 레알에 오신 걸 환영합니다? 어느 신사분이 찾던데요?"

"해머 씨요?"

"아뇨. 한 일주일 됐을 겁니다? 영국에서 오셨다던데요? 하지만 메시지는 남기지 않았습니다?"

"어떻게 생겼는데요?"

"글쎄요, 체구가 컸고요? 이름이 터닙 비슷한 거였는데?"

질문이 더 이어질 수도 있었지만 마침 그때 카트를 끄는 짐꾼을 앞세우고 현관 유리문으로 들어오는 해머의 모습이 보였다. 둘이 포옹하자 호텔 직원은 겸손하게 얼굴을 찡그리며 물러났고 비어드는 그에게 고맙다는 뜻으로 고개를 끄덕였다.

"토비!"

"대장!"

해머는 비어드가 한때 대장이라고 불렸다는 사실을 알게 된 후로 놀리듯이 그렇게 불렀다. 프로젝트팀의 다른 사람들도 그렇게 했고 물론 비어드는 흡족했다. 센터에서 잘린 한이 풀리는 것 같았다.

토비 해머는 비어드보다 세 살 많았다. 마른 몸이 강단 있고 꼿꼿했고, 이십 년 동안 술을 입에도 안 댄 사람답게 눈빛과 피부가 맑았다. 늘 말안장 위에서 사는 카우보이처럼 안짱다리로 걸었지만 아직 스퀴시도 하고 혼자 배낭을 지고 시에라네바다산맥을 올랐다. 본인 말로는 그랬다. 비어드는 그와 어울리면서 자주 다이어트를 시도해 몇 시간은 이어갔다. 해머의 전공 분야는 전자공학이었지만 1980년대 초 작심하고 술에 빠져 보통 그렇듯 가정이 파탄나고 친구를 다 잃었다. 그러다 알코올중독에서 벗어나 아내와 아이들까지 포함해서 잃었던 사람을 모두 되찾자 분명히 정의하기가 힘든 일을 시작했다. 자신이 아는 사람들을 소개하고 거래를 주선하는 일이었다. 그는 비어드에게 주의회를 잘 아는 세무변호사와 회계사, 상업계와 정치계 사이의 광대하고 모호한 영역을 돌아다니는 워싱턴의 중개인, 큰 재단의 보조금 기부자와 연줄이 있는 사람들, 비노드 코슬라와 샤이 아가시 같은 거물의 친구의 지인 같은 벤처 투자 관련자를 소개해주었다. 비어드의 특허 신청을 앞장서서 돕고, 로즈버그 근처의 땅을 매입권을 갖고 임대할 수 있게 해주고, 태양에너지 관련 업계인들에게 접근해 엔지니어나 자재 전문가와 안면을 텄다. 부시 정부가 기울어가던 때 정부 보조금을 따냈고 최근 오바마 정부에서는 더 많은 돈을 받아냈다.

하지만 해머도 프로젝트가 지연되고 점점 축소되고 이따금 완전히 무너지다시피 하는 상황을 막을 순 없었다. 매 단계 타협이 이루어졌다. 로즈버그 현장은 미국 남서부의 네번째 선택지였다. 애리조나와 네바다에 연간 일조시간이 더 많은 지역이 있었지만 대규모 공익사업들의 경쟁이 가격을 끌어올렸다. 다른 장소는 물이나 도로, 우호적인 상공회의소가 없거나 배전망 연결이 여의치 않았다. 그와 비어드가 함께 설립한 회사는 세금 우대 조건을 맞추기 위해 세 차례나 재편성해야 했다. 미국 국토안보부에서 비어드가 외국인 신분이라는 이유로 의심의 시선을 보냈고 부시 정부 때는 미국의 저명한 과학원들에서 보낸 편지도 별 도움이 되지 못했다. 호시절에도 돈을 구하기는 쉽지 않았다. 태양에너지에 관심 있는 벤처 투자자들 사이에서 두 가지 최고의 투자는 태양열발전―태양열을 모아 생성된 증기로 터빈을 돌리는 방식―과 광전효과―태양광에서 직접 전류를 발생시키는 방식―이라는 의견이 지배적이었고 이미 검증을 거친 이 두 방식 다 볼록렌즈로 태양광을 모아야 했다. 싸고 신뢰할 만한 인공광합성은 앞으로 이십 년 후에나 가능하다는 게 일반적인 견해였다.

비어드는 그렇지 않다는 걸 입증하기 위해 2007년 초 캘리포니아 오클랜드에 있는 한 연구소 밖 주차장에서 잠정 후원자를 모아 실험을 했다. 햇살이 환히 비칠 때 커다란 통 속의 물이 기체로 분해되어 연료전지 발전기를 가동하고 그 힘을 이용한 휴대용 전기드릴로 초록색 헬멧을 쓴 남자가 '석유'라고 낙서된 벽을 부수는 실험이었다. 하지만 핵심 부품이 제때 공급되지 않아 실험이 한 달이나 연기되었고 그 바람에 투자자는 절반밖에 참석하지 않고 투자금도 3분의 1밖에 유치하지 못해 프로젝트는 훨씬 더 많이 쪼그라들었다.

돈이 줄어들면서 기술적 어려움은 증가했다. 톰 올더스의 가정은 전반적으로 옳았지만 특정 부분에서 오류가 있었다. 특허권을 열일곱 개나 가진 비어드는 불평할 입장이 못 되었지만 말이다. 물을 분해했던 2005년의 작은 시험 모델은 오랫동안 규모가 커지지도 속도가 올라가지도 못했다. 과정을 촉진하는 감광염료는 재검토해야 했다. 촉매는 망간이 아닌 코발트 화합물에서 얻었고 루테늄에서 얻기도 했다. 산소와 수소를 분리할 마땅한 다공질 막을 골라 시험하는 일도 쉬워야 하는데 그렇지 못했다. 마침내 언젠가는 대량생산될 모형을 설계하고 만들어야 할 때가 왔다. 파리 근처의 한 회사가 선정되었다. 영광스러운 업적인 그 태양전지판은 가로세로 2미터에 비용이 300만 달러나 들었다. 그걸 콜로라도 골든의 국립 재생에너지 연구소로 보내 시험한 결과 300퍼센트나 성능이 떨어지고 설계와 제작 둘 다 결함이 있는 것으로 밝혀졌다.

그들은 베이징에서 100킬로미터 거리에 있는 중국 회사와 손잡고 다시 시작했다. 플렉시글라스로 만든 관에 집광 반도체와 전해액, 막이 들어갔고 아랫부분은 전도성 스테인리스강으로 만들었다. 관이 설치되는 판은 가로 3미터, 세로 2미터였고 개당 400만 달러가 들었다. 사업 계획상으로는 일단 대량생산에 들어가면 만 달러로 내려갈 터였다. 골든의 연구소에서 새 태양전지판이 성공적이라는 결과가 나왔다. 하지만 이제 세계 경기가 불황에 접어들었다. 해머가 얻어낸 많은 약속이 깨졌다. 땅에 대한 옵션거래는 이미 세 번이나 갱신되었고 이제 만료가 다가오고 있었다. 토비 해머가 재교섭에 들어가 160헥타르 대신 수원지 바로 옆의 10헥타르를 사들였다. 이제 남은 것은 초대형 가스탱크 여덟 개 대신 소형 두 개, 수소 압축기 달랑 하나, 발전기도 다섯 개 대신 하나뿐이었고 무엇보다 심각한 건 이 프로젝트의 핵심이자 상징인 태양전지판이 백스물다섯 개가 아닌 스물세 개만 하늘을 향해 기울어져 있다는 사실이었다.

어쨌거나 마침내 모든 준비가 끝났다. 모레가 되면 산업 문명 역사의 새로운 장이 열리고 지구의 미래는 보장될 것이다. 로즈버그의 친구들과 전국적인 언론매체 대표단, 전력회사 사람들, 골든과 MIT와 칼텍, 로런스 버클리 연구소의 동료들, 스탠퍼드 지역의 몇몇 기업가 앞에서 뉴멕시코 남서부 장화 뒷굽 모양의 빈 땅에 비친 태양이 플렉시글라스 관을 때리고 물을 분해하면 가스탱크가 가득차고 연료전지 발전기가 돌아가 도시로 흘러갈 전기가 만들어질 것이다. 광택지에 인쇄한 팸플릿을 포함해 홍보자료가 제공될 것이다. 이 모든 것을 해머와 그의 팀이 준비했다. 해머가 NASA에서 공짜로 빌려왔다는 거대한 천막 아래서 샴페인을 마시고 인터뷰를 하고 계약에 대해 이야기할 것이다. 신호가 오면 노벨상 수상자 마이클 비어드가 스위치를 올리고 새로운 시대가 열릴 것이다.

환하게 불 밝힌 호텔 로비에서 해머가 샌프란시스코에서 이곳까지의 험난했던 여정에 대해 이야기하고 있었다. 무시무시한 에어포켓 때문에 비행기가 600미터나 하강하고, 옆 승객이 공황 발작을 일으키고, 샌드위치는 도저히 먹을 게 못 되고. 비어드는 방광이 더 버틸 수 없게 되자 화장실에 다녀오겠다고 말했다. 돌아오니 해머는 안내데스크에 앉아 노트북을 딸깍거리며 이메일을 확인하고 있었다.

"『사이언티픽 아메리칸』에서 온다네요." 해머가 동작을 멈추지 않고 말했다. "〈뉴욕 타임스〉의 그 말라깽이 기자도 오고."

"이번엔 일이 잘됐군요." 비어드가 말했다. 휴대용 전기드릴 실험이 긴 그림자를 드리웠던 것이다.

"이 지역 사업체 하나가 '로즈버그!'라고 거대한 네온사인을 만들었어요. 그걸 400미터 떨어진 지점에 세워서 우리 발전기가 돌아갈 때 불이 들어오게 하고 싶다는군요."

"그쪽에서 400미터 길이의 전선만 마련할 수 있다면요."

해머가 노트북을 치웠다. 그는 지친 기색이었고 좀 우울해 보이기까지 했다. "밤새 켜놓고 싶다고 하네요. 그리고 상공회의소에서 군악단을 라스크루시스부터 배치했어요."

"난 여성 컨트리 그룹이 오는 줄 알았는데."

"뉴멕시코, 특히 이 지역에서는 군대가 우선이에요. 공군기지에서 공중 분열식도 할 거예요. 여성 그룹은 나중에 나오는데 물론 우리가 그들의 앰프에 전력을 공급할 거고요." 해머는 쾌활해 보이려고 애쓰며 비어드의 팔을 툭 쳤다. "햇빛, 물, 그리고 돈이 전기를 만들고 전기는 더 많은 돈을 만든다! 내 친구여, 이제 그런 일이 일어날 거예요."

그들은 이른 저녁을 먹고 호텔에서 하룻밤 잔 다음 비어드가 의사를 만나고 오면 바로 출발하기로 했다.

"그런데 대장." 해머가 한산한 식당에서 자리를 잡고 앉으며 말했다. "의사한테 아프다는 소리 들으면 안 돼요. 지금은 그럴 때가 아니에요."

"나도 그게 걱정이에요. 진단은 현대의 저주라고 할 수 있죠. 병원에 가서 진료를 안 받으면 의사가 주는 병을 안 받아도 되는데."

그들은 와인과 물로 마술적 사고를 위해 건배하고는 몇 달 동안 이메일로 해온 대화를 이어갔다. 누군가 엿듣는 사람이 있었다면 상업적 지루함의 진수라고 생각했겠지만 두 사람에게는 시급한 문제였다. 중간 규모의 인공광합성 발전소에서 석탄만큼 싼 비용으로 전기를 만들 수 있다고 주장할 정도로 태양전지판 가격을 낮추려면 얼마나 많은 주문이 들어와야 하는가? 에너지 시장은 대단히 보수적이었다. 기후체계를 망치지 않는 윤리적인 방법이라 해도 프리미엄은 없었다. 칠천 건 정도는 주문이 들어와야 한다는 게 그들의 계산이었다. 로즈버그와 주변 지역에 일 년간 날씨에 상관없이 밤낮으로 안정적인 전력을 공급할 수 있느냐에 많은 것이 달려 있었다. 중국인들이 얼마나 빨리 움직이고 사업을 잃을지 모른다는 위기감을 얼마나 느낄지도 중요했다. 그점에서는 불경기가 도움이 되겠지만, 반면 불경기 때문에 에너지 자체는 아니더라도 태양전지판의 수요가 떨어질 수 있었다. 그들은 수치를 인용하기도 하고 떠오르는 대로 말하기도 하면서 그주제에 대해 몇 번이나 이야기했다. 그러다 해머가 레스토랑 저편에 혼자 있는 웨이터가 듣기라도 할 것처럼 비어드에게 몸을 기울이고 은밀히 말했다. "그런데 대장, 나한테는 솔직해도 되잖아요. 말해줘요. 지구가 차가워지고 있다는 게 사실이에요?"

"뭐라고요?"

"당신은 그건 이미 끝난 이야기라고 계속 말하지만 다른 사람들은 아니에요. 사방에서 그런 말이 들려요. 지난주에는 대기학인지 뭔지 한다는 여자 교수가 텔레비전에 나와서 그러더라고요."

"그 여자가 누구든, 그 말은 틀렸어요."

"사업하는 사람들도 다 그렇게 말하고 있어요. 그런 분위기가 조성되고 있는 것 같아요. 과학자들이 잘못 안 건데 감히 인정하지 못하는 거라고요. 너무 많은 자리와 명예가 걸린 일이라."

"근거가 뭔데요?"

"산업화 이후, 그러니까 이백오십 년간 기온이 0.7도밖에 안 올랐고 그건 통상적인 변동 폭 내에 있는 수치라 무시해도 된다더군요. 최근 십 년 동안은 평균 이하였고요. 지난 몇 년 이곳 겨울이 몹시 추웠는데 그것도 우리에게 도움이 안 되고. 오바마 정부의 지원금과 세금 우대 덕에 부자가 될 사람이 너무 많아서 진실이 감춰지고 있다는 말도 나와요. 아까 말한 그 교수 같은 과학자들이 기후변화에 대한 상원 소수파의 반대 의견서에 서명했고요—그건 당신도 봤을 거예요."

비어드는 망설이다가 와인을 더 주문했다. 일부 캘리포니아 와인의 문제점은 마시기에 지나치게 부담 없어서 레모네이드처럼 넘어간다는 거였다. 하지만 알코올 도수는 16도였다. 그는 이 대화가 너무 시시하다는 생각을 떨쳐버릴 수 없었다. 종교나 미스터리 서클과 UFO 이야기처럼 지루했다. 그가 말했다. "현재 기준으로는 0.8도 올랐고 기후학적으로 무시 가능한 수치가 아니에요. 대부분이 최근 삼십 년 동안 오른 거고요. 그리고 하나의 추세 형성에 십 년은 부족해요. 최소 이십오 년은 필요하죠. 전년보다 기온이 오른 해도, 떨어진 해도 있고 연평균 기온 그래프를 그려보면 지그재그 형태를 이루지만 상승 지그재그예요.

이례적으로 더웠던 해를 출발점으로 잡으면 기온이 떨어지고 있다는 건 쉽게 증명할 수 있죠. 적어도 몇 년간은. 그건 프레이밍, 혹은 체리 피킹이라 불리는 낡은 수법이에요. 그리고 반대 의견서에 서명한 과학자는 천 명당 한 명꼴의 소수예요, 토비. 조류학자, 전염병학자, 해양학자, 빙하학자, 연어잡이 어부, 스키 리프트 기사가 압도적인 의견 일치를 보이고 있어요. 일부 머리 나쁜 기자는 그 의견에 반대하는 기사를 쓰면서 독립적 사고의 표현이라고 생각하죠. 그 의견에 반대하는 발언을 하는 교수도 많은 관심을 끌게 되고요. 엉터리 가수나 요리사가 존재하는 것처럼 불량 과학자도 있어요."

해머는 회의적인 표정이었다. "만일 지구가 뜨거워지고 있는 게 아니라면 우린 골로 가는 거예요."

비어드는 잔을 채우며 해머와 몇 년 동안 동업자로 일하면서도 근본적인 문제에 대해선 거의 이야기한 적이 없다니 이상하다고 생각했다. 그들은 늘 사업에, 당장 처리해야 할 문제에 집중했던 것이다. 비어드는 자신이 취하기 직전이라는 것도 깨달았다.

"좋은 소식이 있어요. 이미 연간 삼십만 명 이상이 기후변화로 죽어가고 있다는 게 UN 추정이에요. 방글라데시는 지금 이 순간에도 바다가 따뜻해지고 해수면이 상승하면서 가라앉는 중이고요. 아마존 열대우림에는 가뭄이 들었어요. 시베리아 영구동토

층에서 메탄가스가 유출되고 있고요. 그린란드 빙상 밑이 녹아 내리고 있지만 아무도 이야기하고 싶어하지 않죠. 아마추어 요트인들이 북서항로*를 항해하고 있어요. 이 년 전 우리는 북극 여름 빙하의 40퍼센트를 잃었어요. 이제 남극 동부도 사라져가고 있고요. 토비, 미래는 이미 닥쳤어요."

"예." 해머가 말했다. "그런 것 같네요."

"확신을 못하는군요. 최악의 경우를 생각해봅시다. 거의 불가능하지만―천 명이 틀리고 한 명이 옳을 수도 있겠죠. 데이터가 모조리 왜곡됐고 지구온난화 같은 건 없다고 쳐요. 다 과학자들의 집단 망상이거나 음모일 수도 있어요. 그래도 우리에겐 오랜 대비책이 남아 있어요. 에너지 안보, 대기오염, 석유 생산 정점**."

"석유가 삼십 년 내에 동난다는 이유만으로 우리의 태양전지판을 살 사람은 없어요."

"왜 그래요? 집에 무슨 일 있어요?"

"그런 거 아니에요. 이 일에 모든 걸 걸었는데 흰 가운 입은 사람들이 텔레비전에 나와서 지구가 더워지고 있지 않다고 말하는 바람에 겁이 나서요."

---

* 대서양에서 북아메리카 북쪽 해안을 따라 태평양에 이르는 항로.
** 어느 시점에 석유 생산량이 정점에 이른 후에는 계속 줄어들 거라는 견해.

비어드는 친구의 팔에 손을 얹었고 그건 과음의 확실한 증거였다. "토비, 잘 들어요. 지구온난화는 대재앙이에요. 안심해요!"

아홉시 반이 되자 여독으로 녹초가 된 두 남자는 잠자리에 들기 위해 함께 엘리베이터를 탔다. 비어드가 먼저 내렸다. 그는 해머에게 잘 자라고 인사한 뒤 여행가방을 끌고 직각을 이룬 긴 복도를 따라가며 방 번호를 잊지 않으려고 계속 중얼거렸다. 그러다 이따금 걸음을 멈추고 '309-331' 같은 숫자가 적힌 안내판 앞에 비틀거리며 구부정하니 서서 방향을 확인했지만 그의 방 번호 '399'는 어디에도 암시조차 없었다. 그래서 계속 가다보니 결국 반대 방향에서 엘리베이터로 되돌아왔다. 그 엘리베이터가 맞는지는 몰라도 모래를 채운 재떨이에 갈색 사과심이 비스듬히 꽂혀 있는 건 똑같았다. 그는 피해의식이 차오르는 걸 느끼며 다시 한 바퀴 돌았고 결국 또다시 그 엘리베이터를 지났다. 그 층을 세 바퀴째 돌기 시작해서야 그는 자신이 카드키를 거꾸로 들고 있고 목적지가 다른 층인 663호임을 깨달았다. 그는 엘리베이터를 타고 올라가 방을 찾아 들어가서는 문간에 여행가방을 팽개치고 미니바에서 브랜디와 커다란 초콜릿바를 꺼내들고 침대에 걸터앉았다.

다행히 멜리사에게 전화하기엔 너무 늦고 달린에게 전화하기엔 너무 일렀다. 달린은 일하고 있을 테니까. 그는 리모컨을 들 힘밖에 없었다. 텔레비전이 켜지면서 화면이 나오기 전 작동을 시작하는 전자제품 특유의 편안하고 억눌린 치이익 소리가 들렸는데 어머니의 키스처럼 다정하고 친숙했다. 그의 어머니의 키스 같진 않았지만. 그는 피곤한데다 취하기까지 해서 할 수 있는 것은 채널 돌리기뿐이었다. 언제나처럼 놀라울 것도 없는 화면—게임 프로, 토크쇼, 테니스, 만화, 의회 위원회, 멍청한 광고. 그가 바로 그 순간 인생을 맡길 수 있을 것 같은 두 여자가 남편의 알츠하이머에 대해 이야기를 나누었다. 한 젊은 커플이 의미심장한 시선을 교환하자 방청객들이 킥킥댔다. 어떤 사람이 반항적으로 오바마 대통령은 여전히 성자고 여전히 사랑받고 있다고 말했다. 요즘 비어드는 자신을 '평생 민주당원'이라고 묘사했다. 그는 기후변화 관련 행사에서 지구가 생사의 기로에 놓였던 2000년도의 운명적인 순간에 대해 자주 이야기했다. 그때 부시가 고어에게서 승리를 쟁취해 팔 년을 허비하는 비극을 연출했던 것이다. 하지만 비어드는 미국의 텔레비전으로 대표되는 미국이라는 나라의 풍요로움과 기묘함에 흥미를 잃은 지 오래였다. 이젠 루마니아에도 수백 개의 채널이 있고 지구 어디나 마찬가지였다. 그리고 일단 텔레비전에 나오면 더이상 기묘해 보이지 않았다. 하지만 비어드는 너무 피곤해서 리모컨 채널 버튼에

서 엄지손가락을 뗄 힘도 없었고 사십 분 동안 무릎 위에 빈 술
잔과 초콜릿바 봉지를 놓고 기절한 듯이 앉아 있다가 뒤에 있는
쿠션 위에 쓰러져 잠들었다.

구십 분 후 그는 팜톱 벨소리에 정신을 차렸다. 팜톱을 귀에 대
고 여자아이의 목소리를 듣자 잠이 싹 달아났다. 세상에 존재하
지 못하게 하려고 품위를 지키는 선에서 그가 할 수 있는 노력은
다했지만 금서처럼 도저히 막을 수 없었던 캐트리오나 비어드.

"아빠." 캐트리오나가 엄숙하게 말했다. "뭐하고 있어요?"

영국 시간으로는 일요일 아침 여섯시였다. 아침햇살에 잠이
깨어 침대에서 곧장 거실 전화기로 가서 왼쪽 첫번째 버튼을 눌
렀을 터였다.

"아가, 일한단다." 비어드도 똑같이 엄숙하게 대답했다. 그냥
자고 있었다고 말할 수도 있었지만 아이 목소리를 듣자마자 죄
책감이 들어 거짓말을 하게 됐다. 세 살짜리 딸과 대화하다보면
이런저런 여자들에게 서툰 변명을 하거나 했던 말을 취소하거나
핑계를 대다가 들켜버렸던 일이 기억날 때가 많았다.

"목소리가 쉰 거 보니까 침대에 있네."

"침대에서 책 읽지. 넌 뭐하고 있니? 뭐가 보여?"

비어드는 아이가 새로 습득한 언어망의 어떤 부분으로 주위
모습을 묘사할지 궁리하며 날카롭게 숨을 들이쉬고 깨끗한 혀로

유치를 빼는 소리를 들었다. 아이는 햇살이 환히 들어오는 큰 창과 잎이 무성한 벚나무를 마주한 소파 옆이나 위에 있을 테고 늘 관심을 끄는 무거운 돌들이 담긴 그릇과 무어의 축소 모형, 햇빛에 비친 무채색 벽, 오크 마룻널의 길고 곧은 선이 보일 터였다.

이윽고 캐트리오나가 말했다. "내 집에 안 와요?"

"아가, 아빠는 아주 먼 데 있단다."

"거기로 갈 수 있으면 여기로 올 수 있잖아."

그 논리에 비어드는 잠시 말문이 막혔고 곧 만나러 간다고 대답하려는데 아이가 즐거운 생각을 해내고 먼저 말했다. "나 지금 엄마 침대로 갈 거예요. 안녕." 전화가 끊겼다.

비어드는 침대에 벌렁 누워 눈을 감고 딸의 관점에서 세상을 상상해보았다. 딸은 아직 시간, 표준시간대, 물리적 거리에 대해 올바른 개념이 없는 채로 경이로운 기능을 가진 기계를 사용할 수 있었고 그것을 당연시했다. 버튼 하나만 누르면 강령회에서 저세상의 유령을 불러내듯 아빠의 육체에서 분리된 목소리와 이야기할 수 있었다. 가끔 아빠를 직접 오게 할 수도 있었지만 대개는 그러지 못했다. 비어드는 딸 앞에 나타날 때면 늘 선물을 들고 갔는데 공항에서 어설프게 고른 거라—너무 작은 열두 개들이 무지개 티셔츠라든가, 딸이 마음이 고와서 말은 안 해도 속으론 아기들이나 갖고 노는 거라고 여기는 봉제인형, 다룰 줄 모르는 게임기, 그가 먹어치울 수밖에 없었던 술이 든 초콜릿 따위―아이에게 맞지 않을 때가 많았다. 멜리사는 선물을 사오지 말라고 했지만―"아이가 원하는 건 당신이에요"―포장지에 숨긴 깜짝 선물로 여자를 달래온 평생의 버릇은 고칠 수 없었다. 선물 없이는 자신의 부재를 만회하지 못했고 그들의 노골적이고 예측 불가능한 요구에 맨몸으로 노출되어 불편할 정도로 애써야 하고 결국 무리한 약속을 하게 되었다.

캐트리오나는 겨우 세 살인데도 선물을 풀 때 주는 사람의 감정을 배려해야 한다는 책임감을 느끼는 아이였다. 생긴 지 얼마 안 된 의식이 어쩜 그렇게 잘 조율될 수 있을까? 캐트리오나는 자신을 기쁘게 해주려는 아빠가 실망하길 바라지 않았다. 티셔츠는 나중에 남동생에게 입히면 되니까 잘못 사온 게 아니라고 아빠를 위로했다. 사랑스러운 남동생이 꼭 태어날 거라는 이상한 확신을 품고 있어서였다. 캐트리오나는 다정하고 사교적이고 감당이 힘들 정도로 감수성이 풍부한 아이였다. 무심코 하는 말에서 어조가 변하거나 목소리가 높아지면 비난이나 질책을 느끼고 겁에 질려 울음을 터뜨렸고 그렇게 울기 시작하면 달래기가 쉽지 않았다. 아이는 이따금 다른 사람의 마음을 대서양처럼 거친 파도가 무시무시하게 일렁이는 힘의 장으로 느끼는 듯했다. 그렇게 타인을 의식하는 건 고통이자 재능이었다. 캐트리오나는 발랄하고, 남을 잘 믿고, 재미있고, 영리했지만 섬세한 감정 때문에 상처를 잘 받고 아빠를 불안하게 만들었다. 언젠가 비어드가 악의 없이 가볍게 짜증을 냈더니 어찌나 서러워하던지 엄마가 황급히 들어와 안아주어야 했다. 비어드는 나쁜 사람이 되는 걸 즐기지 않았지만 하루종일 신경을 곤두세우고 있는 건 그답지도 않고 고역이었다.

그렇다면 고집쟁이에 정강이를 차대는 아들이 나왔을까? 그렇진 않을 것 같았다. 비어드를 딸에게 묶어두는 건—그가 타인에게 묶일 수 있는 한도 내에서—그애의 고집과 무조건적이고 무비판적인 사랑이었다. 캐트리오나에게 그건 간단한 문제였다. 그가 자기 아빠니까 자기 것이라고 생각했다. 캐트리오나는 아빠가 세상을 구하는 일을 한다는 걸 알았고 세상은 엄마와 프림로즈 힐, 무용복 가게, 놀이 친구들을 의미하므로 무척 자랑스러워했다. 아빠는 같이 살 필요가 없다고 멜리사가 말해도 소용없었다. 캐트리오나는 아빠가 떠나는 걸 허락하지 않을 터였다. 아빠가 키 작고 뚱뚱하고 그리 다정하지도 않고 삼중 턱이 되어가는 건 개의치 않았고 어쩌면 그런 게 눈에 보이지도 않는지 그를 사랑하고 소유했다. 캐트리오나는 제 권리를 알았다. 그것 역시 비어드의 죄책감을 들쑤셨고 자신이 피곤한 여행에서 돌아와 문을 열고 들어서자마자 딸이 달려와 안기고 소파에 앉는 순간 무릎으로 기어올라 귓가에 비밀 이야기를 속닥거리지 못하도록 선물을 들고 갔다. 자신의 아버지처럼 그도 자식과 몸으로 애정을 나누는 게 쉽지 않았다. 반면 캐트리오나는 자기 엄마처럼 불공평한 사랑을 할 준비가 되어 있었고 아빠의 마지못한 마음을 알아채지 못했다.

그런 이유로 비어드는 우유부단한 부모이자 연인이었고 가정에 헌신하지도, 깨끗이 떠나지도 못했다. 예순두 살이 다 되어가는 남자로선 보기 드물게 젊은이처럼 독립에 대한 생각에 습관적으로 매달렸다. 런던으로 돌아오면 최소한 이틀이나 사흘 밤은 도싯 스퀘어의 아파트에서 지내다가 더러움과 많은 결함에 억지로 떠밀려나올 때가 많았다. 아파트 부엌의 벽과 천장이 만나는 선을 따라 누르스름한 회색 버섯이 무성하게 자라고 있었다. 원칙적으로는 윗집 소유인 바깥 홈통에 금이 가서 빗물이 벽돌 틈으로 새어들어왔다. 하지만 비어드는 호전적인데다 가는귀까지 먹은 윗집 남자와 부딪치고 싶지 않았고 인부를 불러 망치로 벽돌을 깨고 회반죽을 칠하는 동안 소음과 사생활 침해에 시달리고 싶은 마음도 없었다. 현관등은 전구를 아무리 자주 바꿔도 늘 고장이었다. 스위치를 올리자마자 펑 소리를 내며 나갔다. 위층 욕실 냉수는 말라붙은 지 오래였다. 면도를 하려면 온수를 약하게 틀어놓고 데기 전에 재빨리 끝냈다. 목욕을 하려면 욕조에 물을 받아놓고 한 시간쯤 식힌 뒤 들어갔다. 이런 자잘한 문제는 간단히 해결될 수 있는 게 아니라서 임시변통으로 때웠다. 손님방에 새는 빗물은 커다란 화병으로 받고, 닫히지 않는 냉장고 문짝에는 쇠로 된 신발 흙긁개를 받쳐놓고, 낡아빠진 변기 물통 체인은 지저분하고 너덜너덜한 끈으로 대체했다.

하지만 육 년 전 마지막 청소부가 나간 뒤 청소기를 돌린 적이 없어 털이 뭉치고 끈적거리는 카펫은 대책이 없었다. 산더미처럼 쌓인 정리되지 않은 서류, 편지, 광고우편물, 잡지, 빈병 상자, 냄새나는 소파, 그리고 접시, 컵, 이불 등 모든 표면뿐 아니라 공기까지 덕지덕지 낀 듯한 때도 마찬가지였다. 그는 이 아파트가 지저분하긴 하지만 사무실이나 마찬가지라고 자신에게 말하곤 했다. 톰 올더스의 보고서를 읽고 그의 삶을 되살린 곳이니까. 프림로즈 힐에선 멜리사와 캐트리오나가 그와 이야기하기를 좋아했지만 여기선 불결한 방에 널브러져 아무 방해도 받지 않고 글을 읽을 수 있었다. 하지만 이제 발목이 근질거려 그마저도 어려웠다. 벼룩이 생긴 것이다. 이 아파트를 견딜 만한 데로 만들기 위해서는 해야 할 일이 너무 많아서 되레 어떤 일도 할 가치가 없어 보였다. 뭐하러 수리를 하고, 뭐하러 먼지 앉은 스카치와 진 병을 내다버리거나 죽은 파리나 거미를 치우나? 결국 멜리사의 집으로 들어갈지도 모르는데.

비어드는 오래전 퍼트리스를 떠날 때 이 돼지우리 같은 집을 소박하고 빛이 잘 드는 피신처, 어수선함과 산만함이 모두 제거되고 에덴동산처럼 순수하고 깨끗해서 자유롭고 열린 정신이 아무 방해 없이 돌아다닐 수 있는 곳으로 가는 경유지라고 여겼다. 지저분한 창문 때문에 더 음울해 보이는 이 아파트의 모든 것이 그 자신의 모습을 반영하고 있었다. 훌륭한 계획을 행동으로 옮기지 못하는 최악의, 가장 뚱뚱한 자신. 현재의 어느 시점에서든 그는 전기기사, 배관공, 청소 대행사를 부르거나 1미터쯤 쌓인 서류를 정리하거나 톰 올더스의 아버지가 보낸 편지에 답장을 쓰는 것보다 훨씬 더 하고 싶은 일—이를테면 읽고, 마시고, 먹고, 전화 통화를 하고, 인터넷 검색을 하는 것 같은—이 있었다. 바로 그런 타성에 젖어 도싯 스퀘어에 계약기간보다 더 머물게 되었고 바로 그런 나태함으로 결국 아파트를 사게 되었다.

비어드는 자신을, 이 아파트를, 이 아파트에 있는 자신을 더이상 견딜 수 없을 때면 북서쪽으로 후퇴해 연인과 딸의 품으로 갔다. 프림로즈 힐에서는 깨끗하게 세탁해 다림질까지 한 옷, 제대로 기능하는 샤워기와 음식, 번갈아 자신들의 소식을 전하고 그의 허리둘레를 악의 없이 놀리고—멜리사는 '팽창하는 우주'라고 불렀다—그가 자멸의 위기에 처한 인류를 구하기 위해 미국 사막에서 벌이고 있는 모험 이야기를 듣고 싶어하는 두 여자가 기다리고 있었다. 그는 잠자리에서 캐트리오나에게 책을 읽어 주곤 했는데 아이는 엄마가 아닌 아빠가 읽어주고 있다는 경외 감에 사로잡혀 내용은 거의 듣지도 않고 기절한 듯 누워 턱 아래 이불을 꼭 잡고 있었다. 아이는 피곤과 싸우며 소유욕 강한 사 랑으로 만족스럽게 아빠를, 베아트릭스 포터의 조그만 책을 들 고 있는 거구의 아빠를 응시했다. 그는 온전히 캐트리오나의 것 이었다. 당시 캐트리오나는 베아트릭스 포터의 책만 읽어달라고 했지만 비어드는 다리미판을 가진 고슴도치와 반바지 차림의 토 끼가 등장하는 그 디스토피아가 취미에 맞지 않아서 졸지 않으 려고 애쓰다가 가끔 문장 중간에 고개를 꾸벅거렸고 그러다 다 시 정신을 차리고 감동 없는 목소리로 이를테면 도둑맞은 당근 이야기를 읽었다.

비어드는 텍사스의 호텔방에서 아직 팜톱을 손에 든 채 누워 있 었다. 갈증이 났지만 몸을 일으켜 물병을 가지러 갈 수도 없을 만큼 지친 상태였다. 비행기를 오래 타고 스카치를 잔뜩 마신데 다 24시간 동안 잠을 못 잔 탓에 미국 사이즈 침대에서 꼼짝도 하기 싫었다. 온종일 음속 4분의 3에 이르는 속도로 나는 비행기 에서 요동치는 성층권을 지난 뒤라 아직도 등과 다리에서 일렁 이는 움직임이 느껴졌다. 지금 상태에선 욕망이 전혀 없었지만 그래도 그는 멜리사 생각을 하고 있었다. 그녀와의 상태는? 대개 아이에게 책을 읽어주고 나서야 마침내 둘만의 시간을 갖게 되었다. 마침내? 요즘은 그녀와 사랑을 나누고 싶어 안달나지도 급하지도 않았고 그게 나쁠 건 없었다. 음식에, 그리고 그녀의 가게 이야기에 집중할 수 있으니까. 불경기로 춤에 대한 열기도 식었다. 멜리사는 똑똑한 사업가여서 감원 없이 제품 종류와 직원들 근무시간을 줄여 가게 세 곳을 그대로 유지했다. 발레 꿈나무들은 시류에 따라 검은색을 좋아하게 됐고, 중년 남자들은 더이상 탱고에 열을 올리지 않았지만 대신 그 아내들이 촌스럽지만 인기 있는 라인댄스용 카우보이모자를 사러 왔다. 리얼리티 쇼춤 대회 역시 예기치 않게 매출을 올려주었다.

그런 이야기는 마음을 진정시켜주었고 로즈버그 발전소 가동을 앞두고 정신없이 바빴던 지난 몇 주간은 특히 더 그랬다. 비어드는 조잘거리는 멜리사를 바라보며 그녀가 여전히 풍만한 아름다움을 간직하고 있고 그 어느 때보다도 행복해 보인다고 확신했다. 그녀에겐 모성이 쉽게 찾아왔다. 그녀는 마흔번째 생일 석 달 후 얻은 캐트리오나에게 극성스러운 사랑과 소유욕을 보일 수도 있었지만 따뜻하고 느긋한 엄마가 되었다. 비어드가 평생 맛보지 못했던 행복을 누리며 그에게서 조금은 멀어진 듯했고, 자신의 보호막이 생겼고 그가 그 막을 뚫고 들어올 생각이 없다는 걸 알았다. 그녀는 이제 뭔가 근사한 걸, 자신만의 은밀한 기쁨을 갖고 있었으며 어차피 비어드는 이해 못할 테니 굳이 설명해주려고 애쓰지 않았다. 그녀는 언제나 그를 만나면 기뻐 했고, 사랑을 나눌 때도 변함없이 열정적이었다. 캐트리오나의 존재로 그에게 힘을 주었고 시간을 내서 셔츠 다림질까지 해주 었다. 비어드가 일 년에 25000파운드씩 주는 돈도 그녀는 그 정 도면 충분하다고, 남는다고 말했다. 비어드는 그녀가 그 돈 없이 도 살 수 있고 자신이 없을 때도 여전히 행복하리라 생각했다.

멜리사는 임신 문제로 다툴 때 비어드에게 여러 번 했던 약속 을 지키고 있다고 볼 수 있었다. 그녀는 아이를 지우자는 비어드 의 주장을 묵살했지만 대신 어떤 요구도 하지 않았다. 그럼 그는 어땠는가? 그는 자신이 그토록 스스로에게 충실하고 변함없는 사람인 줄 미처 몰랐었다. 그는 로즈버그에서 여자를 사귀었다. 달린이라는 웨이트리스로 로즈버그 남쪽, 유령도시 셰익스피어 로 가는 도로변의 트레일러에서 살았다. 달린은 아름답다고 할 수 없었고 멜리사와 계층이 달랐지만 이제 비어드도 별로 봐줄 만한 구석이 없었다. 걸을 때는 좀 뒤뚱거렸고 턱들이 추가로 생 겨났으며 맨 안쪽 턱은 칠면조 목살처럼 늘어져서 고개를 움직 일 때면 같이 흔들렸다. 처음 보는 여자에게 데이트 신청을 하면 상대는 웃음을 터뜨린 뒤 거절했다.

달린은 그의 데이트 신청을 받아들였다. 그녀는 착하고 재미

있고 그와 함께 술 마시는 걸 좋아했다. 지난번 로즈버그에 갔을 때 둘이 트레일러에서 술에 취했고 비어드는 흥분상태에서 그녀와 결혼하겠다고 동의했다. 하지만 섹스중 나온 과장된 말이었고 흥분의 표현에 지나지 않았다. 이튿날 밤, 비어드는 번복에 틀림없이 뒤따를 불상사를 피하기 위해 이번에는 로즈버그 북쪽의 한 술집에서 다시 그녀와 취하도록 마셔댔고 하마터면 또다시 프러포즈를 할 뻔했다. 이 모든 게 그가 그녀를 좋아한다는 의미였다. 그녀는 좋은 친구인데다 성격도 시원시원하고 노련했다. 하지만 요새는 영국에 오고 싶어서 그의 복잡한 삶을 더 꼬이게 만들고 있었다.

놀라운 건, 캐트리오나가 태어난 뒤에도 그의 삶이 그대로라는 사실이었다. 친구들이 말하길 아이가 태어나면 스스로도 놀랄 거라고, 완전히 딴사람이 되고 가치관도 달라질 거라고 했다. 하지만 그는 달라진 게 없었다. 캐트리오나는 아무 문제 없었지만, 그의 엉망인 삶은 여전했다. 비어드는 삶의 마지막 활동단계에 접어들고 나서야 사고만 없으면 인생은 달라지지 않는다는 걸 깨닫기 시작했다. 그동안은 착각 속에 살아왔다. 언젠가는 철이 들고 안정기에 이르러 삶의 요령을 모두 터득하고 단순하게 살 수 있으리라 생각했다. 모든 편지와 이메일에 답하고, 모든 서류를 정리해놓고, 책도 알파벳 순서대로 책꽂이에 꽂아놓고,

옷과 신발도 잘 손질해서 보관하고, 모든 물건을 쉽게 찾을 수 있는 곳에 두고, 과거의 편지와 사진은 상자와 서류철에 정리해 놓고, 거처와 재정 문제를 포함한 개인적 삶도 안정적이고 평화롭게 유지할 수 있으리라 믿었다. 그동안 그런 정착은, 평화로운 안정기는 찾아오지 않았지만 그 문제는 깊이 생각해보지도 않고 때가 멀지 않았다고, 힘껏 도약해 거기 이르는 순간 삶은 분명해지고 정신은 자유로워질 것이며 비로소 어른다운 삶이 제대로 시작될 거라고 여겼다. 하지만 캐트리오나가 태어나고 얼마 되지 않아서, 달린을 만났을 때쯤 그는 처음으로 진실을 직시했다. 죽음을 맞는 날 그는 양말을 짝짝이로 신고 있을 것이고, 답장을 보내지 않은 이메일이 남아 있을 것이다. 그가 집이라고 부르는 돼지우리 같은 아파트에는 커프스단추가 떨어진 셔츠와 고장난 현관등, 밀린 고지서, 지저분한 방, 죽은 파리가 남아 있을 것이며, 여전히 응답을 기다리는 친구들, 숨겨둔 연인들이 있을 것이다. 유기체의 최후인 망각이 그의 유일한 위안이 될 것이다.

불과 삼십 시간 전 런던에서의 마지막 밤은 그가 단출한 가족과 즐거움을 나누기 딱 좋은 시간이었어야 마땅했다. 그걸 거부할 수 있는 사람은 거의 없으며 바스쿠 다가마라도 그런 환송에 행복해하지 않을 수 없었을 것이다. 비어드도 처음에는 행복했다. 멜리사는 특별한 쇼를 펼쳤다. 어린 캐트리오나까지도 아빠가 미국에 뭔가 스위치를 올리러 가고, 그러면 세상이 구원될 것임을 이해했다. 모녀가 파티 드레스를 차려입고 특별한 이른 저녁식사를 준비했다. 식탁 한가운데 초록색과 파란색 아이싱을 입혀 캐트리오나가 손수 만든 공 모양 케이크가 있었다. 지구를 상징하는 케이크 꼭대기에 초가 하나 꽂혀 있었는데 아빠가 단번에 촛불을 끄자 아이는 좋아서 어쩔 줄 몰랐다. 멜리사와 캐트리오나가 새끼 오리 노래를 불렀고 비어드는 유일하게 가사를 다 아는 〈텐 그린 보틀스〉 앞부분 몇 소절을 불렀다. 파티 내내 딸은 그의 목을 끌어안고 있었다. 그건 축복의 시간이 아니었을까? 거의 그랬다. 그는 팜톱을 꺼두는 걸 깜빡했고 멜리사가 케이크를 자르는 동안 달린에게 전화가 걸려왔다. 무심코 전화를 받은 그는 퉁명스러울 정도로 간단히 말했다. "이따 내가 걸지." 그는 멜리사가 여자 목소리를 들었고 자기 목소리의 긴장을 간파했으리란 걸 알았다. 하지만 멜리사의 태도는 변함없었다. 그에게 화가 나 있다는 걸 캐트리오나 모르게 교묘히 드러내지도 않았다. 멜리사는 그와 눈을 맞추고, 그를 향해 따뜻한 미소를 보내고, 그의 잔에 와인을 따라주고, 그에게 축하의 말을 건넸다.

캐트리오나가 잠자리에 들고 둘만 남자 비어드는 스카치를 잔에 가득 따르고 싸움에 대비했다. 피할 수 없는 일이었다. 하지만 멜리사는 신발을 벗고 곁에 앉더니 키스하면서 당신이 보고 싶을 거라고 말했다. 그들은 여행 준비, 돌아오는 일정 같은 딴 소리만 했고 비어드는 점점 짜증이 났다. 그녀는 그를 가지고 놀고 있었고, 그를 죄책감에 시달리게 하고 있었다. 그런데 왜 죄책감을 느껴야 하지? 누가 대답 좀 해줬으면. 그는 그녀에게만 매인 몸이 아니었고 그 점에 대해선 분명한 합의가 있었다. 그리고 그녀가 다정함과 유혹으로 질투심을 숨기는 건 잘못된 행동이었다. 멜리사는 그에게 스카치를 한 잔 더 따라주고 더 가까이 다가와 얼굴을 비비고 귀를 혀로 핥고 다리 사이에 손을 넣어 애무하며 다시 키스했다. 견딜 수 없는 기만이었다. 그가 흥분하지 못하는 걸 그녀도 느낄 수 있었다. 그녀는 어떻게 달린의 목소리를 못 들은 척할 수 있을까? 그녀가 들었다는 걸 그가 안다는 걸 알면서.

그러다 그녀가 캐트리오나의 말과 행동에 대해 재밌지도 않은 이야기를 늘어놓았고 비어드는 평생의 그 어떤 직관 못지않게 훌륭하고 분명한 깨달음에 이르렀다. 멜리사는 전혀 질투하지 않는 거였다. 아무렇지도 않고 관심이 없는 거였다. 그에 대한 설명은 딱 한 가지였다.

비어드는 그녀에게서 떨어지며 최대한 차분하게 말했다. "만나는 사람 있어?"

그의 조용한 분노가 시킨 일이었다. 하지만 그의 다른 부분은,

술을 입에도 대지 않은 바로 그 부분은 그녀를 전혀 의심하지 않았다. 질문은 징벌에 더 가까웠고 당연히 그는 멜리사가 바로 아니라고 대답하기를 기대했다.

멜리사는 모욕을 느꼈다. 비어드가 너무도 좋아하는 샐쭉한 입 모양이 되고 이어서 놀란 목소리로 물었다. "당신은 없어요? 물론 난 있어요."

오, 그거군. 그 지겨운 구닥다리 평등론. 공평한 입장. 합리성이 미쳐 날뛰는, 페미니즘의 어리석은 마지막 헐떡거림.

잠시 후 비어드는 생각을 정리하며 말했다. "그 사람 이름이 뭐지?"

멜리사가 외면하며 대답했다. "테리."

"테리?" 비어드가 불신 어린 목소리로 물었다. 멜리사의 어리석음이 고스란히 그 멍청한 이름 안에 있었다. "테리는 뭐하는 사람인데?"

멜리사가 한숨을 쉬었다. 거짓말은 들통날 수밖에 없었다. "지휘자conductor예요."

"버스?"*

"오케스트라, 교향악단요. 클래식 있잖아요."

---

* conductor에는 '지휘자'라는 뜻과 함께 '버스 차장'이라는 뜻이 있다.

하지만 그녀는 비어드만큼이나 클래식이라면 질색했다. 클래식은 리듬감도 없고 정열적이지도 않고 토바고나 베네수엘라 느낌도 없다고 늘 말했다. 멜리사는 차라리 그게 거짓말이기를 바라는 듯한 얼굴로 소파 저쪽 끝에 앉아 있었다.

비어드가 물었다. "테리가 캐트리오나도 만났나?"

멜리사는 그 말에 화가 나서 조롱 어린 다정한 목소리로 말했다. "내 얘기는 이 정도면 됐어요. 이제 당신 얘기 좀 하죠. 아까 전화 온 거 여자죠? 이름은 뭐고 하는 일은 뭐죠?"

비어드는 손짓으로 그 질문을 밀어냈다. 자신의 웨이트리스를 그녀의 교향악단 지휘자와 대결시킬 준비가 되어 있지 않았다. "이봐, 멜리사, 당신이 이해 못하는 게 있어. 당신은 우리 아이의 엄마고……"

"오, 제발요, 마이클. 그렇게 따지면 당신은 우리 아이의 아빠죠. 난 가끔 당신 헛소리를 믿을 수가 없어요. 그리고……"

멜리사는 뭔가 다른 이야기를 하려다가 마침 침실에서 캐트리오나의 울음소리가 들리자 황급히 달려갔다. 그녀가 다시 나왔을 때 비어드는 거실 저편에 놓인 자신의 여행가방 옆에 서 있었다.

"좋아요." 멜리사가 말했다. "가요. 꺼져버리라고요. 내쫓는 거예요."

"그럴 필요 없어." 비어드는 그렇게 말한 뒤 가방을 들고 떠났다.

다음날 아침 멜리사는 히스로공항에 있는 그에게 전화해서 사랑한다고 말했다. 비어드도 어젯밤을 그런 식으로 망쳐서 미안하다며 자신을 탓했다. 두 사람은 그가 댈러스에 도착했을 때 다시 통화해서 조금 더 화해했다. 지금 그 생각을 하자 비어드의 마음은 두 갈래로 갈라졌다. 분노와 질투에 차서 멜리사를 자기만의 여자로 만들고 테리의 목구멍에 지휘봉을 쑤셔넣고 싶으면서도, 한편으론 테리라는 자 덕에 착한 달린과 실컷 즐길 수 있게 되었다는 생각이 들었다. 이런 즐거움을 누릴 날이 앞으로 얼마나 남았겠는가? 그리고 어쩌면 중요한 건 이것이다—어쨌거나 그에게는 지금이 완벽한 상황이다. 하지만 그자가 멜리사의 침대에 누워 있거나 딸에게 베아트릭스 포터 책을 읽어주는 상상을 하자 달린을 포기하고 최대한 빨리 런던으로 돌아가야겠다는 생각이 들었다. 하지만 그럼 달린은? 녹초가 된 지금은 그런 고민을 해봐야 소용없고 내일 로즈버그에 가면 모든 것이 분명해질 터였다.

비어드는 옷도 벗지 않고 팜톱을 손에 든 채로 잠이 들었다.

10번 주간 고속도로가 더 빨랐지만 그들은 한적한 시골길인 9번 도로를 더 좋아했다. 멕시코 국경을 따라 몇 킬로미터 이어지는 그 도로는 낮은 언덕들과 치와와 사막 관목들 사이로 유클리드 선처럼 곧게 뻗어 있었다. 정오가 다 되었고 기온은 44도에서 더 오르고 있었다. 전방의 2차선 도로는 점점 가늘어지다가 열기의 소용돌이가 되었고 그곳의 휘어진 빛이 만든 잔잔한 신기루 웅덩이들은 차가 다가가면 증발했다. 한 시간 동안 차라곤 석 대밖에 보지 못했고 그것도 전부 국경순찰대 소속 흰색 픽업트럭이었다. 그중 한 대는 지나가면서 운전자가 손을 들어 엄숙하게 경례를 했다. 비어드가 운전대를 잡았고 해머는 옆에 앉아 노트북을 두드리며 중얼거리고 있었다. "염병, 못 온다 이거지…… 더 잘됐어…… 하지만 난…… 사과는, 멍청한 놈……" 그러면서 간간이 비어드에게 제대로 소식을 전했다. "〈뉴욕 타임스〉는 취소했어요…… 분열식 제트기는 원래 두 대였는데, 상공회의소의 파일럿 출신 외다리 전쟁영웅이 마당발이라 일곱 대나 확보했네요."

비어드는 운전대를 잡은 손의 팔꿈치를 배 위에 편안히 올려놓고 시속 88킬로미터를 유지하며 달렸다. 미국에서는 커다란 엔진에서 거의 소리나지 않도록 기품 있게 차를 몰기 쉬웠다. 미국은 자동차의 대중화가 어느 나라보다도 일찍 이루어졌다. 그래서 사람들은 자동차를 경주용이나 페니스, 미사일 대용품으로 여기는 데 싫증나 있었다. 그들은 교외지역 교차로에서 정지한 뒤 누가 먼저 갈지 눈짓으로 예의바르게 타협했다. 학교 근처에서는 시속 25킬로미터 속도제한을 지키기까지 했다. 부담 없는 속도로 달리는 SUV 아래로 빛바랜 노란 선들이 빨려들어가는 동안 비어드의 생각은 강박적으로, 쓸데없이 프로젝트로 돌아갔다. 그는 태양전지판 관련 특허를 열일곱 개나 갖고 있었다. 만일 만 개가 팔리면…… 이상적인 조건에서 물이 수소로 전환되는 비율이…… 물 1리터가 가솔린 1리터보다 세 배나 많은 에너지를 낼 수 있다. 이보다 작은 차에 적절한 엔진을 달면 물 2리터, 와인병으로 가득 채워서 세 병이면 이 정도 거리는 달릴 수 있고…… 엘패소에서 와인을 사왔어야 되는 건데…… 로즈버그에는 종류가 많지 않아서……

생각이 도로처럼 꼬리에 꼬리를 물었고 비어드는 아까 의사와 만난 일을 잊고 느긋하고 행복한 기분에 젖었다. 그의 자유로운 기분은 꼭대기 부분이 검푸른 맑은 하늘, 눈앞의 텅 빈 풍경과 하나가 되었다. 여기 팔 년간의 노고의 정점이 있었다. 로즈버그로의 여정은 모든 영국인이 생각하는 미국의 이상적인 모습을 담고 있었다—까마득한 지평선까지 시원하게 뚫린 도로, 웅대한 공간, 가능성. 도로를 따라, 특히 남쪽으로 모래 제방과 작은 언덕 위에 돌무더기들이 쌓여 있었는데 개중엔 1.5미터 높이에다 돌 위에 돌이 균형을 잡고 있는 모습이 얼핏 사람처럼 보이는 것도 있었다. 원시적인 인상을 풍기는 그 돌무더기들을 맨 처음 봤을 때 비어드는 영국의 선돌이나 고인돌에 비견되는 아즈텍 유물인 줄 알았다. 하지만 그것은 국경을 넘어 연락책과 접촉하기 위해 수 킬로미터나 되는 잡목숲을 걸어온 멕시코 이민자들이 남긴 승리의 표시였다. 간간이 도로변에 국경순찰대 감시소가 서 있었다. 순찰대는 전략적 요충지에 위치한 언덕에 픽업 트럭을 세우고 쌍안경으로 회녹색의 건조한 목장지대를 살펴보기도 했다. 누가 이민자들을 비난할 수 있겠는가? 외국인이라도 누군들 지역의 대대적인 협조와 세금 우대, 군악대, 공군 분열식까지 제공받으며 혁신적 에너지 발전소를 세울 수 있는 나라에 오고 싶지 않겠는가? 리비아나 이집트에서였다면 이렇게 수월하진 않았을 터였다.

해머가 그의 유쾌한 생각의 흐름을 방해했다. "앨버커키*에서 어떤 변호사가 메시지를 보냈는데, 당신에게 계속 연락을 시도했다고요. 자기 고객이 브레이비라는 영국인이래요. 그 고객과 관련된 문제로 당신과 이야기하고 싶다는군요."

"지난주에 만나고 싶다고 이메일로 연락이 왔어요. 그냥 무시해요. 난 브레이비한테 빚진 거 없으니까. 영국의 센터에서 날

---

* 뉴멕시코주의 도시.

잘리게 한 사람이에요. 당신한테도 그 얘기 한 것 같은데."

해머는 허리를 쭉 펴더니 좌석 머리받침에 털썩 기댔다. "노트북 화면을 들여다보고 있으니 멀미가 나네요." 그는 눈을 감고 말했다. "변호사 이름은 바너드고, 내일 비행기로 이리 온대요. 당신과 이야기해야 한다고. 아무 문제도 없는 거 확실해요? 내가 알고 있어야 할 거 없어요?"

"브레이비는 사람 얼굴을 걷어차놓고도 부탁할 게 있으면 연락할 인간이에요. 무시해요."

해머는 눈을 감은 채 잠시 말이 없었고 비어드는 그가 잠든 줄 알았지만 다시 입을 열었다. "변호사가 멀리서 약속도 없이 고객 돈으로 비행기를 타고 찾아온다면 문제가 생긴 거예요."

비어드는 입을 다물었다. 할 이야기가 뭐 있지? 그는 수년간 브레이비를 무시해왔다. 용감하게 직접 전화하라고 하지. 그의 용건을 짐작하기는 어렵지 않았다. 골든의 NREL*에 소개해달라 거나, 센터가 벤처 투자를 받을 수 있도록 줄을 대달라거나, 어쩌면 태양열이나 세금 우대 관련 정보를 달라는 걸 수도 있었다. 그런데 왜 걱정하겠는가?

그들은 콜럼버스를 지났고 시더산맥이 보일 무렵 철가루 사업

---

* National Renewable Energy Laboratory. 국립 재생에너지 연구소.

에 대해 다시 한번 두서없이 이야기했다. 투자자, 선장, 배, 철가루 옵션거래 등 만반의 준비가 되어 있었다. 이제 남은 건 탄소 거래제뿐이었다.

"오바마가 그 일에 착수하도록 해놨어요." 해머가 말했다. "우린 다른 것들을 생각해볼 수도 있지만 정책이 도입되면 바로 움직일 수 있도록 준비된 상태예요."

자동차 계기반에 표시된 외부 온도는 화씨 112도*였고, 두 사람 다 그렇게 더운 날씨는 처음이었다. 비어드는 그 열기를 온전히 체험해보기 위해 도로변에 차를 댔다. 어쩌면 냉방된 차에 있다가 모자도 없이 곧장 무자비한 폭염 속으로 들어간 게 실수였는지도 몰랐다. 아니면 구십 분 동안 운전석에 앉아 있다가 갑자기 힘을 쓴 탓일 수도 있었다. 도로변에 내려서며 친구를 향해 진부한 감탄사를 외치려는 찰나, 현기증이 일면서 의식이 부분적으로 흐려지고 다리 힘이 풀렸다. 차문 손잡이를 잡고 있지 않았더라면 그대로 땅바닥에 쓰러졌을 터였다. 휘청거리다 넘어지는 건 겨우 면했지만 어깨가 뒤로 홱 젖혀지면서 차에 세게 부딪혔다. 모자를 찾아 쓰려고 뒷좌석 문을 더듬더듬 여는데 심장이 마구 뛰었다. 상대적으로 시원한 뒷좌석으로 몸을 기울여 파나마

---

* 섭씨 44.4도.

모자를 잡으며 몇 초 쉬자 좀 나아졌다. 그 사건은 채 십오 초도 걸리지 않았다. 차 건너편에 있던 해머는 아무것도 보지 못했다.

두 남자는 경이감에 차서 도로를 벗어났다. 열기가 공감각의 형태를 이루었다. 열기는 요란하고 거칠었으며, 그들 위로 높이 솟아 머리를 찍어누르기도 하고, 땅에서 튀어올라 얼굴을 때리기도 했다. 광자에 질량이 없다는 걸 누가 믿겠는가?

"이거 봐요!" 비어드는 기묘한 발작을 숨기고 스스로의 목소리로 자신이 여전히 같은 사람이라는 확신을 얻으려고 꽉 쥔 주먹을 들어 승리의 몸짓을 해 보이며 외쳤다. "이게 에너지예요!"

"모든 권력을 에너지에!" 해머가 말했다. "하지만 난 이걸로 충분해요."

해머가 차로 돌아가 운전석에 올랐고 비어드는 안도하며 그 옆에 탔다. 아직 너무 떨려서 운전은 무리였다. 이제 그들은 시속 130킬로미터로 달렸고 반시간이 못 되어 하치타와 플레이야스를 지나서 장화 뒷굽 모양의 히달고 카운티에 있는 피라미드산 아래 대륙 분수계를 가로질렀다. 현장은 한 시간 거리도 안 되는 로즈버그 저쪽 끝이었고, 목적지에 가까워지면서 그들은 막중한 책임을 진 육십대가 아니라 댄스파티에 가는 시골 청년들처럼 시끄럽고 쾌활해졌다. 그들은 그들이 아는 뉴멕시코 노래 중 가장 경쾌한 〈텍사스의 노란 장미〉를 불렀다. 길은 멀고도 험난했고, 그 편치 못한 길을 두 사람은 함께 걸었다. 중동에서는 비참했고, 미국 남서부에서는 피곤에 지쳤다. 연구소 일과 사무실 일이 가끔 둘을 갈라놓기도 했지만 이제 마침내 그들은 비밀을, 식물들의 아주 오래된 비밀을 나누며, 싸고 지속적인 청정에너지로 세상을 깜짝 놀라게 할 것이다. 그들은 애니머스 교차로에서 남쪽으로 꺾어 팬더 트랙스 카페의 흙먼지 날리는 주차장으로 들어가 보안관 순찰차 오른쪽에 차를 세웠다. 옛 추억을 위해서였고 그들이 좋아하는 식당이기도 했다.

해머는 애니머스가 미국에서 가장 정 많은 시골 동네라며 신화화했다. 그는 이곳에 보도블록이 깔리면 더이상 오지 않겠노라고 말했다. 팬더 트랙스 카페는—미시시피 서쪽에서 가장 훌륭한 카페였다—흰 페인트칠을 한 오두막이었고 창문이 많지 않았다. 그들은 이른 오후의 열기를 벗어나 카페로 들어서며 눈이 적응하도록 문간에 잠시 멈췄다. 보안관과 다른 경찰 하나가 커피잔을 앞에 놓고 조용히 이야기를 나누고 있었다. 손님은 그들뿐이었다. 팬더 트랙스에선 먹고 싶은 게 아니라 만들 수 있는 걸 주문했다. 오늘은 팬케이크와 베이컨이었다. 커피는 미국 남부 사람들의 취향대로 특별히 약하게 우려낸 것이었다. 음식을 기다리는 동안 비어드는 팜톱을 꺼냈다. 아침에 호텔에 있을 때 새 메시지들이 왔지만 아직 열어보기 전이었다. 바로 눈길을 끈

건 P. 배너라는 이름이었다. 그의 다섯번째 아내였던 퍼트리스
는 심미치과의사 찰스 배너와 결혼했고 찰스는 비어드가 구 년
전 그랬던 것처럼 그녀에게 홀딱 빠져 있었다. 퍼트리스는 잠깐
교장 자리에 있다가 사 년 동안 아기를 셋이나 낳았다. 비어드와
살 때는 아이를 원치 않는다고 했으면서. 아무튼 그의 아이는 원
치 않는다고 했다. 재밌는 건, 찰스도 키가 작고 뚱뚱하고 비어
드보다 머리숱이 적고 그보다 두 살이나 많다는 점이었다. 결혼
이 일련의 수정 원고라도 되는 것처럼.

일 년 전, 비어드는 리젠트 파크에서 그녀와 우연히 마주쳤다.
그녀는 여자아이처럼 곱슬곱슬한 머리의 연약한 다섯 살짜리 아
들과 함께였다. 비어드는 상냥한 그녀가 여전히 아름답다고 생
각했다. 그들은 벤치에 앉아 십오 분쯤 대화를 나눴다. 비어드는
그녀에게 궁금한 걸 에둘러 물었다. 아직도 부정한 아내인가? 퍼
트리스도 똑같이 에둘러 대답했다. 그럴지도 모른다고, 하지만
당신에게도 가능성이 있느냐는 뜻으로 물은 거라면 없다고.

마이클, 당신도 이미 알고 있을지 모르지만 혹시나 해서 알
려주는데, 로드니가 오 주 전 출소했어요. 나에게 연락하려고
했어요. 온갖 미친 생각을 품고 있던데 그것까지 말하진 않을
게요. 찰스의 변호사가 법원에 가서 접근금지 명령을 받아왔

으니 나한테 전화나 편지를 하거나 우리집 450미터 이내로 접근하면 체포될 거예요. 방금 친구의 친구에게 그자가 당신을 찾으러 미국으로 갔다는 소식을 들었어요. 재판에서 자기에게 불리한 증거를 댔다고 직접 고마움을 전하러 간 건지도 몰라요! 어쨌거나 당신에게 알려야 한다고 생각했어요. 내일부터 중간방학이라 우리 가족 모두 폭우 속에 셰틀랜드로 떠나요. 잘 지내요. 퍼트리스.

그래, 카미노레알호텔로 찾아온 그 터닝. 영국법은 살인범이라도 모범수는 형기의 반을 줄여주는 괴상한 관대함을 보였다. 인터넷으로 비어드의 이름을 검색하면 쉽게 로즈버그 현장으로 이어질 터였다. 그래서? 에어컨이 돌아가는데도 윗입술 위에 땀이 맺혀 따끔거렸고 가슴 전체가 죄어들면서 목 아래 통증이 느껴졌다. 팬케이크가 나왔고 스무 장씩이라고 친절한 웨이트리스가 알려주었다. 팬케이크에 뿌릴 메이플 시럽과 15센티미터 높이로 쌓인 줄무늬 베이컨, 잔에 가득 따른 연갈색 커피도 함께 나왔다.

"니르바나!" 해머가 손뼉을 치며 말했다. 하지만 비어드는 지금 그럴 기분이 아니었다.

이런 순간이 올 줄은 늘 알고 있었지만 그 사실에 익숙해져버리면서 비어드는 타핀이 형기를 다 채울 거라고, 시간이 모든 걸 희석하고 감옥이 타핀을 약하게 만들 거라고 생각했다. 게다가 타핀이 집착하는 대상은 퍼트리스고 재판에서 그를 쓰러뜨린 것도 그녀였다. 비어드는 교묘한 자기설득이라는 진정한 재주에 넘어가 타핀은 원래 폭력적인 인간이라고, 유죄판결을 받고 감옥에서 다른 죄수들과 어울리다가 그들에게 물들어 진짜 죄인이 됐을 거라고, 뿐만 아니라 본인도 그걸 알고 운명에 굴복할 거라고 반쯤 믿게 되었다. 사실 비어드는 아무도 죽이지 않았고, 법정에서 한 진술도 반박의 여지가 없으며, 물리학 협회 증인도 완벽했다. 세월이 흐르면서 북극에서 돌아오던 날 아침의 사건은 꿈같고, 증명할 수 없고, 어떤 결과도 만들지 않은 듯했다. 하지만 그 표면 아래 마치 불침투성 암석층처럼 다른 가정, 아니 확실성이 존재했고 바쁘게 살다보니 깊이 생각할 시간이 없을 뿐이었다. 비어드는 사건이 터졌을 당시 자신이 질투에 눈멀어 올더스를 살해한 것으로 경찰과 퍼트리스가 의심하지는 않을까 두려워했었다. 타핀도 그렇게 생각할지 몰랐다. 비어드 아니면 누가 그의 연장가방에 든 물건으로 누명을 씌웠겠는가? 그렇다면 억울하게 감옥에 간 폭력적인 남자가 팔 년간 매일같이 교도소 체육관에서 운동으로 분노를 달랜 후 출소해서 무슨 짓을 벌이겠는가? 댈러스까지 오는 저가 항공편은 얼마든지 있었다.

비어드는 옆 테이블에 보안관과 그 친구가 있는 한 안전하다고 생각했다. 하지만 카페 문이 요란하게 열리자 흠칫 놀랐고 가슴이 더 죄어들었다. 안으로 들어선 건 남자 셋, 여자 하나의 떠들썩한 십대 무리였고 콜라를 주문했다. 경찰이 둘이나 있어도 그들은 기죽지 않았다. 마치 가족이라도 되는 양 그들과 인사를 나눴다. 어쩌면 무장한 두 경찰은 타핀을 막아주지 못할지도 몰랐다. 타핀은 사람들 앞에서 비어드를 죽이고 원수를 갚았다는 병적인 만족감에 젖어 평생을 감옥에서 썩을 준비가 되었을 수도 있었다. 이 나라에선 권총 구하기가 낚시도구를 사는 것만큼 쉬웠다.

"대장, 식욕이 없어요?" 해머가 제 몫을 다 먹어치우고 물었다. "집에서 나쁜 소식이라도 왔어요?"

"아니, 아녜요." 비어드는 무의식적으로 그렇게 말했지만 퍼트리스 이름 밑에 멜리사에게서 온 긴급 메시지가 보였다. "정리할 게 좀 있어서요. 난 배가 안 고프네요. 너무 더워서. 내 것도 먹어요."

비어드는 자기 접시를 토비 해머에게 밀어줬고 토비가 스물한 장째 팬케이크를 먹는 동안 잠시 망설이다가 멜리사의 메시지를 확인했다. 타핀 손에 죽기 전에 읽어야 할 것 같아서였다.

"마이클, 제발 전화 좀 줘요. 그날 밤 일에 대해 할말 있어요."

그날 밤? 비어드는 머리를 쥐어짰다. 그러자 교향악단 지휘자라는 테리가 떠올랐다. 멜리사가 테리를 찼거나 아니면 그와 결혼하려는 모양이었다. 지금으로선 어떤 쪽이 더 좋은지 판단이서지 않았다. 만일 후자라면 달린의 트레일러에 숨으면 된다. 타핀도 달린은 못 당할 것이다. 아니면, 타핀이 그와 달린을 죽일수도 있었다. 비어드는 생각이 정리되지 않았고 멜리사와 마음을 나눌 수 있는 상태가 아니었다. 그건 영원히 불가능할 터였다. 비어드는 다른 스물일곱 개 메시지의 이름도 확인했다—하나만 빼고 모두 일과 관련된 것이었고 그 대부분이 인공광합성이라는 순수하고 고귀한 영역에 속해 있었다. 비어드는 달린의메시지를 확인했다.

"빨리 와요! 당신한테 할말 있어욧!!!"

비어드는 이런 방해꾼들에게 시달릴 만큼 잘못한 게 없었다. 여자들, 앨버커키의 변호사, 북런던의 범죄자, 자신의 동요하는세포들이 그를 포위하고 그가 세상에 선물을 주는 걸 방해하고있었다. 그 무엇도 그의 탓이 아니었다. 사람들은 그를 뛰어난인물이라 했고 그건 맞는 말이었다. 그는 선을 행하고자 하는 뛰어난 인물이었다. 자기연민이 그를 조금 진정시켰다. 그와 토비는 오후에 현장에서 엔지니어들을 만나 마지막 점검을 할 계획이었다. 그다음 그가 거기 모인 팀원들에게 연설을 하게 되어 있었다. 그러니까 다시 차에 타야만 했다. 하지만 로즈버그를 향해 가는 건 곧 타핀을 향해 가는 꼴이었다. 해머의 팬케이크를 보니, 아니 해머가 시럽을 뿌린 팬케이크에 부분적으로 탄 돼지의 살과 지방을 얹어 잔뜩 먹는 광경을 보니 속이 메스꺼렸다. 그는 잠깐 실례하겠다고 웅얼거리고 카페를 가로질러 화장실로 가며 시원하게 토하면 머리가 맑아질 수도 있을 거라고 생각했다. 그는 변기 위로 살짝 몸을 기울이고 서서 성실한 웨이터처럼 기다렸다. 조금만 비위가 상해도, 초콜릿색 아라베스크 문양의 배설물 한 점만 보여도 위를 비우는 데 도움이 될 텐데 변기는 반짝반짝 윤이 나도록 깨끗했다. 결국 아무것도 나오지 않았다. 그는 몸을 펴고 휴지로 이마를 닦았다. 이제 어쩔 것인가? 그의 목숨이 위험하거나 아니면 그가 히스테릭한 겁쟁이거나 둘 중 하나였다. 그는 매우 단순한 사실을 생각했다—타핀이 나를 만나러 오고 있다. 그게 좋은 일을 낳을 수 있겠는가? 어쩌면 지금 타핀은 로즈버그의 한 모텔방 침대에 걸터앉아 총에 기름칠을 하는 중일 수도 있었다. 그에게 동기가 확실한 건 분명했다. 심리적으로나 논리적으로나, 심지어 경제적으로도 전과자가 비행기를 타고 국경을 넘기는 쉽지 않았다. 미국비자 면제 신청을 낼 때 자신의 전과에 대해 거짓말을 해야 했을 터였다. 하지만 아무도 몰랐을 것이다. 그러니 패닉에 빠지지 않는 게 어리석은 짓이었다.

어쩌면 사람들 앞에 나서고 싶지 않다고 겸손을 떨며 토비에게 개소식을 맡기고 몸을 피하는 게 현명할지도 몰랐다. 상파울루 같은 데로 가면 된다. 거기 아는 여자가 있었다. 실비아라고, 훌륭한 물리학자인데 기꺼이 그를 받아줄 터였다. 비어드는 변기 물을 내리고 테이블로 돌아가기 전 결정을 내리려고 천천히 손을 씻었다. 그래, 좋아, 상파울루. 하지만 그는 포르투갈어를 못했다. 거기서 영원히 살 순 없었다. 달린이 그리울 터였다. 그럼 어쩌지?

해머가 음식값을 계산하려고 일어서 있었다. 얼룩진 접시에는 팬케이크 네 장과 크기가 다르게 두 동강이 난 베이컨, 이쑤시개 하나가 남아 있었다. 커다란 유리병에 담긴 시럽은 바닥난 상태였다. 해머가 마른 건 기적이었다. 그가 말했다. "사십 분 안에 도착해야 하는데 72킬로미터나 남았어요. 갑시다!"

비어드는 할말이 떠오르지 않아서 시무룩하게 친구를 따라 주차장의 눈부신 햇살 속으로 나가 차로 갔다.

그들은 주간 고속도로를 향해 북쪽으로 초원을 가로질러 달렸다. 대화는 없었지만 운전대를 잡은 해머가 무슨 아방가르드 작품이라도 연주하듯 이따금 휘파람을 불었다. 비어드는 불편하거나 골치 아픈 생각을 피하는 데 명수였지만 지금은 기분이 저조하다보니 손목에 있는 미지의 영토의 지도 같은 적갈색 반점을 바라보며 건강을 염려하게 되었다. 조직검사 결과가 나왔다. 아침에 만났을 때 닥터 유진 파크스는 그게 흑색종이라며 자신의 바람보다 0.5밀리미터쯤 더 깊이 주위 조직으로 침투했다고 말했다. 그리고 댈러스의 전문의를 소개하며 내일 가서 흑색종을 제거하고 방사선치료를 시작하라고 했다. 하지만 비어드는 개소식 때문에 로즈버그에 있고 싶었고 닥터 파크스에게 한 달 내로, 시간 나는 대로 즉시 다시 오겠다고 말했다. 닥터 파크스는 호감을 주는 중립적인 태도로 그건 비합리적인 행동이라고 말했다. 낭비할 시간이 없다고, 더 물러날 데가 없다고, 전이 가능성도 있다고.

"현실을 부정하지 마세요." 닥터 파크스가 말했다. 비어드와 기후변화에 대해 이야기할 때 나왔던 말을 끌어오는 듯했다. "원하지 않거나 무시한다고 없어지는 게 아니니까."

나쁜 소식은 그것만이 아니었지만 나머지는 늘 듣던 내용이었다. 상의를 벗었던 비어드는 골이 나서 셔츠 단추를 채우고 있었다. 진료실은 엘패소 시내에 있는 건물 19층이었고 비어드는 어머니가 19층에서 세상을 떠난 게 기억났다. 고향이 세인트키츠인 닥터 파크스는 숨에서 박하향이 났고 은흑색 가죽 같은 늙은 얼굴은 현명한 인상을 풍겼다. 거북처럼 어깨에서 앞으로 튀어나온 머리는 비어드가 무슨 말을 할 때마다 친절하게 까닥거렸다. 비어드와는 동갑이었지만 키가 10센티미터쯤 더 크고 수영으로 다져진 몸매를 갖고 있었다. 주중에는 매일 아침 여섯시부터 일곱시까지 수영을 하고 진료를 시작한다고 했다. 비어드는 그 시간에 물에 들어가기는커녕 깨어 있는 것조차 상상할 수 없었고 자신은 절대 그런 자랑을 할 수 없다는 걸, 체질량지수를 낮추려고 그런 불편까지 감수하는 일은 절대 없으리란 걸 알았다.

닥터 파크스는 훈계나 설교를 하진 않았지만 대신 모욕적이고 거침없는 솔직함을 보였다. 비어드에게 닥칠 육체적 재앙을 하나씩 열거할 때마다 현명한 거북 머리가 조금씩 더 튀어나왔고 연필로 자기 손바닥을 톡톡 두드렸다. 그는 아무도, 제아무리 비어드라도 그런 몸으로 돌아다닐 생각을 해선 안 된다고 말했다. 정상인보다 30킬로그램을 더 지고 움직이는 그는 전투보병이 완전군장을 한 것이나 마찬가지라고 했다. 체중 때문에 무릎과 발목이 부었고, 퇴행성 관절염으로 고생할 가능성이 높아지고 있으며, 간이 부었고, 혈압이 다시 올라 울혈성 심부전 위험이 증가하고 있다고 했다. 나쁜 콜레스테롤 수치 역시 영국인의 기준으로도 높다고 했다. 분명 호흡곤란을 겪고 있을 테고, 진성당뇨병 가능성도 농후하며, 전립선암과 신장암, 혈전증 위험도 높다고 했다. 그나마 한 가지 행운은—잘한 일이 아니라 행운이라고 말하는 걸 비어드는 똑똑히 들었다―담배에 중독되지 않은 것이며 안 그랬으면 벌써 죽었을 거라고 했다.

닥터의 머리와 어깨를 액자처럼 담고 있는 직사각형의 남향 통유리창으로 아침부터 숨막히는 열기를 암시하는 희뿌연 하늘이 보였다. 이따금 비행기가 날아와 도시를 한 바퀴 돌고 동쪽에 착륙했다. 강 건너는 마약 갱단이 세력 다툼을 벌이고 그 과정에서 군인, 판사, 경찰, 시 공무원을 학살해 세계적인 살인의 중심지가 된 후아레스였다. 이제 멕시코의 마약 조직은 일자리가 없는 텍사스의 십대를 고용해 살인을 시키고 있었다. 마이클 비어드 없이도 삶은 계속될 것이다. 비어드는 자신에게 닥칠 수도 있는 미래를 열거하는 닥터 파크스의 목소리를 들으며 최근 생긴 전형적 증상인 가끔 가슴이 죄어드는 느낌은 말하지 않기로 결심했다. 그래봐야 더 어리석고 불운해 보이기만 할 테니까. 먹고 마시는 걸 줄일 능력이 없고 운동은 환상일 뿐이라고 고백할 수도 없었다. 그는 자신의 몸에 운동을 하라는 명령을 내릴 수 없었다. 그럴 의지가 없었다. 조깅을 하거나 교회 강당에서 트레이닝복 차림의 낙오자들과 펑크음악에 맞춰 껑충거리느니 차라리 죽는 게 나았다.

비어드가 한 달 안에 다시 오겠다며 애매한 약속을 하자 닥터 파크스는 구체적인 날짜를 잡아 그를 구속하려고 했다. 23일 화요일이나 25일 목요일 중 하나를 고르라는 것이었다. 비어드는 망설였고, 닥터 파크스는 마치 자기 혈액에서 고삐 풀린 암세포들이 새로운 장소를, 근처 림프샘을 찾아 둥지를 틀려고 하는 것처럼 완강했다. 비어드는 더 먼 날짜를 선택하며 나중에 닥터 파크스의 비서에게 전화해서 떳떳하게 예약을 취소하면 된다고 생각했다.

이제 해머는 끔찍한 휘파람을 그치고 손바닥만한 코튼시티를 천천히 지나고 있었다. 비어드는 댈러스의 이름 모를 병원을 성역 삼아 숨어버리고 싶은 충동을 느꼈다. 하지만 도망칠 힘이 없다는 걸 알았다. 내일을 위한 준비 작업은 이미 탄력이 붙어서 중단이 불가능했다. 이제 와서 단념하기에는 공적인 승리에 대한 갈망이, 네온과 햄버거 가게와 무수한 에어컨이 있는 작은 도시 로즈버그가 명목상 탄소중립지역이 되고 전 세계의 열망을 상징하는 미국 문명이 과열의 불편 없이 지속될 내일 저녁에 대한 갈망이 너무 컸다. 올더스의 보고서를 천천히 해독하는 것으로 시작되어 실험, 개선, 획기적 발전, 설계, 현장 시험에까지 이른 팔 년간의 과정은 반드시 마무리되어야 했다. 대중의 인정이 마지막 단계였다. 타핀이 무슨 짓을 하든 어쩔 수 없었다.

비어드가 정시 뉴스를 들으려고 라디오 채널을 돌리자 마침 해머의 홍보팀 여자 직원이 햇빛과 물이 우선 로즈버그에, 그리고 언젠가는 지구 전체에 전력을 공급할 거라는 내용의 짤막한 인터뷰를 하고 있었다.

해머가 탄성을 내질렀다. "좋았어! 내가 훈련을 잘 시켰지."

해머와 비어드는 자신들이 직접 로즈버그에 전기를 공급하는 건 아니라는 사실을 둘만 있는 자리에서도 절대 인정하지 않았다. 그들은 로즈버그의 연평균 전력 소비량에 해당하는 킬로와트시를 지역 전력회사에 팔 계획이었다. 그들의 혁신적인 발전소에서 생산되는 전자들은 다른 전자들 사이에 이름 없이 섞여들 터였다.

"우리 모두 그곳에 모일 겁니다." 라디오 아나운서가 말했다. "70번 고속도로에서 동쪽으로 5킬로미터 떨어진 90번 고속도로상입니다. 내일 오후 여섯시, 카운트다운과 함께 스위치가 올라가면 로즈버그가 세계를 선도하게 됩니다! 여러분의 많은 참여 부탁드립니다!"

곧 그들은 주간 고속도로를 타고 동쪽으로 달리다가 북쪽으로 방향을 틀어 도시를 빙 돌아 달렸고 3킬로미터쯤 지나서 실버 시티를 향해 우회전했다. 몇 분 후 그들은 현장이 보이는 완만한 고지대에 이르렀다. 비어드는 지난 몇 달 동안 모든 준비가 끝나고 처음 몇 번 차질을 빚던 시운전도 무리 없이 진행되는 현장을 여러 번 보았다. 그런데도 오늘 오후 아찔한 긍지가 느껴졌다.

해머가 눈치채고 속도를 늦췄다.

"자, 친구." 해머가 끔찍하리만큼 서툴게 코크니를 흉내내며 자신의 격한 감정을 숨겼다. "가슴 뭉클해지는 광경 아닙니까?"

맹렬한 태양을 향해 기울어진 대형 태양전지판 스물세 개가 희미하게 빛나고 있었다. 태양전지판에는 많은 파이프와 밸브가 연결되어 있었다. 뒤로는 압축된 수소와 산소를 저장하는 가스탱크가 있고 연료전지 발전기와 촉매가 보관된 콘크리트블록 건물도 보였다. 새 전신주들 위의 송전선은 반쯤은 사막인 광대한 땅에 위태롭게 줄지어 선 낡아빠진 나무 송전탑 중 제일 가까운 것에까지 이어져 있었다. 가스탱크 반대편에는 깊은 수원 위로 지어놓은 펌프장이, 그 너머에는 컴퓨터가 있는 깔끔한 벽돌 건물이 있었다.

오늘 새로 생긴 풍경은 수백 명의 사람과 수백, 수천 개의 성조기였다. 현장 인부와 상인, 음향 기술자가 자부심에 차 움직이고 있었고, 행사장은 온통 성조기 물결이었다. 보안벽이 있어야 할 태양전지판 주위 장대 위에 성조기가 꽂혀 있었고, 거대한 연청색 천막 위와 버팀줄, 음향무대 주변, 최근 불도저로 밀어서 만든, 군악대가 행진할 0.2헥타르쯤 되는 광장에 장식된 삼각기도 다 성조기였다. 지역 VIP들이 앉을 관람석 위, 패스트푸드와 시원한 음료 판매대가 늘어선 거리, 그 거리와 직각을 이룬 이동식 화장실들이 있는 더 큰 거리, 그리고 차가 여남은 대뿐이던 평소와 달리 최소 백 대는 서 있고 추가로 이천 대쯤 수용 가능한 주차장 둘레를 멋지게 장식한 띠 모양 깃발도 모두 성조기였다. 프로젝트의 창시자인 비어드에 대한 경의의 표시로 유니언 잭도 달 수 있었으련만 눈을 씻고 찾아도 없었다. 비어드는 침울해졌지만 말없이 그런 생각을 떨쳐버렸다.

나무와 풀을 제거한 또하나의 공간에는 깃발이 보이지 않고 언론사 트럭과 위성안테나가 있었다. 관목숲으로 몇백 미터 들어가자 고속도로와 평행을 이룬 나지막한 언덕에 유명한 할리우드 표지판을 본뜬 '로즈버그!' 네온사인이 자리잡고 있었다. 이미 글자들은 모두 세워져 있고 헬멧을 쓴 인부들이 9미터 높이의 느낌표를 밧줄로 끌어올려 똑바로 세우는 중이었다.

도로에서 벗어나 흙길을 달려 성조기로 장식된 프로시니엄[*] 아래를 지나는데 튀김 냄새가 날아와 냉방된 차 안을 가득 채우고 코끝을 간질였다.

비어드가 말했다. "토비, 당신은 천재예요!"

해머는 엄숙하게 인정하며 고개를 끄덕였다. "난 일을 도모하고 사람들을 모으는 걸 좋아하죠. 하지만, 마이클, 이건 당신 작

---

[*] 액자형 무대.

품입니다. 천재는 당신이에요."

비어드는 이제 평온한 기분으로 고개를 끄덕였다. 우정은 이래야 하는 것이다.

그들이 차를 세우는데 티셔츠에 야구모자를 쓴 사람들이 일부는 클립보드를 들고 먼지구름을 일으키며 황급히 달려왔다. 해머의 팀으로 엔지니어, 수력학이나 컴퓨터 전문가, 그외 다른 기술자였다. 비어드는 이론 작업을 하고 연구소 실험을 설계, 감독했지만 나머지 일, 즉 규모 확장, 설계도 작업, 대량생산 기획, 발전소 설계와 건설, 파이프와 밸브, 그것들의 소프트웨어 구현은 그의 소관이 아니었다. 그는 원리를 알고 특허가 있었지만 현장에 대한 자세한 설명은 할 수 없었다. 이 넓은 평원에서 그는 명망 높은 존재이자 전설에 가까운 인물이었고 모두 미국인 특유의 친숙한 정중함으로 그에게 합당한 대접을 해주었지만 도랑을 들여다봐달라거나 책임 영역에 대한 판단을 내려달라는 사람은 없었다. 콜로라도 골든의 NREL에서 이미 모형을 점검하고 그가 고안한 방식의 효율성이 높다는 평가를 내렸다. 나머지는 토비 해머를 기다리고 있는 이 친절한 실무자들의 몫이었다. 사실 토비 해머도 전문적인 내용이나 근본 원리에 대해선 아는 게 없었지만 세세한 일 처리와 조정, 인력관리 능력은 뛰어났다.

그래서 비어드는 차에서 내려 마중나온 사람들과 차례로 악수를 나누고 등도 두드려준 다음 슬쩍 빠지려고 했다. 찌는 듯한 공기 때문에 음식 판매대에서 주차장으로 흘러드는 냄새, 장작불에서 굽는 고기 냄새의 유혹이 증폭되고 있었다. 그는 타핀 소식 때문에 브런치도 못 먹었지만 사막에 즉석으로 생긴 노점 거리를 걸으며 신중한 선택을 할 때까지 집중력을 유지했다. 현장에 픽업트럭을 대기시켜두는 토비는 그에게 SUV 열쇠를 넘긴 다음 팀원들을 이끌고 주차장을 가로질러 나머지 사람들이 모여 있는 곳으로 향했다.

비어드는 채 오 분도 고민하지 않고 깊은 그늘 속 가대식 테이블에 텍사스 스타일 소 가슴살 바비큐와 커다란 오이피클 세 개, 감자 샐러드 한 덩이가 담긴 종이접시와 생맥주가 든 큰 종이컵을 놓고 앉아 있었다. 에너지 생산의 일반적인 기준에서 보면, 엔지니어들에게 LAPP라는 약자로 알려진 로즈버그 인공광합성 발전소는 장난감 정도에 지나지 않았고 고작해야 시험 모델이었다. 하지만 비어드는, 옆 가게에서 닭고기를 굽는 푸른 연기가 너울거리며 지나가고, 기둥 높이 단 스피커에서 컨트리 록이 울려퍼지고, 스물네 명의 허기진 '로즈버그!' 네온사인 작업팀이 우둔살 스테이크를 먹으러 오는 중이라고 요리사들이 서로에게 즐겁게 소리쳐 알리는 가운데 홀로 앉아 있으려니 마치 세상의 중심에 있는 듯했다. 너무나도 달콤한 이 기분은 음식 때문만이 아니었다. 팔 년 전 8000킬로미터는 떨어진 지하 아파트의 더러운 소파에 누워 생각해낸 아이디어 덕에 야자수와 메마른 풀뿐이던 이 땅이 떠들썩해지면서 건설이 시작되고, 디지털 미디어가 들어오고, 이제 곧 제트전투기와 군악대도 올 거고, 산업혁명이 코앞에 닥쳤다는 걸 알면서 여기, 미국 중심 내륙지역의 외진 곳에서 사람들의 무관심 속에 편안히 앉아 있기 때문이기도 했다.

육즙이 풍부한 고기를 네 점째 씹고 있을 때 학창 시절 이후 경험해본 적 없고 당시에도 무척 짜증스러웠던 일이 벌어졌다. 뒤에 누가 있나 싶더니 돌아볼 사이도 없이 따뜻한 손이 그의 눈을 가렸다. 그 손에 머리가 꽉 잡혀 꼼짝 못하고 있는데 귓가에 속삭이는 소리가 들렸다. "누구게?"

왼손 손가락 하나가 눈알 윗부분을 눌러서 불편했지만 비어드는 감히 몸을 빼지 못했다. 입에 고기가 가득했지만 충격 때문에 삼킬 수 없었다. 그는 가까스로 불분명하게 말했다. "타펀?"

"당신의 중국 여자?" 명랑한 웃음소리와 함께 그는 풀려났다.

물론 달린이었다. 비어드는 입안의 고기를 재빨리 씹어 삼키며 허둥지둥 일어나 그녀와 포옹했고 그사이 짜증은 사라졌다. 어느 누가 달린을 사랑하지 않을 수 있겠는가? 그녀는 네브래스카 출신의 착하고 뚱뚱한 여자로 평생 웨이트리스로 살아왔다.

세 번 결혼했고 그녀를 무척 사랑하는지 아니면 그녀가 필요한지 끊임없이 전화해대는 장성한 자녀가 넷이었다. 그녀는 십이년 전 뉴멕시코를 발견했고 재닛에서 달린으로 이름을 바꿨다. 로즈버그 남쪽 끝 트레일러에서 히스패닉계 트럭 운전사와 산적이 있어 스페인어가 유창했고 남자는 육 년 만에 쫓겨났다.

그리고 이제 그녀는 마이클 비어드에게 마음을 주었다. 처음 성교할 때 그녀는 비어드에게 연상의 남자는 당신이 처음이라고 말했다. 그것도 그냥 연상이 아니라 아주 많이 연상이라고. 비어드는 자기처럼 그녀도 선택의 폭이 줄어들고 있는 거라고 생각하고 싶진 않았다. 로즈버그에 일자리를 창출해준 비어드는 이스트 2번가 상공회의소의 추앙을 받는 그 지역의 영웅 같은 존재였고, 그러니까 그리 한심한 상대는 아니었다. 그리고 물론 그녀도 멋진 하류인생에 대한 비어드의 오랜 환상을 충족시켜주었다. 자기 계급을 스스럼없이 드러내는 미국인답게 키스할 때만 빼고 온종일, 심지어 말할 때도 입을 벌리고 뻔뻔하게 껌을 짝짝 씹어댔다. 책이나 신문은, 하다못해 잡지도 읽은 적이 없었고, 교회 문턱도 밟아본 적이 없었으며, 비어드만큼이나 건강식이라면 질색했고, 접시에 케첩을 잔뜩 뿌릴 때면 케첩이 채소라는 로널드 레이건의 훌륭한 명언을 되새겼다. 그녀에게 종교가 없는 건 실망스러웠다. 그가 생각하는 타입에 맞지 않았던 것이다. 하지만 그녀는 확고했다. 그녀는 무신론자조차 아니었다. 신의 존재를 부정할 만큼의 관심도 없다고 했다. 신에 대해 '생각해본' 일조차 없다고.

두 사람이 처음 만난 건 어느 오후로, 그날 비어드는 회의 전 시간이 많이 남아서 차를 몰고 로즈버그를 벗어나 유령도시 셰익스피어로 가는 길로 접어들었다. 그는 따스한 봄볕 아래서 약간의 권태와 막연한 성적 기대감에 젖어 셰익스피어의 오래된 중심가를 이리저리 돌아다녔다. 오래된 술집에서 오래된 잡화점을 거쳐 한때 빌리 더 키드*가 설거지를 했다는 스트랫퍼드호텔까지 갔다. 비어드는 그곳을 떠나려다가 주차장에서 달린과 마주쳤다. 그녀는 친구 니키를 도와주러 나온 거였고, 니키는 여행 가이드로 취직하려다가 자신감이 너무 없고 무식하다고 퇴짜를 맞은 참이었다. 먹잇감을 찾아다니는 맹수처럼 어슬렁거리던 비어드는 달린의 팔에 매달려 우는 니키를 보고 다가가서 도움이 필요한지 물었다. 충격적인 거절에 대해 달린이 설명하는 사이사이 니키가 거들었다. 니키는 깡마르고, 얼굴은 주근깨투성이고, 머리는 짧게 친데다 골초에 말까지 더듬었고 울면서도 담배를 피웠다. 비어드는 자기 같아도 자리가 있다 한들 그녀를 절대

---

* 미국 서부의 전설적인 무법자.

채용하지 않을 거라고 생각했다. 하지만 구직 사흘째 벌써 세 번이나 실패한 참이라 그들은 달린의 트레일러로 가서 오후 내내 위로주로 맥주와 스카치를 마셨고, 니키가 코카인과 대마초를 꺼냈지만 비어드와 달린은 거절했다. 비어드는 달린에게 잘 보이려고 발전소 현장에 니키를 취직시켜주겠다고 약속했고(약속은 지켜졌지만 해머가 이틀 만에 해고했다), 니키가 자녀들을 보러 나간 후 비어드와 달린은 오크 베니어판을 댄 침실에서 사랑을 나눴다.

비어드는 로즈버그에 올 때마다 달린을 만났다. 4번가에 그들이 좋아하는 술집이 있었고 비어드가 묵는 홀리데이인 모텔방에서 가끔 파티도 열었지만, 대개는 달린의 깔끔하게 정돈된 트레일러에서 즐겼다. 트레일러 뒤에는 작은 마당이 있었고 거기 달린이 자식처럼 애지중지하는 레몬나무 두 그루가 있었다. 늦은 오후 마당에서 술을 마시는 그들에게 작은 그늘을 드리워줄 정도의 나무였다. 스카치가—달린도 비어드처럼 스카치를 좋아했다—두 잔쯤 들어가면 달린은 요란한 소리로 연신 웃어댔고 서너 잔이 들어가면 에어컨이 덜컹덜컹 돌아가는 시원한 실내로 들어가 사랑을 나누고 싶어했다. 비어드에게 그 만남은 뜻밖의 성적 르네상스가 되었다. 이십대 때 경험한 고통에 가까운 날카로운 쾌감을 느끼게 된 것이다. 오르가슴의 순간 자신도 모르게 미친 사람처럼 비명을 내지른 건 그 시절 이후 처음이었다. 쉰한 살이나 된, 그것도 자신처럼 지쳐 늘어지고 정맥류 진단을 받을 만큼 몸이 부풀어오른 여자와 그런 쾌감의 극단에 이를 줄은 꿈에도 몰랐었다. 이런 황홀경의 체험은 마지막이리라 생각했기에 비어드는 달린을 소중히 여겼다. 엘패소나 댈러스 공항에서 멜리사와 캐트리오나의 선물을 사듯 히스로공항에서 달린의 선물을 샀다. 다른 지역, 다른 나라였다면 달린은 시끄러운 술꾼 취급이나 받으며 살았을 수도 있었다. 하지만 로즈버그에선 인기 있고 쓸모 있는 존재였으며 그녀 덕에 비어드도 로즈버그를 존중하게 되었다. 달린은 저녁때 룰루 다이너에서 웨이트리스로 일하면서 낮에는 초등학교에 자원봉사자로 가서 교실 정리를 하고 아이들의 까진 무릎도 닦아주었다. 그리고 일 년에 이 주씩 힐라산에서 열리는 자폐아 여름캠프에서 무보수로 허드렛일을 했다. 밤에 인사불성이 되어 길에 쓰러져 있다가 이웃 주민이나 순찰중인 경찰에게 업혀 트레일러로 돌아가는 건 일 년에 기껏해야 두세 번뿐인 드문 일이었다.

엄밀히 따지면 비어드는 영국에서의 삶에 대해 거짓말하진 않았지만 그렇다고 모든 걸 밝히지도 않았다. 달린은 그의 다섯 아내에 대해 알게 됐고, 도싯 스퀘어의 썩어가는 아파트 이야기를 듣고는 깔깔대며 자기한테 기회만 주면 깨끗이 청소해주겠다고 약속했다. 하지만 비어드는 프림로즈 힐에 사는 멜리사와 아이 이야기는 삼갔다. 달린은 그를 따라 영국에 가고 싶어했고 그는 안 된다는 말로 그녀를 더 안달하게 만들고 싶지도, 된다는 말로 자기 삶을 복잡하게 만들고 싶지도 않아서 애매한 약속으로 무마했다. 십팔 개월이 지나면서 달린과의 관계도 다른 관계처럼 변해갔다. 날카로운 쾌감과 새로움은 무뎌져갔지만 천천히, 조금씩이었고 그러다 뒷걸음쳐서 다시 회복될 때도 많았다. 그와 동시에 달린은 미래, 둘의 미래를 더 자주 생각하게 되었는데 그런 이야기가 나오면 분위기가 어색해졌다. 언젠가는 발전소가 제 기능을 할 테고 그럼 비어드는 로즈버그에 올 필요가 없기 때문이었다. 그때가 되면 그는 남서부 다른 곳에 발전소를 세우거나, 갈라파고스제도 북쪽 바다에서 철가루를 뿌리거나, 세계를 돌아다니며 특허권을 행사하고 있을 터였다. 하지만 그런 감정의 불일치가 문제라면 비어드는 아무것도 하지 않기로 했다. 뉴멕시코의 열기와 맹렬한 그늘 속에서 편안하고 다정한 시간을 즐기고 있자면 그 문제는 쉽게 보류해둘 수 있었다. 비어드는 과거의 많은 경험을 통해 미래가 그 자체로 해결책이 될 수 있다는 걸 알았다.

그래서 비어드는 지금 달린을 만난 게, 그리고 그릴에서 그녀가 먹을 큼직한 갈빗살과 감자 샐러드, 케첩, 맥주를 가져오고 그녀와 함께 앉아 감상적인 소음과 컨트리음악의 어지러운 페달 기타 소리가 들려오는 가운데 서로 소식을 나누는 게 기뻤다. 그녀와 가까이 붙어 앉아 비어드는 사적인 영역은 피하며 바다 건너 작고 오래된 왕국의 최신 소식을 전했다. 쪼들리는 국민들이 주머니를 탈탈 털어 낸 세금으로 지배계층이 별장의 해자를 청소하고, 하인 처소를 짓고, 바지 다리미를 사고, 포르노 영화 시청료까지 냈다는, 그래서 스모그로 덮인 지저분한 도시의 자갈 깔린 골목과 병균이 득실거리는 초가지붕 동네에서 반역을 도모하는 험악한 불평이 들려온다는 소식이었다. 달린은 니키가 다시 알코올중독자 모임에 들어갔고 거기서 네번째로 예수님을 발견해 이십이 일째 술과 약을 끊었지만 담배는 못 끊었고, 아직 약국에서 일하기는 하지만 근근이 붙어 있다고 말했다.

달린은 식사를 마치자 묵직한 팔을 비어드의 어깨에 올리고 그의 뺨에 키스했다. "하지만 제일 중요한 뉴스는 자기예요. 어젯밤 NBC에 로즈버그가 나왔고, CNN도 어제 로즈버그 중심가에서, 엑슨 주유소 바로 옆에서 촬영했어요. 다들 내일 일을 얘기하고 있고요. 당신이 정말 자랑스러워요!"

전에 없이 어머니의 흡족한 소유욕이 담긴 표정으로 응시하는 그녀의 시선이 비어드는 살짝 부담스러웠다. 하지만 그 순간을, 그리고 그 순간을 포함한 더 웅대한 순간을 어떤 식으로든 망치고 싶지 않았다. 그래서 달린에게 키스하고 맥주를 한 잔씩 더 마신 다음 초콜릿, 퍼지, 페퍼민트 아이스크림을 나눠먹었다. 그리고 자리에서 일어나 다시 키스하고 포옹했다. 비어드는 달린에게 한 시간 내로 다시 만나자고 말했다. 그 안에 할 일이 있었다.

비어드는 번잡한 현장을 가로질러 전 스태프가 제어장치 사이에 모여서 기다리고 있는 통제소로 향했다. 그들은 그의 감사연설을 듣기 위해 모여 있었고 그는 런던에서 오는 비행기 안에서 머릿속으로 연습을 해놓았다. 해머가 나이트클럽 경비원처럼 가슴에 팔짱을 끼고 그의 옆에 엄숙하게 섰다. 어디선가 트럼펫과 피콜로, 베이스드럼 소리가 들려왔다. 군악대가 리허설을 하러 온 모양이었다.

비어드는 단체를 격려하는 부드러운 어조로 연설을 시작했다. 처음에는 그저 하나의 꿈에 불과했던 것이 열광적인 계산으로 이어지고 연구소 실험을 통한 탐구, 설계도를 거쳐 마침내 이곳 사막에서 공학적 실체로 탄생하게 되었으며 그 경이의 주역은 여러분이다. 여러분이 이룬 성과는 세상 어느 곳에도 존재하지 않는다. 몇 군데 경쟁 연구소에서 비슷한 실험 정도가 진행되고 있을 뿐이다. 우리 프로젝트는 참으로 훌륭하지만, 그 원리의 발견과 발전 과정은 훨씬 더 위대하다. 물이 처음 산소와 수소로 쪼개진 건 1789년이었고, 연료전지의 원리를 처음 논의한 건 1839년이다. 무수한 생물학자와 물리학자가 광합성 연구에 헌신했다. 아인슈타인의 광전효과와 양자역학이 핵심 역할을 했고 화학, 신소재 과학, 단백질 합성, 그리고 사실상 과학 문화 전체가 어떤 식으로든 오늘의 승리에 기여했다. 오늘의 승리는 그 모든 과학자의 것이라 할 수 있다. 하지만 더 넓은 시각에서 본다면, 수십억 년에 걸쳐 진행된 세상에서 가장 거대한 프로젝트의 존재를 이 자리의 모두가 알고 있다. 빛을 흡수, 변환하고 물을 쪼개는 자기조직적 생존 형태가 대기 중 산소를 만들어내고 진화의 엔진 역할을 해온 것이다. 우리는 거기서 영감을 얻어 그 과정을 연구, 모방했다.

비어드는 폐에 공기를 가득 채운 뒤 요란한 한숨으로 비워내며 손바닥을 들어 비굴한 겸손을 나타냈다.

"그래서 저는 권리 주장을 할 수 없습니다. 저는 뉴턴처럼 수백 명에 이르는 거인의 어깨 위에 서 있으며, 비굴하게 자연을 모방했습니다. 운좋게도 저의 융합 이론 덕에 남들이 볼 수 없는 걸 보았지만, 문은 이미 조금 열려 있었습니다. 제가 본 것은 광합성을 모방해 우주의 가장 흔한 요소인 수소를 싸고 효율적으로, 대량 만들어내서 우리 문명의 에너지원으로 사용할 수 있다는 사실입니다. 그 아름다운 방식이 식물의 주된 에너지원으로서 지상의 생명을 유지시켜온 것처럼 말입니다. 이제 우리는 끝

없이 재생되는 청정에너지를 갖게 될 것이며 끔찍하고 자기파괴적인 지구온난화의 위기에서 벗어날 수 있을 것입니다. 어떤 이들은 제 역할이 핵심적이었다고, 제가 없었다면 이 모든 게 불가능했을 거라고 주장합니다. 하지만 누가 압니까? 제가 할 수 있는 말은, 제가 운이 좋아 몇 가지 아이디어를 생각해냈고 적시에, 새로운 에너지원이 절실한 바로 그 시기에 적소에 서 있었다는 것뿐입니다. 제 역할은 그저 필연적인 것이었습니다. 중요한 점은 우리가 한 팀이고 모두의 역할이 매우 중요하다는 사실입니다. 여러분 모두가 핵심 연결고리입니다. 진실로, 여러분과 함께 일할 수 있어 커다란 영광이었고 여러분의 전문 기술을 존경하게 되었습니다. 그리고 여러분이 꼭 알아야 할 것은 이 모든 게 여기 있는 우리의 소중한 친구, 인간 발전기 토비 해머 덕이라는 사실입니다!"

박수갈채와 환호에 맞춰 비어드는 토비의 피부가 긁힐 정도로 팔목을 와락 움켜쥐고 가슴에 낀 팔짱을 억지로 푼 다음 권투 링에서처럼 팔을 위로 올렸다.

해머는 웃음기 없는 얼굴로 고개를 숙여 두 배로 커진 환호성에 답했다. "연설, 연설!" 하는 외침에는 입을 오므려 거부의 뜻을 나타냈고, 사람들이 흩어지기 시작했다.

비어드와 이야기를 나누고 싶어하는 몇 명이 있었지만 해머가 고개를 저으며 말없이 문을 가리키자 잠시 망설이다가 줄지어 나가고 비어드와 해머 단둘만 남았다. 비어드는 제어장치 중 하나에 앉아 그래프 세 개가 하강곡선을 그리는 스크린을 응시했다. 식별 표시는 없었지만 촉매 조절을 나타내는 것 같았다.

"토비, 왜 그래요?"

"난 아직 확신이 없어요."

"온난화가 아닐까봐 아직도 걱정이에요? 오늘 오로그란데 기온이 기록 갱신 직전까지 갔어요."

그래도 해머는 웃지 않았다. 그는 문가 벽에 기대어 두 손을 주머니 깊숙이 찌르고 비어드의 머리 너머를 바라보고 있었다. 그러다 이윽고 입을 열었다. "그 바너드라는 사람한테 전화왔어요. 브레이비와 영국 센터의 법률 대리인이라는 앨버커키 변호사. 그가 지금 여기로 오고 있어요. 원하는 게 뭔지 밝히기 전엔 만나주지 않겠다고 했더니 입을 열더군요."

토비는 요란하게 목청을 가다듬고 비어드 옆으로 와서 섰다. 그가 비어드의 어깨에 손을 올렸다.

"마이클, 이 프로젝트와 관련해서 내가 알아야 하는데 모르는 거 없어요?"

"그야 당연히 없죠. 왜요?"

"저쪽에서 당신의 특허권에 이의를 제기하고 있어요."

"브레이비가요?"

"그래요."

비어드는 제어장치에 웅크리고 앉아 이맛살을 모으고 몇 초 동안 영국에서의 잿빛 과거로 더듬더듬 들어갔다. 콘크리트 기둥, 고속도로 옆 맥주공장 냄새, 임시 오두막들 사이의 진흙땅, 멍청한 꿈이 잔뜩 쌓인 테이블이 떠올랐다. 마치 자신이 태어나기 전, 공룡이 지구를 지배하기 전 원시의 늪 위로 짙은 안개가 끼어 있던 때를 회상하는 기분이었다. 그리고 그 안개가 걷히기 시작하자 진실이 보였다. 어떻게 그걸 예상 못했단 말인가? 브레이비는 미국에서 새로 활기를 얻은 재생에너지 분야에 이런 식으로, 비어드에게 조언이나 소개를 부탁하는 대신 비싼 소송을 벌이겠다고 압박을 가하는 방식으로 끼어들려는 속셈이었다. 협박행위이자 강도 미수였다. 그는 법정 밖에서 타협하고 앞으로의 프로젝트에 한몫 낄 수 있으리라 기대하고 있을 터였다. 아무 근거도 없이.

비어드는 안도감에 힘이 불끈 솟아 벌떡 일어났다. 현기증이 일었지만 무시하고 해머의 마음속 고장난 기계를 고치려는 듯 그의 가슴을 툭 쳤다.

"잘 들어요, 토비. 난 연구소와 특허에 관련된 이런 식의 술책을 많이 봤어요. 브레이비는 내가 센터에 몸담은 동안 광합성 연구를 했으니 그 권리가 센터에 있다고 생각하거나 그렇게 생각하는 척하는 거예요. 하지만 내가 연구를 시작한 건 임피리얼대학에서였고, 그땐 이미 브레이비 때문에 센터에서 잘린 뒤였어요. 어차피 센터와의 계약조건도 내가 개인 연구를 자유로이 할수 있다는 것이었고요. 난 거기 일주일에 딱 한 번씩 갔죠. 집에 계약서가 있어요. 보여줄게요."

"이것 때문에 우리 일이 늦어질 수 있어요." 여전히 확신이 서지 않는지 해머는 침울하게 말했다.

비어드가 말했다. "저쪽에서도 날짜들을 확인하면, 내가 잘린 날짜와 계약서 날짜를 보면 바로 꽁무니 뺄 거예요. 우리도 맞고소를 합시다. 괴롭힘이나 명예훼손 같은 걸로. 센터는 우리보다 돈이 없어요. 어리석은 풍력 터빈 개발로 거의 모든 걸 잃었다고요. 대대적인 망신을 당했죠. 센터엔 예산이 없어요."

비어드는 해머가 안도하기 시작했다는 걸 깨달았다. 소송 상대의 가난은 고무적인 일이었다.

"마이클, 숨겨진 암초나 충격이 없다고, 나한테 감추는 게 없다고 약속해줘요."

"약속하죠. 브레이비는 가증스러운 기회주의자예요. 그자의 엉덩이를 뻥 차서 리오그란데강 너머로 보내버립시다."

"바너드는 십오 분 내로 도착할 거예요."

비어드는 짐짓 심각하게 이맛살을 모으고 손목시계를 보았다. 달린과 시간을 보내고 싶었다. 그래야만 변호사를 대면할 수 있을 것 같았다.

"시내에서 약속이 있어요. 그 변호사한테 저녁때 홀리데이인으로 오면 나를 만날 수 있다고 전해요. 아니면 길 건너 레스토랑이나."

비어드가 문을 향해 걸음을 옮겼을 때 해머는 이미 노트북으로 이메일을 쓰기 시작했고 친구가 나가는 것도 깨닫지 못하는 듯했다. 평소의 그로 돌아온 것이다.

몸이 꽁꽁 얼 것 같은 통제소의 냉기에서 벗어나 늦은 오후의 건조한 열기 속으로, 형광등 불빛에서 황금빛 햇살 속으로, 컴퓨터 서버의 웅웅거림에서 행사 준비의 소음과 서로 다른 곳에 설치된 두 개의 음향장치가 군악대 리허설과 전기드릴의 굉음에 맞서 내보내는 컨트리음악의 불협화음 속으로 들어서니 힘이 났다. 비어드를 흥분시키는 건 달린을 만나러 시내로 가고 있다는 사실만이 아니었다. 브레이비의 서툴고 부당한 요구에 대한 격한 분노도 활기와 흥분을 안겨주었다. 브레이비의 요구가 이 프로젝트의 가치를 훨씬 더 높여주었으니까. 그가 바닥에 추락했을 때 등돌렸던 거짓 친구가 이제 영광의 작은 한몫을 차지하겠

다고 나섰다. 물론 브레이비는 그걸 가질 수 없고 그 사실을 곱
씹자니 즐거웠다. 비어드는 평소와 달리 가볍고 빠른 걸음으로
부산한 현장을 지나갔다. 그러다 애국적인 기념품을 파는 가판
대 앞에서 발걸음을 늦췄다. 작은 막대기에 달린 성조기를 사서
어린애처럼 짓궂게 브레이비의 코앞에 대고 흔드는 상상을 했
다. 하지만 그러고 싶지도 않았다. 습한 잿빛의 영국 남부에 처
박혀 시시한 나선 터빈과 함께 썩어가라지.

　달린과의 약속시간이 이십 분 남아서 군악대가 맑은 트릴과
안개경보 같은 나팔 소리를 내는 퍼레이드 광장으로 향했다. 군
복 차림의 스무 명쯤 되는 악사가 조잡하게 다져놓은 광장 한쪽
끝 차양 그늘 아래 악단장과 함께 서 있었는데 젊은이는 많지 않
았다. 광장 남쪽으로는 고위 인사들과 기자들을 위해 경사가 급
한 관람석이 만들어져 있었다. 비어드는 토비 해머가 이메일로
성사시켜놓은 이 모든 일에 다시금 감탄했다. 비어드가 광장을
돌아 지나갈 때 악사들은 비틀스 메들리를 연습했는데 음이 몇
군데 틀리는 것으로 미루어 정규 군악대가 아니라 열성 재향군
인으로 이루어진 예비 악단일 것 같았다. 악단장의 흰 지휘봉을
보자 기분 나쁘게 멜리사의 남자가 생각났다. 런던은 이미 밤늦
은 시각이었고 멜리사에게 전화를 해야 했다. 하지만 지금은 때
가 아니었다.

비어드는 당당한 〈옐로 서브마린〉 리듬에 맞춰 관목과 야자나무 사이로 솟은 관람석을 향해 걸었다. 한가운데 사람이 하나 앉아 있었고 비어드는 그가 영국인임을 즉시 알아보았다. 담배 때문이었을까? 아니면 구부정한 좁은 어깨? 아니면 회색 양말과 검은색 가죽구두? 모자와 선글라스를 쓰지 않은 것? 발치에 작은 여행가방을 둔 남자는 앞으로 웅크린 자세로 한 손에 턱을 괴고 군악대가 아니라 그 너머 힐라산을 바라보고 있었다. 물론, 로드니 타핀이었다. 옛친구가 셈을 치르러 먼길을 온 것이다. 상대를 알아본 첫 충격이 가신 후 비어드는 몇 분 동안 망설이다가 그에게 다가가기로 결심했다. 공개된 장소에서 자기 방식으로 대면하는 것이 기습을 당하는 것보다 낫다는 판단이었다. 달린이 뒤에서 눈을 가렸던 게 경고 역할을 했다.

관람석 계단이 지나치게 가팔라 가운뎃줄까지 올라가서 잠시 쉰 다음 타핀에게로 걸어가야 했다. 타핀은 비어드가 다가오는 걸 모르는 척하거나 개의치 않는 듯 차분하게 앞만 보며 담배를 피웠고 비어드가 옆에 앉아도 반응을 보이지 않았다. 비어드는 헐떡거리는 소리를 낼까봐 숨을 고를 때까지 입을 열지 않았는데 여전히 타핀은 고개를 돌리지 않았다. 특정 영화들에서 볼수 있는 중대한 만남의 장면이 연출되었다. 분명 타핀은 그런 것들을 볼 시간이 있었을 터였다. 팔 년 동안 교도소 체육관에서 보낸 시간은 많지 않은 모양이었다. 감금 생활로 사람이 오그라들었다. 팔다리가 가늘었고, 바지 벨트 위에서 요동치던 건축가의 당당한 배도 작은 올챙이배가 되어 있었다. 심지어 머리통까지 줄어든 듯 얼굴이 들쥐보다는 생쥐에 더 가까워 보였고 팽팽한 콧구멍에서 풍겼던 호기심이 왕성할 것 같은 인상도 이제 없었다. 대신 황혼 속이라면 차분함으로 이해될 수도 있을 수동적인 경계심이 자리하고 있었다. 하지만 뉴멕시코의 황금빛 오후 햇살 아래서는 초조하게 담배만 빨아대는 폐인으로 보였고 따귀한 대 때릴 힘도 없는 것 같았다. 비어드는 안도감에 기분이 고조되었다. 이 불쌍한 출소자는 그에게 아무 짓도 할 수 없었다.

침묵이 어색해지기 시작했다. 비어드가 둔하고 제멋대로인 종업원을 다루듯 활기차게 말했다. "그래, 타핀 씨. 감옥에서 나왔군. 무슨 일로 여기까지 온 거지?"

마침내 타핀이 엄지와 검지 사이에 담배를 끼운 채 돌아보았다. 눈의 흰자 귀퉁이가 상한 달걀노른자처럼 얼룩얼룩했다. 콧대부터 시작해서 양쪽 뺨을 가로질러 모세혈관도 터져 있었다. 그가 입을 열자 위쪽 앞니가 빠진 자리가 눈에 띄었다. 교도소 치과의사가 고쳐주지 않은 모양이었다.

"여기 앉아 있으면 당신이 볼 거라고 생각했지."

"그래서?"

"비어드 씨, 당신한테 할말이 있어. 물어볼 것도 있고."

비어드는 어렴풋이 공포가 되살아나는 느낌이었다. 그는 타핀의 손과 가방, 발을 주시했다. "좋아. 하지만 시간이 별로 없어."

그들 아래서 군악대가 계속 메들리를 연주하고 있었다. 〈예스터데이〉의 마지막 화음이 정확한 행진 템포에 맞춘 쾌활한 〈올유 니드 이즈 러브〉로 이어졌다. 수백만 명이 저렇게 재미없고 짧은 노래들에 열광해 비명을 지르고 머리칼을 쥐어뜯었다는 게 믿기지 않았다.

"그럼 단도직입적으로 말하지. 첫째는 이거야. 난 절대 토머스 올더스를 안 죽였어."

"당신이 법정에서 그렇게 말한 거 기억해."

"당신이 안 믿어도 상관없어. 어차피 아무도 안 믿으니까. 솔직한 말로, 기회만 있었다면 내 손으로 죽였을 거고. 어떻게 된 거냐 하면, 내가 퍼트리스한테 말했어. 그녀가 다치지 않고 놈을 죽일 방법만 있다면 그렇게 하라고. 만일 그렇게 하면, 일이 잘못될 경우 내가 잡혀 들어가겠다고 맹세했지. 퍼트리스는 아무 말 안 했지만, 우리집에 왔을 때 내 망치 하나를 슬쩍했다가 놈이 그녀의 소파에서 자고 있을 때 죽인 게 틀림없어."

"잠깐." 비어드가 말했다. "도대체 왜 퍼트리스가 톰 올더스를 죽여?"

"비어드 씨, 화가 나겠지. 이혼은 했지만 한때 사랑했던 여자가 살인자라는 말을 듣고 싶진 않을 테니까. 하지만 퍼트리스는 놈을 싫어했어. 떼어낼 수가 없어서. 퍼트리스가 떠나달라고 해도 놈은 말을 안 들었어. 나도 손써봤지만 그 개자식은……"

비어드는 자신이 진실을 안다는 걸, 자신이 타핀에게 누명을 씌운 장본인이라는 걸 반쯤 잊고 있었다. 그는 먼저 어떤 이의를 제기해야 하는지 판단이 서지 않았다. 그가 말했다. "퍼트리스가 그자를 싫어한다고 당신한테 말했어? 떼어내고 싶다고?"

"아주 여러 번."

"하지만 퍼트리스는 온 세상을 향해 그를 사랑한다고 말했어."

타핀은 몸을 꼿꼿이 하며 자랑스럽게 말했다. "그건 나중에, 내 살인 동기를 만들어주려고 그런 거지. 질투! 난 그녀를 위해서라면 무슨 짓이라도 할 수 있었어."

"맙소사, 그럼 어째서 유죄 인정으로 형을 줄이지 않았지?"

"시건방진 변호사가 무죄로 풀려날 수 있게 해준다길래. 난 그 말을 믿었고."

"그럼 이 모든 일이 퍼트리스와 공모한 거라고?"

"올더스가 죽은 뒤에는 연락이 안 되더군. 그러다 나는 체포됐고. 그래서 우리는 의논도 못하고 일을 처리할 수밖에 없었어. 하지만 우리가 무슨 일을 하고 있는지는 알았지."

군악대는 비틀스 메들리를 다 마치고 휴식을 취하는 중이었다. 금관악기 연주자들이 악기에 고인 침을 빼고 있었다. 악단장은 시가를 입에 물고 어디론가 걸어갔다.

비어드가 말했다. "하지만 당신이 직접 올더스를 찾아갔다면 그가 겁을 먹고 퍼트리스한테서 떨어졌을 텐데."

타핀이 쓸쓸하게 웃었다. "내가 그걸 안 해봤을까? 초반에 갔어. 햄프스테드에 있는 놈의 집을 찾아갔다고. 겁을 주려고 타이어 지렛대를 들고서. 지렛대는 한 번 휘두르고 바로 빼앗겼지. 놈이 나를 정원 여기저기 패대기치고 내 얼굴을 연못에 처박았어. 그때 허리도 삐고, 무릎뼈에 금도 가고, 팔도 빠지고, 여기도 이렇게 됐지. 자."

타핀이 이 빠진 자리를 가리켰다.

비어드는 톰 올더스의 주인이라도 된 듯한 자랑스러움을 주체할 수 없었다. 그런 물리학자가 있었다니! 그가 말했다. "퍼트리스의 눈을 멍들게 한 걸 되갚아줬나보군."

"비어드 씨, 그건 사과했어." 타핀이 발끈하며 말했다. "몇 번씩이나. 결국 퍼트리스도 받아줬고."

"그러니까 당신은 내 아내를 위해 감옥에 간 거군. 그래서 그녀가 면회도 오고 아름다운 감사의 편지도 보냈나?"

"애인의 살해범한테 면회 가는 건 사람들 눈에 옳은 일로 안

보이겠지. 일 년 지나서 내가 먼저 그녀에게 편지를 쓰기 시작했어. 매일같이. 하지만 답장이 없더군. 팔 년 동안 단 한 장도. 감옥에서 나올 때까지 그녀가 다시 결혼한 것도 몰랐어."

사랑에 속은 불쌍한 얼간이는 시선을 돌려 로즈버그 너머 산들을 바라보았다. 비어드는 그를 보고 있으려니 자신은 평생 제대로 사랑에 빠진 적이 없어 다행이라는 안도감이 들었다. 이렇게 이성이 마비될 정도로는 없었다. 퍼트리스와의 관계에서 그럴 뻔했을 때 얼마나 멍청이가 되었던가. 상황이 상황인 만큼 그럴 수는 없지만, 비어드는 타핀에게 살인 무기인 대가리가 좁은 망치에 대해 캐문고 싶었다. 벨사이즈 파크에 연장가방을 두고 온 걸 정말 잊은 걸까? 정말이지 멍청이 아닌가, 게다가 얼마나 편리한지.

타핀이 말했다. "그녀를 잊을 수가 없는데, 그녀 이야기를 할 수 있는 상대는 당신뿐이야. 비어드 씨, 우린 같은 여자를 사랑했어. 우리 운명은 서로 얽혀 있다고 할 수 있다고. 그녀는 내가 접근도 못하게 하고, 오 분도 통화하지 않으려 해. 그래도 난 아직 그녀를 사랑해."

타핀이 더 큰 소리로 그 말을 되풀이하자 마침 관람석 앞을 지나가던 인부 둘이 흘끗 올려다보았다.

"날 실망시켰으니 화가 나고 억울해야 정상인데, 쫓아가서 목을 부러뜨려놔야 하는데 난 그녀를 사랑해. 그녀를 아는 사람 앞에서 그녀를 사랑한다고 말하는 것만으로도 기분이 좋고. 난 그녀를 사랑하고, 만일 언젠가는 끝날 사랑이었다면 벌써 오래전에, 그녀가 답장을 안 할 거라는 사실을 깨달았을 때 끝났겠지. 나는 그녀를 사랑……"

"확실하게 짚고 넘어가지." 비어드가 말했다. "미국 국토안보부에 전과기록을 숨기면서까지 이렇게 멀리 찾아온 이유가, 단지 내 전처를 아직 사랑한다는 말을 하기 위해서인가?"

"당신도 당사자니까. 내 말뜻 알 거야. 내가 이런 이야기, 퍼트리스가 올더스를 죽였고 내가 대신 인생의 팔 년을 바쳤다는 이야기를 할 수 있는 사람은 당신뿐이고 그건 중요한 문제야. 당신한테 사과할 것도 있고. 당신이 우리집에 찾아왔을 때 그런 식으로 대한 거. 알다시피 퍼트리스가 올더스 성질을 건드리지 않으려고 저녁에 놈을 만나러 다니던 때라 내가 스트레스를 많이 받았거든. 하지만 그런 식으로 당신을 때린 건 진심으로 사과하지."

비어드가 말했다. "그건 잊어도 될 것 같군."

하지만 타핀의 사과에는 목적이 있었다. "여기 온 이유가 또 있어. 심각하게 고민한 문제야. 나도 뭔가 대책이 필요해. 퍼트리스 생각만 하면서 앞으로 십 년을 보낼 순 없으니까. 비어드 씨, 그녀와 멀리 떨어진 데서 새 출발을 하고 싶어. 당신이 여기서 하고 있는 일을 텔레비전으로 봤지. 이 상황을 아는 건 당신뿐이고 당신이 이해해줄 거라는 걸 알아. 일자리 좀 구해주면 좋겠군. 내 기술은 그대로야. 배관, 배선, 벽돌 쌓기, 막노동, 다 할 수 있어. 쓰레기 치우는 일이라도. 난 열심히 일할 줄 아는 사람이야."

비어드의 머리가 빠르게 회전했다. 이틀 만에 잘렸지만 그는 달린의 친구 니키에게 일자리를 구해준 적이 있었다. 타핀이 전과자임을 속이고 입국한 것도 법망을 피할 방법이 있었다. 그리고 환상에 빠진 이 멍청이는 변화를 가질 자격이 있을지도 몰랐다. 하지만 운이 없었다. 몇 분 전 비어드는 자기집 2층 창가에 서서 남자를 만나려고 새 원피스와 구두 차림으로 정원을 내려가 푸조로 향하는 아내의 모습을 지켜보던 그 어두운 시절의 기억이 되살아나 기분이 가라앉았던 것이다. 팔 년으로 충분할까? 타핀이 받을 벌은 끝난 걸까? 아마 영원히 끝나지 않을 것이다. 비어드는 그런 결론을 내리고 일어나서 손을 내밀며 공식적인 목소리로 말했다.

"타핀 씨, 만나러 와줘서 고마워. 당신 이야기를 믿을 수 있을지 모르겠지만 아무튼 재미있었어. 일자리 문제는, 글쎄, 당신은 내 아내와 놀아났고 그녀를 부추겨 나의 가까운 동료를 살해하게 했어. 당신이 죽였을 수도 있지. 결론적으로, 난 당신에게 빚진 게 없고……"

타핀도 일어섰지만 악수는 거부했다. 그가 놀란 목소리로 물었다. "안 된다는 건가?"

"그렇지."

타핀은 징징대는 탄원자에서 공격자로 돌변했다. "내가 당신 마누라랑 놀아나서?"

"그게 주된 이유이긴 해."

"당신은 그 여자를 사랑하지도 않았잖아. 눈에 띄는 여자는 다 건드리고 다니고. 당신은 그녀를 돌보지 않았어. 그녀를 온전히 가질 수도 있었는데 몰아낸 거라고."

타핀은 화가 나자 뺨의 혈색도 돌아오고 들쥐 같은 인상도 되살아나서 예전 모습이 더 많이 보였다. 수척했지만 그래도 강단 있어 보였다. 사람이 오그라들고 나이도 들었지만 여전히 비어드보다 키도 크고 젊었다.

"난 애초에 불륜 상대를 찾아다닌 게 아니야." 타핀이 큰 소리로 말했다. "퍼트리스가 당신한테 복수하려고 나한테 접근한 거라고. 나도 그때 상황이 안 좋았지. 마누라가 애들을 데리고 도망쳤으니까. 염병할, 당신 가정을 깬 건 당신이야. 당신이 그 아름다운 여자를 망쳐놨어. 그 불쌍한 여자를 가슴 아프게 했다고!"

비어드는 폭력에 대비해 살금살금 관람석의 줄을 따라 멀어졌다. 그는 무릎뼈를 부러뜨릴 수 있는 톰 올더스가 아니었다. 그가 신중하게 거리를 두고 말했다. "저기 고속도로에 경찰이 있어. 당장 꺼지지 않으면 경찰을 불러서 당신 관광비자에 대해 이야기하게 할 거야. 여긴 불법체류자한테 그리 친절한 데가 아니거든."

"이 개자식! 겁쟁이 개자식!"

비어드는 최대한 빨리 관람석을 내려가 부리나케 걸었다. 퍼레이드 광장 저쪽 끝에 이르러 텍사스 스타일 바비큐를 향할 때까지도 타핀의 작아져가는 외침이 들렸다. "비열한 새끼! 겁쟁이! 사기꾼! 가만두지 않겠어!" 몇몇 강직한 시민이 고개를 돌려 바라보았고 비어드에게 못마땅한 시선을 던지는 이들도 있었다. 길을 잘못 든 비어드는 몇 분 후 초록색 이동식 화장실들이 거대한 주랑처럼 서 있는 곳에 이르렀고, 그중 한곳으로 쏙 들어가 시간을 끌며 볼일을 보았다. 화장실을 나와 주위를 둘러보니 타핀이 멀리 고속도로에서 지나가는 차들을 향해 엄지손가락을 흔들고 있었다.

비어드는 달린과의 약속시간에 늦었지만 지치고 더운데다 생각할 것도 많아서 어슬렁어슬렁 걸었다. 퍼트리스가 떼어내고 싶었던 남자는 올더스가 아니라 타핀이었고 또다시 눈가에 멍이 들고 싶지 않아 이야기를 지어냈다. 하지만 타핀의 폭력을 중단시킨 건 올더스의 매질이었다. 비어드가 맨손으로 올더스를 목

졸라 죽였더라도 타핀은 퍼트리스가 한 일인 줄 알고 죄를 뒤집어썼을 터였다. 타핀의 강박적 망상은 그 정도로 심각했다. 비어드의 과거는 냄새나는 숙성 치즈처럼 현재 속으로 스며들거나 그 위로 배어나와서 감당하기 힘들 때가 많았지만 이번만은 다루기 쉬운 모양으로 단단하게, 에푸아스보다 파르메산*에 가깝게 응고되었다. 이 비유를 유쾌하게 곱씹고 있을 때—그러자 아직 배가 출출하다는 걸 깨달았다—마침 텍사스 바비큐가 보였고, 주머니 속 팜톱이 진동했다. 화면에 멜리사 이름이 떴다. 잠자리에 들기 전 전화한 모양이었다. 하지만 팜톱을 귀에 대자 자동차 엔진음과 함께 어렴풋이 캐트리오나의 노랫소리가 들렸다.

"자기." 비어드는 멜리사가 입을 열 사이도 없이 재빨리 말했다. "안 그래도 전화하려고 했는데."

"비행기 타고 있었어요."

지휘자랑 도망치는구나, 내 아이를 데리고. 비어드는 즉시 그런 생각이 들었다. "어디야?" 그는 멜리사의 거짓말을 예상하며 신경질적으로 물었다.

"지금 막 엘패소에서 출발했어요."

비어드가 그 말을 받아들이는 데는 시간이 좀 걸렸다. "아니,

---

* 각각 프랑스산, 이탈리아산 치즈.

어떻게? 이해가 안 돼."

"당신한테 가고 있어요. 중간방학이라 레노츠카한테 가게를 맡겼어요. 캐트리오나와 내가 당신하고 할 말이 있거든요."

"무슨 말?" 비어드는 형언할 수 없는 죄책감을 느끼며 물었다. 내가 또 무슨 짓을 한 거지?

멜리사가 말했다. "달린이라는 여자 전화를 받았는데 그 여자가 당신과 결혼할 거래요. 그전에 당신 딸과 내가 당신에게 하고 싶은 말이 있어요."

그거군. 반쯤 잊은 꿈처럼 기억이 모호했지만 몇 주 전 트레일러 침실에서 있었던 일인 건 분명했다. 그후로 달린이 그 이야기를 꺼낸 적은 없었다.

비어드가 말했다. "멜리사, 내 말 믿어줘, 그건 사실이 아냐." 그 말을 하면 멜리사가 오늘 저녁 그의 자유를 빼앗지 않고 곧장 런던으로 돌아가기라도 할 것처럼.

멜리사가 말했다. "잠깐, 여기서 빠져야 해요…… 만나기 전에 말해둘 게 하나 더 있어요. 테리 일인데."

"그래."

"그런 사람 없어요. 내가 지어낸 거예요. 자존심 때문이었는데 바보짓이었어요. 그 일로 상황이 더 꼬였어요."

"알았어." 비어드가 대답했다.

멜리사는 테리를 없는 사람으로 만들었고 그도 달린을 그렇게 만들어주길 기대할 터였다. 노래를 부르는 건지 고함을 치는 건지 모를 캐트리오나 목소리가 들렸다.

멜리사가 말했다. "금방 갈 거예요. 당신은 우리 거예요." 그리고 전화를 끊었다.

비어드는 그대로 그 자리에서 스피커가 달린 기둥에 기댔다. 다행히 스피커는 조용했다. 해가 떨어지고 작업을 끝낸 사람들이 주차장으로 향하면서 현장이 비어갔다. 그의 기억으로는 어느 무더운 오후 달린과 술을 마신 후 사랑을 나누고 있었고, 최고로 세게 틀어놓은 에어컨이 독방에 갇힌 미친 사람이 쇠창살을 흔들어대는 듯한 소리를 냈다. 그가 절정에 이르기 몇 초 전 달린이 손으로 고환을 감싸쥐고 결혼해주겠느냐고 물었고 그는 그러겠다고 말했다, 아니, 외쳤다. 말도 안 되는 어리석은 짓을 했다는 생각과 체념이 그를 절정에 이르게 했는지도 모른다. 멜리사와도 결혼하지 않았는데 어떻게 그 말이 진심일 수 있겠는가? 그런 순간 남자가 하는 말을 누가 믿나? 문제는 달린이 그의 다른 삶에 대해 알아내고 대담한 그녀답게 그에게 결혼 약속을 받아낸 것이었다. 누군가, 아니면 모두가 실망하게 될 터였다. 새로울 게 없는 일이었다.

비어드는 주머니 속 적외선 자동차 열쇠를 더듬어 찾았다. 그

믿음직한 단단함이 그가 자신과 로즈버그 사이에 두고 싶어하는 거리를 담고 있는 듯했다. 지금 몰래 빠져나가 데밍의 고속도로변 숙소에 숨어 내일 하루종일 달린과 멜리사를 피하며 세계 역사에 남을 행사에 집중한 다음 나중에 그들을 함께든 따로든 만나는 게 현명할 듯했다. 어쨌든 오늘 저녁에는 만나고 싶지 않았다. 하지만 차를 향해 돌아서자 달린과 즐기지 못하게 된 것이 몹시 안타까웠다. 그의 마음속 의회에서 요란한 분열이 일어났다. 소란스러운 가운데 경험이라는 웅변적인 목소리가 오래 기다려온 욕망을 억누르면 오히려 집중력에 방해가 된다고 외쳤다. 비어드는 그 목소리를 무시하고 계속 걸었다. 과학을 위해, 미래 세대의 안녕을 위해 개인이 희생해야 할 때도 있는 법이다.

하지만 그때 구원이 찾아왔다. 서른 발짝도 떼기 전 뒤에서 그의 이름을 부르는 소리가 들렸다. 그녀가 100미터쯤 떨어진 텍사스 바비큐 가게에서 나와 두 팔을 벌린 채 몸을 흔들며 달려왔고 비어드는 안도감에 젖었다. 이제 그녀와 자신의 모텔방으로 직행할 테니까. 결정은 그의 손을 떠난 것이다.

달린은 무슨 꿍꿍이인지 비어드에게 왜 엉뚱한 방향으로 가고 있었느냐고 묻지 않았다. 그들은 다정하게 팔짱을 끼고 주차장을 향해 초록색 화장실이 늘어선 길을 내려갔다. 주차장에서 달린은 자기 차는 두고 비어드의 차로 같이 가는 게 좋겠다고 했다. 비어드도 군이 반대할 이유가 떠오르지 않았지만, 오늘밤뿐만 아니라 내일 아침까지 꼼짝없이 그녀와 함께 다녀야 하는 게 걸리긴 했다. 달린은 분명 그걸 노리는 듯했다. 비어드가 로즈버그를 향해 차를 모는 동안 달린은 왼손으로 그의 사타구니를 애무하며 방에 들어가면 어떻게 할지 이야기했다. 비어드는 황홀해서 다른 생각은 할 수도 없이 모텔로 들어가 자신이 늘 묵는 방 앞에 차를 세웠다. 그리고 로봇처럼 모텔 사무실로 들어가 체크인을 했다. 곧 두 사람은 방문을 이중으로 잠그고 시원한 시트에 잔뜩 흥분한 거대한 알몸을 뉘었다. 운동으로 자신을 구제할 수 있다고 믿었던 십 년 전이었다면 비어드는 자신의 풍선처럼 부푼 몸과 작은 아코디언 같은 턱, 자신이 애무하는 여자의 이랑진 윤곽, 무겁게 접혀서 공기나 햇빛은 구경도 못하는 겨드랑이와 사타구니, 방금 벤 풀 냄새 같은 무릎 뒤의 달근한 땀내에 충격받았을 것이다. 그래도 모든 게 예전과 다름없이 짜릿했다. 달린은 친절하고 독창적인 기교로 그를 빨고, 핥고, 애태우고, 질척하게 빨아들였지만 그는 절정에 이르자 결혼 약속을 해선 안 된다는 걸 상기했다.

섹스가 끝난 후, 그들은 바싹 붙어서 나란히 누워 있었다. 달린이 한쪽 팔꿈치에 무거운 체중을 싣고 애정 어린 눈빛으로 내려다보며 그의 귀 뒤쪽에 남은 머리칼을 만지작거렸다. 그는 눈을 감고 있었다.

"마이클? 자기?" 그녀가 속삭였다.

"음."

"내가 당신 사랑한다는 말 했어요?"

"응……" 비어드는 옛친구 톰 올더스와 광자, 올더스의 보고서에서 본 전자이동에 관한 내용이 이상하리만큼 선명하게 떠올라 그 생각을 하던 참이었다. 2세대 태양전지판을 개선할 저렴한 방법이 있을 수도 있었다. 그는 런던에 돌아가면 먼지가 잔뜩 쌓인 그 보고서를 다시 들춰보기로 했다. 그는 흡족한 마음으로 다시 말했다. "응."

"마이클?"

"음."

"사랑해요. 그리고 이거 알아요?"

"음."

"당신은 완전히 내 거고 난 당신을 절대 놔주지 않을 거예요."

비어드는 눈을 떴다. 섹스가 끝나면 그는 섹스 전 친밀한 기분에서 바로 헤어나지 못하고 부담스럽게 구는 여자들이 골치 아팠다. 그는 누구와도 공유할 수 없는 자신의 핵심, 태아에 가장 근접한 상태의—말이 좀 우스운가?—사적인 작은 부분을 되찾고 거기에 몰두하는 사치를 누리고 있는데 말이다. 십 분 전까지만 해도 그 역시 자신이 그녀의 것이라고 느꼈다. 하지만 지금은 누가 누구 것이라는 생각 자체가 숨막혔다.

비어드는 그녀를 비난하고 싶었다. "당신 멜리사한테 전화했다면서."

"그럼요! 한 번만 한 게 아닌걸요."

"우리가 결혼할 거라고 말했다면서?"

"당연하죠."

달린은 아직 실오라기 하나 걸치지 않은 알몸인데도 어딘가에서 껌을 꺼내—섹스하는 동안에는 절대 씹지 않았다—원을 그리듯 입을 움직여 질겅질겅 씹으며 사람 좋은 미소를 지어 보였다. 비어드의 분노가 폭발하기를 기다리며 그걸 즐기고 있는 것이었다.

"번호는 어떻게 알았어?" 비어드는 그녀의 쾌활한 태도에 당황해서 엉뚱한 질문을 던졌다.

"마이클! 내가 일하러 간 사이 당신이 우리집에서 그 여자한테 전화를 걸었잖아요. 전화요금 고지서에 번호가 안 찍힐 줄 알았던 거예요?"

비어드가 무슨 말을 하려고 하자 그녀는 깔깔거리며 그의 팔꿈치를 꽉 잡았다.

"내가 그 번호로 처음 전화했을 때 무슨 일이 있었는지 알아

요? 웬 꼬마가 받아서 혹시나 하고 '아가야, 아빠 좀 바꿔줄래?'
물었더니 뭐라고 했게요?"

"몰라."

"아주 진지하게 이러더라고요. '우리 아빠 로즈버그에서 세상
을 구하고 있어요.' 정말 귀엽지 않아요?"

이제 더는 알몸으로 그런 대화를 나눌 수 없었다. 비어드가 가
운을 가지러 욕실에 다녀오니 놀랍게도 달린이 옷을 입고 있었
다. 그녀는 여전히 쾌활했다. 비어드는 침대 옆 의자에 앉아 그
녀가 치마를 입은 다음 끙 소리를 내며 몸을 구부리고 신발을 신
는 모습을 지켜보았다.

마침내 그가 입을 열었다. "달린, 확실히 해두자고. 우린 결혼
안 해."

텔레비전 옆 거울 속 달린이 머리에 핀을 꽂으며 말했다. "집
에 가서 샤워하고 옷 갈아입어야 돼요. 오늘밤 학교에서 한 시간
동안 일하거든요. 하지만 걱정 마요. 니키가 십 분 내로 약국에
서 퇴근해 태워다준다고 했으니까."

그녀는 떠날 채비를 마치고 비어드에게 다가와 침대에 앉았
다. 그러고는 슬픈 미소를 지으며 그의 무릎을 토닥였다. 비어드
는 그녀가 간다는 게 벌써 아쉬웠다. 이런 덩치 큰 여자를 좋아
하는 건 자기애일까? 그의 삶은 메이지부터 달린까지 꾸준한 상

승곡선을 그렸다.

달린이 말했다. "내 말 잘 들어요. 당신이 알아야 할 게 몇 가지 있어요. 첫째, 당신은 완전히 좋은 사람은 아니고 나도 마찬가지예요. 둘째, 난 당신을 사랑해요. 셋째, 난 처음부터 당신이 유부남일 거라고 생각했어요. 당신이 그 이야긴 안 해서 묻지 않은 거예요. 우린 성인이고 서로 좋아서 만나는 거예요. 넷째, 멜리사한테 전화했을 때 비어드 부인은 존재하지 않는다는 걸 알아냈어요. 다섯째, 당신은 나와 사랑을 나누던 중 나와 결혼하고 싶다고 말한 적이 있어요. 여섯째, 그래서 난 결심했어요. 당신과 결혼하기로. 당신은 싫다고 소리지르며 발버둥치겠지만 난 마음을 굳혔어요. 난 당신을 꺾을 거예요. 노벨상 수-상-자-님, 당신은 도망 못 쳐요. 역마차는 이미 움직이기 시작했고 난 당신이 거기 타고 있다고 믿어요!"

그녀는 너무도 명랑하고, 어찌할 수 없을 만큼 너무도 낙천적이고 호의적이었다. 너무도 미국인다웠다. 비어드가 웃음을 터뜨렸고 그녀도 따라 웃었다. 그들은 키스했고 키스가 깊어졌다.

비어드가 말했다. "당신은 정말 멋진 여자지만 난 당신과 결혼 안 해. 누구와도."

달린은 일어나 가방을 들었다. "난 당신하고 결혼할 건데요."

"조금만 더 있어. 내가 집까지 태워다줄게."

"아니아니. 옷 다 입었는걸요. 당신 때문에 늦을 거예요. 난 당신을 알아요."

달린은 문가에서 손 키스를 날리고 가버렸다.

비어드는 의자에 그대로 앉아 해머에게 전화해서 변호사와 만난 일은 어떻게 됐는지 물어볼까 생각했다. 샤워 먼저 해야 대화하기가 더 편하겠다는 결론이 났다. 프로젝트 홍보가 잘되고 있는지 텔레비전으로 지역뉴스나 볼까 했지만 리모컨이 침대 저쪽 끝 수많은 베개 밑에 있었고 지금은 꼼짝도 하고 싶지 않았다. 그는 침대가 정돈되어 있고 옷가지가 의자에서 미끄러져 떨어지지 않고 여행가방 속 물건이 바닥에 쏟아져 있지 않은 곳으로 방을 옮기고 싶다는, 병원의 바퀴 달린 들것에 태워져 이동하고 싶다는 생각이 들 정도로 완전히 무기력했다. 하지만 불가능한 일이었다. 그는 여기, 이 세계에 속해 있었다. 그러니 이제 샤워를 해야 했다. 하지만 그는 일어나지 않았다. 멜리사와 캐트리오나가 석양 속에서 고속도로를 타고 달려오고 있다는 사실이 떠올랐고 달린에게 그 말을 하지 않은 것이 현명했다는 생각이 들었다. 달린이 알았다면 모두 함께 저녁을 먹으며 미래에 대해 의논하자고 했을 테니까. 비어드는 타핀이 어디 있을까 궁금해졌고, 그러자 내일의 행사를 앞둔 자신은 지금 흥분상태여야 한다는 생각이 들었으며, 그러자 다시 해머가 생각났다. 그렇게 최면에 걸린 것처럼 멍하니 저녁 동안의 복잡한 상황에 대해 생각하고 있다가 노크를 하는 건지 발로 차는 건지 문에서 요란한 소리가 들리자 흠칫 놀라 자신도 모르게 벌떡 일어났고 가슴에 갑작스러운 통증이 일었다. 또다시 속이 빈 합판 문짝이 두 번 쾅쾅 울렸다.

"알았어요." 그가 외쳤다. "가요."

문을 열자 저녁의 건조한 아스팔트 열기가 훅 끼쳤고 오렌지빛 하늘을 배경으로 해머와 그 뒤에 선 정장 차림의 덩치 큰 남자가 보였다.

"굳이 안 묻겠습니다." 해머가 단호히 말했다. "들어갑니다."

비어드는 어깨를 으쓱하며 뒤로 물러났다. 그렇다면 그도 방꼬락서니에 대해 사과할 이유가 없었다.

해머는 얼굴이 창백하고 굳어 있었다. 그가 여전히 단조로운 목소리로 말했다. "이쪽은 바너드 씨, 이쪽은 비어드 씨." 평소에는 '비어드 교수님'이라고 했었다.

변호사와 악수한 비어드는 앉을 데라곤 어질러진 침대뿐이어서 그곳을 가리킨 다음 자신은 의자로 돌아갔다. 서류가방을 든 바너드는 회색 실크 양복에 체액이라도 묻을까봐 세심하게 시트를 손으로 쓸어보았다. 해머도 그 옆에 앉았고 세 사람은 비 오는 오후 방에 모여 음모를 꾸미는 아이들처럼 가까이 웅크리고 앉았다.

바너드는 키가 최소 190센티미터는 돼 보이는 거구였고 셔츠가 터질 듯했다. 각진 턱에 입술은 얄팍했고 테가 두껍고 묵직한 안경을 끼고 있었다. 서류가방을 무릎에 올려놓고 발목을 붙이고 앉은 모습이 클라크 켄트*처럼 몸은 우락부락해도 성격은 온순하고 그것을 미안해하는 인상이었다. 그 옆에 앉은 해머는 충격에 빠진 듯했다. 전에 없이 오른손을 떨고 연신 목울대를 위로 올리며 꿀꺽꿀꺽 침을 삼켰다. 이런 상황에서라면 공모나 비웃음의 눈짓 교환을 위해 비어드에게 시선을 보내야 했다. 변호사들이란! 그런데 그는 동지와 눈을 맞추려 하지 않았다. 자신의 깍지 낀 손만 내려다보며 그가 말했다. "마이클, 상황이 심각해요."

바너드는 침묵 속에서 공감의 뜻으로 고개를 끄덕이며 기다리다가 체구에 비해 좀 높은 목소리로 말했다. "시작할까요? 비어드 씨, 아시다시피 우리 회사는 당신에게 주어진 여러 특허권과 관련해 영국에서 변호 의뢰를 받았습니다. 법적 용어는 쓰지 않겠습니다. 우리는 이 문제를 합리적이고 신속하게 해결하기를 원합니다. 우선, 내일의 공식 행사를 취소해주기를 바랍니다. 우

---

* 영화 〈슈퍼맨〉의 주인공.

리 의뢰인의 주장에 불리한 영향을 미치는 일이니까요."

비어드의 마음의 눈이 도싯 스퀘어 아파트에서 스튜디오 카메라처럼 부드럽게 움직이며 그의 옛 고용 계약서들이 감춰진 서류 더미를 찾았다. 그는 즐거운 미소를 지으며 말했다. "무슨 주장 말입니까?"

"오, 맙소사." 해머가 조용히 말했다.

"2000년도에 우리 의뢰인은 현재 당신이 소유한 것으로 알고 있는 327페이지 분량 문서의 복사본을 직접 만들었습니다. 문서는 토머스 올더스 씨가 사망 전, 영국 레딩 근방의 재생에너지 센터에 고용되어 있는 동안 작성한 것입니다. 그 복사본은 명망 있는 전문가들, 즉 뉴캐슬대학 폴러드 교수를 포함한 해당 분야 최고 물리학자들의 검토를 거쳤고, 그들이 당신의 여러 특허 신청서도 모두 검토했습니다. 그들이 내린 결론은, 여기 있는 해머 씨에게도 일부 보여드렸지만, 그 특허들이 당신의 독창적 연구가 아닌 올더스 씨 연구에 기반을 두고 있다고 믿을 만한 근거가 충분하다는 것입니다. 비어드 씨, 그런 규모의 지적재산 절도행위는 심각한 문제가 됩니다. 올더스 씨가 진행한 연구의 적법한 주인은 센터입니다. 직접 읽어보시면 알겠지만 고용조건에 그렇게 명시되어 있습니다."

비어드는 친절한 미소를 띠고 있었지만 속에서는 그 위협 혹은 차질에 맥박이 당김음의 북소리처럼 흐트러지며 불안한 파문을 일으켰고 단순히 의식이 왜곡되는 게 아니라 끊어져버려 잠시 기절할 듯한 기분을 느꼈다.

그러다 맥박이 진정되고 정신도 돌아오자 불쑥 단호하게 말했다. "내일 행사를 방해하는 건 우리와 이 지역의 이해를 심각하게 침해하는 행위고, 말도 안 되는 일입니다. 사실상 불가능하기도 하고." 그는 비밀 이야기라도 하듯 몸을 가까이 기울이며 덧붙였다. "바너드 씨, 미 공군 분열식을 취소시켜본 적 있습니까?"

변호사도 해머도 웃지 않았다.

비어드가 말을 이었다. "그리고 둘째, 내가 기억하기론 톰 올더스의 문서 겉장에 기밀이라는 표시가 있었습니다. 비어드 교수만 볼 수 있다는. 그런데 그 기밀이 누설된 거죠. 셋째, 올더스 씨는 죽기 전 나와 함께 인공광합성을 집중적으로 연구했습니다. 그가 우리집으로 찾아오곤 했는데 실제로 너무 잦다보니 모두가 알다시피 내 아내와 눈이 맞아버렸죠. 같이 연구할 때 내가 생각하고 말하면 톰이 글로 옮겼습니다. 바너드 씨, 우린 민주적인 시대에 살지만 과학 분야에는 평등화가 쉽지 않은 계급적 구조가 남아 있어요. 너무도 많은 전문 기술과 지식을 습득해야 하니까. 객관적으로 측정된 기준에 의거하면, 나이든 과학자가 젊은 과학자보다 더 많은 걸 알고 있습니다. 늙어서 바보가 되기 전에는 말이죠. 올더스는 지위가 낮은 포스닥이었어요. 내 조수였다고 할 수 있죠. 그래서 그 문서에 나만 보라고 되어 있었던 겁니다. 그 주제에 대해 내 손으로 직접 쓴 기록이 수백까지는 아니더라도 수십 페이지는 있어요. 전부 제대로 주석을 달고 날짜를 적어놨습니다. 분명 올더스의 문서보다 앞선 날짜고. 굳이 센터의 재원을 낭비하면서 재판까지 가겠다면 그 기록을 제출하죠. 하지만 당신들이 내 비용까지 대게 될 테고, 브레이비 씨를 명예훼손으로 고소하는 문제에 대해 전문가의 조언을 구할 겁니다."

토비 해머의 구부정했던 허리가 조금 펴지기 시작했고 친구를 바라보는 그의 눈에 희망, 혹은 희망의 그림자가 비쳤다.

변호사는 흔들림 없이 말했다. "올더스가 부친에게 보낸 편지들이 우리 손에 있습니다. 자기 아이디어를 설명하고 그걸 당신에게 보이겠다는 의사를 밝힌 내용입니다. 그는 당신의 영향력을 이용해 연구 보조금을 받고 싶어했죠. 우리는 당시 비어드 씨의 관심이 새로운 풍력 터빈에 국한되어 있었음을 다방면으로 확인했습니다."

"바너드 씨." 비어드가 부드러우면서도 강철 같은 훈계를 담아 하강조로 말했다. "난 평생 빛을 연구한 사람입니다. 스무 살때 존 밀턴의 「빛」이라는 시를 암송하면서부터. 이십오 년 전 나는 아인슈타인의 광전효과를 수정해 노벨상을 받았습니다. 내

관심이 풍력 터빈에 국한되어 있었다는 말은 하지도 마시죠. 톰의 편지로 말할 것 같으면, 아직도 생활비를 대주고 있는 아버지에게 자신의 성과를 부풀려 자랑하는 야망에 찬 젊은이가 한둘은 아닐 겁니다."

비어드는 목욕가운을 여미며 해머를 향해 고개를 끄덕여 그를 안심시켰다.

바너드는 전혀 수긍하지 않았다. 그는 바로 다음 주장으로 넘어갔다. "이건 우리 주장의 핵심이 아니고 단순히 우리 주장을 뒷받침하는 내용입니다. 우리는 당신이 2005년 2월 런던 사보이 호텔에서 한 연설 녹취록을 갖고 있습니다. 연설 내용이 주로 올더스 씨 문서에서 가져온 것이더군요."

비어드는 어깨를 으쓱했다. "그 문서 내용이 원래 나한테서 나온 것입니다."

"그뿐이 아닙니다." 바너드가 말했다. "우리는 올더스 씨가 당신을 만나기 전에 쓴 글들도 갖고 있는데, 지구온난화, 생태학, 지속 가능한 개발, 여러 수식 등 그 문서의 토대가 된 것들에 대한 깊은 관심이 드러나 있더군요. 비어드 씨, 그가 당신을 만나기 전부터 당신에게서 그런 아이디어들을 어떤 식으로든 가져왔을 거라는 말은 하지 마십시오. 우리 회사에서 당신의 모든 공개 강의, 라디오 강연, 언론 인터뷰, 신문 기고문, 대학 강의를 철저히 조사한 결과 인공광합성에 관한 내용은 없었으니까요. 올더스 씨가 죽고 그의 문서를 손에 넣기 전 몇 년 동안 당신이 기후변화나 재생에너지에 대해 언급한 적도 전혀 없었습니다. 비어드 씨, 당신 같은 유명인사가 획기적인 발견을 하고도 언급조차 하지 않았다는 건 납득하기 어려운 일 아닌가요?"

해머의 자세는 다시 구부정해졌고 마침내 비어드도 화가 났다. 이 웃기는 인간이 지금 이 방에서, 방금 전까지 달린의 영광스러운 몸을 받쳐주던 침대에 까탈을 부리며 앉아서 뭘 하는 거지? 비어드는 벌떡 일어나 한 손으로 가운을 여며 음부를 가리고 나머지 손으로는 바너드의 얼굴에 대고 삿대질을 하면서 말했다. "기후변화? 당신은 내가 톰 올더스를 만나기 전부터 센터 대표였다는 사실을 잊고 싶겠지. 바너드 씨, 재판에서 못 이기면 수임료도 없는 거 아닙니까? 부자가 돼보겠다는 거예요? 당신의 브레이비 씨한테 가서 전해요. 나는 비열한 기회주의자를 알아보는 눈이 있다고. 우리가 여기서 멋진 성과를 이뤄놓으니까 날로 먹으려 들다니. 이게 대학원생 혼자 생각해낼 수 있는 일이라고 법정에서 믿어줄 거라고 생각하다니, 참으로 어리석은 인간이군요. 내일 우리 발전소는 싸고 청정한 전기를 로즈버그에 공급할 겁니다. 브레이비 씨한테 텔레비전으로 다 지켜보라고 해요. 그럼, 법정에서 만납시다!"

바너드도 서류가방을 가슴에 안고 일어나 있었다. 그는 고개를 저었고 목소리가 새로운 감정, 분노인지 자부심인지 아니면 그 둘이 섞인 감정인지로 딱딱했다. "알고 계셔야 할 진전이 하나 더 있습니다. 브레이비 씨는 이제 없습니다. 지난달 여왕 폐하의 생일을 기념해 거행된 작위 수여식에서 기사 작위를 받아 이제 작 브레이비 경이 됐습니다."

비어드는 분노에 차 신음하며 손바닥으로 자기 이마를 때렸다. 하지만 해머는 패닉에 빠진 눈빛이었다. 영국 여왕이 브레이비 편이라면 영국 법정에서 승산이 있을까?

비어드가 말했다. "토비, 다 헛소리니까 들을 거 없어요. 여왕 생일파티 초청명단에 오른 거니까. 자신이 선택하는 게 아니라는 거 여왕도 다 알아요. 과학계, 예술계, 공무원 할 것 없이 거기 가서 거들먹거리고 돌아다니며 별 볼일 없는 귀족 행세 좀 하고 싶어하는 얼간이 출세주의자가 그 명단에 오르려고 난리지."

비어드가 분통을 터뜨린 후 잠시 침묵이 흘렀다. 이윽고 바너드가 한숨을 쉬더니 침대를 돌아 문 쪽으로 걸음을 떼며 말했다. "비어드 씨, 그럼 여왕 폐하께서 당신을 선택하도록 설득당하진 않은 걸로 받아들여야 할까요?"

비어드가 딱딱하게 말했다. "그건 내가 말할 수 없죠."

바너드는 가슴에 안고 있던 서류가방을 옆으로 내려뜨렸다.

해머도 일어섰다. 바너드가 말했다. "작 브레이비 경과 국립 재생에너지 센터를 대신해 마지막으로 한번 더 통보합니다. 내일 행사를 취소하고 특허 문제에 대한 재논의에 동의해주면, 우리는 당신의 호의적 협력자가 될 것이며 합법적으로 센터 소유인 기술 개발에 당신을 참여시키겠습니다. 우리 요구를 들어주지 않을 시, 즉시 소송을 제기해 이 문제가 해결될 때까지 당신의 모든 특허권을 정지시킬 것입니다."

해머가 한쪽 무릎을 꿇을 기세로 비어드에게 돌아서며 말했다. "마이클, 그럼 오 년이 걸릴 수도 있어요."

비어드는 고개를 저었다. "아니, 토비. 안 돼요."

바너드가 말했다. "영국 정부는 돈을 아끼지 않을 겁니다. 적어도 이 일에는. 센터가 특허권을 소유해 상당한 수익을 창출하는 모습을 납세자들에게 보여주려는 열망이 큽니다."

해머가 비어드의 가운 목깃을 움켜잡았다. "우린 빚이 많아요. 이 문제가 해결되기 전에는 아무도 우리와 거래를 안 할 거예요. 우린 변호사를 살 여력이 없어요."

"우리가 다 해놓은 일이에요." 비어드가 해머의 손을 떼어내며 말했다. "지금 물러서면 저들은 우리한테 기껏해야 화장실 안내원 자리나 줄 거라고요."

"여러분." 바너드가 나섰다. "제가 장담하는데, 그보다는 좋은

자리를 줄 수 있을 겁니다. 그리고 해머 씨 말이 맞습니다. 법적
분쟁 소식이 알려지면 사람들은 당신과의 비즈니스를 꺼릴 테
죠. 내일 요란 떨지 않는 게 당신에게도 이익일 겁니다."

"최대한 정중히 말씀드리죠." 비어드가 말했다. "나가주세요."

바너드는 얄팍한 입술을 살짝 비죽거리며 돌아서서 문을 열었
다. 그의 어깨 너머로 사막의 오렌지빛 하늘이 노란색을 거쳐 빛
나는 초록색으로 어두워져가고 있었다.

평소에는 차분한 성격이던 해머가 울부짖기 시작했다. "마이
클, 우리 아직 얘기 끝내면 안 돼요! 바너드 씨, 기다려요, 같이
가요."

변호사는 유감스러운 표정으로 고개를 숙였다. "좋아요. 하지
만 우리가 원하는 건 비어드 씨 서명입니다." 그는 그렇게 말한
뒤 황혼 속으로 나갔고 해머가 허둥지둥 쫓아갔다. 문이 쾅 닫히
고 주차장에서 멀어져가는 두 남자의 목소리가 들렸다. 해머의
목소리가 갑자기 높아지며 시간을 달라고 애원했고 바너드의 고
집스러운 웅얼거림이 이어졌다.

비어드는 아까처럼 다시 의자에 웅크리고 앉아 샤워를 할까
말까 고민했다. 방금 일어난 사건은 그를 위해 상연된 촌극 같았
다. 그 사건이 무엇을 암시하는지 비어드는 무감각했다. 거대한
벽이 자기 삶을 가로막았다는 건 알았지만 그 벽 너머는 볼 수

없었다. 사고가 정지된 상태였다. 그저 생각나는 건 멜리사와 캐트리오나가 한 시간 내로 도착할 테고 그들을 맞으려면 옷을 입어야 한다는 사실뿐이었다. 그는 한참이나 멍하니 앉아 있다가 욕실 샤워기 아래 서서 머리를 두드리는 뜨거운 물줄기를 맞으며 겨우 정신만 붙들고 있었다. 그러다 무슨 소리가 들려서 샤워부스 밖으로 고개를 내밀고 귀를 기울였다. 문을 두드리는 쾅 소리가 났고 다시 쾅 소리가 이어졌다. 정적이 흐른 뒤 침대 옆 테이블에 놓인 팜톱이 울리기 시작했고 다시 문 두드리는 소리는 점점 커져갔다. 해머가 큰 소리로 그의 이름을 불러댔다. 브레이비의 하인이 되라고 설득하러 온 게 분명했다.

비어드는 도로 샤워기 아래로 들어갔고 친구가 가버렸다는 확신이 들자 샤워부스를 나와 물기를 닦았다. 뜨거운 물을 맞은 효과가 있었다. 생기가 돌고 앞으로 어떻게 해야 할지 판단이 섰다. 모든 게 태도에 달려 있었다. 내일 개소식은 반드시 열려야 했다. 나중에 보상을 빼앗긴다 해도 그의 성취를 세계가 지켜볼 테니까. 마지막은 화려하게 장식하고 싶었다. 상황이 좀더 괜찮다면 돈 있는 사람을 끌어들여 지분을 떼어주고 소송기간 동안 지원을 받을 수도 있었다. 귀빈들이 벌써 와서 엘패소의 호텔에 묵고 있었고 몇몇은 실버시티를 거쳐서 오는 중이었다. 해는 뜰 테고, 태양전지판이 물에서 기체를 만들어낼 것이며, 그 기체가 터빈을 돌려 전기가 흐르면 세계가 놀랄 터였다. 그 무엇도 비틀스 메들리와 굉음을 울리며 저공 수평비행을 하는 제트기들을 막을 수 없었다.

허리에 수건을 두르고 〈옐로 서브마린〉을 휘파람으로 불며 침실로 돌아온 비어드는 여행가방을 뒤져 셔츠를 꺼낸 다음 세탁소 셀로판 포장지와 판지를 털어냈다. 비닐포장지 소리가 생기를 주는 또하나의 요인, 허기를 일깨웠다. 브런치를 포기하고 점심으로 때운 뒤라 식사량이 부족했고 이제 그걸 해결해야 했다. 비어드는 깨끗한 속옷과 양말—서서 양말을 신던 시절이 이상하게 느껴졌다—과 구겨지지 않은 제일 좋은 양복을 꺼냈다. 물론 멜리사를 위해 차려입는 것이었다. 욕실 거울 앞에서 향수를 들이붓다가 그녀 생각이 나자 도로 침실로 가서 시간을 들여 침대를 정돈했다. 그러다 달린이 떠오르고, 그다음엔 다들 어디서 어떻게 자고 무슨 말이 오갈지에 생각이 미치자 그의 마음은 겁많은 말처럼 날뛰며 또다른 방향으로 튀었다. 바로 알코올이었다. 길 건너 레스토랑은 술을 팔지 않았다. 그는 여행가방 안쪽 칸에서 은과 송아지가죽으로 만들어진 휴대용 술병을 꺼냈다. 술병에는 상온에서 마시기 좋고 물과 구별도 안 되는 네덜란드 진 게네베르가 들어 있었다. 그는 한 모금 마시고 주머니에 술병을 넣었다. 그리고 문 앞에 멈춰 서서 길게 한 모금 더 마시고 밖으로 나갔다.

샤워하고 향수를 뿌리고 새옷을 입은 다음 냉방된 실내에서
벗어나 남부 저녁의 꺾이지 않는 잔잔한 온기 속으로 들어서는
순간은 늘 달콤했고 영국에서는 누릴 수 없는 쾌감이었다. 로즈
버그의 인공적인 네온 불빛 속에서도 귀뚜라미인지 매미인지
는—비어드는 둘의 소리를 구분하지 못했다—계속 울어댔다.
그 울음소리를 중단시켜봐야 돈이 되지 않았다. 그리고 주유소
위에 선명하게 걸린 반달을 막거나 독점할 방법도 없었다.

하지만 오늘밤 그의 즐거움은 망쳐지고 말았다. 모텔방에서
10미터쯤 떨어진 곳에 검은색 렉서스가 서 있고 바너드가 운전
석에 오르고 있었던 것이다. 그리고 조수석 쪽에서 발치에 아까
그 가방을 놓고 서서 차에 타려고 기다리고 있는 사람은 타핀이
었다. 타핀은 차문을 열다가 비어드를 발견하고 희미한 미소를
지으며 검지손가락으로 자기 목을 긋는 시늉을 했다. 시동이 켜
지고 전조등이 들어오자 타핀이 가방을 들고 올라탔고 차는 후
진해서 주차장을 빠져나갔다. 비어드는 당황한 채로 그 광경을
지켜보았고 차가 사라진 뒤에도 그대로 서 있었다. 그러다 어깨
를 으쓱하고 모텔 사무실로 가서 멜리사가 오면 어디로 찾아오
라고 전해달라고 일러둔 다음 블루베리를 향해 길을 건넜다. 그
곳에 도착했을 즈음엔 기분이 얼마간 회복되었다. 그는 무너지

지 않았다.

비어드는 미국에서 블루베리 패밀리레스토랑보다 더 훌륭하고 행복한 식당은 없다고 당당히 주장할 수 있었다―그곳의 전문 요리는 아침식사로 나오는 스테이크 스킬렛이었다. 생각 없는 무신론자라도 입구 테이블에 놓인 메노파* 책자에 흥미를 느끼고 거기서 교훈을 얻었다.『행복한 집』『사랑이 깃든 결혼』, 그리고 비어드의 분야와 가까운『지구 돌보기』. 계산대 옆으로는 지난 십팔 개월 동안 비어드가 딸을 위해 티셔츠를 스무 장도 넘게 산 선물 가게가 있었다. 레스토랑은 넓었고 웨이트리스는 모두 달린의 명랑한 사촌들 같았다. 근무가 끝난 경찰, 국경순찰대원, 트럭기사가 이곳에 와서 식사를 했고, 퀭한 눈으로 혼자 앉아 있는 장거리 여행자도 보였으며, 물론 히스패닉계, 아시아계, 백인 가족이 테이블 서너 개를 붙여놓고 둘러앉은 광경도 종종 눈에 띄었다. 하지만 블루베리는 손님이 꽉 차 있을 때도 마치 조용히 술을 갈망하는 것처럼 엄숙하고 가라앉은 분위기였다. 그리고 그곳에는 편안한 익명성이 있었다. 유쾌한 종업원들은 비어드에게 단골이라고 알은체한 적이 단 한 번도 없었다. 10번 주간 고속도로 근방이라 장사가 잘됐다.

---

* 네덜란드 종교개혁자 메노 시몬스가 창시한 기독교의 일파.

마침 음식도 그에게 잘 맞았다. 자리 안내를 기다리며 뭘 먹을까 고민할 필요가 없었다—여기선 늘 같은 걸 먹으니까. 이리저리 헤맬 필요도 없었다. 그는 맨 안쪽 구석 칸막이 자리로 안내되었다. 애피타이저가 나올 때까지 조급증을 달래려고 빈 물잔에 휴대용 술병의 진을 따라 물처럼 마시고 또 따랐다. 모든 게 끔찍했지만 기분이 아주 나쁘진 않았다. 적어도 테리라는 자는 존재하지 않으니까. 아니, 그게 그렇게 좋은 일일까? 멜리사와 달린, 골치 아픈 문제였다. 그는 그 문제를 외면하고 싶었고, 그 문제에 대해 생각하고 싶지 않았다. 하지만 언제까지고 외면할 수는 없었다. 그리고 불쌍한 토비 해머. 그에게 전화해서 내일 행사를 강행해야만 하는 이유를 설명해야 했지만 지금은 또다시 입씨름을 벌일 기운이 없었다.

주문한 음식에 대해 잊으려고—평소엔 오 분이면 나왔는데 벌써 십오 분이나 지났다—이메일을 확인해보니 기쁨의 탄성을 자아내는 소식이 두 통 있었다. 하나는 물리학자 출신으로 지금은 파리에서 컨설턴트로 일하는 옛친구에게 온 비공식 제안이었는데, 전력회사 컨소시엄에서 비어드에게 "녹색 기술 분야에서의 폭넓은 경험을 살려 무탄소 핵에너지 쪽으로 공공정책을 이끄는 임무"를 맡아달라는 내용이었다. 연봉이 여섯 자리 수에다 런던 중심부의 사무실과 연구원 한 명, 차까지 제공하겠다는 것이 조건이었다. 물론 그래야지. 논의해볼 만한 일이었다. CO_2 농도가 계속 올라가고 있었고 시간이 별로 없었다. 증가하는 세계 인구의 수요를 충족할 만한 규모의 전기를 생산하는 방식, 문제를 가중시키지 않고 바로 시행 가능하며 충분히 검증된 방식은 하나뿐이었다. 명망 높은 다수의 환경운동가는 원자력이 유일한 해결책이며 두 악마 중 덜 사악한 쪽이라는 견해로 돌아왔다. 제임스 러브록, 스튜어트 브랜드, 팀 플래너리, 재러드 다이아몬드, 파울 에를리히. 모두 과학자이며 좋은 사람이다. 원자력발전의 가장 큰 문제라면 가끔 국지적으로 발생하는 방사능 누출 사고 정도 아닌가? 석탄은 사고 없이도 날마다 재난을 일으키며 지구 전체에 영향을 미친다. 체르노빌 반경 28킬로미터 내의 출입금지 구역이 지금은 중앙 유럽에서 생물학적으로 가장 풍요롭고 다양한 지역이고 모든 동식물의 돌연변이율이 정상 범위 이내 아닌가? 게다가 방사능은 태양광의 다른 이름일 뿐이지 않은가?

두번째 이메일은 12월 코펜하겐에서 열리는 COP15, 즉 제15차 기후변화협약 당사국 총회에 참석해 외무장관들 앞에서 연설을 해달라는 초청장이었다. 그는 그 총회의 정신과 하나일 테니 완벽한 선택이라 할 수 있었다. 비어드는 거기 가기로 했다. 애피타이저가 나왔다. 오렌지색 치즈에 반죽을 입히고 빵가루와 소금에 굴린 다음 튀겨서 연녹색 크림소스와 함께 낸 것이었다. 완벽하고 양도 많았다. 비어드는 주위에 종업원이 없는 걸 확인하고 남은 진을 따랐다. 요리를 빠르게 먹어치우던 그는 마름모꼴 조각이 세 개밖에 남지 않았을 때 몇몇 조각은 튀김옷 속에 치즈가 아닌 버섯이 든 게 아닌가 하는 생각이 들기 시작했는데 마침 그때 접시 옆 팜톱이 진동했다.

"토비."

"잘 들어요. 당신에게 전할 나쁜 소식이 많은데, 그중 최악의 사건은 방금 전에 일어났어요."

비어드는 친구의 목소리가 절제된 적의로 긴장되어 있음을 느낄 수 있었다.

"말해요."

"누군가 태양전지판이 있는 곳에 큰 망치를 가져왔어요. 그리고 줄줄이 다 박살냈어요. 산산조각냈다고요. 촉매를 다 잃었어요. 전자장치도. 전부 다."

도무지 믿기지 않았다. 비어드는 접시를 옆으로 밀어냈다. 타핀 짓이었다. 바너드는 얼마에 그를 샀을까? 200달러? 그 아래?

"그리고요?"

"우린 다시 만나지 않을 겁니다. 마이클, 당신을 보고 싶지 않아요. 하지만 이건 알아두는 게 좋을걸요. 난 오리건에 있는 변호사와 협의중이에요. 마땅히 당신이 책임져야 할 빚으로부터

나를 보호해줄 조처를 취할 거라고요. 우리, 아니 당신 빚은 이미 350만 달러예요. 내일 행사비로 50만 달러가 추가될 거고. 당신이 내일 그 자리에 가서 거기 온 선량한 사람들에게 모든 걸 설명해요. 브레이비는 당신이 지금 갖고 있고 앞으로 갖게 될 모든 걸 빼앗으려 할 겁니다. 영국에서는 그 죽은 사람 아버지가 당신이 절도와 사기 혐의로 재판받을 경우 당신 반대편에 서도록 정부 당국을 설득해왔어요. 마이클, 난 당신을 증오합니다. 내게 거짓말을 했고 도둑이니까. 하지만 당신이 감옥에 있는 건 보고 싶지 않군요. 그러니 영국엔 가지 마요. 범인 인도 조약을 맺지 않은 곳으로 가요."

"다른 할말은?"

"없어요. 이건 다 당신이 자초한 일이에요. 그러니 엿이나 먹으라고요." 전화가 끊겼다.

이번에는 술병을 숨기지도 않고 잔에 대고 털었다. 겨우 두 방울이 떨어졌다. 웨이트리스가 음식이 잔뜩 쌓인 접시를 들고 옆에 와 있었다. 웨이트리스는 단정한 말총머리의 진지한 십대 소녀로 알록달록한 유리구슬이 달린 치열교정장치를 끼고 있었다. 그녀가 해야 할 말을 어렵게 꺼냈다.

"손님? 저희 레스토랑에선 그…… 술을 드실 수 없습니다?"

"몰랐네. 정말 미안해요."

웨이트리스는 식은 마름모꼴 애피타이저 세 조각이 남은 그릇을 치우고 메인 요리를 내려놓았다. 껍질을 벗긴 쐐기 모양 닭가슴살 네 조각에 작은 스테이크 세 조각을 끼운 다음 전체를 베이컨으로 말고 꿀과 치즈 토핑을 얹은 요리로 버터와 크림치즈가 배어들도록 두 번 구운 통감자와 함께 나왔다.

비어드는 한참이나 요리를 바라보았다. 본국 송환을 피해 도망치는 곳이라면 보통 브라질이었다. 상파울루행 비행기표를 사서 실비아와 함께 지낼까? 그녀는 사랑스러웠고 흥미롭기도 했다. 그러니 그리 나쁘진 않을 터였다. 하지만 불가능했다. 그는 자신을 달래려고 나이프와 포크를 들었지만 즉시 손등의 병변, 흑색종에 정신이 팔렸다. 마지막으로 보았을 때보다 더 커진 것 같았고 블루베리 레스토랑의 형광 불빛 아래서는 성난 자줏빛이 도는 갈색이었다. 지금 다른 일들과 함께 이것까지 처리해야 할까? 그럴 수 있을 것 같지가 않았다. 자연히 해결되도록 내버려둘 수밖에 없었다. 내일 현장에 가서 성난 군중 앞에서 이야기할 자신도 없었다. 세상을 구할 수도 없을 것 같았다.

비어드는 나이프와 포크를 그냥 내려놓았다. 지금 그에게 제일 간절한 건 혼자 술집 카운터에 앉아 스카치를 마시는 일이었다. 4번가까지는 조금만 걸어가면 됐다. 하지만 그는 차를 가져갈 작정이었다. 웨이트리스를 불러 계산서를 갖다달라고 하려는

데 레스토랑 저편에서 시끄러운 소리가 들렸다. 그쪽으로 고개를 돌리니 빨간색과 검은색 바탕에 커다란 초록색 꽃무늬가 찍힌 생기 넘치는 카리브해 스타일 원피스를 입고 뺨이 붉게 상기된 멜리사가 보였다. 그녀는 '자리로 안내해드릴 때까지 기다려주세요' 표지판을 지나 성큼성큼 걸어들어왔고 놀랍게도 달린이 바로 뒤따라오고 있었다. 밖에서 싸우고 들어왔는지 둘 다 잔뜩 흥분하고 화가 난 것 같았고 매무새도 흐트러져 있었다. 그들은 그를 찾고 있었다. 그리고 그들보다 1미터쯤 앞서 캐트리오나가 마치 코알라가 어깨에 매달린 것처럼 디자인된 여자아이용 배낭을 메고 걸어오고 있었다. 캐트리오나는 멜리사와 달린보다 먼저 아빠를 발견하고 불분명한 발음으로 소리를 지르며 혼잡한 테이블 사이를 지나 그를 차지하러 달려왔다. 비어드는 딸을 맞이하려고 일어서며 심장에서 무언가 부풀어오르는 듯 생경한 기분을 느꼈다. 하지만 딸을 향해 두 팔을 벌리는데 의문이 들었다. 자신은 사랑인 것처럼 보이려고 해도 이제 믿어주는 사람이 있긴 할까.

부록

스웨덴 왕립 과학원 닐스 팔스테르나카 교수의 시상 연설

(스웨덴어 원고 번역본)

국왕 폐하, 왕세자 전하, 그리고 신사 숙녀 여러분.

여러분께 여기 서 있는 제가 보이는 것은 빛을 흡수하는 여러분 눈 속의 광색소 덕분입니다. 스톡홀름의 쌀쌀한 날씨에도 우리 모두 쾌적한 온기를 느끼는 것은 광합성색소로 햇빛을 흡수해 우리에게 석탄과 석유라는 잔여물을 남겨준 석탄기 숲 덕분이고요. 이 두 가지는 방사선과 물질의 상호작용이 지구의 생명에 어떤 토대를 마련해주는지 보여주는 간단한 예입니다. 1940년대 말 파인먼과 슈윙거에 의해 이 상호작용에 대한 심오한 물리학적 이해가 이루어졌고, 1970년 무렵에는 대부분의 물리학자가 이 연구가 종료된 것으로 보았습니다. 그후로 기본 원칙에 대한 탐구는 보다 우주적 규모나 원자 속 더 깊은 곳의 현상으로 옮겨

졌습니다. 하지만 놀라움이 기다리고 있었습니다.

솔베이 회의는 물리학계에서 매우 중요한 행사입니다. 1972년 회의에서 오후 세션이 한창 진행되는 중 강당 뒤쪽에서 환호성이 들렸습니다. 그쪽으로 고개를 돌린 사람들은 종이뭉치를 높이 들고 있는 리처드 파인먼을 보았습니다. "마법이다!" 그는 그렇게 외치고 앞으로 나가서 연사에게 양해를 구하고 연단에 섰습니다. 그는 오 분 동안 격렬한 몸짓을 해가며 오랫동안 자신을 당혹스럽게 했던 문제를 마이클 비어드라는 젊은 연구원이 어떤 식으로 해결해냈는지 열띠게 설명했습니다.

물론 솔베이의 '마법의 순간'은 역사에 남았고 비어드의 논문 속 아이디어들이 왜 그토록 파인먼을 감격시켰는지 이해하기란 어렵지 않습니다. 그 아이디어들은 빛과 물질의 상호작용을 기술하는 특정 다이어그램이 새로운 종류의 미세 대칭에 따른다는 걸, 그로 인해 수식이 획기적으로 단순해진다는 걸 보여줬습니다. 통념상 양자역학은 아주 작은 것을 기술하며, 주변 환경으로부터 고립되어 독립성을 지킬 수 있다는 의미에서 보자면 아주 작은 시스템만이 일관성을 유지하기 쉬운 것이 사실입니다. 하지만 비어드의 이론은 방사선이 물질과 상호작용할 때 일어나는 현상이 원자 단위보다 큰 규모에도 일관되게 전파된다는 사실을 밝혀냈으며 더욱이 그 방식은 복잡한 시스템의 플로 다이어그램과 유사합니다. 엔지니어가 정유 작업이나 컴퓨터 프로그램의 논리적 단계에 적용할 수 있는 그림이죠. 이는 광전효과에 대한 우리의 이해를 완전히 바꿔놓았고, 우리는 비어드의 업적을 1905년 아인슈타인의 혁신적인 논문에서 기원한 계보에 당당하게 편입시켜 비어드-아인슈타인 융합이라고 부릅니다. 어느 물리학자든 전율을 느끼는 하이픈 연결이죠.

대중화의 천재 파인먼은 융합 이론의 원리를 보여주고자 파티용 놀이를 고안해냈습니다. 이 놀이에는 매력적인 패턴으로 한데 엮어놓은 여섯 개의 벨트나 끈이 필요합니다. 여섯 사람이 끈의 끝 두 개씩을 잡고 매듭을 확인합니다. 여섯 개의 끈은 매우 복잡하게 엮여 있어 참가자들이 끝을 놓지 않는 한 풀릴 수 없습니다. 다음엔 참가자들이 옆 사람과 컨트리댄스를 추듯 회전 동작을 하고 그럼 매듭을 풀기가 더욱 어려워진 것처럼 보입니다. 하지만 그다음에 신호에 맞춰 모든 참가자가 끈을 당기면 놀랍게도 모두 분리됩니다. 파인먼의 격자는 모든 물리학 교수의 사랑을 받게 됐고 물리학 학부생 중 그 놀이를 해보지 않은 학생은 없을 것입니다. 그 즐거운 혼돈 속에서 미래의 배우자를 만난 사람들도 있고요.

여기서 우리는 마이클 비어드의 개념의 위상기하학적 본질을 볼 수 있습니다. 빛과 물질의 복잡한 상호작용을 풀어주고 안무해서 일련의 논리적 단계로 펼쳐놓는 그룹(플라톤적 영역의 덩치 큰 거주자 중 하나인 예외적 리Lie 군 E_8)의 행위. 이런 운동의 상호작용이 마법의 본질을, 마법 지팡이의 물결치는 움직임을 이루며, 아인슈타인이 보어의 원자 이론을 두고 사고 영역의 지고의 음악이라고 했던 말을 떠오르게 합니다. 철학자 프랜시스 베이컨은 이렇게 말했습니다.

가장 달콤하고 훌륭한 하모니는 각 파트나 악기가 제각기 들리는 게 아니라 그 모든 것의 융합이다.

마이클 비어드 교수님, 당신은 물질과 전자기 방사선의 상호작용의 이해에 지대한 공헌을 한 공로로 올해 노벨물리학상 수상자로 선정되었습니다. 스웨덴 왕립 과학원을 대표해 열렬한 축하를 전하게 되어 영광입니다. 앞으로 나와 국왕 폐하께서 시상하는 노벨상을 받아주시기 바랍니다.

지은이 **이언 매큐언**
1948년 영국 서리 지방 알더샷 출생. 1970년 서식스대학교 영문학부를 졸업한 후 이스트앵글리아대학교에서 문학 석사 학위를 받았다. 1975년 『첫사랑, 마지막 의식』으로 데뷔했고, 이 책으로 서머싯 몸 상을 수상했다. 1998년 『암스테르담』으로 부커 상을, 2001년 출간한 『속죄』로 LA 타임스 도서상, 전미비평가협회상 등을 수상했다. 2000년 영국 왕실로부터 커맨더 작위를 받았고, 2011년 예루살렘 상을 수상했다.

옮긴이 **민승남**
서울대학교 영어영문학과를 졸업하고 현재 전문 번역가로 활동중이다. 옮긴 책으로 『빌리 린의 전쟁 같은 휴가』 『넛셸』 『상승』 『사이더 하우스』 『사실들』 『밤으로의 긴 여로』 『알렉산드로스 대왕』 『멀베이니 가족』 『동물 애호가를 위한 잔혹한 책』 『파운틴 헤드』 『빨강의 자서전』 등이 있다.

문학동네 세계문학
솔라

1판 1쇄 2018년 7월 24일 | 1판 2쇄 2018년 9월 21일

지은이 이언 매큐언 | 옮긴이 민승남 | 펴낸이 염현숙
책임편집 박아름 | 편집 황문정 유현경 | 모니터링 이희연
디자인 김이정 이원경 | 저작권 한문숙 김지영
마케팅 정민호 정진아 함유지 김혜연 박지영 김수현 | 홍보 김희숙 김상만 이천희
제작 강신은 김동욱 임현식 | 제작처 한영문화사(인쇄) 경일제책사(제본)

펴낸곳 (주)문학동네
출판등록 1993년 10월 22일 제406-2003-000045호
주소 10881 경기도 파주시 회동길 210
전자우편 editor@munhak.com | 대표전화 031) 955-8888 | 팩스 031) 955-8855
문의전화 031) 955-8862(마케팅) 031) 955-2654(편집)
문학동네카페 http://cafe.naver.com/mhdn | 트위터 @munhakdongne
북클럽문학동네 http://bookclubmunhak.com

ISBN 978-89-546-5208-7 03840

www.munhak.com